… AU PAYS DE DIEU

DU MÊME AUTEUR

Cul-de-sac, Série noire / Gallimard, 1998
L'Homme qui voulait vivre sa vie, Belfond, 1998, et Pocket, 1999
Les Désarrois de Ned Allen, Belfond, 1999, et Pocket, 2000
La Poursuite du bonheur, Belfond, 2001, et Pocket, 2003
Rien ne va plus, Belfond, 2002, et Pocket, 2004
Une relation dangereuse, Belfond, 2003

Vous pouvez consulter le site de l'auteur à l'adresse suivante :
www.douglas-kennedy.com

DOUGLAS KENNEDY

AU PAYS DE DIEU

*Traduit de l'américain
par Bernard Cohen*

belfond
12, avenue d'Italie
75013 Paris

Titre original :
IN GOD'S COUNTRY : Travels in the Bible Belt, USA,
publié par Unwin Hyman 1989.

Si vous souhaitez recevoir notre catalogue
et être tenu au courant de nos publications,
vous pouvez consulter notre site Internet
www.belfond.fr
ou envoyer vos nom et adresse, en citant ce livre,
aux Éditions Belfond,
12, avenue d'Italie, 75013 Paris.
Et, pour le Canada,
à Interforum Canada Inc.
1050, bd René-Lévesque-Est,
Bureau 100,
Montréal, Québec, H2L 2L6.

ISBN 2-7144-4108-4
© Douglas Kennedy 1989, 1996. Tous droits réservés.
© Belfond 2004 pour la traduction française.

*À mes parents, Thomas et Lois Kennedy,
à Grace Carley, comme d'habitude,
et à la mémoire de mon grand-père,
Milton Braun (1895-1983),
un New-Yorkais qui s'est souvent
rendu dans le Sud.*

Avant-propos à l'édition française de 2004

SI VOUS VOULEZ BIEN, je vais vous raconter l'histoire de Timothy. Il y a trente ans, quand je l'ai rencontré alors que nous commencions tous deux l'université en Nouvelle-Angleterre, c'était un jacobin impénitent, un gauchiste patenté aux vues politiques en tout point radicales. Du haut de ses dix-huit ans, il possédait déjà à la perfection le jargon militant en vogue à cette époque où chacun était jugé selon ses « opinions ». Il était capable de disserter avec pertinence de Marcuse et des marxistes révisionnistes de l'École de Francfort, portait aux nues Daniel Cohn-Bendit et ses comparses soixante-huitards, avait pris part à toutes les manifestations contre la guerre du Vietnam. Il avait même passé un été à travailler aux côtés d'immigrés surexploités par les magnats de l'agriculture en Californie.

En écoutant ses savantes diatribes, qui tournaient invariablement à une critique en règle de l'impérialisme américain, j'étais impressionné, à un point qui me surprenait moi-même, par sa précoce érudition comme par l'intensité de son engagement vis-à-vis des grandes tendances géopolitiques de la période.

C'est que sa détermination et son radicalisme faisaient ressortir mon propre silence dans les débats de cette décennie, pourtant particulièrement surchauffée, de l'histoire de l'Amérique. Bien entendu, je vomissais notre Président du moment, un certain Richard Nixon, tout comme j'étais profondément opposé à la poursuite de notre démente intervention armée dans le Sud-Est asiatique. Mais je n'osais pas m'aventurer sur le terrain de l'expression politique, préférant me réfugier dans des salles de cinéma où je pouvais goûter les toutes dernières productions de la « nouvelle vague » européenne et les classiques du film noir des années 1940. Ou bien je passais des nuits blanches à écouter Thelonious Monk et à fumer des joints tout en émettant des avis définitifs en compagnie d'intellectuels à la manque dans mon genre, si possible de sexe féminin – avec une préférence marquée pour le style poétesses ratées et guettées par une dépression nerveuse prématurée, car j'avais un net penchant pour les femmes compliquées, en ce temps-là...

Comparé à Timothy, j'étais l'archétype de l'hédoniste du début des années 1970, le « cultureux » capable de gloser sur Jean-Luc Godard et John Coltrane mais ignorant tout des réalités du monde au-delà de la côte Est des États-Unis. Même si nous étions de bons amis, Timothy ne manquait pas de me faire comprendre qu'il désapprouvait mon apathie politique. Pour lui, quiconque n'avait pas de convictions fermement établies et proclamées se dérobait aux responsabilités de l'existence. Au fil de nos études, nos relations se sont faites plus épisodiques, puis chacun est parti de son côté. Expatrié à Dublin, j'ai travaillé dans le théâtre, avant de commencer à me risquer sur le terrain de l'écriture. Timothy, quant à lui, s'est installé à Los Angeles, mais au lieu de poursuivre un doctorat en sciences politiques ou d'aller se mettre au service des sandinistes au Nicaragua, il est devenu, à ma grande surprise, un simple homme d'affaires, attaché au service marketing d'une société qui vendait des programmes d'épanouissement personnel à travers la planète. Cette dernière information, je la tenais d'un ancien camarade de fac que nous avions en commun, Charlie, et qui était resté en contact avec lui. Quand j'ai exprimé ma stupéfaction à la nouvelle que notre ancien marxiste s'était transformé en représentant de commerce du « développement positif », Charlie a ajouté : « Et pire que ça, encore : il a trouvé Dieu. »

Mon étonnement n'en a été que plus vif, naturellement. Mais, passé l'incrédulité initiale, je me suis senti intrigué, aussi. Qu'est-ce qui avait bien pu pousser un garçon comme lui dans la foi religieuse ? La question me trottait dans la tête. J'ai donc profité de l'un de mes voyages à L.A. pour l'appeler à son bureau. Il s'est montré des plus affables, exprimant sa joie de renouer des relations, et a proposé que nous déjeunions ensemble le lendemain. Nous nous sommes retrouvés dans un restaurant chic, à Santa Monica. Plus de douze ans s'étaient écoulés depuis notre dernière rencontre, mais le temps ne l'avait pratiquement pas marqué. Il avait cependant troqué ses éternels jean et blouson de cuir contre un costume sobre de bonne coupe. J'ai aussi remarqué une coûteuse montre suisse à son poignet et une alliance en or à la main gauche. M'accueillant avec un énorme sourire, il m'a gratifié d'une brève accolade d'ancien copain de classe. « Quel plaisir de te voir, Douglas ! »

Il ne m'a fallu que trois ou quatre minutes pour me rendre compte que le Timothy que j'avais devant moi était passé maître dans l'art de la persuasion. Il m'a parlé avec enthousiasme des manuels d'initiation à « l'affirmation de soi » qu'il vendait dans le monde entier avec un zèle de missionnaire, et du remarquable « impact » qu'ils avaient sur la vie de leurs lecteurs. Je l'écoutais, fasciné : lui qui avait jadis professé que le marxisme démocratique était l'instrument indispensable au progrès social, défendait désormais avec la même ferveur l'idéologie mercantiliste !

Comme je lui demandais des nouvelles de celle qui était devenue son épouse quelques années plus tôt, il a sorti son portefeuille pour me montrer des photos d'une femme d'apparence casanière, habillée avec la neutralité asexuée qu'affectionne une certaine catégorie de banlieusardes américaines : pantalon de toile informe et polo en nylon blanc. À la façon dont il évoquait leur mariage, il ressortait que Timothy était totalement envoûté par Jean. Entre autres mérites, cette dernière en avait un particulièrement important : « C'est elle qui m'a ramené à Jésus. »

C'est ainsi qu'il l'a formulé, mot pour mot, et même si je savais qu'il avait « viré religieux », j'ai été désarçonné par cette déclaration. M'étant ressaisi, je l'ai invité par politesse à me raconter sa spectaculaire conversion. Très vite, j'ai discerné qu'il n'avait pas tant découvert une nouvelle « cause » à défendre que choisi une existence qui lui convenait parfaitement. « Je sais que la foi est difficile à concevoir pour un non-croyant, m'a-t-il déclaré. Ce que tu dois comprendre, c'est que lorsqu'on s'est retrouvé face à face avec la "vérité divine", il n'y a pas de retour en arrière. Accepter cette Vérité, et reconnaître que Jésus est notre Seigneur et notre Sauveur, c'est l'engagement le plus profond qu'on puisse prendre. Quand tu franchis ce pas, tu gagnes la bénédiction de la vie éternelle mais ton existence dans ce monde est transformée aussi. C'est vraiment quelque chose de merveilleux, Douglas ! »

Je n'en étais pas si sûr, pour ma part, et donc je lui ai expliqué que, pour moi, le doute était une composante essentielle de la nature humaine. « Les certitudes, ça me fait peur », ai-je avancé, ce qui m'a valu un autre de ses sourires resplendissants :

« C'est parce que tu n'es pas encore parvenu à la Vérité.

— Et en admettant que je n'aie pas envie de la connaître ?

— Ah, mon cher... mais tout le monde *doit* la connaître ! »

Ce dernier commentaire révélait une certaine rigidité de pensée, pour ne pas dire plus. Ayant trouvé la Voie, il était convaincu que cela m'arriverait aussi avant la fin de mon existence terrestre, et ce, même si je n'admettais pas l'omniscience divine pour l'instant. Avec l'insistance du prosélyte, il a continué, décrivant la relation personnelle qu'il entretenait avec le Christ, citant ses passages de la Bible favoris et soulignant qu'il était de son devoir d'entraîner de nouvelles âmes vers Dieu. Même s'il n'avait bien sûr pas l'intention de « secourir » un vieux copain au cours d'un déjeuner... « N'essaie surtout pas, l'ai-je prévenu d'un ton amusé, mais sans appel. Je suis cent pour cent athée. » Encore un sourire compréhensif, et : « Je l'étais, moi aussi. »

J'ai évidemment cherché à savoir ce qui avait présidé à son illumination. Une crise personnelle ? Une tragédie survenue dans sa vie ? Ou bien un besoin irrépressible de... « De vérité ? a-t-il complété pour moi. Oui, c'était ce que je cherchais, en effet. Et je l'ai trouvé. C'est quelque chose de très puissant, Douglas : trouver la Vérité ! » Par-devers moi, je n'ai pu que penser : Seulement si on en a besoin...

La conversation que je viens d'évoquer remonte au début de l'hiver 1987. Je vivais alors à Dublin mais j'étais revenu aux États-Unis pour voir des amis et effectuer un reportage, commande d'un magazine londonien, sur la campagne présidentielle de Pat Robertson, un animateur de programmes télé pieux

– ce qu'il est convenu d'appeler un « télévangéliste » – qui briguait la nomination aux primaires du parti républicain. Bien qu'il n'ait aucune chance de l'emporter, il utilisait cette tribune pour propager à travers le pays son message de conservateur chrétien.

Après Los Angeles, je suis donc revenu sur la côte Est pour partir dans le New Hampshire, où je devais observer ce fondamentaliste distingué prendre des bains de foule et appeler l'Amérique à revenir dans le giron du Christ. À cette époque, Ronald Reagan était encore au pouvoir, et même si en privé il était plutôt du genre agnostique, il avait assidûment courtisé la droite chrétienne pour parvenir à la Maison-Blanche, tout en maintenant un équilibre astucieux entre son soutien proclamé aux thèses des conservateurs religieux et un certain « laissez-faire » vis-à-vis des questions susceptibles de diviser la société américaine. Le droit à l'avortement, par exemple, que la droite chrétienne abomine mais que la majeure partie des Républicains modérés considèrent comme une liberté inaliénable.

En suivant brièvement la caravane électorale de Pat Robertson, j'ai pu constater que sa notoriété d'homme de télévision drainait des foules assez nombreuses à ses apparitions publiques. Et le soir, dans ma chambre d'hôtel, j'ai aussi remarqué qu'il existait désormais tout un tas d'émissions chrétiennes sur les chaînes câblées. Cette découverte ne m'a surpris qu'à moitié : bien qu'ayant grandi à New York, foyer de laïcité et de scepticisme ironique, j'ai toujours eu conscience que les États-Unis demeuraient un pays plutôt croyant, ce qui est en accord avec sa naissance même, vécue comme une expérience religieuse.

À l'instar de tous les Américains, cependant, j'ai appris à l'école que la plus stricte séparation de l'Église et de l'État était l'un des principes indiscutables de notre Constitution. Je n'ignorais pas non plus qu'il y avait eu dans notre courte histoire nationale quelques tentatives d'incursion des milieux conservateurs chrétiens dans les affaires publiques : ainsi le tumulte autour du procès de John Thomas Scopes, cet enseignant du Tennessee traîné devant la justice en 1925 pour avoir enseigné la théorie de l'évolution de Charles Darwin à ses innocents et malléables élèves. En général, pourtant, les tenants de la laïcité ont toujours eu le dernier mot. Ou du moins était-ce le cas il y a vingt ans encore, jusqu'au moment où la droite religieuse américaine a commencé à se manifester en tant que force politique à part entière.

Initialement publié en 1989, le voyage « au pays de Dieu » dont est issu le présent livre est le fruit de l'intérêt et, disons-le, de l'inquiétude que m'a inspirés la montée de la religiosité aux États-Unis. En le relisant il y a peu, j'ai notamment été frappé de me rendre compte que le territoire que je décrivais alors, cette aire géographique du Sud profond que l'on appelle la « Ceinture de la Bible », restait pour moi aussi étrange et étranger qu'il y avait quinze ans, quand je l'avais traversé. L'autre constat, bien plus troublant, a été que cette culture « néochrétienne » découverte à la faveur de mon enquête s'était considérablement étendue depuis sa première parution.

À ce propos, il n'aura échappé à personne que l'actuel locataire de la Maison-Blanche, un certain George W. Bush, est un évangéliste dont la vision totalement manichéenne du monde semble parfois tout droit sortie de l'Ancien Testament : le Bien s'y oppose au Mal, le premier étant toujours, toujours représenté par les États-Unis d'Amérique, l'arpent favori du bon Dieu. Il est également notable que le ministre de la Justice choisi par Bush, John Ashcroft, professe des convictions religieuses en regard desquelles le

Président paraîtrait presque un agnostique, en comparaison, et qu'il ouvre chaque journée de travail par une prière collective avec ses collaborateurs.

Mais c'est aussi l'ensemble de l'électorat américain qui se montre encore plus religieux, tendance amplifiée par les attentats du 11 septembre 2001, lorsque le terrorisme international est passé à l'attaque sur le sol américain, mettant le pays en état de choc. Depuis ce traumatisme, le nombre d'Américains affirmant croire en l'existence de l'enfer – et par ce terme je n'évoque pas quelque concept existentialiste, non, j'entends un vrai brasier engouffrant les pécheurs et les damnés – atteint presque soixante-dix pour cent de la population adulte. Précisons néanmoins que seules cinq pour cent des personnes convaincues de la réalité infernale, selon ce sondage récemment publié par le *Guardian* de Londres, estiment qu'elles y finiront elles-mêmes...

Même si les statistiques ne donnent jamais un tableau sociopolitique entièrement fiable, il est également utile de rappeler que quatre-vingts pour cent des Américains adultes croient en Dieu, et quelque quarante pour cent aux anges.

Tout cela doit être resitué dans la période actuelle.

Le monde occidental traverse une nouvelle fois une ère de stabilité économique dans laquelle la consommation est devenue l'activité sociale par excellence. Le conflit idéologique d'ampleur mondiale qui avait pesé sur tout l'après-guerre ayant disparu, la « loi du marché » règne sans partage. La globalisation a fait de nous tous des clients arrivés au stade du « dis-moi ce que tu achètes et je te dirai qui tu es ».

Parallèlement, la proportion de divorces n'a jamais été aussi élevée, la réputation professionnelle ne compte plus face aux forces économiques et le nombre d'individus ayant besoin d'antidépresseurs et/ou d'un soutien psychothérapeutique a atteint des sommets.

Tendance accentuée par le désir de « politiquement correct », le conservatisme social et le conformisme culturel, générateurs de pusillanimité et d'angoisses.

En bref, la majeure partie des classes moyennes nagent aujourd'hui dans un confort et une angoisse sans précédent. Dans un tel contexte d'instabilité psychologique, on ne s'étonnera donc pas que nombre d'Américains voient en Jésus-Christ la réponse aux multiples questions et déceptions de l'existence. Tout comme les classes moyennes du monde arabe ont tendance à trouver dans le fondamentalisme musulman une dangereuse réplique à l'iniquité de leurs régimes politiques et de la vie temporelle en général, il n'est pas surprenant que les tendances millénaristes d'un christianisme extrême aient le vent en poupe.

Bien que le conservatisme et la religiosité se soient accrus aux États-Unis durant les deux dernières décennies écoulées, et même si des chrétiens évangélistes occupent désormais des postes-clés au plus haut niveau de l'administration, il faut toutefois souligner que la séparation de l'Église et de l'État y demeure une réalité. D'ailleurs, des millions de mes compatriotes éprouvent une sincère inquiétude face à la montée de la droite religieuse. Ils redoutent aussi que, au cas où il serait réélu et où certains juges de la Cour suprême prendraient leur retraite, Bush soit en mesure de faire entrer dans la plus haute instance juridique du pays des « compagnons de route » idéologiques et religieux susceptibles de priver les femmes du droit à l'avortement, ou d'introduire la prière dans les écoles.

S'il est utile de considérer la toile de fond sociopolitique du développement du néochristianisme aux États-Unis, je suis heureux de préciser que le livre qui suit n'a rien d'un pamphlet, ni même d'un essai sociologique. Au contraire, *Au pays de Dieu* devrait presque être lu comme un roman car il relate avant tout l'épopée d'un écrivain expatrié dans les confins les moins explorés d'une région à la religiosité exacerbée au sein d'un pays qu'il considère toujours comme le sien.

Écrit à la première personne, ce récit n'est pas autobiographique. Certes, il y est question du parcours à travers la Ceinture de la Bible que j'ai effectué durant l'été 1988. Et, oui, le « je » n'est autre que moi. La discipline stylistique que je me suis imposée tout au long de sa rédaction, cependant, veut que le narrateur occupe toujours une place moins importante que celle des individus dont il relate l'expérience. En effet, *Au pays de Dieu* est, avant tout, un collationnement de rencontres et de personnages.

Pour les lecteurs qui, en France, me connaissent surtout par mes œuvres de fiction, je dois souligner qu'avant de devenir romancier, j'ai écrit trois récits de voyage, celui-ci étant le deuxième. Comme son nom l'indique, ce genre consiste tout bonnement à raconter un voyage que l'on a fait. Pour moi, cependant, l'entreprise est devenue la narration d'une « fiction qui m'est arrivée », si je puis dire. Une histoire, dans laquelle je me risquais en territoire inconnu muni d'un carnet de notes et d'un stylo, avec la volonté de m'introduire par la ruse dans la vie de tous ceux que je pourrais rencontrer. Dans le cas du présent livre, de retour à Londres, j'ai passé les neuf mois suivants à réinventer cette équipée sous la forme d'un récit.

Mes trois « relations de voyage » ont été une sorte de terrain d'entraînement à l'écriture romanesque proprement dite. Avec elles, j'ai appris à construire une narration, à créer un personnage, à décrire un paysage, à susciter et développer une tension dramatique. Il est donc important de comprendre qu'elles constituent aussi des sortes d'hybrides littéraires, des chroniques dans lesquelles le métier du romancier s'exerce sur des événements et des êtres réels afin de parvenir à un récit cohérent voire, avec un peu de chance, captivant.

Ces récits ont reçu un très bon accueil en Grande-Bretagne, pays qui jouit d'une longue et solide tradition du « journal d'expédition » et du « livre d'aventures » qu'ont si bien représentés R.L. Stevenson, Graham Greene, V.S. Naipaul ou Bruce Chatwin, pour ne nommer qu'une poignée d'écrivains bien meilleurs que moi. Même si j'ai souvent été tenté de repiquer au genre, je n'en ai pas eu l'occasion. Entre-temps, je me suis transformé en romancier invétéré, si j'ose l'expression : ayant sans cesse besoin d'avoir une histoire imaginaire dans ma tête et dans ma vie.

Mais, à relire *Au pays de Dieu*, je suis plus que jamais convaincu de la véracité de ce lieu commun : la « vraie vie » est toujours bien plus bizarre que la fiction. Parce que, après tout, la vie, chaque vie, est un roman.

Préface

EN NOVEMBRE 1992, quelques jours après l'élection de William Jefferson Clinton à la présidence des États-Unis, un vieil ami installé en Californie m'a téléphoné depuis l'autre côté de l'Atlantique. « C'est bon pour les Démocrates modérés, mauvais pour la droite religieuse, a-t-il résumé ; mais soit dit en passant, ne t'attends pas à une réédition de ton bouquin sur le Sud chrétien...
— Oui ? Et pourquoi ?
— Très simple. Le Parti républicain est en pleine débâcle, et la droite chrétienne ne va jamais pouvoir revenir sur le devant de la scène, parce que c'est elle qui a fait perdre les élections aux Républicains. Donc, un livre de voyage à travers les groupes néochrétiens de l'ère Reagan, ça va devenir quoi ? Un document historique. Une pièce de musée ! »

Peu après les élections de mi-mandat, en 1994, au cours desquelles la « coalition chrétienne » s'était affirmée comme l'une des forces essentielles dans la revanche républicaine, ça a été mon tour d'appeler mon ami californisé. Quand je lui ai rappelé son avis de décès de la droite religieuse, il a observé un silence avant de soupirer : « Oui, là, je crois que je me suis autorisé à prendre mes désirs pour des réalités... »

À la première publication du présent ouvrage, en 1989, nombre de critiques avaient certes estimé que je m'intéressais à un phénomène sans lendemain. L'énorme vague télévangéliste qui avait transporté – ou navré – l'Amérique sous Ronald Reagan avait déjà reflué. Jim Bakker, ce visionnaire qui avait eu l'idée du premier parc à thème chrétien, venait d'être placé au violon fédéral pour avoir systématiquement pillé les portefeuilles de ses sectateurs. De même, Jimmy Swaggert, le père la morale du petit écran, avait récemment perdu toute son aura moralisatrice après qu'on eut découvert sa propension à regarder des prostituées exhiber leur faille de San Andreas. Quant à Jerry Falwell, le Robespierre de la télé par câble chrétienne, son extrémisme paraissait avoir été délibérément marginalisé par la Maison-Blanche de George Prescott Bush, où ces excès de zèle religieux n'étaient pas trop bien vus.

Comparés aux militants fondamentalistes chrétiens d'aujourd'hui, évidemment, Bakker et Swaggert font désormais figure de caricatures d'animateurs de jeux télévisés, avec la vie éternelle pour jackpot. De nos jours, le public américain ne réagit plus quand l'un de ces prédicateurs éructe sa défense et son modèle des valeurs de la famille, ou soutient que le sida est la punition divine envoyée contre la moderne Sodome. Mais pourquoi ? Tout simplement parce que la droite chrétienne est devenue une force spécifique, et hautement influente, sur la scène politique du pays. Une force électorale qu'il est impossible de qualifier de « marginale et illuminée » lorsque l'on brigue un siège au Congrès, ou un poste de gouverneur et, bien entendu, la présidence elle-même.

Cette enquête ne se voulait cependant pas politiquement prophétique. Lorsque, durant l'été 1988, je partis dans une virée de dix-huit mille kilomètres à travers le

Sud biblique, je ne me prenais pas pour un nouveau George Orwell en Ford Mustang, dont le portrait accablant de la menace théocratique allait faire perdre le sommeil à tous ces braves libéraux de la côte Est. Non-pratiquant, non-croyant, j'avais plus modestement envie de comprendre ce qui poussait tant de mes compatriotes vers Dieu et ses télégéniques missionnaires, alors que le siècle tirait à son inévitable fin. Si les sondages ne se trompaient pas, si un Américain sur quatre pensait avoir redécouvert la foi, qu'est-ce que cela indiquait quant à l'état d'esprit, et à l'état tout court, de ce pays ? Ou encore : en quête de quoi étaient-ils, mes concitoyens ?

Après la publication de ce livre de voyage, j'ai souvent entendu des commentaires positifs quant à la modération avec laquelle j'avais décrit les tenants de l'évangélisme rencontrés sur ma route, quant au fait que je m'étais abstenu de présenter le Sud biblique américain comme une sorte de foire aux monstres mystiques. Plus que d'ouverture d'esprit, cela témoigne peut-être de la disposition psychologique dans laquelle tout auteur de ce genre de récit doit, selon moi, se placer : faire table rase de toutes les conceptions déjà établies et laisser les aléas du voyage structurer la narration. Et il se trouve qu'en effet, traverser cette immense région m'a amené à rencontrer un grand nombre d'individus très respectables qui, simplement, avaient reçu ce fameux « coup de fil de Jésus »...

D.K.
Londres
Janvier 1996

Note de l'auteur

FAITES-VOUS COINCER par un Yankee au cours d'une soirée et vous saurez tout de sa vie au bout de cinq minutes, ou c'est du moins ce que croient tant de non-Américains. Dans ce bref laps de temps, il vous aura confié que sa femme s'est enfuie avec un tennisman professionnel vénézuélien la semaine précédente, ou il vous expliquera gravement qu'il n'arrive pas à « définir sa stratégie amoureuse ». Si vous n'avez vraiment pas de chance, il remettra ça une bonne demi-heure de plus, et vous informera en détail de son fonctionnement anatomique.

Pour le reste du monde, nous sommes une nation de nombrilistes totalement dépourvus de tact. À ce propos, on nous suggère souvent de prendre exemple sur nos amis d'outre-Atlantique, qui savent se tenir, eux, et enferment généralement avec soin tout ce qui concerne leur vie privée dans un porte-dossiers étiqueté *Strictement confidentiel*. Hélas ! nous sommes des sans-gêne chroniques.

Ce que tant de critiques extérieurs ne comprennent pas, c'est que dans un pays aussi grand et jeune que les États-Unis – où, au contraire du Royaume-Uni, les gens ne savent pas vraiment « tenir leur place » –, cette tendance à se confier d'abondance est une sorte de CV spontané que chacun présente au reste du monde : une façon de définir où nous en sommes, et surtout *qui* nous sommes, au sein d'une société en transformation constante.

 C'est donc une vérité indéniable que les Américains aiment parler d'eux-mêmes. Et en traversant une vaste partie du pays, ainsi que je l'ai fait pour ce livre, je m'exposais à plus d'une confidence. Afin de préserver l'anonymat de la plupart de ceux que je cite ici, j'ai souvent modifié leur nom, leur profession et d'autres données personnelles. La chronologie des rencontres, l'intitulé de certains groupements ou associations ont également été tripatouillés. Quelquefois, j'ai amalgamé différentes histoires pour rendre le récit plus fluide, ne faisant, d'ailleurs, qu'imiter mes interlocuteurs. Il arrive à chacun de reprendre à son compte des détails de la vie d'autrui et nous ne sommes, en fin de compte, que l'histoire que nous nous sommes inventée.

Heureux le peuple qui a pour Dieu Yahweh,
– heureux le peuple qu'il s'est choisi pour héritage !
Psaumes, 33:12

... ne faites pas de la maison de mon Père une maison de trafic.
Évangile selon saint Jean, 2:16

Je me demande à quoi ça ressemblait, ici. Avant la chrétienté.
Stewart PARKER, *Pentecôte*

Prologue : Grands réveils

SHEILA VENDAIT des assurances-vie à Manhattan et elle aimait aussi « parler en langues ». La quarantaine élégante et aérobiquée, c'était la New-Yorkaise type, tendue par son trop-plein d'énergie et d'efficacité. D'ailleurs, dès le début de notre rencontre dans un café de la Troisième Avenue, elle m'a annoncé qu'elle ne pouvait pas consacrer plus de trente-cinq minutes à notre déjeuner car elle devait conclure un important contrat dans moins d'une heure et elle n'avait aucune envie d'être en retard à ce rendez-vous autrement plus lucratif. J'allais découvrir qu'elle menait toute sa vie à ce rythme, planifiant ses journées avec la précision technocratique d'un expert en gestion temporelle : au moins dix heures à son bureau, deux au gymnase, trois avec ses enfants et au moins une, deux fois par jour, en consultation privée avec son sauveur et maître, Jésus-Christ.

Au cours de ces moments privilégiés avec Lui, la présence du Saint-Esprit pouvait s'élever en elle. Sheila se mettait alors à baragouiner dans la « langue de prière » connue d'elle seule. En fait, elle forçait ces instants d'illumination dès qu'elle sentait arriver une crise d'angoisse. C'était le meilleur antidote à ses fréquents assauts d'hypertension. « Avant de rencontrer le Seigneur, vous voyez, m'a-t-elle expliqué, ma première réaction était d'attraper mon flacon de Valium si je me sentais sur le point de flancher. Maintenant, il me suffit d'atteindre l'Esprit saint et d'activer ma langue de prière. Le Valium n'a jamais pu me procurer un soulagement et un bien-être pareils. »

Cette découverte ne remontait qu'à six ans plus tôt, quand Dave, son mari, avait appris qu'il était atteint d'un cancer du pancréas. La sentence de mort lui avait été communiquée trois jours avant son trente-cinquième anniversaire et durant les quinze mois suivants, tandis qu'il était soumis à des doses massives de radiations et de chimiothérapie, Sheila s'était sentie glisser dans un abîme personnel vertigineux. Dave était le centre de sa vie, elle l'admettait aisément. Originaires d'une petite agglomération du Michigan, ils étaient tombés amoureux au lycée, dans la plus pure tradition américaine, puis ils avaient fréquenté la même université et s'étaient mariés une semaine après avoir reçu leur diplôme. Ensuite, il y avait eu le grand départ pour la ville des villes. Dave voulait être journaliste, Sheila rêvait de devenir actrice : New York, cet immense terrain de jeux pour les ambitieux, était la destination idéale pour mettre en pratique de telles aspirations.

Ils s'étaient vite rendu compte, cependant, qu'ils n'étaient pas les seuls dans leur cas, loin de là. Après deux ans de bohème new-yorkaise dans le studio sans eau chaude de rigueur, au cours desquels Sheila s'était battue en vain pour obtenir des auditions et trouver un agent, tandis que Dave s'entendait dire dans tous les journaux à la porte desquels il était allé frapper que ses lumières ne leur étaient pas indispensables, ils avaient décidé que le temps était venu de penser moins à la créativité et un peu plus au confort domestique. Dave avait fini par trouver un job dans une société de relations publiques, Sheila s'était lancée en tant que secrétaire intérimaire pour une compagnie d'assurances. Ainsi avaient-ils entamé leur lente escalade de l'échelle sociale. Lorsque la carrière de Dave dans la publicité avait commencé à prendre tournure, ils avaient troqué leur chambre-glacière contre un petit deux-pièces tout confort dans l'Upper East Side, près du fleuve. Deux enfants, un garçon et une fille, s'étaient succédé à dix-huit mois d'intervalle, et comme la réputation de Dave s'était encore accrue ils avaient été en mesure de descendre de dix rues plus au sud, un signe d'aisance financière, et de prendre un logement plus grand.

Bref, ils s'étaient installés dans la vie domestique version Manhattan, ils avaient surmonté toutes les crises prévisibles du couple marié et ils se félicitaient de posséder l'un des biens les plus rares qui soient : la capacité de se satisfaire de leur vie de famille et de leur place dans ce monde. Et puis Dave était tombé malade, on avait diagnostiqué un cancer, et tout avait commencé à partir à vau-l'eau. Le traitement qu'il devait subir était affreusement éprouvant, la note d'hôpital astronomique puisque l'assurance-maladie de son employeur ne couvrait qu'une faible partie des actes médicaux. Plus son état empirait, plus l'équilibre psychologique de sa femme et des enfants était affecté. « C'est arrivé au point, m'a raconté Sheila, où les petits – ils n'avaient que dix et huit ans, à l'époque – avaient peur chaque fois qu'ils voyaient leur père. Il avait perdu tous ses cheveux et il n'était plus que l'ombre de lui-même, littéralement. Quand les médecins ont fini par m'annoncer que la chimiothérapie ne donnait pas de résultat, même si elle avait consumé le peu d'économies que nous avions, et que Dave était entré en phase terminale, j'ai commencé à tomber en morceaux. Je me shootais aux tranquillisants, tout ceux que je pouvais trouver. C'est alors qu'une de mes tantes, voyant que nous avions tous besoin d'un soutien spirituel, m'a parlé du père Lucca. »

Il s'agissait d'un curé du New Jersey très actif dans le mouvement charismatique et devenu une célébrité dans sa paroisse en raison de ses pouvoirs de guérison « par imposition des mains », même si, comme Sheila se hâta de le préciser, « le seul qui soigne pour de bon, c'est le Seigneur ». Apparemment, sa tante avait eu une « révélation » dans l'église du père Lucca le jour où tous les fidèles s'étaient joints au prêtre pour étendre leurs mains au-dessus d'un petit garçon qui avait une jambe plus courte que l'autre. Ayant pris la peine de mesurer ladite jambe avant et après la cérémonie, quelle n'avait pas été leur joie de constater que leurs efforts avaient suscité une intervention divine, le membre atrophié s'étant allongé de deux bons centimètres…

Au départ, Sheila avait réagi avec un net scepticisme à ces histoires de jambe extensible. Élevés dans la foi catholique, son mari et elle en gardaient des convictions de base mais ne se considéraient pas comme particulièrement religieux. Étant donné l'état désespéré de Dave, Sheila était cependant prête à essayer tout ce qui pourrait prolonger la vie de son mari. Elle a donc conclu qu'ils ne perdraient rien à traverser l'Hudson pour participer à l'une des séances de guérison du père Lucca.

Ce soir-là s'est avéré mémorable, pour au moins deux raisons. Petit a : dès que le père Lucca a imposé ses mains sur le front de Sheila pour la libérer d'une partie de sa tension, elle s'est sentie « foudroyée dans l'âme », une expression du christianisme mystique destinée à décrire le quasi-évanouissement suivant l'extase lorsque, par son toucher, un homme de Dieu vous envoie une décharge de barbituriques venus du

Ciel. Petit b : Dave, si affaibli par la chimiothérapie qu'il ne se déplaçait plus qu'en chaise roulante, s'est mis debout et a marché pendant plusieurs minutes quand le père Lucca lui a enjoint de se libérer des entraves du cancer.

« En le voyant se lever, m'a dit Sheila, une décharge électrique m'a traversée, de la tête aux pieds, et ensuite il y a eu une sensation de paix immense. À ce moment, j'ai été envahie par l'amour de Jésus et j'ai vu la lumière. » Dès lors, David et Sheila ont assisté régulièrement aux offices religieux du père Lucca : « Cela a été une grande aide pour nous, parce que même si mon mari n'a pas été sauvé physiquement – il est mort deux mois plus tard –, il a bénéficié d'une merveilleuse "guérison intérieure" avant de décéder. »

Sheila s'est alors aperçue que son « engagement envers le Christ », bien que de fraîche date, lui procurait une profonde impression de certitude. Elle était certaine que Dave avait gagné la vie éternelle, certaine qu'elle finirait par le rejoindre au Paradis, certaine qu'elle était bénie par l'amour inconditionnel de son Seigneur, certaine qu'avec Lui à ses côtés, elle trouverait la force de surmonter son chagrin et d'élever seule ses enfants. Ainsi Jésus lui a dit qu'elle pourrait essayer de vendre des assurances-vie et qu'elle était capable de réussir dans ce domaine. Il lui a de même inspiré la discipline avec laquelle Sheila a organisé son emploi du temps.

Mais cette foi toujours plus intense portait aussi un défi en elle : Sheila devait garder sa dévotion intacte face aux offensives éclairs que tenteraient souvent les forces de Satan. Elle était en effet convaincue que le Diable avait choisi de corrompre ses enfants, et s'ingéniait à vouloir percer la muraille de décence et de probité qu'elle avait édifiée autour de sa petite famille. Elle a même eu une preuve concrète des intentions du

Malin, sous la forme d'un disque acheté par son fils Jerry : « Il ne savait pas que c'était une œuvre satanique, bien sûr. Quand on le passait à l'envers, il y avait un message dedans : "Dieu est mort." Cela nous a tellement effrayés, tous les trois, qu'un soir j'ai décidé de ne plus me laisser intimider par ce blasphème. J'ai dit aux enfants de venir dans la salle à manger, j'ai posé le disque du Diable sur la table, et une statue de la Vierge Marie à côté. Nous avons formé un cercle autour, en nous tenant par les mains, et j'ai répété plein de fois : "Au nom de Jésus-Christ, je te lie et je te chasse d'ici... Au nom de Jésus-Christ, je te lie et je te chasse d'ici..." Et soudain, soudain, la statue a bougé ! Oui, la Vierge a tourné le dos à ce disque satanique ! Le lendemain, les enfants l'ont emporté à Central Park et ils ont essayé de le brûler. Mais Satan ne voulait pas qu'il prenne feu, alors ils ont dû le casser. En petits morceaux, l'œuvre de Satan ! »

Ce n'était pas un incident isolé, seulement la première des nombreuses escarmouches qui ont opposé au Diable Sheila et ses enfants. Et la confrontation est devenue si virulente que Sheila s'est mise en quête d'un allié sur le terrain spirituel. Un matin, en allumant la télévision, elle est tombée sur Richard Roberts. Télévangéliste d'une trentaine d'années, plein de charme facile et d'« hyperspiritualité », c'était aussi le fils d'Oral Roberts, un bâtisseur d'empire évangélico-financier parvenu au statut de légende en Amérique. Connu pour ses dons de guérisseur, ce dernier avait récemment récolté auprès de ses ouailles la coquette somme de huit millions de dollars en proclamant que Dieu le « rappellerait à la maison » si l'argent n'affluait pas. Peu sensible au genre de prosélytisme pratiqué par le papa, Sheila a immédiatement été fascinée par Richard. Le message qu'il prêchait correspondait en tout point aux besoins de Sheila à ce stade de sa

« configuration de foi » : oui, les miracles sont possibles et, oui, on peut vaincre la tentation satanique par la sincérité de son amour pour Jésus. Mieux encore, Richard Roberts n'appartenait à aucune Église particulière, ni à aucune tendance, de sorte que sa prédication s'en tenait exclusivement à la Bible et rien qu'à la Bible. Cela constituait un très grand avantage pour Sheila, de plus en plus réticente à l'égard du catholicisme, dont les rites selon elle étaient trop chargés de dogmatisme et de superstition, des rites qui, à l'exception du « charismatisme actif » du père Lucca, ne répondaient pas à son attente de signes et de récompenses tangibles de la part du Seigneur.

Elle est donc devenue une adepte de Richard Roberts, suivant religieusement l'émission quotidienne du télévangéliste et lui payant loyalement sa dîme – expédiée au siège de Tulsa, dans l'Oklahoma –, dans la mesure de ses moyens.

Après une année de donations, quelle n'a pas été sa surprise lorsqu'elle a reçu un coup de fil de Roberts en personne : il devait venir à New York avec sa femme, ils seraient heureux de faire la connaissance de cette fidèle si constante dans sa générosité.

La rencontre a représenté un autre temps fort de la transformation de Sheila en néochrétienne. Elle a été non seulement transportée par cette chance : se retrouver face à face avec son conseiller spirituel du petit écran – « Nous avons même pu prier ensemble ! » s'est-elle extasiée –, mais aussi abasourdie quand il lui a donné son numéro personnel en l'invitant à l'appeler si jamais elle avait besoin de son écoute ou de son assistance.

L'occasion s'est présentée bien plus tôt qu'elle ne l'aurait pensé : peu après leur entrevue, il s'est avéré que Suzy, la fille de Sheila, avait reçu les avances d'un garçon de son lycée, lequel lui avait confié que ses parents avaient jadis appartenu à une secte satanique :

« Quand elle m'a dit qu'un suppôt de Satan voulait sortir avec elle, je lui ai interdit de lui parler, m'a-t-elle rapporté, mais il a continué à l'importuner et un soir, en revenant à l'appartement, j'ai découvert qu'il était passé sans avoir été invité. Il était en train de parler à Suzy dans sa chambre. Lorsqu'il m'a vue, il s'est transformé en… Ah, je n'avais encore jamais lu pareille haine sur un visage. C'était terrifiant. À tel point que j'ai seulement été capable de lever le bras et de dire : "Au nom de Jésus-Christ, je te lie et je te chasse. Tu n'es pas le bienvenu ici…" En m'écoutant, il s'est mis à secouer la tête comme un fou, cette expression de haine s'est effacée de ses traits et… C'était fini. Ensuite, il m'a regardée avec un grand sourire et il a dit : "Oh, vous êtes forte, très forte." Et puis il a reconnu qu'il faisait partie de la même secte de sorciers que ses parents. Et il m'a annoncé que le Diable voulait ma fille. »

Il la voulait si obstinément que, quelques jours après cet incident, Suzy commença à avoir d'affreux cauchemars. Sheila a alors saisi son téléphone : « J'ai appelé Richard à Tulsa. Je lui ai raconté les rêves terribles que faisait ma fille mais je n'ai pas du tout évoqué notre problème avec le sataniste de son lycée, au début. Et vous savez ce qu'il m'a dit, Richard ? Qu'il aurait aimé pouvoir poser ses mains sur la tête de Suzy, là, parce qu'il sentait que le Diable était après elle. Mais à la place, il a prié avec ma fille, par téléphone ! Il l'a ramenée à Jésus en étant à l'autre bout de la ligne ! Et quand elle a raccroché, Suzy avait du sang à la bouche ; elle a eu très peur, de nouveau, mais moi je l'ai rassurée : "Ne t'inquiète pas, mon trésor, c'est seulement Satan qui veut se venger de toi." Alors elle a décidé de lire les Écritures. Et vous savez ce qui s'est passé ? Dès qu'elle a ouvert le Livre saint, toutes les ampoules de la maison ont grillé. Suzy s'est mise à pleurer et j'ai dit : "Allez, chérie, allez ! Tu sais de quoi il s'agit. Tu sais qu'il essaie juste de t'effrayer, c'est tout." »

Depuis cette nuit-là, en fait, le Diable a laissé Suzy quasiment tranquille. Pour Sheila, cette ère de détente entre les forces du Mal et sa famille s'explique par la ferveur et la conviction avec lesquelles tous trois étaient devenus des fidèles du Christ : « Nous sommes ultrachrétiens, oui, et Satan sait très bien qu'il y aura une sérieuse bagarre en perspective, s'il s'avise de revenir nous embêter. »

Plus généralement, Sheila en était venue à attribuer tout ce qu'il pouvait y avoir de positif dans sa vie à son partenariat avec le Tout-Puissant. Lorsque je lui ai demandé si elle ne se reconnaissait donc aucun mérite dans sa réussite au travail et en tant que mère, elle a levé les yeux de sa salade d'épinards : « Vous ne comprenez pas. Quand j'ai appris que mon mari allait mourir, j'ai d'abord été submergée de peur. Pas seulement à l'idée de devoir vivre sans Dave mais aussi en pensant que j'allais être contrainte de prendre sur mes épaules toutes les responsabilités qu'il avait assumées jusque-là. Mais maintenant, maintenant, je n'ai plus ces soucis. Je n'ai même pas à m'inquiéter de la journée que je vais avoir, ni de rien, parce que le Seigneur est avec moi, tout le temps. Et quand il faut prendre des décisions, eh bien, c'est Lui qui le fait pour moi. Maintenant, c'est Lui, l'homme qui s'occupe de tout dans ma vie. Lui qui a le premier et le dernier mot. »

Sheila avait raison : je ne comprenais pas. Je ne comprenais pas qu'une femme aussi à l'aise dans l'univers professionnel de Manhattan, où la compétition et le réalisme sont les deux maîtres mots, puisse également évoquer des statues de la Vierge qui tournaient le dos à des disques diaboliques. Je ne comprenais pas qu'une résidente de l'Upper East Side, ce quartier de buveurs de Perrier fringués Ralph Lauren, soit une adepte assidue de la transe mystique. Je ne comprenais pas le calme effrayant avec lequel elle pouvait remarquer en passant qu'il lui était souvent arrivé d'être « foudroyée dans l'âme ». Plus important encore, je ne comprenais pas sa conviction que Dieu était désormais le capitaine à la barre de son navire, et qu'elle n'avançait plus que sur pilote automatique dans sa traversée du monde temporel, puisqu'« Il s'occupait de tout ».

Bref, je ne comprenais pas du tout Sheila. Son histoire, je l'aurais gobée si elle était venue, disons, de la bouche forcément édentée d'une péquenaude illettrée du fin fond du Tennessee. Mais non, elle était sortie des lèvres maquillées d'une New-Yorkaise en apparence très à l'aise avec son milieu et son époque. Bientôt, cependant, je me suis rendu compte que cet a priori – l'idée qu'une religiosité aussi baroque ne puisse appartenir qu'aux coins les plus reculés de l'Amérique – trahissait tout bonnement mon ignorance du phénomène social que Sheila personnifiait. À en croire les sondages, en effet, pas moins de vingt-cinq pour cent des Américains ont connu une expérience similaire à la sienne, celle d'une « re-naissance » dans la foi chrétienne. Ce mouvement, devenu le symbole de la résurgence religieuse aux États-Unis depuis le début des années 1980, est souvent associé à l'expansion du télévangélisme et à l'influence politique grandissante des milieux fondamentalistes chrétiens. Maints observateurs l'ont également expliqué par le besoin de certitudes révélées étreignant une société qui aurait perdu la notion de sa mission morale et se retrouverait sans but, sans direction.

Plus spécifiquement, la source de cette expérience mystique est d'ordre biblique. Dans l'Évangile de saint Jean, il est question de Nicodème, « un homme d'entre les pharisiens, un chef des Juifs », qui vient trouver Jésus un soir et lui dit : « Rabbi, nous le savons, c'est de la part de Dieu que tu es venu en docteur ; personne en effet ne peut faire les signes que tu fais, si Dieu n'est avec lui. » À quoi celui-ci réplique : « En vérité, en vérité, je te le dis, personne, à moins de naître d'en haut, ne peut voir le Royaume de Dieu. » Cette réponse désarçonne complètement le malheureux, incapable de concevoir l'idée d'une « seconde naissance » : « Comment un homme peut-il renaître, quand il est vieux ? Peut-il rentrer dans le sein de sa mère et renaître ? » Mais Jésus ne parlait pas de cela, bien entendu : il évoquait ce que tout vrai croyant aspire à connaître dans son existence, car quoiqu'il soit entré dans le monde séculaire grâce à la simple mécanique de la reproduction humaine, il n'aura accès à la vie éternelle que s'il passe par une nouvelle naissance chrétienne, une réaffirmation sans partage de sa foi en Jésus. Peu importe qu'il ait été baptisé ou non : c'est la renaissance spirituelle qui fonde et manifeste son engagement envers le Christ, maître de son destin et de son salut. Dans le même passage, nous sommes prévenus sans détour que les incroyants n'auront pas cette chance :

« Car Dieu en effet a tant aimé le monde qu'Il a donné son Fils unique, afin que tout homme qui croit en lui ne périsse pas, mais possède la Vie éternelle. Car Dieu n'a pas envoyé son Fils dans le monde pour juger le monde, mais pour que le monde soit sauvé par lui. Qui croit en lui n'est pas jugé ; qui ne croit pas est déjà jugé, parce qu'il n'a pas voulu croire au Nom du Fils unique de Dieu. Et le jugement le voici : la Lumière est venue dans le monde, et les hommes ont préféré les

Ténèbres à la Lumière, parce que leurs œuvres étaient mauvaises. Car tout homme qui fait le mal hait la Lumière et ne vient pas à la Lumière, de peur que ses œuvres ne soient réprouvées. Mais qui pratique la vérité vient à la Lumière, pour qu'il soit manifeste que ses œuvres sont faites en Dieu. »

En invitant Jésus à entrer dans votre vie, vous recevez une entrée gratuite – et post mortem – au Royaume du Ciel. Ce contrat personnel avec le Christ vous donne également droit à la compagnie d'autres chrétiens qui, revenus à la foi, s'emploient bien souvent à créer leur propre version dudit Royaume sur terre.

L'aspiration à fonder un paradis en ce bas monde a toujours fait implicitement partie du paysage religieux américain. Plus, la création même de cette nation peut apparaître comme une expérience chrétienne en soi, puisqu'il s'agissait de constituer une Arcadie spirituelle en pleine nature. Les puritains débarqués dans la baie du Massachusetts en 1630 étaient essentiellement des visionnaires ultrareligieux, persuadés que ces terres vierges seraient l'humus idéal sur lequel ils pourraient faire croître « le jardin de Dieu ». Celui-ci ne serait toutefois pas cultivé selon les principes doctrinaux de l'Église d'Angleterre dont ils étaient issus mais selon une version de l'anglicanisme improvisée sur place, une morale ascétique censée refléter leur rude existence dans la nouvelle colonie. De même qu'ils dépouillaient le rituel de toute frivolité, ils veillaient à exclure le moindre aspect séculier de la sphère du gouvernement. Dans cette communauté inspirée par la crainte de Dieu, seuls les vertueux seraient tenus pour citoyens à part entière et recevraient le droit de vote. On attendrait d'eux non seulement qu'ils soient des fidèles dévoués mais aussi qu'ils vivent une « conversion » attestée par tous. Le statut de citoyen était conféré par les autres membres de cette élite spirituelle : le pasteur, les responsables de l'Église et le reste de la congrégation.

En d'autres termes, la première grande colonie d'Amérique a d'abord été une théocratie, où l'autorité était exercée par une fraction de la communauté dont la piété avait été reconnue. Même si les nouveaux arrivants allaient souvent se rebeller contre ces principes intransigeants, l'éthique puritaine a constitué la pierre angulaire sur laquelle s'est édifiée l'identité nationale des États-Unis. Il suffit de feuilleter n'importe quel livre d'histoire consacré à la Nouvelle-Angleterre de l'époque coloniale pour trouver une remarquable similarité entre les codes moraux et sociaux de l'Amérique des années 1640 et ceux qui ont subsisté dans celle d'aujourd'hui. C'est du puritanisme que viennent le culte du travail et de la productivité, la conviction que « le temps, c'est de l'argent », mais aussi un ingrédient essentiel de l'imaginaire américain, le mythe de la Terre promise.

Pour les colonisateurs du Massachusetts, l'Atlantique était le Jourdain qu'ils avaient traversé afin de fonder un nouveau pays de Canaan où le pécheur se verrait offrir non seulement la rédemption par le travail et les bonnes actions mais aussi l'appartenance à un « peuple élu » nouvelle mouture. Depuis leur « Ville sur la colline », les pèlerins du Seigneur montreraient au reste du monde ce qu'était la vie chrétienne dans toute son authenticité. Cette notion de l'Amérique « phare au milieu des ténèbres » devient trois siècles plus tard un argument de vente électoral que Ronald Reagan a souvent utilisé. Elle inspire la conviction collective de la supériorité morale des États-Unis et de leurs institutions dans le monde, et vient aussi confirmer une autre certitude profondément ancrée dans la nation, celle que « quelqu'un nous aime, là-haut », et qu'en vérité, oui, nous sommes les citoyens du Pays de Dieu.

Un territoire béni du ciel, une nation fidèle à Dieu : même si l'utopie puritaine a commencé à partir en morceaux au XVIIIe siècle, lorsque les marchands de Nouvelle-Angleterre ont atteint la prospérité et découvert une nouvelle religion, celle de l'argent, leur autoproclamation d'élus du Seigneur avait pris racine dans la conscience américaine et y subsiste jusqu'à aujourd'hui.

La crise de l'orthodoxie puritaine au milieu des années 1700 a aussi provoqué la réaction appelée le « Grand Réveil », un regain de religiosité qui a agité les congrégationalistes du Nord comme les presbytériens du Sud, avec la campagne subséquente contre le déclin de la pratique religieuse et la réaffirmation des principes calvinistes sur lesquels les colonies s'étaient édifiées. Pour « ramener le peuple au Tout-Puissant », de nouvelles techniques de communication ont été développées. Les deux principales figures de cette époque, Jonathan Edwards et le révérend George Whitefield, ont en fait inventé la prédication de masse telle qu'elle se pratique dans l'Amérique actuelle. Whitefield, rendu célèbre par sa « croisade », au cours de laquelle il allait parcourir près de deux mille kilomètres à dos de cheval et prononcer cent soixante-quinze sermons particulièrement bruyants, est sans doute le premier à avoir eu recours à l'hystérie collective comme vecteur du « message », précipitant ses auditoires dans des torrents d'extase mystique qui les faisaient trembler, sauter sur place et exécuter des roulades convulsives. Même si les puritains les plus collet monté considéraient ce tapage comme une preuve de mauvais goût plutôt que l'expression d'une foi sincère, une nouvelle forme de religion populaire, à fort contenu émotionnel, s'est alors développée. Sa thèse essentielle était des plus sommaires : une société qui s'éloigne de la religion est vouée à la damnation ; en revanche, si elle respecte un christianisme « de base », c'est-à-dire le code moral défini par les textes bibliques, et met l'accent sur l'importance de la renaissance chrétienne, elle peut à juste titre se revendiquer « Royaume de Dieu ».

Dès la prime enfance de la nation américaine, donc, la tradition du « sursaut chrétien » a été à l'œuvre, une réaction viscérale à ce qui était apparu comme un relâchement moral de la société. Dans les années 1840, un « Deuxième Grand Réveil » a transformé les régions montagneuses des États de New York et de Pennsylvanie centrale en lieu d'expérimentation pour de nouvelles communautés religieuses, tels les pentecôtistes ou les mormons, sans parler de groupes spirituels à l'idéologie extrêmement discutable. Près d'un siècle plus tard, les puritains des temps modernes ont inspiré la Prohibition et les protestations contre l'enseignement des théories darwiniennes. Et, si l'on adopte la vision communément acceptée selon laquelle l'histoire américaine est une gigantesque machine à laver dotée de cycles précis qu'elle répète constamment, l'Amérique de la fin du XXe siècle et du début du XXIe siècle paraît engagée dans un autre « Grand Réveil », une nouvelle tentative pour faire renaître le rêve puritain d'un Royaume de Dieu dans une Terre promise.

Il existe cependant une seconde interprétation à cette reviviscence chrétienne : elle est constitutive d'une obsession américaine très moderne, celle de « se sentir bien dans sa peau ». Depuis que Ronald Reagan a signé le principal rôle de sa carrière en jouant le président des États-Unis, l'image que ce pays a le plus souvent donnée au monde est celle d'un malabar imbu de lui-même qui, après une longue crise personnelle

– Vietnam, assassinats divers, Watergate... –, essaie désespérément de retrouver confiance en soi en se répétant à quel point il est fantastique.

Ce placebo a été servi par Reagan à ses compatriotes pendant huit ans et, à en juger par la remarquable popularité du Président-acteur, la société américaine n'en a jamais été rassasiée. Il n'est donc pas étonnant que cette même période ait vu le triomphe de la thérapie télévangéliste et le retour du fondamentalisme chrétien sur le terrain politique. Les croisés du petit écran offrent la paix intérieure garantie à qui invite Jésus dans son cœur, tout en encaissant les sommes colossales récoltées par leurs sermons électroniques, tandis que les politiciens de la droite religieuses vendent du réconfort à leurs partisans, leur soutenant que la morale chrétienne est la seule valide, que leurs électeurs sont les commandos de choc de Jésus face aux forces de la perdition, et seront admis dans la caserne céleste en récompense de leurs actions terrestres.

La sécurité spirituelle, dans cette vie comme dans l'autre. Est-ce cette technique de base du marketing qui a transformé le télévangélisme en une industrie des plus prospères ? Les milieux fondamentalistes ne poursuivent-ils pas d'autres desseins occultes, en premier lieu la destruction des barrières constitutionnelles entre l'Église et l'État ? Cela dit, le business du prêchi-prêcha télévisé a nettement perdu de son prestige, et donc ses acteurs de leur influence en tant que groupe de pression politique, depuis que plusieurs pasteurs cathodiques ont été surpris en train d'évangéliser dans la position du missionnaire... Dès que l'on tente de mesurer les possibles implications de ce « Grand Réveil », on se retrouve dans un labyrinthe d'explications contradictoires. Chaque fois que j'ai ouvert un livre critiquant la « guerre sainte » menée contre les libertés fondamentales en Amérique, chaque fois que j'ai suivi un documentaire télévisé tendant à prouver qu'un nombre grandissant de braves citoyens entendent transformer les États-Unis en Nouvelle Jérusalem, chaque fois que j'ai lu un article à juste titre acerbe sur quelque charlatan religieux professant des aberrations moyenâgeuses, bref, chaque fois que j'ai eu devant moi des tentatives d'interprétation plus ou moins farfelues du phénomène fondamentaliste en Amérique, les mêmes questions sont revenues m'assaillir : *Pourquoi* le retour à la foi ? Quel genre de crise, de besoin, d'angoisse ou de certitude pousse un individu à un engagement aussi profond, peut-être le plus important de toute sa vie ? Qui sont les citoyens composant cette silencieuse armée de croyants ? Dans quelle mesure l'« alliance » avec le Christ a-t-elle changé leur existence ?

Plus je réfléchissais à ces questions, plus se faisait jour mon ignorance d'une région essentielle pour approcher la vie de l'Amérique contemporaine : la région où était née la principale culture populaire des États-Unis depuis l'optimisme hallucinogène des années 1960. Ma compréhension du phénomène religieux était aussi limitée que celle de cette partie du pays qui se voyait comme le cap Carnaveral de la renaissance chrétienne. Les néochrétiens ne se cantonnent pas à une seule région d'Amérique, évidemment – ma rencontre avec Sheila en plein Manhattan le prouvait assez –, mais il est certain que la ferveur religieuse de ces dernières années émane essentiellement du terrain de chasse traditionnel des prédicateurs : le Sud, la « Ceinture de la Bible ».

On a souvent dit que la Ceinture de la Bible représente un état d'esprit plutôt qu'un espace géographique.

Peut-être parce que ce terme a toujours été une manière facile et peu précise de désigner cette vaste étendue du Sud américain qui, des années 1870 à nos jours, a été le paradis des prêcheurs itinérants et des colporteurs de la bonne parole. On a maintes fois expliqué la prédisposition des États du Sud au fondamentalisme chrétien par leur défaite au cours de la Guerre civile : une collectivité ruinée et humiliée cherchant consolation en un Dieu colérique, omnipotent, capable non seulement d'accomplir des miracles mais aussi de « casser la gueule » à Ses ennemis. Puisque la Confédération avait échoué dans son entreprise terrestre, les héritiers de ce rêve brisé pouvaient au moins se dire qu'ils obtiendraient finalement leur part dans le royaume du Tout-Puissant.

Que le Sud soit généralement resté à l'état de fossile économique et social jusqu'au début des années 1970 est sans doute aussi l'une des raisons pour lesquelles le christianisme ultra a pu laisser des marques indélébiles sur la conscience collective de la région, un trait distinctif venu aggraver sa piètre image dans le reste du pays. Presque tous les « Yankees » ayant grandi dans les États du Nord au cours des décennies 1950 et 1960, comme c'est mon cas, ont été imprégnés de l'idée reçue que le « Sud profond » était notre Néanderthal national, un territoire baroque de superstition et de bigoterie, peuplé de « petits Blancs » illettrés, de beaufs ne se déplaçant jamais sans une carabine dans leur vieux pick-up, de flics ventrus qui ne quittaient jamais leurs lunettes teintées, appelaient les Noirs « négros » et regardaient ailleurs en cas de lynchage. Un pays à ce point pourri, en fait, que – selon une blague très en vogue durant mon adolescence – la seule fille de seize ans encore vierge dans tout l'Alabama était celle qui courait plus vite que ses frères et tenait mieux l'alcool que son père. Le Sud était aussi un terrain interdit aux étrangers, bien entendu, à commencer par les Yankees, car les autochtones n'aimaient pas qu'on vienne fourrer le nez dans leur linge sale et, selon un autre mythe répandu dans le Nord, n'hésitaient pas à manifester leur déplaisir par quelques décharges de chevrotine.

Au moment où j'ai décidé ce voyage, pourtant, on ne parlait plus que du « Nouveau Sud », débarrassé des stigmates de la ségrégation raciale et fier de son récent développement dans le secteur des technologies de pointe. Du coup, mon expédition dans la contrée de la renaissance chrétienne devenait également l'exploration d'un territoire qui vivait une seconde naissance.

Je ne connaissais rien au Sud. Rien du tout. Après mes vingt-deux premières années passées sur l'îlot de Manhattan, ma vision des États-Unis était celle du New-Yorkais typique : un pays qui commençait à Washington, au sud, et finissait avec le Maine, au nord, auquel il fallait ajouter un immense asile de fous appelé Californie, heureusement situé quelque cinq mille kilomètres plus loin. Onze ans en Irlande puis un déménagement à Londres venaient compléter cette tendance à considérer le Sud américain comme tout aussi exotique que la Mauritanie. En conséquence, je m'attendais à me retrouver à l'étranger là-bas, d'autant que j'étais moi-même un Américain expatrié et un mécréant convaincu. Sous-produit d'un père catholique et d'une mère juive, ayant fréquenté une école protestante hollandaise et une église unitarienne tous les dimanches jusqu'à la fin de mon adolescence, j'ai toujours eu l'impression que ma formation religieuse ressemblait à un carambolage sur l'autoroute. Je garde cependant des unitariens, avec lesquels je n'ai plus eu de contacts depuis mon passage à l'âge adulte, quelques principes de base : l'idée que Dieu n'est pas une entité concrète mais une conception personnelle, que toutes les expressions de la foi sont recevables dans leur diversité, que Jésus n'était pas le fils de Dieu mais quelqu'un qui avait voulu nous donner le meilleur exemple de ce que devraient être les relations entre êtres humains, dans l'idéal...

Au cas où l'on me demanderait si je crois en Dieu et en une vie éternelle, je donnerais donc sans doute la réponse unitarienne classique, à savoir : en imaginant que je parcoure une route et que je parvienne à un croisement où je sois forcé de choisir entre deux routes, l'une d'elles conduisant au Paradis, l'autre à une discussion à propos du Paradis, je prendrais sans hésiter la seconde. En d'autres termes, sans avoir jamais pu gober l'idée d'un Être suprême à adorer, je suis convaincu que la foi constitue probablement l'élan vital le plus puissant, grâce auquel la grande majorité des individus arrivent à supporter leur existence.

En entreprenant ce voyage au royaume des croyants, à travers l'excentricité et la complexité du Nouveau Sud américain, je savais que je m'attelais à une tâche ardue. D'abord parce que la Ceinture de la Bible est, de nos jours, un vaste rectangle qui commence à l'est avec la Floride et la Virginie, s'étend à l'ouest jusqu'au Tennessee, à l'Arkansas puis à l'Oklahoma, redescend par le Texas à gauche, puis file à travers la Louisiane, le Mississippi et l'Alabama avant de revenir à la Floride. Tenter de visiter chaque parcelle de ce territoire eût été aussi futile que prétendre entrer en contact avec tous les groupes, sous-groupes, tendances et sectes du christianisme qui s'y succédaient. De plus, je ne voulais suivre aucun plan précis, aucun itinéraire déterminé. Je partais en voiture, naturellement : l'Amérique et « la route », après tout, c'est une vieille histoire d'amour. Par un beau matin de juin, je partirais sur le macadam, attendant de voir ce que me réserverait le cours capricieux de la vie.

Je savais au moins une chose, toutefois : pour un chrétien convaincu, il n'y a pas de hasard, pas de veine ni de malchance, puisque chaque moment de son existence est directement supervisé par le Tout-Puissant, intégré aux desseins divins. Pour un voyageur expérimenté, c'est le contraire : un voyage n'est que cela, une succession de coups du sort et d'enchaînements inattendus. Comme d'autres l'ont déjà remarqué avant moi, voyager, c'est s'engager dans une fiction que l'on invente sans vraiment savoir ce qu'apportera le chapitre suivant. Ainsi, c'est en tombant sur un vieil ami que j'en étais arrivé à déjeuner avec Sheila, qu'il connaissait par son travail dans les assurances. Et le même soir, ç'avait été le hasard le plus arbitraire qui m'avait conduit dans un restaurant de Chinatown et m'avait apporté un cookie-surprise avec l'addition. Je l'avais brisé, j'avais déplié le petit papier roulé à l'intérieur et j'avais lu : *Pourquoi chercher le Paradis quand il est à votre porte ?*

Si j'avais été croyant, je me serais sans doute dit que « quelqu'un » m'envoyait là un message. Comme je n'étais qu'un écrivain itinérant qui pensait depuis un moment à la Ceinture de la Bible, j'y ai simplement vu une invitation à mettre le cap au sud.

1

Au nord de la Frontière

J'AI PRIS L'AVION jusqu'à Miami. En vol, le pilote nous a informés que nous allions suivre la côte tout du long. En sirotant un verre de champagne sirupeux, j'ai contemplé par le hublot sale la ligne du littoral. De là-haut, les États-Unis semblaient une terre vierge, jamais foulée. Aucun signe de vie, pas de maisons, rien qu'un long et fin bandeau de rivages immaculés. Je savais que c'était seulement une illusion d'optique, bien entendu, que les rejets du XXe siècle avaient souillé à jamais la plupart des fonds marins. Mais, l'espace d'un instant, je me suis facilement laissé aller à croire que je planais à la surface d'un nouveau monde.

C'est alors que la Floride est arrivée sous nos ailes. La « Côte d'Or ». Un cordon d'hôtels ringards et de résidences de retraités au bord de l'Atlantique, des cubes blancs lancés comme des dés sur une table de jeu. Soudain, nous avons viré à l'ouest et cet univers de promoteurs immobiliers a cédé la place à un grand plateau marécageux d'un vert intense. Le contraste était saisissant ; en une seconde, nous étions passés de l'urbanisation la plus agressive à une sorte de jungle déserte. L'Amérique du Nord était momentanément devenue l'Amazonie. La nature reprenait ses droits.

Puis l'appareil a obliqué sur la gauche et le béton désordonné de Miami a surgi en bas.

Dès le premier contact, à l'aéroport, il est visible que cette ville est un point de passage entre deux zones radicalement différentes de l'hémisphère occidental. Des avions en provenance du Venezuela, de Colombie, des îles Caïmans, du Surinam ou du Guatemala étaient parqués autour de notre point de stationnement. Le terminal lui-même était entièrement bilingue, anglais-espagnol. En allant prendre mes bagages, je suis passé devant deux messieurs d'origine latino, lunettes de soleil et costume de serge bien coupé, qui dévisageaient avec attention tous les nouveaux arrivants. Contournant les files d'attente devant les vols pour Antigua, Port of Spain, la République dominicaine et Tegucigalpa, je n'ai pu m'empêcher de humer le parfum d'interdit qui a fait la réputation de Miami, ces derniers temps. Pour reprendre les clichés des revues de tourisme, c'est la Casablanca moderne, un souk exubérant résolument ancré au Sud. Mais aussi la principale communauté cubaine après La Havane, et un immense campement d'immigrés, regroupant des réfugiés venus de toutes les zones de conflit d'Amérique centrale mais aussi de Haïti et du Vietnam. Également la plaque tournante des échanges boursiers de tous les trafiquants d'héroïne d'Amérique, le rendez-vous des « hommes d'affaires » spécialisés en drogues dures et douces. Les « contras » nicaraguayens ont ici leur quartier général, de même que divers gouvernements en exil plus ou moins siphonnés. L'un des ghettos noirs les plus dangereux du pays y côtoie certaines des plus luxueuses enclaves résidentielles des États-Unis. Et au milieu de ces paradoxes culturels, de cette suspecte fébrilité, évoluent gringos, yuppies à la dernière mode et colonies de vieillards nantis qui ont décidé de passer le crépuscule de leur vie dans ce solarium géant.

À vue de nez, Miami m'a paru l'une des villes les plus complexes, les plus compartimentées et les plus corrompues des États-Unis. Un journaliste pourrait sans doute passer toute sa carrière à couvrir ses excès et ses tensions ethniques. Si cette intrigante toile de fond municipale m'avait attiré, c'est surtout l'impermanence de cette population flottante, de passage dans cette région subtropicale, symbole pour elle d'une vie meilleure, qui m'a décidé à commencer mon voyage par Miami. Pour exercer l'attraction d'un possible Éden sur des migrants d'origines aussi diverses, cet endroit devait sans doute encourager une quête du Paradis particulièrement active. Ce qui laissait supposer, entre autres, que l'évangélisme chrétien y avait le vent en poupe.

Après avoir récupéré mes sacs, je suis allé louer une voiture au comptoir Avis. Une Ford Mustang 1988. Couleur : rouge sang. Cylindrée : 2 300 cc. Accélération : 0 à 110 en onze secondes. Plus profil aérodynamique, air conditionné, contrôle de vitesse, transmission automatique, direction et freinage assistés, vitres électriques et double chaîne stéréo qui, une fois réglée à plein volume, était capable de réveiller tout un comté. Bref, un aigle de la route cent pour cent américain ; le véhicule idéal pour sillonner les terres du Sud.

Ayant quitté l'aéroport, j'ai rejoint le flot de voitures coagulées à l'entrée de l'échangeur. La chaleur et l'humidité étaient dignes d'un bain turc. En attendant que la climatisation commence à produire son effet, je suais, bloqué dans l'embouteillage. Une station locale diffusait les Rolling Stones. Mick Jagger chantait son insatisfaction chronique, fournissant ainsi un commentaire très approprié à mon état du moment : sur la route mais immobile, au volant d'une auto dotée de l'air conditionné mais qui n'en était pas moins suffocante, à me demander si tout Miami ressemblerait au morne paysage que j'avais sous les yeux, en l'occurrence une quatre-voies bordée d'une mosaïque de panneaux vantant les mérites du moindre loueur de voitures du Sud-Floride.

Le bouchon a fini par se dissiper, l'air s'est rafraîchi dans la Mustang. Avec un coup d'œil sur la dernière offre de location de Cadillac rose, j'ai entrepris de rallier un quartier excentré, Kendall. D'emblée, il paraissait s'agir d'une juxtaposition sans fin de galeries marchandes, égrenées sur la route tous les kilomètres. Même l'hôtel dans lequel j'avais réservé une chambre était incrusté au coin de l'une d'elles, malheureuse tentative de concilier le style « hacienda revisitée » et l'efficacité consommatrice. Las Vegas version mauresque.

D'après son badge en plastique, la réceptionniste du Wellesley s'appelait Patti. La quarantaine passée, elle avait dans les yeux une fatigue incommensurable qui vous amenait à vous demander combien de mariages ratés elle avait subis et si les deux autres emplois qu'elle devait assumer pour arriver à payer son loyer étaient aussi épanouissants que celui-ci. Malgré sa lassitude de fausse blonde, elle s'est forcée à sourire, à me souhaiter « le meilleur séjour possible », et à déclarer : « Je suis sûre que vous allez aimer, chez nous. Nous offrons les *doughnuts* pour le petit déjeuner, et café à volonté. Et si vous voulez un bon dîner, il y a quatre excellents restaurants dans la galerie ! » Je savais bien que cette affabilité préfabriquée faisait partie de ses obligations, cependant, j'ai été curieusement touché par son comportement, révélateur du code de bonnes manières doux-amer typiquement américain : la nécessité implicitement admise de présenter une façade d'optimisme en toutes circonstances. Il m'a aussi rappelé que chaque Américain est censé savoir « bien se vendre ».

Ma chambre ressemblait point par point à toutes les chambres de motel du pays : un arpent de moquette beige, un autre de matelas ferme, un écran de télévision. J'ai appuyé sur la télécommande et *Juge des divorces* a envahi la pièce, un classique de la téléréalité vieux de vingt ans qui consistait à recréer de vrais procès en divorce dans un décor de salle de tribunal. Devant moi, une femme qui semblait ne pas avoir fermé l'œil depuis dix ans se tordait les mains en jetant des regards apeurés à son « mari » assis plus loin, dont la physionomie disait l'intense et permanente frustration. Derrière cette image de mésentente conjugale, une voix off résumait sèchement : « M. Liebowitz soutient que sa femme a rendu leur vie commune insupportable depuis qu'elle a développé une phobie des cafards ; elle refuse même qu'ils stockent chez eux la moindre nourriture. »

N'étant pas d'humeur à supporter ce genre de surréalisme domestique, j'ai zappé et je suis tombé sur un talk-show dont l'invité était un gosse de dix ans, originaire d'un trou paumé de Caroline du Nord, devenu une célébrité nationale depuis que son père, prédicateur itinérant à ses heures, l'avait envoyé répandre la parole de Dieu dans les rues de la grande ville la plus proche. Dans son costume croisé noir, il faisait penser à l'un de ces nains qui jouaient les méchants gangsters dans les films noirs des années 1930. Le présentateur lui ayant demandé de donner un aperçu de son style, le garçon s'est levé, brandissant une bible et menaçant la caméra de son index boudiné. D'une voix de stentor, d'autant plus saisissante qu'elle sortait de ce corps minuscule, il a rugi quelques versets de Matthieu : « ... moi, je vous dis : "Tout homme qui regarde une femme par convoitise a déjà, dans son cœur, commis l'adultère avec elle. Si donc ton œil droit te scandalise, arrache-le et jette-le loin de toi... Et si c'est ta main droite qui te scandalise, coupe-la et jette-la loin de toi ; mieux vaut pour toi qu'un de tes membres périsse et que ton corps tout entier ne s'en aille pas dans la géhenne. »

Les applaudissements polis du public installé dans le studio sont venus saluer la fin de ses beuglements. Puis le présentateur a prié le gamin d'expliquer aux « chers téléspectateurs » le sens du passage biblique qu'il venait d'éructer. Brusquement, le petit a perdu son assurance de cabotin. Sur la défensive, il a répondu : « Ouais, vous voyez, je crie pa's'que je dis c'que Dieu y m'a ordonné. Et, ouais, je sais ce qu'ils sont, ces ordres, mais c'est comme qui dirait difficile de les comprendre, pour moi. »

Il savait ce que Dieu demandait, mais ne le comprenait pas... Un problème courant, indiscutablement. Qui m'a rappelé l'heure : celle de téléphoner à Cathy. Ainsi qu'elle me l'avait confié lors de notre première conversation, en effet, cette dernière avait pensé en être arrivée au point de « connaître » Dieu avant de se rendre compte qu'elle ne le « comprenait » pas, mais pas du tout.

C'était pour Cathy que j'avais échoué à Kendall. Plus, c'était elle qui m'avait conseillé le Wellesley, à cinq minutes en voiture de chez elle. Au début, elle s'était montrée plutôt méfiante quand je l'avais appelée en lui disant qu'une association new-yorkaise, les Fondamentalistes anonymes, m'avait conseillé d'entrer en contact avec elle. Oh, on lui avait déjà fait ce coup-là, avait-elle soupiré avant de me mettre en attente et de contacter le responsable de cette organisation. Revenue en ligne, elle s'était excusée de sa réticence. Elle était rassurée, maintenant. Depuis qu'elle avait quitté les Témoins de Jéhovah, un an plus tôt, elle était harcelée de coups de fil de ses anciens condisciples, une entreprise d'intimidation tellement éprouvante qu'elle en était venue à se demander comment elle avait pu appartenir à ce groupe. Avec pareille expérience, elle avait pu me soupçonner d'être un Témoin se posant en écrivain en train de travailler à un livre sur le fondamentalisme chrétien dans le seul but de lui soutirer un rendez-vous pour la clouer au pilori.

Comme j'ai pu le constater par la suite, ce genre de paranoïa est fréquent chez les anciens membres de cercles ultrareligieux, appelés « récidivistes » dans le jargon des néochrétiens. À mon premier contact avec les Fondamentalistes anonymes, la réception avait été d'une froideur frisant l'hostilité. Cette organisation basée à Manhattan mène campagne contre les milieux conservateurs religieux et anime des groupes de soutien aux « récidivistes » dans tout le pays. L'un de ses fondateurs, Jim Luce, a carrément refusé de me voir jusqu'à ce que je lui donne le nom de l'une des mes connaissances au *New York Times*, qui s'est portée garante de moi. Même quand il a été établi que je n'étais pas un imposteur, on ne m'a donné l'adresse de l'association qu'à la condition que je ne la confie à personne, que je la retienne par cœur et que je ne la note nulle part...

On était dans un mauvais Le Carré, avais-je d'abord pensé. Puis j'avais rencontré Jim Luce, un jeune homme très sympathique et très décontracté qui avait travaillé dans la banque à Wall Street avant d'aider à la création des Fondamentalistes anonymes quand l'une de ses nièces avait rejoint une secte religieuse. Il m'a expliqué sans détour les raisons du luxe de précautions dont l'organisation s'entourait : « L'industrie que nous affrontons brasse des millions de dollars, et donc, nous ne sommes pas trop bien vus. Quant aux menaces de mort que j'ai reçues de soi-disant chrétiens, je ne les compte plus. »

Après cette tranquille mise au point, la circonspection initiale de Cathy m'a semblé assez justifiée. Dès qu'elle a eu le feu vert du siège de New York, elle a tenu à ce que je dîne avec elle et son « jules » dès que je serais à Miami. J'étais censé l'appeler sitôt installé au Wellesley et le petit bigot de la télévision m'avait rappelé cet engagement. Il se trouve que Cathy était également devant son poste, fascinée par la même émission : « Ah, vous regardez ce dingo, vous aussi ? » Elle m'a dicté son adresse, tandis que la voix formidable du gamin continuait à tonitruer en arrière-fond.

Elle habitait un ensemble de petites villas répondant au nom poétique de « Brise des Tropiques », couvertes de bardeaux en bois décoloré pour évoquer les embruns et donner une touche « front de mer ». Je me suis bientôt aperçu que Kendall, à part les centres commerciaux, était un patchwork de lotissements similaires, tous dans le style pseudo-vacances, peuplés de jeunes couples plutôt aisés et qui ne voyaient pas d'inconvénient à ce que leur résidence s'appelle « Alizés », ou « Vent du Sud », des noms à consonances de désodorisants sanitaires. Dans les allées de « Brise des Tropiques », les Porsche rivalisaient avec les Triumph TR7 ou les Corvette : la frime au statut social. Au milieu de cet étalage d'automobiles – à crédit, m'avait précisé Cathy –, je repérerais très facilement sa modeste Toyota, et donc sa porte.

Son apparence m'a surpris. Au téléphone, je lui avais donné plus que ses vingt-cinq ans. Secrétaire médicale, elle était bien en chair, plutôt jolie et offrait cette apparence de bonne santé insolente si américaine. Son petit ami, Jake, physiothérapeute dans un hôpital proche, avait à peu près le même âge. À l'évidence assidu des salles de musculation, il était tout en charme, biceps et gentillesse.

Leur logement était décoré avec goût, dans l'esthétique Habitat, avec beaucoup de blanc cassé et de pin verni. Le premier foyer d'un jeune couple, ai-je d'abord pensé, mais Cathy m'a indiqué qu'elle avait déjà vécu en ménage au cours de sa « vie antérieure », comme elle disait. Après s'être installée sur le similichesterfield, elle m'a raconté un peu de cette existence passée et m'a relaté son union avec un Témoin de Jéhovah.

Née à Miami dans une famille juive de la « classe moyenne supérieure », elle avait eu une enfance « sans histoires, très banale ». Cela la distinguait de la majorité des gens, qui conservent souvent de mauvais souvenirs de cette période de leur vie. Cathy entretenait les meilleures relations avec sa mère, et avait mené à terme des études honorables. Bref, jusqu'à sa rencontre avec Barry, tout avait bien fonctionné. Rien dans son expérience ne l'avait fragilisée au point qu'elle ait besoin de rechercher des réponses à la vie dans un groupe fondamentaliste chrétien. Et pourtant, c'était exactement ce qu'elle avait fait six mois tout juste après avoir quitté l'université.

Ayant découvert qu'une licence en beaux-arts n'était pas le diplôme le plus demandé à Miami, elle avait subi la longue incertitude du chômage avant de se résigner à un travail temporaire dans une société de messagerie, emploi peu exaltant mais qui lui permettait de payer les traites de sa voiture et de participer aux dépenses de la maison. Là, elle avait fait la connaissance d'un collègue, Barry, un type ouvert et sportif, nettement plus âgé qu'elle, originaire de l'État de New York. Il l'avait invitée plusieurs fois à dîner, ou au cinéma. Très gentleman, il n'avait tenté aucune avance, même après plusieurs semaines de fréquentation.

Le seul élément surprenant qu'elle avait appris sur son compte était son appartenance aux Témoins de Jéhovah depuis trois ans. Mais plus étonnant encore pour elle, Cathy ne s'en était guère formalisée et, lorsqu'il lui avait proposé de l'accompagner à l'une de leurs conférences, sa réaction avait été : « Pourquoi pas ? » Même si, m'a-t-elle confié, « ma mère a failli avoir une crise cardiaque quand elle a su où j'allais ».

De plus en plus séduite par Barry, elle l'avait donc suivi à la conférence. Il l'avait présentée à tous les autres membres du cercle comme sa « très grande amie », qualificatif qui l'avait positivement ravie. Ensuite, il s'était lancé dans son exposé, l'entamant par une longue présentation de « la Vérité ». C'est là qu'elle avait découvert que les Témoins de Jéhovah appelaient ainsi leur culte. Et aussi que leur nom venait du prophète Isaïe (43:10) : « Vous êtes, vous, mes témoins », c'est là ce que déclare Jéhovah. Découvert aussi que lesdits témoins étaient au service de Dieu depuis plus de six mille ans. Et que le Christ lui-même était appelé « Fidèle et Véridique » dans l'Apocalypse. Et que Jéhovah était le seul et unique Dieu. Et que, depuis le jardin d'Éden, Satan essayait de contester Son autorité. Et que le but ultime du Seigneur était de rétablir Sa souveraineté sur cette terre, ce pour quoi Il avait envoyé Jésus parmi les humains non seulement en sublime sacrifice mais aussi afin de préparer Sa reprise en main finale du monde. Et que cette dernière était proche, et qu'en 1914 des événements considérables s'étaient produits dans le ciel : le Christ avait pris le contrôle du Paradis et jeté Satan dehors, ce qui avait provoqué sur terre de funestes moments, dont le déclenchement de la Première Guerre mondiale. Découvert enfin qu'une période de « grandes tribulations » pointait à l'horizon, au cours de laquelle Dieu détruirait toute perversité sur terre et réglerait définitivement son compte au Diable et que, une fois ceci achevé, le Christ régnerait mille ans. Et qu'alors « tout ce qui respire louerait Jéhovah »...

Impressionnante, la conférence. À la fin, l'un des Anciens de la Salle du Royaume était venu trouver Cathy et lui avait dit : « Je suis heureux de vous voir, sœur Dumont. Je sais qu'il vous a été très difficile de venir ici ce soir. Très, très difficile. » Qu'il ait deviné l'opposition de sa mère l'avait émerveillée, et aussitôt elle s'était sentie en confiance parmi cette communauté. Ce qu'elle a compris bien plus tard, c'est qu'il s'agissait d'une formule de bienvenue habituelle, l'établissement dans l'esprit de l'adepte potentiel du rapport : « nous contre eux tous ». L'Ancien avait d'ailleurs poursuivi : « La Bible a enseigné qu'il n'y a qu'une seule religion vraie, et dans les Évangiles Paul parle de *la* foi. Donc, quand on crée des difficultés à l'une ou l'un d'entre nous parce qu'elle ou il est Témoin, il suffit de lui répondre que nous sommes les fidèles de la seule vraie religion. »

Cathy avait commencé à fréquenter régulièrement les assemblées, accompagnée chaque fois de Barry. Bientôt, elle s'était rendu compte que l'endoctrinement des Témoins ne lui prenait pas moins de trois soirs par semaine. Et, le cycle terminé, elle avait été accueillie au sein du groupe par une sinistre mise en garde : « Maintenant que tu connais la Vérité, si tu l'abandonnes, tu retournes dans le monde de Satan. »

Ces menaces de damnation l'avaient d'abord un peu rebutée. « Je me suis dit que toutes ces histoires de diable, c'était assez idiot, et en même temps il y avait dix pour cent de moi qui me répétaient : "N'empêche qu'à la première rencontre, pour ta mère, ils *savaient* !" Et puis Barry ne cessait de me dire que j'étais née pour rejoindre "leur" monde, et que le reste était dominé par Satan. Ça m'effrayait, bien sûr, mais au fond de moi je me demandais : "Et si c'est *eux* qui ont raison ?" Et chaque fois que je me mettais à avoir ces idées, je m'engageais un peu plus avec les Témoins. J'ai fini par me convaincre pour de bon qu'il y avait des tas de brebis égarées qui ne réalisaient même pas qu'elles agissaient pour le compte de Satan, et que mon devoir était de les convertir à la Vérité pour qu'elles puissent connaître la résurrection après leur mort. »

En ce qui concerne l'au-delà, les Témoins ne retiennent pas la double option classique, en haut et en bas, Paradis et Enfer séparés par la zone démilitarisée du purgatoire. Pour eux, l'Éden est la résidence des « créatures de l'esprit », un contingent de cent quarante-quatre mille âmes triées sur le volet – le chiffre provient du Livre de l'Apocalypse (7:4). Pour le reste de l'humanité, rendez-vous en enfer. Celui-ci, d'après les Témoins, n'est pas un parc thématique destiné aux damnés, mais plutôt une salle d'attente. Vous patientez dans votre tombe en espérant que la résurrection vous échoira à temps pour le règne christique de mille ans. Et en bonus, vous recevez la vie éternelle, puisque la fin de l'ère du Christ verra également la disparition de la mort et de l'enfer en tant que réalités physiques, la terre revenant alors à l'état de Paradis dans lequel Dieu l'a créée...

Pas étonnant, alors, que tout Témoin de Jéhovah qui se respecte juge essentiel d'amener à la Vérité autant d'incroyants que possible, ce qui lui paiera son billet pour la félicité éternelle. Ni que l'endoctrinement accorde une telle importance aux activités de prosélytisme, tout en enfonçant dans le crâne des néophytes que la fin du monde est proche, qu'il faut se dépêcher et que le sang de ceux qu'ils n'ont pas convertis retombera sur leur tête. Pas étonnant, donc, que Cathy ait tenté de convaincre amis et parents de venir assister aux réunions : « Que je la supplie de rejoindre les Témoins, c'en a été trop, pour ma mère. Elle a pleuré, crié, tempêté... Elle a même voulu m'emmener chez un rabbin ! Et tous mes amis me disaient : "Ce sont des cinglés... Tu es toi-même cinglée !" Mais chaque fois, ça me rappelait ce que l'Ancien m'avait dit le premier soir : tant pis si les gens croient que nous sommes fous, puisque nous avons la Vérité, la seule religion vraie ! Plus les autres cherchaient à me détourner des Témoins, plus je m'y accrochais. S'ils m'avaient laissée tranquille, je suis sûre que je ne me serais pas engagée autant. Vous savez, beaucoup de gens rejoignent des groupes ou des sectes sans être en crise, sans avoir besoin de certitudes parce que leur vie est chamboulée. Des fois, ça se résume à un problème de... transition. En tout cas, c'est ce qui s'est passé pour moi. Je n'étais pas perdue, déboussolée. Tout ce que je voulais, c'était réussir la transition, partir de chez mes parents pour fonder mon propre foyer, et à mes yeux Barry était un moyen d'y parvenir. Et comme Barry était Témoin, je suis devenue Témoin ! C'est aussi simple, aussi irréfléchi que ça. »

« Irréfléchi » ou pas, tout le temps libre de Cathy avait bientôt été consacré aux Témoins : « Quand je n'étais pas à une réunion ou à un cercle d'études bibliques, je potassais la Bible chez moi. Et si j'étais obligée de rater une assemblée, Barry ou l'un des Anciens me disait que je ne devais pas manquer à mes engagements. » Un an plus tard, pour leur mariage, Cathy avait pu mesurer la sévérité de ces derniers. La cérémonie avait évidemment été menée selon les préceptes des Témoins : pas de garçon d'honneur, pas de lancer de riz, pas de toasts – pas une goutte d'alcool, en fait –, pas d'orchestre enchaînant les thèmes de circonstance... Quand Cathy avait déclaré qu'elle voulait de la musique pendant l'office, en l'occurrence le très rabâché *Canon* de Johann Pachelbel, les Anciens l'avait informée qu'elle avait l'obligation de vérifier l'origine de cette pièce musicale, dont ils voulaient être certains avant d'autoriser son exécution pendant le service : avait-elle été composée à des fins religieuses et, si oui, pour quelle Église ? C'est seulement après les avoir rassurés quant à la neutralité cultuelle du *Canon* qu'elle a pu avoir satisfaction.

L'union avait à peine été officialisée qu'un certain bouleversement géographico-climatique est intervenu dans leur vie. En rentrant à la maison un soir, Barry a annoncé que les Témoins leur demandaient d'abandonner leur travail à la société de messagerie, leur appartement de Miami, et de rejoindre dare-dare sa ville natale, puisqu'il avait été chargé de superviser la campagne de conversion dans les rudes monts des Adirondacks. En plein mois de janvier, donc, les voici débarquant dans un froid polaire, rejoignant le petit deux-pièces mal chauffé qui leur avait été assigné, dans une ville où ils ne connaissaient personne sinon les membres de la congrégation qu'ils rejoignaient à la Salle du Royaume. Cathy a trouvé un emploi de serveuse, Barry s'est mis plombier à mi-temps, consacrant le reste à organiser la croisade des conversions. Au début, cependant, Cathy n'a pas été affectée par ce contexte déprimant : elle croyait être heureuse, ou en tout cas elle voulait le croire.

Tout en se livrant à ces exercices d'autosuggestion, elle devait aussi aider son mari dans son œuvre de prosélytisme plusieurs heures par semaine. De la sorte, elle a commencé à apprendre les ficelles du porte-à-porte, dans la recherche incessante de nouveaux adeptes : « On nous apprend à être très minutieux et très déterminés. Par exemple, si je sonne chez vous pour vous parler de la Vérité et que vous me dites "Hé, je n'ai pas le temps, j'ai des amis à dîner !", je retourne à ma voiture et je note tout : votre nom, votre quartier, le genre de maison que vous habitez, ce qui me permet d'estimer vos revenus, votre style de vie, et donc d'affiner la tactique que je vais employer avec vous. Je note même que j'ai interrompu votre dîner et comme ça, quand je reviens plusieurs jours après, je vous dis : "Salut, Doug ! Comment s'est passé votre dîner entre amis, l'autre soir ?" La note personnelle, vous voyez ? J'avais aussi un livre qui répondait à toutes les questions imaginables que les gens pouvaient poser à propos de la Vérité, et qui expliquait comment se débrouiller devant des objections difficiles, ou quand la conversation paraît dans l'impasse. Vous me dites que vous êtes athée ? Je connaissais le moyen de contourner le problème. Ou bien vous voulez savoir pourquoi les Témoins de Jéhovah refusent les transfusions sanguines ? *Paf !* je vous répliquais que le sang, c'est la vie, et que seul Dieu a le droit de la donner et de la reprendre. J'avais réponse à tout ! »

C'était du moins ce qu'elle croyait, jusqu'à ce qu'un événement inattendu survienne, la poussant à ce qu'aucun Témoin convaincu ne se risquerait à tenter : questionner la doctrine même de la religion. Ce qui avait éveillé le doute en elle ? L'explosion de la navette spatiale Challenger, traumatisme technologique et national dont les répercussions avaient été particulièrement fortes dans la région du Nord-Est car parmi les astronautes tués dans l'accident figurait une enseignante du New Hampshire, Christa McAuliff, passée à la célébrité l'année précédente pour être devenue la première civile choisie par la NASA.

Apprenant qu'un service funéraire allait se tenir à sa mémoire dans une ville voisine, Cathy a commis l'erreur d'annoncer à Barry son intention de s'y rendre.

Deux secondes après, son mari était au téléphone, en conciliabule avec l'un de leurs Anciens, qui a ensuite demandé à parler à Cathy afin de lui communiquer sa sentence : elle ne devait pas assister à cette cérémonie parce qu'« ils » allaient transformer Christa McAuliff en héroïne nationale. Les Témoins, fallait-il le lui rappeler, n'ont pas le droit de prendre part à une manifestation d'allégeance à un pays et à son drapeau, puisque les Dix Commandements stipulent qu'il est sacrilège de s'incliner devant une image. Christa McAuliff ayant servi avant tout une « image », en d'autres termes les États-Unis, saluer son sacrifice pour la nation relevait du blasphème. Ainsi que Cathy me l'a rapporté : « Pour les Témoins, le pays dans lequel ils vivent n'est pas important. Il n'y a que l'au-delà qui compte. Cet Ancien m'a dit : "Christa McAuliff, c'était un suppôt de Satan. Vous devriez être contente qu'elle soit morte, parce que cela signifie qu'elle pourra ressusciter plus tard. Vous avez interdiction d'aller à cette cérémonie." En bonne adepte que j'étais, il fallait que j'accepte les ordres. »

Mais elle s'est surprise à désapprouver cette consigne, sans en parler, et quelques mois plus tard, au cours d'une sérieuse dispute avec Barry, elle a compris que ses jours chez les Témoins de Jéhovah étaient comptés. Le motif de la confrontation ? « Un soir, en revenant du travail, il a vu une carte de vœux sur mon bureau. Pour la fête des Mères. Il s'est mis dans tous ses états. "Pourquoi as-tu apporté ce sacrilège sous notre toit ?", etc. Je lui ai répondu que c'était juste une carte pour Maman, que ce jour-là était encore très important pour elle et pour moi, que c'était une façon de garder le contact, d'autant que nos relations s'étaient beaucoup détériorées depuis mon entrée chez les Témoins. Enfin, cause toujours, Barry saute sur le téléphone et il appelle encore cet Ancien à la gomme ! Lequel se met à m'expliquer que je célèbre une fête païenne, que c'est de l'idolâtrie... Moi, je lui réponds : "Écoutez, on ne parle pas de sacrifier des petits enfants sur ma pelouse, là ! Il s'agit d'une carte que je veux envoyer à ma mère !" Ils remettent ça, tous les deux, avec leurs grands mots, "péché", "impie", et brusquement j'ai senti quelque chose dans ma tête, quelque chose qui... cassait. Et je me suis dit : "Attends, qu'est-ce qu'elle a de si mal, cette carte ? Pourquoi je suis là, d'abord ? Qu'est-ce que je fabrique dans cette secte ?" Parce que c'en est une, oui. Quand on rejoint une secte, on finit par ne plus rien éprouver. On perd son sens de l'humour mais on prend plein de kilos. On ne fait plus attention à son apparence, à rien. Et comme on est convaincu, sincèrement convaincu, que la fin du monde est pour demain, il n'y a pas trop de raisons de rigoler, non ? On perd le contact avec la réalité. Quand ça a "cassé" dans ma tête, c'était comme si je sortais brusquement d'un sommeil de somnambule qui durait depuis si longtemps. Comme si je n'étais plus mentalement droguée. Et c'est là que j'ai commencé à refuser d'aller aux réunions à la Salle du Royaume. »

Comprenant qu'elle est sur le point de « récidiver », tous les membres de l'assemblée locale se succèdent à son domicile, la suppliant de ne pas abandonner la Vérité. De son côté, Barry se met à genoux devant elle, priant pour son retour au bercail. Comme Cathy ne réagit pas, il décide de sortir l'artillerie lourde, lui annonçant : « J'avais espéré que nous vivrions au Paradis pour toujours, mais maintenant tu vas t'éloigner et ce sera un suicide. » Dans la même veine, d'anciens coreligionnaires la préviennent que si quelqu'un a été initié à la Vérité puis commence à la critiquer en public ensuite, il devient immédiatement un apostat et que le Tout-Puissant place un contrat sur sa tête. *Ad nauseam*, ils lui répètent : « Dieu va te tuer. Il te fera renverser par une voiture. Il t'enverra le cancer. »

Ces amabilités finissent par l'obliger à quitter la ville, d'autant que Barry ne lui adresse plus la parole et que les autres Témoins l'« excommunient », jurant de ne plus jamais lui parler, ni même la regarder.

Revenue à Miami, elle sombre dans la dépression nerveuse : « Avec tout ce qu'ils m'avaient raconté, j'étais convaincue que j'allais mourir. Je me rappelle qu'après mon retour, Maman a organisé une petite fête d'anniversaire pour moi. La première depuis des années, parce que les Témoins soutiennent que souffler des bougies, recevoir des cadeaux, tout ça, c'est sacrilège... Donc, j'ai vraiment eu chaud au cœur quand toute ma famille s'est mise à chanter *Happy Birthday* et que ma mère a apporté le gâteau avec les bougies. Mais en même temps je ne pouvais pas m'empêcher de me dire : "Dieu va me coincer au tournant... Il veut ma mort." »

Pourtant, après l'avoir « excommuniée », les Témoins changent complètement de tactique : ils se mettent à la bombarder de coups de fil, l'implorant de rejoindre leur assemblée, là-haut, dans le Nord. Barry se rallie à ces appels longue distance destinés à sauver son âme. La situation s'aggrave au point que la famille de Cathy se voit obligée de monter la garde devant le téléphone, car ce tir de barrage affecte encore plus son fragile équilibre : « Il m'a fallu une année entière, avec trois séances de psychothérapie par semaine, pour commencer à me sentir libérée de cette expérience. Pour que je reprenne ma vie où je l'avais laissée, et que je puisse penser à nouveau sérieusement à travailler. Mais certains effets secondaires demeurent : par exemple, j'ai du mal à me souvenir de tout ce qui se rapporte à cette période, celle où j'ai été avec les

Témoins de Jéhovah. Sauf la crise finale, bien sûr, l'incident autour de Challenger. C'est comme une perte de mémoire. Dans ma tête, j'ai toujours vingt-deux ans alors qu'en fait j'en ai vingt-cinq... on croirait que ces années ont été effacées de ma vie. »

Jack, qui s'était discrètement retiré dans la cuisine pour mettre des hamburgers sur le gril, a jugé que le récit de Cathy était parvenu à un moment où il pouvait se joindre à la conversation : « Vous auriez dû voir Cathy quand nous nous sommes connus, m'a-t-il déclaré. Elle avait un vrai problème de poids et bon... Elle pleurait presque tout le temps. Mais quand elle a commencé à m'accompagner à la salle de gym, et qu'elle a retrouvé une certaine forme et qu'elle a obtenu un poste de secrétaire chez un pédiatre, elle a retrouvé peu à peu son assurance. À établir une distance entre elle et ces années avec les Témoins. Cela dit, franchement, vous devriez voir sa tête chaque fois que nous passons devant un de leurs temples. Cet air qu'elle a... Ça vous amène à remercier la Providence qu'elle n'ait pas accès à l'arsenal nucléaire ! Vraiment sanglant, quoi... À propos, comment vous l'aimez, votre hamburger ? »

Après le dîner, il a dit à Cathy : « Tu devrais montrer ton placard à Doug. Je suis sûr que ça va l'intéresser. » Elle m'a donc conduit à leur chambre, puis elle a ouvert la porte, non sur un banal espace de rangement mais sur ce qui ressemblait à une mini-bibliothèque pour claustrophobe : des rayonnages de livres et deux gros range-classeurs accueillaient toute la documentation qu'elle avait réunie au cours de l'année écoulée sur les activités des groupes fondamentalistes, dans le cadre de son travail bénévole pour un centre d'information sur les sectes de Miami. Cette organisation invite des « ex » telle Cathy à aller dans les écoles expliquer les dangers du prosélytisme pratiqué par ces cercles.

« Vous savez pourquoi tant de gens tombent à leur merci ? m'a-t-elle demandé. C'est parce que nous avons perdu la plupart de nos repères, dans cette société. Et tout le monde s'ennuie tellement... Je veux dire... il suffit de parler à la plupart des gens et on se rend compte... ils ont l'impression de n'avoir absolument rien fait de leur vie. Les sectes les attirent parce qu'elles leur serinent : "Venez avec nous créer un monde idéal dans lequel nous aurons tous, *tous*, l'illusion de servir à quelque chose. Avec la vie éternelle en prime !" »

Elle a sorti d'un tiroir une petite brochure mal imprimée, intitulée : *La Tour de guet : une présentation du Royaume de Jéhovah*. Sur la première page, il était précisé que cette publication mensuelle avait été tirée à 12 315 000 exemplaires, et dans toutes les langues possibles et imaginables, du français et du japonais au malais et à l'urdu. Au milieu d'articles du genre : « Une question de jeunes : pourquoi est-il si difficile de rejeter la masturbation ? », figurait la reproduction d'un chromo édifiant : des paysans en technicolor, vêtus d'habits traditionnels du monde entier, récoltaient joyeusement une manne de fruits et de légumes dans un cadre bucolique. L'image avait pour légende : *La Vraie Religion comblera tous nos besoins*.

Cathy l'a regardée un moment : « Quand je revois des imbécillités pareilles, je n'arrive pas à comprendre comment j'ai pu y croire... » Elle a secoué la tête avec un rire ironique, mais quand elle a repris la parole, sa voix était emplie d'une étonnante tristesse : « Le plus dur à supporter, pourtant, c'est d'accepter qu'il n'y ait pas de Paradis où aller. Pas de vie après celle-ci. De me dire qu'à ma mort je finirai en poussière dans une boîte sous terre. C'est ce qui a été le pire, quand j'ai perdu la foi : renoncer à l'espoir de la résurrection. Savoir qu'il n'y aurait rien d'autre... »

Je les ai laissés et je suis reparti dans cet univers de centres commerciaux et de banlieues pseudo-idylliques, enchaînant l'US1, l'I-95... La route américaine est balisée par un jargon codé : « I » pour « Interstate », le réseau fédéral d'autoroutes qui couvre tout le pays, « US » pour « US Highways », l'équipement routier d'avant la Seconde Guerre mondiale, et « Rt » pour tout le reste, les axes d'intérêt régional ou local sur lesquels on se traîne mais qui sont le véritable accès à l'Amérique profonde.

Ici, à Miami, l'Interstate était une toile d'araignée suspendue dans les airs autour de la cité, riche en brusques tournants et en déclivités inattendues, sur laquelle les voitures de sport des nouveaux riches slalomaient entre de vieilles guimbardes de l'ère Nixon, et qui coupait littéralement le centre-ville en deux. Cette plongée à travers une architecture résolument kitsch était une métaphore de la ville elle-même, un univers dominé par l'argent facile et la transhumance permanente. Comme si le paroxysme de la réussite consistait à dériver en hauteur dans une Corvette protégée du reste du monde par ses vitres teintées, son air conditionné poussé à fond et sa stéréo faisant vibrer le tout de basses électriques. L'ivresse nouveau riche, à condition de ne pas regarder ce qui se passait en bas, et de ne pas se tromper de sortie sur l'I-95, comme je l'ai fait, avant d'échouer dans l'authentique « mauvais plan » : Overtown, un quartier où toute personne sensée ne se serait risquée que pour chercher deux doses de crack, ou parce qu'elle avait le malheur de gagner dangereusement sa vie dans une compagnie de rachat de crédits.

Quelques lampadaires épuisés, quelques feux d'ordures. Des immeubles en perdition, de petites grappes de locaux agglutinés autour d'un « ghetto-box » beuglant un rap incompréhensible dans la nuit. Overtown, théâtre d'un meurtre qui, deux ou trois ans plus tard, faisait encore parler de lui dans une ville où la mort violente s'intègre généralement au paysage, l'assassinat d'un couple de touristes britanniques qui s'étaient trompés de sortie sur l'I-95, eux aussi, et avaient commis l'erreur de demander leur route à une bande de voyous du quartier, obtenant pour réponse deux décharges de fusil automatique.

La réputation d'Overtown ainsi établie, et avec la conscience très précise qu'une errance trop prolongée dans ce dédale de rues obscures, au volant d'une voiture de location, ne pourrait que mal se terminer, je me suis arrêté à la première station-service pour demander mon chemin. Le pompiste, un monsieur d'un âge certain qui avait perdu toutes ses dents de devant mais arborait fièrement une casquette de l'équipe de base-ball d'Atlanta, n'a eu besoin que d'un coup d'œil à ma très pâle bouille de Blanc pour s'étonner, le sourcil levé :

« Hé, fils, mais quèque tu fous ici ?

— C'est que... J'essaie de retrouver l'autoroute.

— Ah, ça c'en est une de bonne idée, fiston, ça c'en est une ! »

Et il m'a expliqué comment rejoindre l'I-95 avec force gestes. Comme je l'atteignais, je suis passé devant une église baptiste dont le panneau clignotait : AVEZ-VOUS DÉJÀ ÉTÉ FOUDROYÉ DANS L'ÂME ? Dans le contexte du moment, c'était une question que je préférais ne pas considérer.

Le lendemain matin, en rejoignant Fort Lauderdale, j'ai découvert l'existence des « Dynamoments ». J'avais trouvé une station religieuse à la radio, VMCU, la Voix de l'université chrétienne de Miami. Elle diffusait une chanson vraiment exécrable exaltant les ressources d'énergie que le Seigneur nous dispense quotidiennement, entonnée avec une allégresse sucrée par le genre de voix de velours qui résonnent dans tous les supermarchés américains au moment de Noël : « Tout comme nous avons recours aux vitamines pour donner un coup de fouet à notre organisme, il nous arrive d'avoir besoin d'un supplément spirituel qui stimule notre vie intérieure. Voilà pourquoi nous avons mis au point les Dynamoments, destinés aux personnes actives et désireuses de recevoir un petit apport énergétique. Une cassette-montage de passages bibliques formatés sur deux minutes et demie. Tellement facile à écouter en voiture, au bureau, sur la plage, le week-end... Chaque fois que vous êtes en manque de spiritualité, que seule la Bible peut remplir ce vide, c'est simple : Dynamoment ! »

J'ai éteint ce damné poste tout en m'engageant dans un boulevard flanqué de résidences pimpantes et de... oui, de galeries marchandes. J'avais dû me tromper en tournant à droite car soudain je me suis retrouvé au milieu d'un alignement de bunkers en parpaings et toits de carton goudronné. Devant moi, une piste en terre chauffée à blanc sur laquelle les poubelles dégorgeaient leur contenu et où une bande de gamins jouaient au foot avec une cannette de coca-cola. Le contraste était si saisissant qu'il m'a rappelé le quartier du Caire où la bonne société égyptienne sirotait de la limonade à l'ancien mess des officiers de l'armée britannique tandis qu'à deux pas de là les gueux s'entassaient dans des cahutes en tôle ondulée. La cohabitation de l'aisance et du dénuement était apparemment l'une des spécialités du sud de la Floride. Mais si nous pouvons comprendre de telles disparités dans un pays comme l'Égypte, une nation en plein « développement » postcolonial, elles semblent plutôt incongrues dans l'un des États américains les plus prospères, toutefois où le soleil ne semble briller avec une telle intensité que pour rappeler aux pauvres qu'ils devraient s'estimer heureux d'en profiter.

J'ai continué dans ces parages désolés jusqu'à retrouver l'autoroute du Nord et une vision plus policée de Fort Lauderdale. Au bout d'un ou deux kilomètres, nichée entre un magasin de spiritueux, un restaurant italien et un fast-food proposant un « chili hot-dog » à 99 cents, l'église presbytérienne de la Barrière du Corail est apparue, imposante bâtisse, dont le style architectural, avec ses ailerons de béton entourant un clocher filiforme, évoquait une fusée balistico-ecclésiastique près de décoller. Une modeste escouade d'autobus scolaires étaient garés derrière le corps principal, non loin d'un autre groupe d'immeubles qui abritaient l'école privée de la congrégation, la Westminster Academy. Avec ses palmiers et ses pelouses bien entretenues, l'ensemble ressemblait au siège social d'une société spécialisée en technologie de pointe.

J'étais là pour rencontrer le docteur D. James Kennedy, l'un des télévangélistes les plus en vue du moment, et le fondateur de cette église. Il n'avait cependant rien d'un camelot biblique du genre de Jimmy Swaggert, qui offrait le salut éternel à ses fidèles à condition qu'ils aient sans cesse leur carte Visa à portée de la main. Sa réputation ? Être l'antithèse du charlatan néochrétien, un prédicateur plein de retenue, financièrement irréprochable, dans la lignée d'un Billy Graham. Il semblait intéressant de parler à un ministre de Dieu qui ne répandait pas la bonne parole via le satellite par seul appât du gain.

Après m'être garé à côté de courts de tennis, je suis entré dans l'église par une porte secondaire qui ouvrait sur un couloir desservant des bureaux. Une grande carte des États-Unis couvrait l'un des murs, parsemée de punaises de diverses couleurs indiquant les endroits où l'émission hebdomadaire de D. James Kennedy pouvait être captée. À part quelques replis montagneux du Nevada et de l'Arizona, cette marée de pointes multicolores prouvait l'omniprésence du pieux docteur.

Sa secrétaire, une quadragénaire enjouée, m'a submergé de littérature sur les activités de l'église. Enfin, le grand homme est apparu. Bien conservé, alerte, il avait une poignée de main des plus fermes, un regard qui disait : « Sachez bien que je ne fais aucune confiance aux écrivains ou aux journalistes. » En blazer bleu, pantalon de flanelle et cravate aux couleurs de son ancienne université, il aurait pu être un amiral en civil ou un candidat républicain à la présidence. J'ai tout de suite senti son autorité naturelle, sa détermination et ses capacités de tacticien qui, afin de parvenir à l'objectif qu'il s'était fixé, était prêt à remuer des pans entiers de ciel et de terre.

Après avoir échangé les banalités d'usage quant à notre nom de famille commun, nous sommes passés dans son bureau, très imposant avec sa grande table en bois de rose, ses vastes fauteuils en cuir bordeaux, munis d'une batterie de boutons de réglage, ses rideaux bleu pâle qui le protégeaient entièrement du monde extérieur, et des photos encadrées : le docteur Kennedy avec Ronald Reagan, le docteur Kennedy et son épouse avec George et Barbara Bush. Comme la carte à l'entrée, ce décor lançait un message sans équivoque : cet homme avait le bras long.

J'ai expliqué que j'avais contacté sa secrétaire après être tombé sur son émission un soir à New York.

Au-delà de son approche particulière du prosélytisme, ce qui m'intéressait était de comprendre comment on devenait télévangéliste, tout simplement. Il a eu un bref sourire, comme pour reconnaître que ce n'était en effet pas l'une des professions dont on rêvait quand on était jeune. Lui-même n'avait pas reçu une éducation religieuse particulièrement stricte, ses parents étant des méthodistes non pratiquants. C'est seulement à vingt ans passés, alors qu'il vivait à Philadelphie, qu'il avait reçu l'appel du Seigneur. Par un curieux hasard, ce signal qui allait le conduire au prêche télévisé lui était parvenu par ondes courtes : « J'étais au lit un dimanche matin, endormi, quand mon radio-réveil s'est déclenché et j'ai entendu cette voix. Une voix qui disait : "Si vous deviez mourir aujourd'hui, et que Dieu vous demande : En quoi mérites-tu l'entrée au Paradis ? quelle serait votre réponse ?" Je me suis réveillé d'un coup, en pensant : "Oui, qu'est-ce que je répondrais, moi ?" »

La voix était celle d'un pasteur presbytérien, Donald Barnhouse, et, après qu'il eut tourné et retourné dans sa tête la devinette de celui-ci, Kennedy s'est senti obligé d'aller acheter un classique de la littérature religieuse américaine, *La Plus Fabuleuse Histoire jamais contée*, un récit de la vie du Christ en technicolor, version *Reader's Digest*. Ce livre allait exercer sur lui une influence déterminante, puisque, la dernière page terminée, il se mit à genoux et pria Jésus d'entrer dans son cœur : « Imaginez ça, moi, directeur d'un atelier de danse Arthur Murray et un "célibataire joyeux", comme on disait, sans un seul chrétien pratiquant autour de moi. J'ai compris que toute ma vie avait changé, soudain. Parce qu'en me réveillant le lendemain, après cette prière, j'ai *su* que j'étais avec Jésus, pour toujours. Et je me suis dit : "*Ça*, c'est extraordinaire !" »

Non moins fantastique a été sa découverte de la providence divine, celle qui guida ses pas jusqu'à une église presbytérienne le dimanche suivant sa révélation : « Près d'une semaine s'était écoulée en compagnie du Seigneur ; c'était plus qu'un heureux hasard si la première église où je sois entré était ce temple presbytérien à côté de chez moi. »

Le Tout-Puissant avait toutefois pris son temps pour clarifier les intentions qu'Il avait à son sujet : ce n'est que plus d'un an plus tard, alors que Kennedy s'était mis à fréquenter l'école du dimanche pour adultes, qu'il a éprouvé le besoin de renoncer à ses chaussures de danse et à envisager d'entrer dans les ordres : « Au début, j'ai résisté à la vocation, j'ai résisté vaillamment ! Parce que j'aimais mon travail, vraiment. Je pouvais danser quatre-vingts heures par semaine, je ne m'en lassais jamais. Mais peu à peu j'ai commencé à perdre mon intérêt pour le cha-cha-cha et le fox-trot. J'y allais en traînant les pieds. Cela paraissait futile, à côté des bouleversements spirituels que je traversais. Finalement, la contradiction a été trop douloureuse, alors j'ai prié : "Seigneur, par pitié, donne-moi un peu de paix... Je ferai ce que Tu ordonnes. Je ne demande que la paix intérieure." Et savez-vous ce qui est arrivé ? Le lendemain, j'ai abandonné mon travail, j'ai repris mes études, puis je suis entré au séminaire à Atlanta, et j'ai reçu l'ordination. Je me suis installé ici en 1959, avec ma femme, et j'ai commencé mon ministère. »

Conformément au mythe américain du bâtisseur d'empire parti de zéro, les débuts de Kennedy ont été des plus modestes : il prêchait les dimanches dans un « cafétorium » du coin, ce néologisme désignant un auditorium d'école primaire transformé temporairement en cafétéria. C'est là, dans les relents nauséabonds des repas scolaires servis au cours de la semaine, qu'il a commencé à se forger une réputation devant un auditoire réduit, rameuté par le jeune prédicateur lui-même, qui pour ce faire pratiquait la vieille technique du porte-à-porte.

Trois ans plus tard, sa communauté de fidèles s'était suffisamment étoffée pour qu'il puisse reprendre une petite église abandonnée, près de Commercial Boulevard. Mais Kennedy voyait plus loin, et il a demandé à un collègue de lui apprendre les ficelles du « témoignage pour le Christ », pratique consistant à descendre de chaire et à aller prêcher chaque membre de l'assistance individuellement. Quand il l'a bien maîtrisée, il a formé à son tour un groupe de disciples et les a envoyés prêcher dans la zone :

« Mes représentants sur le terrain témoignaient pour Jésus avec un tel zèle qu'il n'a pas fallu attendre longtemps pour que la "multiplication spirituelle" se mette à fonctionner. Vous en avez ici le fruit : notre église, qui compte plus de cinq mille fidèles réguliers, notre école et notre programme de télévision, suivi dans quelque deux cents villes d'Amérique, sans parler de quatre-vingt-treize pays étrangers... Voyez-vous, je crois que cette expansion est ce qu'on peut faire de mieux dans sa vie. Porter la bonne parole au monde entier. Comme a dit Jésus : "Témoignez pour moi !" Ma mission est essentielle, apprendre à des non-initiés comment partager le Message. Le christianisme est en expansion sur toute la planète, et en Amérique même, un changement important est en cours. Prenez l'exemple de ma femme : avant notre mariage, elle fréquentait une église presbytérienne quatre ou cinq fois par semaine, elle chantait dans le chœur, elle animait l'école du dimanche, mais... elle n'était pas une vraie chrétienne. Pourquoi ? Parce qu'elle ne connaissait pas l'Évangile. Cette voie d'accès à la vie éternelle, l'Évangile, n'était jamais enseignée dans les églises traditionnelles ! Si vous demandiez aux gens comment atteindre le Paradis, on vous répondait généralement "par les bonnes actions", ou "par l'amour du prochain"… Mais ce n'est pas là le vrai message de l'Église. Ce que l'Église enseigne, c'est que même si aucun d'entre nous n'est bon, Dieu nous aime tous. Et si nous Lui faisons confiance, nous serons récompensés par le don de la vie éternelle.

» Il y a cependant un paradoxe, ici. La plupart des gens pensent que la vie éternelle est le "but" des chrétiens, mais non : nos bonnes actions n'ont pas de valeur si nous ne les accomplissons que pour nous gagner une place au Paradis. Le Paradis, c'est un cadeau ! Et c'est cela, la Super-Bonne Nouvelle : Dieu nous donne la vie éternelle tout simplement si nous L'invitons dans notre cœur. En fait, l'existence chrétienne, c'est la manifestation de notre histoire d'amour avec Jésus ! »

Il s'est interrompu, me considérant avec un sourire plein d'expectative. Cela m'a fait brusquement prendre conscience qu'il ne se contentait pas de me parler : il « témoignait » devant moi et son homélie, je devais le reconnaître, avait quelque chose de captivant. Même l'incroyant le plus convaincu nourrit en secret l'espérance d'un « au-delà », n'importe quoi qui fasse de la mort un rite de passage et pas uniquement une panne de secteur définitive. Kennedy m'offrait là un antidote à mon statut de mortel, le même qu'il apportait chaque semaine à des milliers de téléspectateurs à travers le monde… Il m'aurait suffi de baisser la tête, de marmonner une petite prière et le cadeau de la vie éternelle m'aurait été accordé. Je me savais incapable d'un tel acte de foi, certes, mais en l'écoutant me communiquer la « ligne du Parti » avec pareille onctuosité, je pouvais comprendre pourquoi tant d'Américains étaient prêts à rejoindre la province de la paix spirituelle. Cette histoire de Paradis est fondamentalement rassurante... Non seulement elle fournit une réponse au plus formidable des mystères mais cette promesse de lendemains qui chantent constitue aussi un remède efficace contre le sentiment d'échec inscrit au cœur de la condition humaine. Étymologiquement parlant, l'évangile est la « bonne nouvelle ». Le job de Kennedy consistait à la diffuser. Sur ce plan, il était difficile de rivaliser avec lui. En échange d'une simple profession de foi, il offrait l'immortalité. Qui pouvait offrir plus ?

« Je vais vous dire, Doug, a-t-il poursuivi, il y a trente-cinq ans, Dieu a posé Son tournevis sur mon esprit et Il l'a fait pivoter à cent quatre-vingts degrés. Il m'a fait tout considérer sous un angle entièrement différent. Et Il peut faire ça à n'importe qui. Il suffit de s'ouvrir à Lui. »

Il m'a lancé un nouveau regard empreint de sympathie, qui sous-entendait : « Ne voyez-vous pas ce que vous êtes en train de rater ? » Soucieux de ne pas me laisser entraîner sur le terrain de mon éventuelle conversion, je me suis empressé de lui demander si l'étiquette de « télévangéliste » ne le gênait pas, avec ses implications de prêcheur de pacotille. Sa réponse est venue aussitôt : « Disons que je suis un presbytérien et un évangéliste, mais certainement pas un fondamentaliste ; un pasteur, un théologien, mais sûrement pas un adepte du charismatisme. En fait, je suis le seul prédicateur du petit écran qui ait un doctorat en poche. Et je suis persuadé que la majorité des extrémistes religieux sont des anti-intellectuels, au point que si vous les voyez à la télé le dimanche vous conclurez sans doute que tous les chrétiens sont des fous. Néanmoins, en dépit de leurs excès, les télévangélistes ont réussi à atteindre une masse de gens qui n'entendaient pas la parole sainte, jusque-là. Ils sont souvent fondamentalistes, certes, mais comme je vous l'ai dit, ce n'est pas mon cas, et mon émission religieuse est la quatrième en termes d'audience.

» Et il y a aussi un point sur lequel je veux être très, très clair : je n'ai jamais récupéré le moindre dollar de ce que nous avons pu recueillir pour notre église. Nos livres de comptes sont ouverts à tous, n'importe qui peut vérifier qu'ils sont en règle. Bien entendu, nos fonds proviennent de ceux de nos téléspectateurs qui veulent nous envoyer de l'argent. Sur une heure d'émission, je dois sans doute consacrer vingt secondes à un appel aux donations, pas plus. Nous offrons un livre, et nous expliquons que c'est notre seul moyen de survie. Mais vingt secondes ! Nous ne récoltons pas la moitié de ce que collecte Jerry Falwell, par exemple. Mais je n'ai pas envie de consacrer la majeure partie de mon programme à demander l'aumône. »

Sur ce, il s'est levé et nous sommes allés droit à l'autel. C'était un peu comme d'avancer sur la scène d'un théâtre désert, avec les bancs disposés en éventail, les rangées de projecteurs suspendus au balcon où se trouvaient le studio d'enregistrement et les caméras de télévision. Derrière la chaire, il y avait une estrade panoramique pour les chœurs et des orgues énormes qui n'étaient pas sans rappeler les wurlitzers massifs des salles de cinéma des années 1930. En imaginant les milliers de fidèles qui s'asseyaient ici chaque dimanche, les centaines de choristes en soutane unissant leurs voix pour faire vibrer ce Colisée ecclésiastique, il était facile de concevoir la puissance émotionnelle de celui qui montait en chaire. Plus qu'une église, c'était une chambre d'écho tournée sur le monde, le haut-parleur d'un culte ambitieux et sûr de son bon droit. J'ai compris que le docteur Kennedy avait tenu à m'amener ici juste après sa protestation d'intégrité financière afin de me montrer ce que sa foi et sa rigueur morale avaient pu bâtir. Mais il a aussitôt voulu préciser que ce vaisseau amiral n'était finalement qu'un petit rempart de christianisme face à une société encore dominée par le scepticisme : « Il est indiscutable que ce pays a d'abord été un projet chrétien, et que jusqu'à la moitié du XIXe siècle au moins il est resté uni autour d'un consensus religieux. Ensuite seulement les humanistes laïques sont arrivés et ont pénétré toutes nos institutions. Le plus inquiétant, c'est qu'à leurs yeux tout est à la mesure de l'homme, que l'homme seul décide de ce qui est bien ou mal. Aucune référence à l'éternité. Ils ne voient pas plus loin que leur tombe. Dieu et la vie éternelle disparaissent de l'équation. Ils sont incapables d'appréhender que Dieu est la somme de tout ce qui existe, l'alpha et l'oméga, le début et la fin. Cependant, je crois que l'Amérique est en train de vivre un renouveau du christianisme d'une telle ampleur qu'elle finira par rejeter l'éthique humaniste et revenir à la morale du Christ. Nous sommes loin, très loin de la Cité idéale que poursuivaient les puritains, mais nous pouvons tout de même initier le retour vers la Colline inspirée. »

Ici, à Fort Lauderdale, entre une station-service et une pizzeria, le docteur D. James Kennedy appelait la nation, et avec elle la planète tout entière, à le rejoindre dans une sublime ascension. En route vers la Cité de Dieu !

Pendant ce temps, dans le monde profane, les citoyens de Floride étaient en butte à des préoccupations bien plus prosaïques : l'alerte aux alligators carnassiers dans la région de Venice, par exemple. Apparemment, un gamin qui promenait son jeune épagneul au bord d'un étang avait eu la malencontreuse idée de tourner le dos au toutou. La minute suivante, celui-ci avait disparu, ne laissant qu'une petite flaque de sang. Quelques jours plus tard, le mystère était résolu : un crocodile trop hardi s'était fait allumer par un chasseur local. Et lorsque celui-ci avait ouvert le ventre de la bête, il avait trouvé une demi-douzaine de colliers de chien encore intacts dans ses entrailles.

Cette information, surprise à la radio de ma voiture alors que je retournais à Miami, m'a fait sursauter car je passais juste à ce moment-là devant un grand panneau signalant une piste de course canine. Cette coïncidence m'a également amené à remarquer un écriteau de taille bien plus modeste, entre la publicité pour les lévriers et celle des « Spécialistes du sommeil », un fabricant de matelas aquatiques. Il s'agissait d'une petite station de télévision locale, « TV 45, la télé familiale », qui proposait : Besoin de prier ? 2ᴱ feu à droite.

J'ai immédiatement quitté l'autoroute pour me rendre à la rue indiquée. Juste derrière une usine d'embouteillage de coca-cola, sur un parking pour caravanes, j'ai vu un immeuble bas surmonté d'une parabole et d'une imposante antenne. Au-dessus de l'entrée, taillés dans du contreplaqué et si démesurés qu'ils semblaient atteints d'éléphantiasis, cinq doigts écartés au-dessus de la mention : *Sa main t'est tendue.* C'était le studio TBN pour le Sud-Floride. Trinity Broadcasting Network, l'une des principales stations religieuses des États-Unis.

La réception était tout en moquette blanche spongieuse, papier à fleurs aveuglant et photographies encadrées du fondateur de la chaîne, Paul Crouch, en train de sauver des âmes égarées dans diverses poses triomphantes. Cet évangéliste californien avait la dégaine d'un présentateur de jeux télévisés : crinière argentée méticuleusement coiffée, fausses dents étincelantes et blazers ornés d'une pochette bouffante. Avec un peu d'imagination, on aurait même pu capter une forte odeur d'after-shave. Dans un coin du hall, une petite chapelle était décorée style « Scènes édifiantes du Nouveau Testament », sur le modèle du tableau que Cathy m'avait montré parmi sa collection de vieilleries des Témoins de Jéhovah. Une bible ouverte occupait d'ailleurs la place d'honneur près du comptoir de réception. Surplombant l'ensemble, un globe en plâtre était auréolé du message : *Trinity Broadcasting tout autour du monde.*

« C'est un assistant d'prière qu'vous voulez ? m'a demandé la jeune Noire installée derrière le bureau, Pa's'que si c'est ça qu'vous voulez, il faut revenir dans une heure, pa's'qu'y sont tous partis déjeuner, là. »

Je voulais seulement jeter un coup d'œil, lui ai-je expliqué.

« Un coup d'œil ? Non. C'est interdit. Par contre, si vous voulez revenir ce soir, on enregistre notre débat chrétien, *Réactions*, ça s'appelle. Vous pouvez être dans le public. »

J'ai donc erré dans les zones malfamées de Miami Beach avant de revenir pour l'enregistrement, à dix-neuf heures. Entre-temps, le parking s'était rempli de véhicules ornés d'autocollants KLAXONNE SI TU AIMES JÉSUS ou JE L'AI TROUVÉ ! Dans le studio, une quarantaine de personnes avaient pris place sur des chaises pliantes en face d'une petite scène qui accueillait trois fauteuils high-tech et une toile de fond d'un gris neutre, ainsi que quelques spots lumineux. L'assistance présentait un échantillon de générations et de situations sociales d'une étonnante diversité : des cadres moyens en costume marron côtoyaient quelques exemplaires de l'« American gigolo » type – chemise en soie ouverte sur chaîne en or et torse poilu –, des matrones en blouses fleuries alternaient avec d'ex-pom-pom girls tout en blondeur, dentelles et froufrous du Vieux Sud. L'une de ces Scarlett O'Hara modernes présentait un spécimen de la féminité sudiste si captivant qu'elle s'est aussitôt attiré les attentions d'un type en chemise polynésienne, barbe clairsemée, regard de dément, dont l'acné avait transformé le visage en champ de cratères. Il l'a approchée avec un sourire de maniaque : « Il faut que je dise que vous êtes belle, mais alors très, très belle. Vous voulez vous marier ?

— Je suis mariée au Christ », a-t-elle répondu avant de se pencher à nouveau au-dessus de la bible ouverte sur ses genoux.

L'apparition du présentateur de *Réactions*, Carlton Pearson, a déclenché un tonnerre d'applaudissements. C'était un jeune Black de moins de trente ans, tiré à quatre épingles et sentant le déodorant à plein nez. Costume bleu électrique, santiags en croco noir, bague en or au petit doigt gauche et mince gourmette sur l'autre poignet. Anciennement petit malfrat à Tulsa, dans l'Oklahoma, il s'était rangé après avoir entendu la Voix, ainsi qu'il allait nous l'apprendre au cours de l'émission. Étoile montante du télévangélisme, il animait sa propre église charismatique dans sa ville natale et commençait à être très connu dans le réseau national des prédicateurs-crooners. Il s'exprimait avec recherche, tout en émaillant son discours d'expressions du ghetto (« Jésus, il va vous mettre tête en bas »…), comme pour prouver qu'il gardait le contact avec les frangins. Il nous a annoncé que deux débats allaient être enregistrés à la suite, ce soir-là, et que donc nous serions bien aimables de rester, parce qu'ils avaient besoin de public. Le premier avait pour thème la « réponse chrétienne » aux lois anti-tabac qui commençaient alors à être imposées dans tout le pays.

Il nous a présenté les participants : un médecin et un activiste de cette « cause chrétienne ».

Dans ses « questions des auditeurs », *Réactions* ne se distinguait pas des autres émissions du même genre. Il y a cependant eu quelques savoureux moments d'extravagance, par exemple lorsqu'une dame du public a avoué qu'elle se sentait coupable chaque fois qu'elle allumait une cigarette, parce que c'était « profaner le temple de notre organisme ». Le toubib invité – son apparence laissait envisager sa reconversion en lutteur de sumo – l'a approuvée en remarquant : « Je suis chrétien et je pèse cent quarante kilos, donc je profane le temple, moi aussi. » Cet aveu a été salué par des applaudissements spontanés, mais déjà le barbichu en chemise tropicale levait la main : « Hé, mon frère, pourquoi je ne devrais pas fumer le tabac que Dieu fait pousser pour moi sur cette terre ? » Les huées de désapprobation ont empêché l'homme de science de répondre.

En conclusion, Carlton nous a rappelé que fumer était un péché, parce que c'était abîmer ce fameux temple que nous portions en nous, mais qu'il fallait manifester de la charité chrétienne envers ceux qui tentaient sincèrement d'échapper à cette diabolique dépendance. Puis il nous a fait un sourire Colgate, nous a assuré que Dieu nous aimait et il a lancé le générique de fin.

Pendant la pause, j'ai engagé la conversation avec ma voisine. Brenda, la soixantaine, m'a dit qu'elle venait d'un quartier irlandais craignos, au sud de Boston, et cela ne m'a pas surpris, car même après quatre décennies à Miami elle gardait un net accent du Massachusetts. Arrivée en Floride en 1946, elle n'était revenue à Boston que l'année précédente, après avoir pris sa retraite de fonctionnaire municipale et enterré son mari, pour lequel elle a eu cette oraison funèbre :

« Quarante années à deux paquets par jour ont fini par avoir sa peau. » Mais la rigueur des hivers de Nouvelle-Angleterre l'avait fait revenir sous le soleil de Miami. Le décès de son époux l'avait également ramenée au sein de l'Église et initiée à TV 45. Elle assistait aux enregistrements de *Réactions* aussi souvent que possible, parce que cela la faisait sortir de sa vie solitaire, lui donnait l'occasion de rencontrer d'autres chrétiens et... « En plus, j'aime vraiment voir Carlton en action. Vous avez déjà assisté à un de ses prêches ? Grand talent, et joli garçon, aussi. »

Je me suis excusé pour aller aux toilettes. En chemin, je suis passé devant une salle contiguë dans laquelle des bénévoles s'escrimaient sur une batterie de téléphones, la « ligne ouverte » de la station. Ceux qui le désiraient pouvaient ainsi déverser leurs méditations dans une oreille attentive. Une note était scotchée à la boîte de biscuits ouverte sur la table : *Cookies réservés aux assistants de prière, merci*. Sur le panneau d'affichage à l'entrée, j'ai remarqué une autre mise au point : *En cas d'appels de journalistes, nous n'avons* AUCUN *commentaire. Pour toute information, qu'ils s'adressent au siège de Californie*. De toute évidence, la direction de TV 45 distribuait avec autant de parcimonie ses points de vue que ses gâteaux secs.

Joey, lui, c'était tout le contraire. Ou du moins c'est ce qu'il m'a semblé quand il m'a annoncé qu'il était Joey, natif de Detroit, dentiste, le tout dans les toilettes hommes, posté en face de l'urinoir mitoyen sur lequel il avait posé sa grosse bible reliée de cuir. Il a enchaîné :

« Tu étais au débat d'hier ?

— Non. C'était sur quoi ?

— Le sida. Une réponse chrétienne à la menace du sida.

— Et ce serait quoi, la réponse chrétienne à la menace du sida ?
— Abstinence sexuelle et prière.
— La prière peut guérir du sida ?
— Bien sûr. Moi, c'est comme ça que j'ai soigné mon herpès génital.
— Ah oui ?
— Un peu ! Hé, j'ai été le premier cas de tout le Midwest, figure-toi ! Fin des années 60. La période hippie, quoi. Les toubibs avaient encore jamais vu ça, l'herpès génital.
— Tu étais baba cool ?
— Ouais, tout ça. Camé, alcoolo, fumeur, et par-dessus ça l'herpès génital ! Mais tout a été fini quand j'ai été sauvé. À l'instant où je me suis mis à genoux dans la cuisine d'un pote et où il m'a ramené à Jésus.
— Quoi ? L'herpès a disparu d'un coup ?
— D'un coup d'un seul !
— C'est fascinant, cette histoire.
— Ah, avec le Seigneur, tout est possible... »

Je suis retourné au studio. Le deuxième débat avait commencé : « Une réponse chrétienne à la délinquance juvénile ». Un inspecteur de police de Miami, un prêtre évangéliste et un voyou repenti s'accordaient pour estimer que l'appartenance à une bande de jeunes était préjudiciable à la santé. À la fin, je suis allé me présenter au révérend Tony Waters, le pasteur qui travaillait à la réinsertion des petits durs. La quarantaine, l'air italien, solidement charpenté, menton bleu de barbe, costard-cravate et parler plein de gouaille :

« Si c'est pour m'interviewer ce soir, laissez pisser, parce que j'ai mes plans, m'a-t-il prévenu une fois que je lui ai eu expliqué que j'aimerais en savoir plus sur son action. Mais pointez-vous demain à mon bureau et ouais, d'acc, on pourra causer.

— Vous ne seriez pas de Brooklyn ? lui ai-je demandé, en lui précisant que toute ma famille venait de ce quartier.
— Bien tombé ! Toute mon enfance là-bas, oui. Et c'est là que je suis devenu un mafieux, aussi.
— Un quoi ?
— Ce que je dis, a répondu le pasteur Waters : un mafieux. »

« Écoute voir, Shirley... J'ai jamais palpé le fric du sang, moi. Je veux dire prostitution et came. Jamais. Et, bon, j'ai essayé de t'aider, vraiment. Et tout ce que j'ai fait, c'était comme ça, gratos, tu comprends ? » Le révérend Tony Waters au travail. « Ouais, ouais, je suis au parfum pour Estelle, ouais. Elle est plus amie avec moi qu'avec toi, tu sais ! Et l'an dernier je l'ai tirée d'un sale pas, quand elle a eu son gosse flingué juste sous ses yeux, devant sa porte... Ah, c'était duraille mais je l'ai sortie de là et... Hein ? Non, c'que j'dis, c'est que j'essaie de donner la main à tous ceux qui en ont besoin. Tu connais le truc, hein ? "Garde tes ennemis à portée de la main et tes amis encore plus près." Et moi, en plus, c'que j'dis, c'est : "Nous autres, on se fait des amis, mais c'est Dieu qui leur pardonne." Alors, va pas en enfer pour un paquet de clopes, tu piges ? Comment ? Ouais, bien sûr, je comprends ton point de vue, mais... Écoute, Paul Anka, c'est un pote. Et Frankie Vali, au Four Seasons, c'est un très proche ami à moi. Donc, c'que j'dis, c'est que j'sais r'connaître la qualité et tu l'as, toi ! Par exemple, je connais une nana, on se parle plus trop mais bon, cette fille, elle fait l'ouverture d'Engelbert Humperdinck à Vegas. Comme j'te dis, j'sais voir la qualité là où elle est. Donc, tu tiens le coup, hein ? Et rappelle-toi : Dieu, Il t'aime ! Pigé ? »

Après avoir raccroché, il m'a raconté : il chaperonnait une jeune femme qui tentait de faire une carrière dans la chanson mais qui avait du mal à décrocher des contrats, et un problème de drogue, en plus. « On essaie de la sortir de ce caca, hein ? Avec l'aide de Dieu, évidemment. » Le pasteur Waters animait une mission religieuse appelée « Lumières du dedans », « dedans » désignant la taule, bien entendu. Comme il se situait à Miami-Sud, son bureau se trouvait, c'était prévisible, dans une galerie marchande, coincé entre une manucure chinoise et une boutique d'appareils auditifs. Une simple pièce avec deux tables, des photos du pasteur en action et quelques étagères de livres aux titres aussi évocateurs que : *Changer de vie à Alcatraz*, *Le Tueur qui voulait se faire arrêter* ou *Le Démon d'Al Capone*. Une affiche couvrant tout un mur résumait la philosophie de l'entreprise :

Ouvrir les yeux aux gens
Les amener DES TÉNÈBRES À LA LUMIÈRE
Faire de LA PAROLE DE DIEU UNE SUPER-MUSIQUE
PROCLAMER LE POUVOIR DE JÉSUS !

Il est temps que les Américains s'occupent des Américains. Tony Waters et Lumières du dedans sont là pour ça !

Avec Lumières du dedans, le dynamique pasteur Waters s'est mis au service du public et des prisonniers à travers les États-Unis depuis des années.

Notre engagement : agir ! Nous voulons ramener l'espoir et la dignité aux affamés, aux sans-abri. Guider nos jeunes vers une Amérique meilleure qui doit encore venir.

AMÉRIQUE ! PRÉPARE-TOI À ACCUEILLIR LE VOLEUR
À QUI DIEU A PARDONNÉ !

« Vous avez été voleur ? ai-je demandé au révérend Waters.

— Oh oui, a-t-il répliqué avec un sourire qui voulait prouver que, sous ses apparences d'évangéliste, il restait une part du mauvais garçon au fond de lui. Mais pas un petit voleur, hein ? Un grand ! »

Il appartenait en effet à une impressionnante lignée de criminels. Son père avait été l'associé de plusieurs célèbres mafieux new-yorkais, et puisque le papa était dans le racket, la carrière du fiston était toute tracée : à dix-neuf ans, après trois années d'apprentissage, il était déjà l'un des cambrioleurs les plus redoutés du pays. La presse à scandale avait surnommé sa bande les « Cambrioleurs à la carte » car ils avaient pour spécialité de dévaliser les demeures des nantis quand ceux-ci dînaient au restaurant.

Bientôt, le gangster avait accumulé de quoi aligner une Rolls, une Ferrari, une Lincoln Continental, sans parler d'une villa de deux cent cinquante mille dollars aux environs de Miami, avec une piscine de taille olympique. « Je dépensais mille dollars par jour... en bêtises », se rappelait-il. Malgré vingt-quatre arrestations, dont trois pour homicides, il s'en sortait toujours, jusqu'à ce qu'un ancien complice, coincé pour meurtre à New York, conclue un marché avec les autorités : l'immunité contre les « Cambrioleurs à la carte ».

Tony Waters est donc tombé. Et de haut. Convaincu de vol au premier degré lors de plusieurs instructions, il a écopé d'une peine spectaculaire : cinquante-deux ans de prison. Au même moment, le service des impôts lui réclamait ses arriérés : un million et demi de dollars. Il était ruiné. Les voitures avaient été vendues pour payer les frais de défense, la maison saisie. Il avait passé un an derrière les barreaux quand sa femme avait obtenu le divorce. Mais ce n'était pas tout : remis en liberté conditionnelle après cinq ans et demi « dedans », il s'est débrouillé pour replonger, cette fois pour six ans ferme : « En tout, j'ai fait onze ans, six mois et neuf jours. » Pas mal, mais qu'est-ce qui lui avait épargné les années qui restaient ? C'était simple : au cours du deuxième séjour à la prison fédérale de Floride, il avait été sauvé : « Bon, j'ai eu une enfance catholique, disons, mais c'était que... de la religion. On peut connaître tout ce qui se dit sur Dieu sans jamais Le rencontrer, Lui, si vous voyez c'que j'veux dire. Mais la seconde fois, je L'ai connu. J'ai compris que j'avais besoin de Lui, que j'étais dans le péché. La Bible, c'était du vrai, et Dieu aussi ! »

Sa vocation découverte, et grâce au miracle des cours par correspondance, il a été ordonné pasteur de l'Église de Dieu, un culte pentecôtiste basé à Cleveland, Tennessee. Pendant qu'il finissait sa peine, il avait officié pour ses camarades de prison. Parmi eux se trouvait un certain John Spenkelink, condamné à mort dans les années 1970 pour un meurtre commis au cours d'un cambriolage, et qui a eu pour peu enviable particularité d'être le premier prisonnier de Floride à passer sur la chaise électrique une fois que la Cour suprême a levé son moratoire sur la peine capitale. C'est Tony Waters qui a « témoigné pour le Christ » avec lui pendant quelques heures avant le moment fatal : « J'ai demandé à John s'il avait peur, et il m'a dit qu'un homme choisit la vie qu'il mène, qu'il avait fait la paix avec Dieu et qu'il espérait aller dans un monde meilleur. C'est là que j'ai compris que Dieu pardonne tout, absolument tout, sauf le blasphème. C'est là que j'ai vu que j'étais le voleur à qui Dieu avait pardonné. »

À sa libération finale, Tony est parti à Jacksonville, dans le nord de la Floride, et il a commencé à prêcher au temple local de l'Église de Dieu, « le temps de me faire la main ». Puis il est revenu sur son ancien terrain d'action, Miami, pour s'occuper de jeunes qui voyaient la criminalité comme un possible débouché : « J'essaie de les sortir de la rue, de leur trouver des boulots. Je leur explique que c'est seulement maintenant que je mesure tout le temps que j'ai perdu au trou. "Vous allez prendre un engagement qui va changer votre existence, j'leur dis, vous allez apporter votre flingue à l'église, le poser sur l'autel et demander à Jésus de devenir votre seul et unique boss. Parce que si Dieu vous remet pas en selle, vous êtes fichus. Et les Américains, ils voient bien le besoin moral qu'il y a de Jésus, maintenant. Vous savez pourquoi ? Parce qu'ils voient que la fin des temps arrive. Cinq ans de plus ou de moins, ce sera bientôt terminé. Il est tendu pratiquement à fond, l'élastique. Voilà pourquoi vous avez tout ce regain d'activité chrétienne, en ce moment, parce que Dieu, Il offre une dernière renaissance avant de descendre Se pointer ici !" »

Quels signes annonciateurs fallait-il guetter, alors ? D'après Tony, tout commencera par une terrible dépression économique – « retour à l'époque où les gens bouffaient dans les poubelles » –, suivie par une aggravation du pourrissement moral, qui ruinera tout vestige de vie de famille : « Mais la bonne nouvelle, c'est que juste quand ça aura l'air vraiment moche, Jésus va dire son mot et ses élus pourront se barrer de cette situation, vu qu'on est tous que des pèlerins de passage. »

Étant l'un de ces « élus », le pasteur Waters ne se voyait pas tirer sa révérence grâce à une guerre nucléaire, puisqu'il n'avait jamais pu trouver de référence à un holocauste atomique dans les Saintes Écritures. Cela dit, il s'attendait tout de même à quelque Armaggedon mettant temporairement fin à toute vie sur terre. Tout en reconnaissant craindre parfois la mort – « Surtout parce que je voudrais être sûr d'être prêt à ce moment » –, il pensait déjà à la Reconstruction postapocalyptique, « parce que là, on sera au Paradis avec Lui avant de redescendre gouverner le monde ».

Comme je remarquais que cette dernière perspective semblait attirer pas mal de gens, le révérend Tony Waters a réfléchi un moment puis, avec un clin d'œil de mauvais garçon : « Évidemment ! J'veux dire, pourquoi vous croyez que je reçois tellement de fric pour ma mission de la part d'anciens mafieux ? »

Au travail, Tomas s'appelait Thomas. Pour sa femme américaine, il était Tom. Et le « gars du marketing » avec lequel il jouait au tennis deux fois par semaine lui donnait du Tommy-Baby. « C'est ce qui me plaît, dans ce pays. On peut réinventer son nom en fonction de chaque contexte. On peut se réinventer entièrement, en fait. »

Au point de vue « réinvention », c'était un expert, Tomas. Il était arrivé à Miami à l'âge de cinq ans, fuyant La Havane. Après la chute de Batista, son père, un universitaire très réputé à Cuba, était arrivé à la conclusion que son tempérament ne correspondait pas au communisme « canne à sucre » que Fidel Castro imposait alors au pays. Il avait donc demandé à sa femme et ses deux enfants de préparer une valise chacun, puis ils avaient pris l'un des derniers bateaux qui assuraient encore librement la traversée entre La Havane et la Floride. 1960. Vingt-huit ans après, Tomas était devenu Thomas, et Tom, et Tommy-Baby. Autrement dit, un vrai Américain.

J'avais fait sa connaissance en Italie, dans les années 1970. Profitant de vacances – j'étudiais alors à Trinity College, l'université de Dublin –, j'étais descendu à

Florence pour voir un copain très fier de mener un cursus universitaire d'un an là-bas. Tomas, inscrit lui aussi à l'université de Florence, était devenu un ami d'ami. Dans les vagues souvenirs que je garde de ce voyage, son image est celle d'un *bandito* arborant une moustache à la Zapata et des cheveux aux épaules, qui parlait anglais et italien avec des inflexions d'espagnol et embrassait l'éthique hédoniste dans laquelle tout jeune de l'époque se reconnaissait, s'il pouvait se le permettre.

Cet instant de sa vie était oublié depuis longtemps quand je l'ai retrouvé, à trente-quatre ans, dans le hall d'un cabinet d'avocats en plein centre de Miami. C'est toujours remuant, de revoir quelqu'un que l'on a connu des années plus tôt et de constater à quel point le temps, allié aux compromis indispensables et aux inévitables blessures de l'existence, l'a changé. Dans le cas de Tomas, le bandit latino s'était transformé en très réputé spécialiste du divorce, avec la panoplie obligatoire de somptueux bureaux Art déco, d'un accent impeccablement américain, d'une Porsche gris métallisé et de cet humour caustique que certains peuvent atteindre à force de s'immerger quotidiennement dans les débâcles conjugales. Après m'avoir serré énergiquement la main et observé que j'avais pris du poids, il m'a annoncé : « Je viens juste de me faire un peu de thune en libérant une cliente d'un mari vraiment sympa. Le genre à la transformer en punching-ball et à répéter que sa place est aux fourneaux. Vachement évolué, le mec, mais je l'ai coincé "bien bien", et maintenant sa pension alimentaire va avoisiner le PNB de la Guyane. Viens, avec ça, je peux t'inviter à déjeuner. »

Nous sommes partis pour Little Havana, le quartier des premiers immigrants cubains à Miami. On avait l'impression de passer la frontière, en arrivant là-bas :

non seulement tous les écriteaux étaient rédigés en espagnol mais l'allure et l'atmosphère de l'endroit étaient définitivement « Sud » avec ses arcades en stuc, ses patios tranquilles où de vieux messieurs jouaient silencieusement aux échecs, ses night-clubs explosant de néons, ses silhouettes en costume croisé et chapeau mou. Dans ce cadre agréablement rétro, on s'attendait presque à voir surgir Dolores del Rio poursuivie par un Orson Welles encore jeune. Je n'ignorais pas le charme factice de ces souvenirs filmiques, ni les clichés attenants. Ce qui m'intriguait, dans ce *barrio* comme dans tout le reste de la ville, c'était l'intensité des extrêmes, la force des paradoxes qui transformaient chaque quartier en son archétype.

Même le restaurant cubain où Tomas m'a conduit ressemblait à une scène de théâtre sur laquelle évoluaient des personnages convenus : un quatuor d'hommes d'affaires moustachus et gominés en train de conspirer dans un espagnol plus rapide que la lumière, un vieux monsieur assis dans un coin, lunettes noires et costume de lin blanc sans doute à la mode à La Havane en 1946, et des serveurs en livrée immaculée, prêts à claquer des talons en prenant votre commande.

« Bienvenue dans l'Amérique cubaine du bon vieux temps, m'a lancé Tomas. Un monde en voie d'extinction, c'est sûr. Les divisions sont épouvantables, surtout depuis que Castro nous a envoyé la lie de ses prisons dans les années 1980. Les *marielitos*, tu sais ? Noirs pour la plupart, délinquants jusqu'au bout des ongles. Ah, ils n'ont pas arrangé notre image. À cause d'eux, tout le monde pense que les Cubains d'Amérique sont des trafiquants de coke qui règlent leurs petits problèmes à la mitraillette. Sauf que la vraie communauté cubaine en exil, c'est quoi ? Des gens honnêtes, des bosseurs, des patriotes, des anticommunistes qui ont voté Reagan et qui voteront Bush... Tiens, moi, par exemple. Quand nous sommes arrivés ici, nous n'avions rien, mais rien. Mais tu as vu mon cabinet, et je t'ai emmené ici dans ma Porsche, et je vais payer ce déjeuner avec ma carte Gold. Comment je n'aimerais pas ce pays ? Cette liberté de prendre un nouveau départ ? Peut-être que tu as passé trop de temps à l'étranger, toi, mais je peux te dire que c'est ça, ce qui fait l'Amérique : la chance de se réinventer. »

« Se réinventer ». Encore cette expression. Plus je traînais à Miami, cependant, plus je commençais à comprendre ce qu'elle voulait vraiment dire. Dans cette métropole du Nouveau Monde, l'individu polymorphe, héros traditionnel de l'Amérique, demeurait une réalité. On percevait une incroyable facilité à changer d'identité, de personnalité, et à se faire inconditionnellement accepter par la société. En pensant à tous les chrétiens « re-nés » que je venais de rencontrer, l'ancien danseur transformé en télévangéliste, le baba affligé d'herpès devenu dentiste et croyant, l'ancien mafieux catapulté berger des âmes, je ne pouvais que retomber sur ce terme de « réinvention ». À l'instar de Tomas, ils s'étaient transformés, ils avaient trouvé un nouveau moi. Mais cette recherche identitaire ne se situe-t-elle pas au cœur de la réalité américaine ? Et l'impressionnante diversité géographique et sociale du pays n'encourage-t-elle pas à la recherche d'une personnalité spirituelle stable ? En bref, l'attrait de la conversion ne trahit-il pas un besoin de retour aux sources, une soif de racines au sein d'une nation qui en a si peu ?

À ce stade de mon voyage, je n'avais pas de réponse à ces questions. Tout ce que je percevais, c'était que, dans un pays qui tient la transformation individuelle, voire le dédoublement de personnalité, pour un droit inaliénable, la « renaissance » chrétienne figure sans doute parmi les options les plus accessibles à ceux qui ressentent le besoin de changer mentalement « de peau ». En même temps, j'avais envie de reprendre la route et de voir ce qu'elle me réserverait. J'ai donc annoncé à Tomas que je quittais Miami le jour même, et que je lui devais un déjeuner quand je serais de retour, trois mois plus tard. Sa réponse est venue, sans fioritures : « Je devrais être par là, oui, et Miami aussi. Mais on ne sait jamais. Comme nous disons ici, "tout change". »

2

La serre

EN DEUX HEURES À PEINE, j'avais changé de côte, laissant l'Atlantique pour le golfe du Mexique grâce à la Route 41, une artère à deux voies qui montait et descendait à travers les contreforts septentrionaux des Everglades. Ce ruban de macadam filait au milieu d'un épais maquis laissant parfois entrevoir des lambeaux de marécage et surtout des tonnes de panneaux publicitaires. Pour un spectacle de combat entre crocodiles, une excursion en hydravion, un parc d'attractions dénommé « Vallée des Requins », quelques villages d'Indiens en carton-pâte, sans oublier la pancarte DANGER, PASSAGE DE PANTHÈRES...

Marais, taillis, bitume, panneaux... Ce paysage fonctionnait comme un panoramique effectué par un cameraman débutant, prévisible jusqu'à en devenir lourd. Mais la boule en surchauffe du soleil et les mirages qu'elle produisait apportaient une touche inattendue, et peut-être dangereuse, à cette succession immuable. Je n'avais encore jamais roulé sur une route inondée et néanmoins sèche comme une trique, et cet effet d'optique saisissant m'a vite amené à imiter les automobilistes que je croisais : j'ai allumé mes phares pour essayer de lutter contre ce miroitement aveuglant.

Cela a donc été un soulagement de plonger dans le crépuscule et de rejoindre l'autoroute aux abords de Naples, axe majeur qui m'a fait contourner Venice, la ville du regretté clébard victime d'un caïman amateur d'épagneuls, puis atteindre Sarasota, où je comptais me poser pour quelques jours. J'avais de la famille, ici, un oncle et une tante installés à Siesta Key, une langue de terre projetée dans le golfe qui accueillait autour de son opulent mais discret lagon des Nordistes de bon goût ayant choisi de finir leur vie dans l'État du Soleil.

Dans cette communauté, les barrières de classe répondaient à une logique inhabituelle dans le reste de l'Amérique. Il n'était pas question de race ou d'origine : Sarasota était une ville de riches Blancs servis par des Blancs moins riches. De toute évidence, l'économie locale reposait sur les retraités et les touristes. Si l'on avait les moyens, c'était l'endroit idéal pour se promener en blazer rose et chaussures de golf immaculées, avoir un abonnement à la salle de concerts et passer son temps au restaurant ou dans des boutiques bien léchées. Pour les moins nantis, on s'habillait au supermarché du coin, on jouait les ouvreuses à l'auditorium ou les serveurs dans les salons de thé, et on fréquentait probablement une église telle que l'Assemblée des Fidèles de Dieu, où j'ai échoué, à la faveur du seul et unique dimanche que j'ai passé à Sarasota.

Elle était située « de l'autre côté » de la ville, loin du bord de mer et de ses propriétés hors de prix, dans l'univers convenu des bungalows et des centres commerciaux. En lieu et place des restaurants pour gourmets, on avait les habituels tex-mex et grills de dixième catégorie. Le bâtiment lui-même, un cube en briques rose et beige sous un toit en pente affublé d'une croix toute simple, était une proclamation d'ascétisme banlieusard.

J'avais choisi cette église en inspectant la page « Nouvelles de l'Église » du *Sarasota Herald Tribune* le matin même. Tel un turfiste épluchant sa gazette aux premières heures du dimanche, je m'étais demandé : Est-ce que je mise sur l'Église du Christ, sur la Consolation charismatique, ou sur l'une des multiples variétés de baptistes du Sud ? L'Assemblée des Fidèles de Dieu avait retenu mon attention parce qu'il s'agissait d'une tendance religieuse en plein essor aux États-Unis, celle des pentecôtistes, et que la messe promettait d'être haute en couleur.

Comme n'importe quelle encyclopédie vous l'apprendra, le pentecôtisme est un concept fourre-tout englobant diverses sensibilités chrétiennes qui privilégient l'aspect charismatique de la foi et une lecture fondamentaliste de la Bible. La pierre angulaire de ce mouvement est cependant le passage de l'Acte des Apôtres (2:1-4) où les disciples du Christ, au septième dimanche après Pâques, se retrouvent devant le Saint-Esprit :

« Tandis que s'écoulait le jour de la Pentecôte, ils étaient réunis dans le même lieu. Tout à coup vint du ciel un bruit semblable à celui d'un fort coup de vent, qui remplit toute la maison où ils se tenaient. Puis ils virent apparaître, semblables à du feu, des langues qui se divisaient, et il s'en posa une sur chacun d'eux. Tous furent alors remplis de l'Esprit saint et se mirent à parler en d'autres langues, selon que l'Esprit leur donnait de s'exprimer. »

Ce don de « parler en d'autres langues », la glossolalie en termes savants, est précieusement conservé et transmis par les pentecôtistes au moyen du « baptême de l'Esprit », déjà expérimenté par les disciples de Jésus. Ainsi que saint Paul l'a établi explicitement, tous ceux qui sont visités par l'Esprit reçoivent en prime le pouvoir de guérison et l'inspiration prophétique. C'est pourquoi, lors de son apparition dans les années 1840, le pentecôtisme américain a été considéré avec une certaine méfiance, le message du « au nom de Jésus-Christ je te demande d'expulser cette tumeur maligne qui te bouffe l'estomac » ayant souvent du mal à passer. C'est aussi pourquoi, au début du XXe siècle, cette mouvance religieuse a été à l'avant-garde des mobilisations antidarwinistes et de la promotion de « la religion de nos pères ».

Depuis, les pentecôtistes sont parvenus à la respectabilité. Malgré leur lecture rigoriste de la Bible, ils ne sont plus traités en cousins honteux par les Églises « respectables ». Ce revirement est peut-être dû au fait que la pratique de la beuglante charismatique s'est largement répandue au sein du christianisme américain, mais aussi au succès incontestable, et polymorphe, qu'ils rencontrent à travers le pays. Il suffit d'ouvrir l'annuaire téléphonique de n'importe quelle ville moyenne pour trouver au moins une vingtaine d'églises sous la rubrique « pentecôtistes », depuis le Triomphe du Saint-Apostolat jusqu'au Baptême du Feu sacré, en passant par l'Église internationale de la Parole infaillible.

Au milieu de toutes ces ronflantes appellations, l'Assemblée de Dieu reste toutefois « leader » sur le marché de la foi pentecôtiste. Me rendre à leur office du dimanche matin à Sarasota revenait donc un peu à visiter la filiale d'un groupe industriel religieux en pleine expansion, et certes le bâtiment fonctionnel dans lequel il se déroulait avait tout à fait la dégaine du motel de base. La chapelle proprement dite, aux dimensions et à la triste sobriété d'un foyer scolaire, ajoutait à l'habituelle tribune des chœurs une estrade qui accueillait un orgue électrique, un piano et une batterie. Une croix en pin fichée en plein milieu de la travée venait souligner que l'esprit des fidèles ne devait pas être distrait de son intense communion avec le Seigneur.

À l'entrée, sous une affiche qui proclamait : AVEC DIEU, SOYEZ GAGNANTS !, j'ai été accosté par un bonhomme arborant une veste à carreaux, une cravate en tricot et un sourire plein de dents, qui m'a tendu le programme de la matinée en lançant : « Dieu vous bénisse d'être avec nous aujourd'hui ! » Je me suis assis sur l'un des bancs du fond pour observer la congrégation. De petites cellules familiales, essentiellement, dont les âges s'échelonnaient entre vingt et cinquante ans pour les parents. Tous portaient l'« habit du dimanche » classique des classes moyennes du Sud américain, costume en maille pour les hommes, robe à fanfreluches pour les dames.

Tandis que la salle se remplissait, les nouveaux venus embrassant avec une effusion dévote leurs coreligionnaires, une matrone à chignon argenté enchaînait les hymnes classiques à l'orgue « Bonjour, mon frère », m'a dit une fidèle en s'asseyant sur le même banc que moi. « Bonjour, ma sœur », ai-je répliqué du tac au tac, ce qui m'a aussitôt valu un sourire et son approbation pentecôtiste.

Cette affabilité générale dessinait un tableau fascinant : celui d'un club très sélect dont les membres, sans aller jusqu'à se prendre pour une élite sociale, étaient cependant très conscients d'avoir été bénis par la révélation de quelque divin secret.

J'ai remarqué un homme d'une cinquantaine d'années, en costume gris perle avec une rose à la boutonnière, dont le petit micro fixé sur la cravate révélait aussitôt la fonction : c'était le pasteur Russell Cox, l'officiant de ce temple. Il passait parmi ses ouailles en dispensant force poignées de main, accolades et joviales salutations, suivi par un jeune assistant qui était sa réplique exacte, tant sur le plan vestimentaire que dans son comportement. Puis le chœur en chasuble jaune est monté sur l'estrade, suivi par un pianiste, un batteur et quatre chanteurs d'une vingtaine d'années, ces derniers munis de gros micros terminés par une boule de mousse écarlate qui n'auraient pas déparé dans la main d'un animateur de night-club. Visiblement, le spectacle allait commencer.

Ils ont attaqué un air (*Hosanna*, d'après le programme), accompagnés par tous les fidèles, qui s'étaient levés et chantaient avec entrain. Si les paroles étaient aussi édifiantes qu'il fallait s'y attendre – « Hosanna, dans notre cœur extasié nous louons le Seigneur à jamais... » –, la mélodie était plus inattendue : une sorte de bossa-nova de casino provincial, une « muzak » liturgique qui s'est soudain interrompue pour laisser le pianiste se lancer dans une oraison syncopée – « Ô Éternel, Ô Fondateur, Tu es Roi entre les Rois » –, que la congrégation a reprise à pleins poumons. Au bout d'un quart d'heure à ce rythme, on ne s'entendait plus et tous les adultes de l'assistance se balançaient violemment de droite à gauche, bras levés vers le ciel.

Cette succession de plages musicales et de prières moitié chantées, moitié hurlées, a continué pendant encore trois hymnes, dont l'un affirmait notamment que « les justes s'avancent vers la victoire et forceront les portes de l'Enfer, car ils sont l'armée de Dieu ! ». Oui, on avait bien là un bataillon de dévots qui s'abandonnaient toujours plus à ce déploiement de décibels. Le chœur montait dans les aigus, les solistes avaient sorti des tambourins et le pianiste se balançait au-dessus de son instrument comme s'il était shooté à la dexédrine. Ce rythme effréné s'est calmé le temps d'un spiritual indiquant que le moment de la méditation était venu, puis un fidèle s'est mis à déclamer de but en blanc son passage de la Bible préféré, imité par d'autres, récitations spontanées saluées par des « Amen ! » et des « Alléluia ! » glapis de toutes parts, voire de bruyants applaudissements. Et la musique a repris.

Pendant tout ce concert-défouloir, le pasteur Cox, paupières hermétiquement closes, frappait dans ses mains avec la retenue précise d'un danseur de flamenco, la paume gauche étendue, la droite tapotant plus ou moins en mesure. J'ai discrètement consulté ma montre : une heure s'était écoulée depuis le début de l'office mais la congrégation ne montrait aucun signe de fatigue vocale ou spirituelle. Ils semblaient même toujours plus enthousiasmés par cette liturgie rhapsodique, comme s'il s'agissait de leur dose hebdomadaire d'un puissant narcotique qu'ils voulaient absorber jusqu'à la limite de leur résistance physique. Si je ne partageais pas leur sainte exaltation, j'arrivais toutefois à en percevoir l'attrait, cette sensation de solidarité, de communion dans une noble quête. En dehors de ces murs, la vie pouvait vous traiter durement mais ici, vous faisiez partie des élus. Des troupes d'élite du Christ. Avec une mission en ce monde et dans celui à venir.

C'est d'ailleurs le thème que le pasteur Cox a abordé à la faveur de sa première homélie du matin. Après avoir rappelé à ses ouailles que c'était la fête des Pères, il a demandé à tous les mâles âgés de plus de treize ans de se lever, qu'ils aient charge d'âme ou non : « Parce que, même si vous n'êtes pas un papa, vous êtes en mesure de le devenir. » Puis il a commencé : « J'enjoins à chaque homme dans ce sanctuaire de veiller à construire un foyer chrétien, et de se conduire en père chrétien. N'oubliez jamais : la virilité est la "christianité". Nous avons été faits hommes à l'image du Christ. Et maintenant, j'appelle les femmes de cette assemblée à se lever et à reconnaître que, par cette virilité christique, votre mari ou votre père est le chef du foyer. »

En deux secondes, toutes les représentantes du beau sexe étaient sur leurs pieds. Désapprouver un tel décret, me suis-je dit, aurait frisé le blasphème dans cette contrée de fondamentalisme pur et dur, et la deuxième intervention du pasteur me l'a confirmé : une demi-heure de traitement de choc pentecôtiste sur le thème « Jésus, l'Homme à Tout Faire ». Après avoir démarré avec Jean, 8:23-4 – « Jésus leur dit : "Vous, vous êtes d'en bas ; moi, je suis d'en haut. Vous, vous êtes de ce monde ; moi, je ne suis pas de ce monde. Je vous ai donc dit que vous mourrez dans vos péchés ; oui, si vous ne croyez pas que *je suis*, vous mourrez dans vos péchés." » –, il nous a offert un sermon survolté dans lequel il nous enjoignait de rester dans la crainte et le respect du Christ-Roi. Plus encore que ce tourbillon de citations évangéliques, cependant, c'était le message sous-jacent à toutes ses diatribes qui était intéressant, en ce qu'il reposait entièrement sur la philosophie du « nous » d'un côté, « eux » de l'autre, si chère à tous les fondamentalistes. Quelques exemples :

« Dieu ne prend pas sa Bible pour dire : " Là, sur ce point, tu as désobéi", ou "Ici, tu as transgressé". Non ! Ce qu'Il fait, c'est qu'Il vous attache un magnétophone autour du cou et vous fait écouter tous vos manquements.

» Permettez-moi de rappeler ce matin à tous ceux qui jouent à des petits jeux avec Dieu : le Seigneur ne joue pas à des petits jeux, Lui. C'est la vie ou la mort. C'est l'éternité avec Dieu, ou l'éternité sans Lui. La simple raison pour laquelle nous devons croire en Jésus, vous, moi, c'est qu'autrement nous mourrons dans nos péchés. Pour être acceptés devant le

Seigneur, nous devons avoir eu connaissance du Christ, ou bien c'est en pécheurs que nous mourrons.

» Qu'est-ce que le péché ? C'est tout ce qui vient à nous parce que nous croyons à tout, sauf en Jésus. Pour que nous ayons vraiment foi en Lui, Dieu doit nous toucher au siège de notre force.

» Est-ce que c'est clair, est-ce que je vous parle pour de bon ? Sans Dieu, nous n'avons pas de force. Nous ne tenons sur nos jambes que grâce à Lui. Le péché, ce n'est pas un problème, pour Dieu. Jésus s'arrange très bien de vos péchés. Si méprisables soient-ils, si intolérables pour la société soient-ils, ils ne lui posent pas de problèmes. Ce qu'Il ne peut pas supporter, c'est... QUAND IL N'EST PLUS LE SEIGNEUR ! QUAND IL N'EST PLUS LE MAÎTRE ! VOUS ME RECEVEZ, LÀ ? C'EST ASSEZ CLAIR ? S'il y a quelqu'un dans cette salle qui porte sa foi ailleurs qu'en LUI, je l'appelle... Non, JE LUI ORDONNE, au nom du Christ : Repens-toi ! Resaisis-toi ! Reviens au Seigneur ! TOUT DE SUITE ! »

À ce moment, un silence hébété s'est installé dans l'église, le même que celui qui plane après un accident de voiture, et brusquement j'ai compris la confidence que m'avait faite Cathy, l'ancienne adepte des Témoins de Jéhovah : que le plus dur, c'était de se résigner à la mort sans « après ». Le pasteur Cox disait à tous les incrédules, dont votre serviteur, que tous leurs péchés seraient effacés seulement s'ils avaient la foi, mais que dans le cas contraire ils se condamnaient à une éternité de ténèbres. Pour lui, comme pour tant d'autres, il n'y avait pas de demi-mesure : ou tu crois, ou tu ne crois pas ; ou tu marches avec nous, ou tu dégages. C'est ce que j'ai décidé de faire, et je me suis glissé hors du banc pour gagner la sortie en douceur pendant qu'il invitait « ceux d'entre vous qui ont des ennuis spirituels, qui chicanent avec Dieu à cet instant, qui ont besoin de guérison » de venir s'agenouiller devant l'autel. J'ai poussé la porte au moment où plusieurs couples, dont certains en pleurs, venaient se placer sous les mains miraculeuses du pasteur Cox. Soudain, la lumière du dehors a envahi la travée, mais personne n'a prêté attention à ce flash céleste : l'Assemblée de Dieu tout entière était en communion avec Lui, cherchant à s'épargner l'obscurité à perpète.

Dans les studios de Radio Rédemption, Wally venait de prendre l'antenne. Il a dit bonjour à Sarasota en ces termes : « Quelle belle journée, les amis ! Pleine de soleil, magnifique ! Alors, si vous preniez une minute pour remercier Dieu ? Et n'oubliez pas, hein ? Méritez Sa bienveillance et Il vous bénira ! »

Installée dans un petit complexe industriel aux abords de la ville, cette station chrétienne semblait prospérer, au vu de son équipement technique dernier cri et de son mobilier danois tout aussi moderne. Malgré quelques inévitables croûtes sacrifiant au style biblico-pompier, l'image recherchée était évidemment celle d'une équipe « dans le coup ». Plus près de vingt ans que de trente, un embryon de moustache sur la lèvre et un air gentil, Wally paraissait prédestiné au rock soft et au marketing néochrétien : un DJ inspiré, avec une voix apaisante, une désinvolture très professionnelle et une conscience assez nette des limites de la ringardise.

« Et maintenant, le tout dernier single de l'un de nos groupes favoris, Tout Là-Haut. Et si on faisait un petit concours pendant qu'on l'écoute ? Voilà : le treizième auditeur ou la treizième auditrice à m'appeler pour me dire ce que Dieu a fait pour lui ou pour elle aujourd'hui gagnera deux entrées au prochain concert local des Impériaux, ces musicos chrétiens que nous apprécions tous... »

Aussitôt, les voyants de la console téléphonique devant lui se sont illuminés. Le treizième appel provenait de Suzy, dix ans.

« Ah, Suzy, tu vas bien ? Alors, dis-nous donc ce que Dieu t'a donné, aujourd'hui...

— Eh bien, Wally, c'est qu'hier j'ai été piquée par une guêpe, vraiment méchante, et le soir j'ai prié Dieu pour ne plus avoir mal, et quand je me suis réveillée ce matin, c'était parti !

— Vous entendez ça ? Voilà, Suzy, tu as prié et la douleur a disparu ! C'est quelque chose de merveilleux, la prière, hein, Suzy ? Surtout que tu as gagné deux places pour ce magnifique concert. Bon, alors amuse-toi bien et que Dieu soit avec toi ! »

Wally a envoyé le disque suivant, *Le Chemin du Paradis*. Malgré une ambiance à la Bob Marley, les paroles étaient dans le registre de la messe dominicale. Pendant que la chanson passait, il m'a raconté un peu sa vie :

« Je suis né à Rome, dans une famille pratiquante. Rome, Géorgie, bien sûr ! Des baptistes convaincus. À douze ans, le Seigneur m'a parlé, j'ai entendu l'appel de la vocation. Pas une voix pour de vrai, bien sûr ! Une sensation, disons. Quelque chose qui me disait que j'étais né pour Le servir. Pendant des années, j'ai résisté, pourtant. Je continuais à aller à l'église mais je ne voulais pas m'impliquer plus. Donc j'ai commencé à travailler dans une radio laïque, à Rome, mais la voix... cette impression, quoi, ne me quittait pas. Elle me disait que j'avais mieux à faire de ma vie. Un truc plus "porteur de sens" que de présenter le Top 40 ! Parce que bon, j'aimais cette musique mais il n'y avait pas de "substance", si tu vois ce que je veux dire. Répandre la bonne parole et tout... Alors, de bouche à oreille, j'ai appris qu'une station chrétienne se montait, ici, à Sarasota, et qu'ils cherchaient du monde et... J'ai prié, vraiment fort, j'ai débarqué ici et le Seigneur m'a ouvert la voie, puisque j'ai obtenu le poste ! »

Il a dû s'interrompre pour lire une série d'annonces : l'École radiophonique de la Bible, les Lumières dans la Nuit – un groupe de théâtre amateur –, l'Église luthérienne évangélique du Christ, « qui répare les mariages condamnés »... Ensuite, une autre chanson un peu gnangnan à la Karen Carpenter, où il était question de Jésus qui voulait vous rendre la vie agréable (« C'est pour ça qu'Il est descendu par ici »), et Wally a continué ses confidences :

« Franchement, je suis arrivé à Radio Rédemption au bon moment. Parce que la musique chrétienne, c'est un secteur qui démarre très fort. Tu as entendu parler d'Amy Grant ? C'est *la* chanteuse religieuse en pointe, aujourd'hui, dans la catégorie solistes adultes. Et en plus d'avoir un talent fou, et d'avoir la foi, elle est "tous publics", aussi, ce qui veut dire que même les non-pratiquants achètent ses disques et qu'elle passe sur les radios laïques. Amy, c'est juste le début, le signe que ce business est en train de se développer sérieux. Par exemple, ici, avant, on ne passait que des groupes de Nashville dont l'engagement était prouvé, mais maintenant on a des disques qui viennent de tout le pays ! Nashville n'est plus le seul endroit d'expression musicale chrétienne. On a du *heavy metal* chrétien qui nous vient de L.A., de la « country contemporaine chrétienne » du Texas, du rap chrétien de Detroit... Évidemment, tous les artistes qu'on diffuse sur Rédemption doivent appartenir à une Église, tout comme le personnel doit être pratiquant. Et les musiciens, il faut qu'ils aient le message. Qu'ils parlent de Jésus, plus que ça, même : qu'ils *vivent* Jésus ! »

Le moment était venu de céder le micro à Sandi Cousins, une animatrice de débats, et à ses invités. Mais Wally a eu le temps de conclure la programmation musicale par un petit sermon, enjoignant à ses auditeurs de « partager la lumière avec le Seigneur dans tout ce que vous ferez aujourd'hui, et aussi ce soir ». Puis il m'a proposé de venir à la « pause-prière » matinale de l'équipe.

Nous avons rejoint au foyer quatre autres permanents de la radio, dont le directeur de la station locale, Bill Butler, un jeune gars énergique et très bronzé, qui a m'expliqué que tous les membres du personnel officiaient à tour de rôle. Ce matin-là, l'honneur revenait à Christie, la standardiste. Après avoir lu un passage de la Bible qu'elle avait choisi, relatif à la prière collective, justement, elle nous a raconté l'histoire d'une amie à elle et de son adorable petit chien qu'elle aimait tellement, mais qui avait eu la curieuse idée d'avaler le contenu d'un sac de naphtaline. Le chiot allait passer l'arme à gauche, bien entendu, c'était ce que le véto avait expliqué à sa maîtresse, en proposant de le piquer tout de suite, qu'on n'en parle plus. Mais l'amie lui avait demandé un jour de grâce ou deux, et elle était venue trouver Christie pour une longue session de prière à deux. Des heures entières, elles avaient supplié le Seigneur d'épargner le gentil petit chien. Et le lendemain, le véto l'avait appelée pour lui annoncer que l'animal s'était miraculeusement rétabli, qu'il se portait comme un charme. Si vous ne croyez pas à l'efficacité de la prière partagée, après ça...

Ce Dynamoment terminé, ils se sont tous pris par la main, Christie a remercié Dieu au nom de l'équipe de Radio Rédemption et chacun est retourné à son poste.

Bill Butler m'a invité à prendre un café dans son bureau. Comme D. James Kennedy à Fort Lauderdale, c'était un grand amateur de cuir bordeaux et d'acajou – la pièce ressemblait au refuge du gentleman anglais revu et corrigé par un professionnel du mobilier bas de gamme US. Installé derrière sa vaste table à la Dickens, sur laquelle trônaient en bonne place les photos de son épouse et de ses enfants, il m'a expliqué que le business de la foi était, somme toute, comparable à n'importe quel autre. Il fallait savoir définir son marché, lutter énergiquement – mais honnêtement – contre la concurrence, garder l'œil sur le bilan mensuel. La seule différence notable, c'était que l'homme d'affaires chrétien avait pour mission essentielle de diffuser la parole du Christ et de participer à l'évangélisation du pays. En conséquence, plus nombreux étaient les gens gagnés à la « cause », plus une radio telle que celle-ci, entièrement sponsorisée par ses auditeurs, avait de chances de s'en tirer. C'est dire que Bill Butler consultait l'audimètre de Sarasota avec le soin d'un courtier en Bourse : « En deux ans d'existence, nous sommes arrivés numéro un sur la tranche horaire du soir. C'est un phénomène qui inquiète nos rivaux. Nous ne battons pas seulement les radios de "musique d'ambiance" mais aussi celles de rock et de "contemporain". Et vous savez pourquoi ? Je ne crois pas que cela tienne au "message" proprement dit. Non, Doug. Ce qui touche les gens, c'est l'état d'esprit dans lequel nous travaillons. Nous sommes positifs, nous apportons de l'optimisme, nous remontons le moral. On ne s'intéresse pas au suicide ou à la violence, sur Radio Rédemption. La musique que nous diffusons a pour but d'"inspirer", d'apporter la grâce. Et c'est ce qui fait de nous un fantastique vecteur d'évangélisation, du fait même que beaucoup de nos auditeurs ne sont pas chrétiens pratiquants... » Il m'a lancé un sourire de chef des ventes... « Pas pour l'instant, du moins. »

Diriger cette radio n'était donc pas seulement un travail, mais un choix de vie. Et Bill se voyait lui-même comme un pionnier en matière de programmation musicale, puisque tant de stations d'obédience chrétienne se refusaient encore à passer tout ce qui n'était pas du spiritual stricto sensu. Selon Bill, il fallait parler le langage musical de son temps, si l'on voulait ramener les gens à Jésus. La carte de visite de Radio Rédemption, c'était le « soft rock », du « rock mélodieux mais aussi plein de punch spirituel ».

La logique de marketing était soft, également : voulant se démarquer de l'agressivité financière propre à nombre de groupes néochrétiens, Bill interdisait tout appel aux donations à l'antenne. Une fois par an, seulement, la station organisait une collecte publique. En quelques jours, le budget annuel de six cent trente mille dollars était couvert et, dès que l'objectif avait été atteint, on passait à autre chose : « Je ne supporte vraiment pas l'obsession de la MasterCard de beaucoup de télévangélistes. Elle a fait un tort considérable aux médias chrétiens. Les retombées de tous ces scandales avec Jim Bakker et Jimmy Swaggert ont bien failli nous mettre tous à la rue. Mais la production artistique chrétienne et sa diffusion ne peuvent pas mourir, parce que ce pays a besoin de nous. Je crois que des gens comme Bakker ou Swaggert étaient sincères, au départ, et puis ils se sont laissé prendre au jeu. Ils avaient de bonnes intentions, ils avaient l'amour de Dieu, mais ils ont fait le mauvais choix. Ils ont été nos superstars de la religion pendant un moment. L'Amérique aime le starsystem, et même les hommes d'Église s'y laissent entraîner. Sauf que c'est une position intenable, pour eux. Je veux dire que nous fermerons les yeux sur les excès d'une star de rock, mais pas sur ceux d'un prédicateur chrétien. Et à juste titre... »

Après avoir reconnu de lui-même que la cupidité du révérend Bakker et les appétits sexuels du révérend Swaggert avaient nui au business de l'évangélisation, Bill Butler n'a cependant pas apprécié que je tente de poursuivre sur ce terrain. Quand je lui ai demandé si d'après lui Swaggert n'avait pas été finalement victime de son étonnante popularité, il m'a décoché un regard assez glacial pour m'envoyer tout droit dans l'Antarctique spirituel. Et, d'un ton aussi frigorifiant : « Jimmy Swaggert n'a été victime que d'une chose, une seule : le pouvoir de Satan. Cet homme a amené des millions d'individus au Royaume de Dieu. En voyant son œuvre, les puissances du Mal ont décidé de le détruire. Et pour porter atteinte à un saint pareil, il a fallu que l'attaque démoniaque soit considérable. C'est le Diable qui a forcé Swaggert à rendre visite à cette prostituée. C'est le Diable qui est responsable de sa chute. »

Il faisait chaud. Comme dans un four. Tellement chaud que mes doigts ont eu la danse de Saint-Guy dès que j'ai touché la boucle de ma ceinture de sécurité. Tellement chaud que les braves citoyens de Sarasota voyaient leur monde se réduire à une succession de refuges climatisés, les pauvres seuls devant supporter la fournaise de la rue plus de quelques minutes. La canicule ne venait pas seulement accentuer les divisions sociales de la ville, elle m'encourageait à reprendre la route. Je suis donc parti, pour me retrouver en plein orage tropical. Un « Crépuscule des Dieux » version Floride, avec roulements de timbales célestes, ténèbres instantanées et cinq minutes de déluge frénétique. Derrière mon pare-brise, j'avais l'impression d'avoir été plongé dans un aquarium où les barracudas et les murènes avaient été remplacés par les Volkswagen, les Pontiac et les panneaux publicitaires. Et puis, comme si quelqu'un avait nettoyé d'un coup le ciel de sa mélasse, la tempête s'est arrêtée aussi soudainement qu'elle était venue, laissant la place à un bleu immaculé, à se demander si l'on n'avait pas été victime d'un tour de passe-passe climatique : « Vous voyez ça ? Hop, ça a disparu ! »

Ce que j'ai vu, en revanche, c'est une sortie d'autoroute conduisant à Plant City, présentée comme « la capitale mondiale de la fraise d'hiver ». Qui aurait pu résister à pareil attrait ? J'ai quitté la voie rapide, plongeant pour la première fois depuis le début de mon voyage dans ce qui ressemblait au vrai Sud américain, à ce « Dixieland » assoupi. Plant City était une ville de grandes maisons en bardeaux blancs, complétées de tourelles et de dômes, avec des porches spacieux, conçus pour accueillir de vénérables rocking-chairs, avec une rue principale merveilleusement typique, bordée de solides bâtiments en briques ornés de balcons en bois qui protégeaient les trottoirs d'un soleil abrutissant. Il y avait aussi une petite station de bus Greyhound très années 1940, une vieille pharmacie qui cassait les prix sur les ciseaux à poils de nez ou d'oreilles, un vrai barbier d'autrefois avec ses gros fauteuils en moleskine rouge et son enseigne tournante, une bijouterie dont le propriétaire, qui exhibait d'impressionnantes bretelles à fleurs, avait posé un petit écriteau dans sa devanture : ICI ENTRENT LES ÊTRES LES PLUS SYMPATHIQUES DU MONDE : NOS CLIENTS... Et puis, North Collins Street, une rue pavée dotée d'une authentique école 1930, un mât imposant en haut duquel la bannière étoilée flottait mollement, et des demeures patriciennes fraîchement repeintes en blanc. Étais-je encore en Floride, l'État de l'immobilier agressif ? J'étais tombé sur un anachronisme, une bourgade arrêtée en l'an 1885, au charme sans doute qualifié de « désuet » dans un pays dont l'obsession était au contraire de se transformer sans cesse, de se projeter dans l'avenir.

Atteindre ensuite la ville de Lakeland, à moins de vingt kilomètres de l'autoroute, était passer d'un tableau de Norman Rockwell à une œuvre d'Edward Hopper, abandonner la douce somnolence de la province américaine pour le dépouillement factice du Grand Vide américain. Mais même là, il y avait plus qu'une morne succession d'entrepôts abandonnés, de boutiques d'armuriers et de bars louches. On avait l'impression que le sordide, ici, avait été délibérément poussé jusqu'à ses limites. Peut-être à cause de la station-service aux pancartes du style : SPA POUR HOMMES : PROCHAINE À DROITE, ou de son restaurant « Fast-Food Chic » qui, selon une annonce en néons clignotants, recrutait *18 ans ou plus pour soirées*, ou de ses immeubles glauques à divers stades de la dégradation, Lakeland vous ramenait à l'ère de la Dépression. Je me suis dit que sa laideur systématique, son esthétique « asile de nuit », devait exercer une attirance particulière sur les marginaux de tout poil. Ainsi du type qui m'a accosté à la réception du motel pouilleux où je me disposais à dormir.

La chambre à L'Auberge d'Écosse était à vingt et un dollars quatre-vingt-quinze ; les deux dollars de dépôt de garantie voulaient tout dire. Sa directrice, une femme épaisse à la grosse voix, trônait dans un minuscule bureau au lino craquelé dont le climatiseur soufflait comme un vieillard cacochyme. Au moment où je commençais à remplir ma fiche d'identification est entré un jeune gars d'à peine vingt ans. Maigre comme un clou, un paquet de Marlboro coincé dans la manche roulée de son tee-shirt, *Lucy B* tatoué sur un bras droit qui portait par ailleurs quelques traces d'aiguille hypodermique : la dégaine, déjà inquiétante, était complétée par des yeux semblables à deux glaçons – à vous demander si son lobe frontal n'avait pas été tripatouillé. Un problème ambulant, ce type.

« Qu'est-ce que tu veux ? a demandé la gérante dès qu'elle l'a vu.

— J'veux ma chambre, a marmonné le garçon.
— Zéro chambre ici, terminé. Et tu dégages, ou j'appelle les flics.
— J'veux juste ma chambre !
— Dégage, fils de... Du balai ! »

Il a disparu mais quelques minutes plus tard, alors que j'étais ressorti pour prendre mon permis de conduire que j'avais laissé dans la voiture, je l'ai trouvé planté devant la Mustang.

« Jolie caisse.
— De location. »

Ses yeux catatoniques m'ont jaugé lentement.

« T'es hétéro ? »

La question était plutôt surprenante, mais j'y ai répondu :

« Ouais.
— Tu veux une femme ?
— Non merci.
— Elle est bonne.
— J'ai dit non merci.
— Et moi, j'ai dit qu'elle est bonne. Vraiment. Je sais de quoi je cause. C'est ma femme. »

Je suis retourné dans le bureau. Comme la dame me demandait ce que le type m'avait raconté, je lui ai rapporté notre bref échange. « Ça alors ! s'est-elle exclamée, il a proposé la même chose à mon mari hier soir ! J'ai dû le mettre à la porte, ce sagouin-là ! »

Dans ma chambre, la moquette était rouge sang, les rideaux fatigués présentaient des motifs prétendument psychédéliques et la chaîne de sécurité avait entaillé profondément le chambranle, témoignage de multiples entrées en force. Devant ma fenêtre, un autre pensionnaire du motel, qui présentait une ressemblance saisissante avec M. Charles Manson, criait à quelqu'un à l'étage au-dessus : « Hé, tête de con, ramasse tes merdes, on fout le camp ! »

Après avoir décidé que cette nuit serait la seule que je passerais dans cet établissement, et attendu que Manson et son complice aient laissé la voie libre, j'ai repris ma voiture. Sur la voie principale, j'ai remarqué un bar à huîtres, Chez Benny, qui proposait : « Poisson-chat à volonté, $ 6.95, pas de doggie-bags », et deux magasins offrant des promotions spéciales sur les armes semi-automatiques. Quelques kilomètres plus loin, enchâssée dans le complexe de la « Maison de retraite Carpenter », j'ai aperçu une énorme basilique rouge et brun qui semblait couvrir plusieurs hectares. Il s'agissait d'un temple de l'Assemblée de Dieu qui, avec quelque onze mille places, constituait l'une des plus grandes arènes évangéliques d'Amérique du Nord.

Bill Butler, le patron de Radio Rédemption, m'avait convaincu de marquer un arrêt à Lakeland pour jeter un coup d'œil à cette super-église – « C'est vraiment du sérieux, là-bas... ». Et voilà, je me trouvais devant ce Saint-Pierre du Nouveau Monde, les yeux levés vers sa coupole pointue qui lui donnait des airs de tente de cirque. À l'intérieur, pourtant, point de piste de sable : l'ensemble constituait un gigantesque studio de télévision, les innombrables rangées de bancs surplombant une scène flanquée de deux écrans d'au moins cinq mètres de haut. Plusieurs cameramen étaient d'ailleurs à leur place, dans cette salle surplombée de projecteurs, d'enceintes et de micros. Tout au fond, une horloge digitale de la taille d'un panneau de score dans un stade de football révélait que la maison de retraite et son sanctuaire ne prenaient certainement pas à la légère le passage du temps.

On était mercredi soir, « le jour du show » selon l'un des bedeaux qui m'a tendu un programme après m'avoir souhaité la bienvenue. Cinq cents personnes, au grand maximum, étaient assises dans la salle.

Si j'avais été agoraphobe, je me serais enfui en courant : il était facile de se sentir aspiré par le vide de ces gradins déserts. L'assistance, étonnamment jeune et majoritairement formée de célibataires vêtus avec soin, employés de bureau ou caissières, n'a plus bougé dès que le présentateur, multiplié par trois sur les écrans vidéo, est monté en scène. C'était un quinquagénaire aux allures paternelles, vêtu d'une sorte de cardigan. Il nous a invités à nous lever pour la prière. Comme le thème de la soirée était « La vie de famille », nous a-t-il appris, nous devions prier pour nos parents ou nos enfants. Il était préférable que cette église s'occupe des jeunes, a-t-il remarqué, plutôt que de les laisser s'initier aux aléas de l'existence dans la rue. Surtout dans une ville comme Lakeland.

L'éclairage s'est atténué et on nous a présenté un film, le septième volet du prêche d'un évangéliste – et auteur – très connu, de l'Assemblée de Dieu, Josh McDowell, intitulé : *Comment aider votre enfant à dire non aux avances sexuelles*. Avec un sourire et des intonations de brave papy télévisuel, McDowell commençait en expliquant que le meilleur moyen de montrer à ses rejetons la différence entre le désir adolescent et l'« amour véritable » était de leur donner en exemple l'harmonie entre Papa et Maman :

« Certains actes créatifs m'ont permis de prouver à mes enfants combien j'aime ma femme, se flattait-il. Ainsi, quand je pars en tournée, je laisse des "bons d'amour" de-ci de-là dans la maison. Comme ces bons à découper que vous trouvez dans votre journal : "Valable pour un dîner au...", vous voyez ? Une fois, j'en ai laissé un qui disait "Valable pour une soirée ballet", et mon épouse a dit à nos deux filles que Papa devait vraiment aimer Maman, parce qu'elle savait combien je détestais la danse classique. Et vous savez quoi, mes amis ? À ce jour, Dotty ne l'a jamais utilisé, ce bon !

» Ou bien, le jour de notre anniversaire de mariage, j'ai appelé les petites autour de moi : "Les enfants, j'ai besoin de votre aide. J'ai une telle chance d'être marié à votre maman, je l'aime tant... D'après vous, comment puis-je le mieux lui témoigner mon amour, aujourd'hui ?" Kelly, notre fille aînée, a répondu sur-le-champ : "Emmène-la à la plage, et ensuite dans un restaurant où ils ont de l'espadon !" Parce que c'est bien connu à la maison, Dotty adore ce poisson ! Une autre fois, j'ai surpris Kelly en train de tenir à sa mère des propos insolents, alors je lui ai dit : "Libre à toi de parler de cette façon à ta mère, mais jamais, tu entends, jamais tu ne t'adresseras ainsi à mon épouse. J'aime cette femme !" Ou bien, chaque fois que je suis en déplacement, je téléphone souvent à la maison, et si c'est notre fille cadette qui répond, ma belle petite Katie aux yeux si bleus, je lui dis : "Puis-je parler à cette femme sublime à laquelle je suis marié ?" »

Dotty, Kelly, et la ravissante Katie... Ce ne devait pas toujours être facile pour Josh, à la maison. Il a admis ne pas être le vrai chef de famille. En réalité, c'était Jésus qui tenait ce rôle. Le Christ inspirait le « modèle d'amour » des McDowell et il pouvait en faire autant dans tous les foyers chrétiens. Maman et Papa devaient donc montrer à Kelly et Katie qu'ils s'aimaient, mais aussi qu'ils aimaient Jésus.

Après cette homélie en « quadri-stéréo », nous avons eu droit à une page de pub montrant un groupe d'hercules chrétiens qui cassaient en deux des blocs de ciment tout en répandant la bonne parole, « l'Équipe des costauds » qui serait « très bientôt dans votre église ». La lumière est revenue dans la salle, et avec elle le maître de cérémonies. Juché sur la scène, il nous a demandé de parler autour de nous de la venue prochaine des « costauds », notamment parce que « je suis sûr qu'il y a plein de jeunes maris qui ne sont pas encore chrétiens mais qui ne demanderaient pas mieux que de venir voir ces garçons à l'œuvre dans notre temple ».

Puis est venu le tour du « pasteur Gary », ainsi qu'il avait été présenté. Il officiait dans une nouvelle église récemment constituée à Tampa sous le nom bucolique de « Vertes Pâtures ». Ce n'était pas une mince affaire, a reconnu l'invité : « Tampa demeure aujourd'hui encore plongée dans les ténèbres, il va nous falloir beaucoup de travail pour établir Jésus sur son trône, par chez nous. » Cela précisé, le pasteur Gary a appelé sur scène l'un des rares jeunes couples de l'assistance et son bébé de deux mois, Chad. « Cet enfant est né avec beaucoup de problèmes, a-t-il révélé, et je vais donc demander à Notre Père, pendant qu'ils marchent vers moi : "Seigneur, je T'en prie, soulage le petit Chad. Soulage-nous tous de nos maux. Soulage nos finances et nos foyers." »

Tandis que le pasteur Gary déployait ses doigts miraculeux au-dessus du front du nourrisson, l'animateur nous a enjoints d'« aller vers Chad », c'est-à-dire d'étendre nos mains en direction de la scène, où le saint homme a commencé à « parler en langues ». Quand l'Esprit a enfin abandonné son larynx, lui permettant de s'exprimer à nouveau en bon anglais, nous avons eu droit à un sermon sur le Retour du Christ, imminent :

« Nous sommes parvenus à la fin des temps. Il est possible que Jésus arrive ce soir même, tenez. Il descend à travers les nuages et le voilà, oui ! Oh, je crois que Dieu va se manifester pour de bon dans notre pays. Une armée de jeunes, *de jeunes Américains*, va se mettre en marche afin de diffuser la Parole. Je crois que des yeux morts vont recouvrer la vue, et les sourds vont entendre, et les infirmes vont marcher, et tous nous allons atteindre la Gloire. La bénédiction collective. Pourquoi ? Parce que Dieu dispense l'esprit de la foi, je vous le dis ! Alors ne regardez pas votre existence, regardez le monde ! Ne marchez pas au jugé, marchez à la foi ! Dieu a dit qu'Il ne vous laisserait pas tomber ? C'est vrai ! Dieu a dit qu'Il ne vous oublierait pas ? C'est vrai ! »

À ce moment, le pasteur Gary a demandé à ceux d'entre nous qui avaient besoin de Jésus de lever la main. Comme personne ne bougeait, il a tenté une approche différente : « Êtes-vous déçu par la vie ? Si c'est le cas, venez, venez devant l'autel. » D'un coup, les allées se sont remplies de monde. L'officiant a recommencé de parler en langues et il a étendu ses mains miraculeuses sur une grosse femme qui aussitôt, frappée par la révélation, est tombée à la renverse dans les bras d'un bedeau prévoyant. Déjà le pasteur était passé à une autre fidèle, laquelle est tombée elle aussi dans les pommes mystiques en quelques secondes. Bientôt, la scène évoquait une partie de bowling acharnée, les déçus de Lakeland s'affalant telles des quilles au passage de l'Esprit. Pour ma part, je me suis dit que j'avais bien mérité une bière et je suis reparti en voiture au centre-ville, en quête d'un bar pas trop proche des multiples armureries.

J'ai fini par trouver un troquet aux limites de la ville. Le bouge type, avec fausses boiseries, marques de bière en néons, nuage de fumée de cigarettes, éclairage glauque, juke-box assourdissant et bibine glacée à soixante-dix cents la chope. Après m'être juché sur un tabouret devant le comptoir, j'ai commandé un bourbon et une bière à une fille d'une maigreur d'anorexique qui enchaînait les clopes à une cadence aussi impressionnante que son accent des faubourgs.

Tina, c'était son nom, conversait avec un autre consommateur installé à côté de moi, à l'évidence un habitué qui cadrait parfaitement avec l'endroit : cheveux gras et gris, moustache tombante, bedaine de buveur de bière invétéré, il s'appelait Al, pour couronner le tout. Et il en était à sa huitième ou neuvième bouteille de Budweiser.

« Comme j'te l'ai raconté, disait Tina, mon mari, c'était un vrai salaud. Y me battait, y battait les gosses, alors, quand il a replongé j'ai saisi ma chance et je l'ai laissé tomber, ce merdeux. Hé, rien que pour me rafistoler les dents, ça m'a coûté deux cents sacs ! Et juste avant de repartir au trou, qu'est-ce qu'il trouve pas de mieux à faire ? Me les re-péter toutes ! »

Après une gorgée de Bud, Al a observé, très philosophe :

« Ouais. Faut être deux, pour danser le tango.

— Ça oui ! Moi je lui ai cassé un bras, une fois. Et quand il est à nouveau en taule, je fais quoi ? Je m'en vais le voir et je lui dis : "Je sors avec un type. Je m'envoie ton meilleur pote." Fallait voir sa tête, en entendant ça ! Mais bon, j'avais bien calculé, y pouvait faire que couic, avec tous les gardiens et les flingues qu'il y avait à la salle des visites.

— C'était quand même pas le moment génial pour lui dire, remarqua Al.

— Tu sais c'que j'lui ai écrit, y'a pas longtemps ? Après avoir eu mon dernier bébé, il y a trois mois, les toubibs m'ont dit que j'avais pas le sida ! Voilà c'que j'lui ai dit dans la lettre. Ils m'ont analysé le sang, quand j'ai eu Sally.

— Moi, ces conneries de sida, ça m'inquiète pas. Et tu sais pourquoi ? Parce que le truc, c'est que ça fait trois ans que j'ai pas eu de femme. J'ai simplement plus envie, depuis ce que l'autre connasse m'a fait. Quand elle en a eu fini avec moi, cette coupeuse de couilles, j'me suis dit : "Mon gars, la fesse, c'est fini pour un moment !" »

Soudain, il s'est tourné vers moi, pointant un doigt sur mon bloc-notes : « Hé, ça scribouille dur, par là ! »

Nous avons commencé à bavarder. « Qu'est-ce qu'un Américain comme toi fiche dans cet endroit-là, l'Angleterre ? s'est-il étonné. Merde, moi, à part pour l'armée, j'ai jamais quitté le pays ! Et je m'en contrefous, si je voyage plus jamais ! Tu sais pourquoi ? C'est le merdier, là-bas. Beaucoup trop le merdier, si tu veux mon avis. » Sans s'en rendre compte, Al venait de résumer la vision du monde que partageaient la majorité de ses concitoyens.

« Tina, ma jolie, remets la même chose à ce garçon ! »

J'ai donc continué à naviguer entre le bourbon et la bière pendant qu'Al se lançait dans un numéro très au point de « Trinque avec moi, l'ami, et écoute la triste histoire de ma vie ». Dans son cas, cependant, il ne semblait pas forcer la note : la vie, il ne l'avait pas eue facile, pas du tout. Cinquante-cinq ans, originaire de Pennsylvanie mais échoué en Floride dans sa prime jeunesse. Une petite visite en Corée grâce à l'Oncle Sam (« T'as déjà flingué quelqu'un, fiston ? »), un mariage qui avait duré vingt-trois ans, jusqu'à ce que « la picole et le sale caractère » l'éloignent de sa femme et de son travail de garagiste à Tampa. Il n'avait pas seulement perdu famille et emploi : le divorce lui avait coûté sa maison, et sa fréquentation assidue des bars jusqu'au dernier penny qu'il avait pu mettre de côté (« Tout est parti en pisse, fiston ! »). À quarante-neuf ans, il avait touché le fond. Il s'était retrouvé à la rue, littéralement. Clodo pendant cinq ans. Il avait couché dehors à Tampa, puis à Orlando, puis ici, à Lakeland. Et il avait l'air bien parti pour terminer sur le trottoir quand « quelque chose de vraiment dingue » lui était arrivé à Tampa l'année précédente.

C'était en janvier. Comme il faisait un froid exceptionnel pour la Floride, il avait cherché un abri pour la nuit, au moins un toit au-dessus de sa tête. Derrière un immeuble, il avait trouvé une sorte de petite niche, sans doute un ancien casier de ventilation. Avec quelques bouts de couverture, il avait réussi à rendre l'endroit presque douillet : « Crois-moi, fiston, après avoir pioncé dans le caniveau, ça me faisait l'effet d'être dans un foutu Hilton ! » Le seul problème, c'est que l'immeuble en question était en réalité une église, dont la congrégation se livrait à l'exaltation mystique et au « parler en langues » : « Tu vois ce que je veux dire, essayer de dormir pendant que ces zigues baragouinaient et beuglaient j'sais pas quoi ? Ah, ils me rendaient cinglé, vraiment ! »

Mais un dimanche, le « truc dingue » s'était produit : « Je me suis réveillé avec ce bruit qu'ils faisaient là-dedans, à parler en langues, et là, sous mes couvrantes, je me suis mis à chialer. Dur. Et ensuite, je me suis levé, j'ai traversé la rue, je suis allé dans un petit parc qu'il y avait, je suis tombé sur les genoux et j'ai tout confessé à Jésus. Direct. Je peux pas dire que j'aie eu la foi, ce jour-là. Je sais pas vraiment pourquoi j'ai fait ça, bordel ! Mais je peux te dire qu'après un moment, Dieu a commencé à m'arranger les choses. Par exemple, je rencontre ce type qui avait un business de ciment, et il me sort : "Je veux te remettre sur pied, Al. Tu te radines à Lakeland, je vais voir si je peux te dégotter un job." J'avais quarante dols de côté – les petits boulots que je faisais de temps à autre. J'en ai claqué la moitié pour le bus. Je débarque ici, et le lendemain le type m'embauche. Je suis sur les chantiers routiers, dans tous les coins de l'État... Il m'a même donné un logement à l'œil, ici, à Lakeland. Comme je t'ai dit, je pense pas que j'aie eu la révélation, mais Dieu a décidé de me donner un coup de main. Un vrai. »

Une jeune femme est passée près de nous. Elle portait un jean qui paraissait avoir été moulé sur ses formes. Al a pris une autre gorgée de Bud, et, toujours très philosophe, a annoncé : « Le bulletin météo pour ce bout de cul, c'est orage en vue. »

« Maintenant, vous allez vous asseoir et m'appeler. Je veux que vous semiez cent dollars en acte de foi. Et quand vous m'aurez envoyé cet argent, je vais vous adresser une chasuble et un livre, et je vous bénirai par le Seigneur. »

Tel était l'argument de vente de Robert Tilton, un télévangéliste de Dallas à la tête d'une église du nom de « Parole de Foi », et animateur du programme *Réussir sa vie* sur la chaîne chrétienne de Lakeland. Le révérend Tilton informait son auditoire que son but était de répondre à ses besoins et lui montrer comment atteindre le « succès, dans la vie ». Puis il présentait un documentaire consacré à un « couple de pauvres Noirs de l'Alabama », affligé de dix enfants et d'une sérieuse propension à l'échec, justement. Sans travail depuis plus de deux ans, le mari était menacé de visites d'huissiers par son propriétaire et autres créanciers, mais au moment où la terre semblait sur le point de l'engloutir, son épouse lui avait conseillé de regarder l'émission du bon Tilton. Et là, après avoir « semé » cent dollars – prélevés sur son dernier chèque d'allocation chômage –, il avait vu que le Seigneur se mettait à agir selon Ses voies impénétrables : dès le lendemain, il avait trouvé un emploi de jardinier à mi-temps. Mais les ennuis financiers ne s'arrangeaient pas, les menaces d'expropriation continuaient à pleuvoir, il y avait donc eu encore un nouvel « acte de foi » à cent dollars et, miracle, leurs prières avaient été exaucées sous la forme d'un job à plein temps pour le mari et de l'embauche de la femme à l'usine de gobelets en papier locale. « Le secret de notre succès, concluait la dame, est d'avoir semé cet argent pour la foi. »

Ensuite, le révérend Tilton revenait à l'écran. « Elle n'est pas formidable, cette histoire ? » a-t-il demandé. Puis, soudain, son regard est devenu vitreux. « Je suis en ce moment même en contact avec le Grand Patron », a-t-il expliqué, et d'assener : « Quelqu'un me regarde, là-bas. Vous suivez mon programme depuis un moment mais vous n'avez pas encore senti la bénédiction de Dieu passer à travers moi. Il faut que vous m'appeliez maintenant, tout de suite ! Vite ! Et il faut que vous semiez un acte de foi de mille dollars. Mille ! »

J'ai éteint la télé et Lakeland du même coup, sans regarder en arrière de peur d'être transformé en statue de sel. Fonçant sur l'autoroute cap au nord, j'ai allumé la radio, tombant sur une info qui devait être la plus douce des musiques aux oreilles de Robert Tilton : malgré le krach de Wall Street et les divers « péchés de chaire » qui avaient éclaboussé plusieurs prédicateurs l'année précédente, les Américains donnaient encore quelque quatre-vingt-treize milliards de dollars par an aux Églises, fondations charitables et autres associations caritatives, quatre-vingt-huit pour cent de cette somme colossale provenant de simples particuliers. Plus bas sur la FM, une station de rock classique recevait des appels d'auditeurs : « Je suis policier et je peux vous dire que chaque fois que j'ai un suspect sur le siège arrière, je mets votre radio, et ça le calme tout de suite, le gus ! » Puis il a demandé un incontournable d'Aretha Franklin, *Respect*.

Remontant l'axe central de la Floride, j'ai atteint Gainesville, foyer de l'université de l'État et de sa célèbre équipe de football américain, les Alligators de Floride. C'était une ville universitaire bien tranquille, avec un campus style pseudo-gothique anglais, une profusion de librairies et de bars bon marché, deux ingrédients essentiels à la vie estudiantine. Mais le plus notable, peut-être, c'était l'alignement d'une bonne douzaine d'églises sur la rue principale, en face de la fac. Devant cette galerie de shopping mystique où il y en avait pour tous les goûts – y compris une mosquée destinée à la communauté musulmane du coin –, la phrase de l'un des plus célèbres *outlaws* du pays, Willie Sutton, m'est revenue à l'esprit. Alors qu'on lui demandait pourquoi il dévalisait les banques, il avait répondu : « Mais parce que c'est là que l'argent se trouve ! » De même, toutes ces entreprises religieuses s'étaient installées à l'entrée de l'université de Floride, parce que les adeptes potentiels se trouvaient là. Ou plutôt les « recrues » possibles, dans le cas de l'Église du Christ de la Croisée des chemins.

C'était cette Église qui m'avait amené à Gainesville. J'avais été alerté sur ses activités par Cathy, à Miami. Dans le cadre de son travail bénévole contre les sectes, elle avait été conduite à suivre plusieurs étudiants, lesquels s'étaient fait happer par une sorte d'Albanie spirituelle dont les dirigeants détestaient que l'on repasse les frontières une fois qu'on y était entré.

La Croisée des chemins avait suscité une énorme controverse au sein de l'institution mère, l'Église du Christ. Apparue au XIXe siècle en tant que mouvement destiné à unifier les Églises constituées dans le cadre de la colonisation du continent, l'Église du Christ est l'une des obédiences chrétiennes les plus anciennes d'Amérique. Une sorte de fédération qui ne repose sur aucun dogme particulier sinon une foi ardente en la personne de Jésus. On y trouve des paroisses libérales comme fondamentalistes, sans parler de celles qui, maintenant les traditions de l'ancienne « Frontière » américaine, réprouvent l'usage des instruments de musique pendant les offices religieux. La Croisée des chemins en était une sous-section très particulière et, selon certains, très embarrassante. D'après une étude favorable que j'avais lue, elle avait pour but de restaurer l'éthique du Nouveau Testament en pratiquant un « échange religieux interpersonnel » : une spiritualité d'individu à individu, comparable à celle des tout premiers cercles chrétiens du Ier siècle après J.-C., bien avant l'institutionnalisation de la religion, quand la foi se vivait « en communion active avec les autres frères et sœurs chrétiens ».

La version moderne de ces principes consistait à recruter en premier lieu de très jeunes étudiants, à les encourager à vivre dans des foyers gérés par l'Église, à consacrer tout leur temps libre à la communauté et à suivre strictement des recommandations bibliques telles que : « Consolez-vous donc mutuellement » (Thessaloniciens, 5:11), « Confessez donc vos péchés les uns aux autres, et priez les uns pour les autres » (Jacques, 5:16), et « soyez soumis les uns aux autres dans la crainte du Christ » (Éphésiens, 5:21). Dans cet esprit, chaque fidèle se voyait attribuer un « partenaire spirituel », une sorte de double en religion qui était là pour l'aider à « surmonter les tentations, lutter contre ses faiblesses, et se corriger mutuellement ».

C'était ce credo qui amenait Cathy – mais aussi un prêtre de l'Église du Christ « officielle » que j'avais rencontré ensuite – à estimer que la tendance Croisée des chemins s'apparentait à une secte. La logique du « partenaire spirituel » aurait été, à la base, la même que celle qui fait toujours doubler la garde d'un silo de missile nucléaire : si l'un des deux flanche, l'autre est là pour le coincer.

Sans avoir aucune intention d'« infiltrer » cette organisation, d'autant que Cathy m'avait raconté l'histoire horrifiante de deux psychiatres expérimentés qui avaient tenté de pénétrer une tendance chrétienne du même genre en Californie avant de finir membres convaincus, j'étais curieux de voir comment elle vendait sa salade à une éventuelle recrue. En conséquence, j'ai décidé de faire un saut dans son temple et de me présenter comme le brave gars qui faisait une petite virée dans le Sud, avec pour but encore vague d'« écrire quelque chose » sur la diversité du phénomène religieux en Amérique. Pour appâter encore plus mes sujets, je comptais expliquer qu'en tant qu'unitarien de formation, j'étais attiré par les cercles qui mettaient l'accent sur la prière.

Lorsque j'avais expliqué mes intentions à Cathy, elle m'avait toutefois instamment demandé de lui téléphoner le jour où je me rendrais chez eux : si je ne lui redonnais pas de nouvelles avant la tombée de la nuit, elle alerterait la police. J'avais trouvé que ce luxe de précautions frisait le mélodrame mais elle était très sérieuse, me citant à nouveau le cas des deux psys californiens passés à la moulinette. Peu après mon arrivée à Gainesville, donc, je me suis arrêté à un téléphone public et j'ai laissé un message sur son répondeur, l'informant que je m'apprêtais à faire le grand saut et que, avec la grâce d'Allah, je la contacterais un peu plus tard.

Après une telle mise en condition, évidemment, les locaux de la Croisée des chemins m'ont paru de la plus grande banalité. Cet immeuble en pierres et en bois d'une austère modernité, sur une rue bordée d'arbres, ne présentait pas de miradors à la mur de Berlin, des caméras de surveillance ne truffaient pas les entrées, on ne voyait pas de vigiles musclés à ses portes. J'ai pénétré sans encombre dans l'une des ailes du bâtiment, apparemment une école maternelle. Bientôt, cependant, j'ai été arrêté dans le couloir par un homme d'une trentaine d'années qui a réprimé un sursaut en découvrant un étranger errant en ces lieux avant de m'offrir un large sourire et un : « Cher ami, puis-je vous aider ? » Il s'appelait Ron et c'était l'un des pasteurs de l'église. Quand j'ai servi mon petit laïus, il s'est extasié, avec un empressement juste un peu exagéré, de cette « occasion fantastique » et m'a conduit à son bureau. Deux minutes plus tard, il me soumettait à un interrogatoire affable mais systématique sur ma famille, mon passé religieux, les raisons de mon voyage en Floride, mon travail. Comme je lui disais que je n'avais pas vraiment décidé combien de temps j'allais rester à Gainesville, ses yeux se sont éclairés. Il m'a alors expliqué que la congrégation comptait quelque huit cents membres mais qu'elle se développait sans cesse, notamment parmi la jeunesse étudiante, et que j'allais découvrir leur message « basé sur l'amour ».

« De quoi l'homme a-t-il essentiellement besoin, Doug ? m'a-t-il demandé. D'amour, de compagnie et d'un sens à donner à sa vie. Et tout cela se trouve dans la personne de Jésus-Christ. Le grand truc de notre Église, c'est d'aider les gens à comprendre que Jésus les aime, et qu'Il doit occuper la place principale dans leur existence. Une fois que vous avez établi une relation personnelle avec Lui, vous arrivez à dépasser tout ce qui vous paraissait incompréhensible. L'idée essentielle de la Bible, c'est que l'Homme a un gros, gros problème : il a péché, il s'est privé de la Gloire divine, il cherche le pardon. Fidèle à Son amour infini de l'Humanité, Dieu a envoyé sur terre Son Oint, qui a péri pour racheter les péchés des hommes. Oui, Doug, Jésus est mort pour *vous* ! Pour nous tous. Ici, vous allez trouver un groupe de gens qui partagent une foi simple mais vibrante. Moi, quand je suis arrivé à la Croisée des chemins, je traversais un moment difficile, j'étais face à des choix compliqués. Comme vous, sans doute, puisque vous abordez la trentaine. Recevoir l'amitié des gens ici, leur compréhension, cela ne pouvait pas arriver à un meilleur moment pour moi, cette communauté m'a donné l'amour quand j'en avais le plus besoin. J'ai compris que j'étais comme l'homme qui voulait suivre Jésus. Et Lui, Il lui a dit : "Si tu veux me suivre, donne tous tes biens aux pauvres." L'homme lui a répondu que c'était impossible mais Jésus a répliqué qu'avec la foi, tout est possible... Avec Dieu, tout est possible !

» Alors voilà, Doug, pour moi aussi, tout est devenu possible. J'ai une vie cent fois, mille fois meilleure depuis que j'ai rejoint cette congrégation. Mes relations sont plus enrichissantes que jamais, depuis que je suis avec le Seigneur. J'ai même confiance en moi, ce que je n'aurais jamais imaginé possible et que je dois à ma relation personnelle avec Jésus. Sa présence dans ma vie satisfait tous mes besoins. Tous ! Et j'ai vu que mon but, c'est de ressembler à mon Sauveur. C'est pour cette raison, je crois, qu'on peut appeler notre foi un "mouvement de restauration". Notre travail, c'est de restaurer les individus dans l'amour du Christ. Tous les êtres sont appelés à devenir des serviteurs fidèles de Jésus. » Il a plissé les yeux pour me dévisager. « Tous, Doug ! Et vous finirez par comprendre que l'homme est important, oui, mais uniquement parce que Dieu l'a créé. La vie d'un être n'a pas de sens jusqu'à ce qu'il comprenne son véritable but sur terre, le seul qui compte : servir Dieu. Son *unique* justification, Doug ! Vous avez déjà réfléchi à ça, au sens de votre présence sur... ? »

La sonnerie du téléphone m'a épargné de répondre à cette si délicate question. Après avoir décroché, Ron s'est montré étonnamment soucieux de préserver la confidentialité de l'appel. Pivotant sur sa chaise, il m'a tourné le dos, et il a fini par chuchoter dans le combiné : « Écoute, je ne peux pas parler, là… » Puis il est revenu à moi, tout sourire. « Désolé, il faut que j'aille voir un de nos fidèles qui a un petit problème, mais pourquoi ne pas reprendre notre conversation demain ? Vous avez un numéro où je pourrais vous joindre, à Gainesville ? » Je lui ai dit que j'étais descendu dans un motel aux abords de la ville. « Ah, d'accord ! Regardez, Doug, voici mon numéro ici et celui de la maison ! Je tiens à ce que vous m'appeliez demain pour qu'on prenne rendez-vous. Ou ce soir. Quand vous voulez, en fait ! Dès que vous avez envie de parler. Et après, j'aimerais que vous fassiez la connaissance de notre groupe, et que vous assistiez à notre office du dimanche, aussi. Ça nous ferait vraiment plaisir que vous veniez. *Que vous veniez avec nous !* »

Il a posé une main sur mon épaule, et soudain je me suis demandé : si je cherchais un sens à ma vie, est-ce que cette offre de sympathie instantanée ne serait pas tentante ? Avec en supplément la garantie que « tous » mes besoins trouveraient leur réponse dans cette foi « simple mais vibrante » ? Et ces promesses ne m'avaient pas été faites par une sorte de zombie lobotomisé mais par un garçon apparemment équilibré, pétri de rationalité. C'était d'ailleurs ce qu'il y avait d'un peu effrayant, chez Ron : sa conviction absolue, et la certitude que je finirais moi aussi par me trouver « à la croisée des chemins »…

« Alors vous m'appelez, hein ? » a-t-il insisté avec aménité. Je le lui ai promis et j'ai pris congé en me disant que le pire stalag spirituel était sans doute celui dans lequel on entrait de son propre gré. Cinq minutes plus tard, je roulais à cent quarante sur l'autoroute, décidé à mettre le plus de distance possible entre Gainesville et moi. Je n'ai levé le pied de la pédale qu'au bout d'une heure, quand la jauge de carburant m'a indiqué qu'il était temps de refaire le plein. Le pompiste, un gamin vêtu en tout et pour tout d'un short et d'une casquette de base-ball, a considéré avec méfiance ma carte Visa établie par une banque irlandaise.

« Hé, t'es pas mal loin de chez toi, on dirait !

— Toi aussi, ai-je répondu, notant son accent du Nord.

— Ouais. Illinois.

— Tu vis en Floride depuis longtemps ?

— Six mois. J'suis arrivé en décembre. En stop.

— Pourquoi le Sud ? »

Il m'a considéré un instant, comme si j'étais l'abruti complet.

« Pourquoi ? Pour rien, mec. Ça caillait à Chicago, alors j'ai taillé la route. C'est tout. Je suis tombé ici, j'ai eu le job. Tout con.

— Tu aimes, par ici ?

— On n'"aime" pas la Floride, mec. On fait avec. C'est une serre, ici. Tu crois que tu vas bourgeonner et fleurir mais ce qui t'arrive, c'est que tu crames. »

La métaphore était excellente. Un paradis en plastique, un jardin d'hiver cultivant les illusions perdues. Il suffisait d'avoir une tranche ou deux d'utopie à vendre pour prospérer, ici, ainsi que je l'avais déjà constaté. Après tout, quand on est dans une serre, que peut-on faire d'autre qu'espérer donner des fleurs toujours plus belles ?

Je suis reparti sur la file de gauche. Une Chevrolet au moteur gonflé filait devant moi, avec un autocollant sur le pare-chocs arrière : CHERCHE PAS LA MERDE, ELLE ARRIVE TOUTE SEULE. Existentialisme version Floride. Et aussi, sans doute, le signe qu'il était temps de changer d'État.

3

Au sud du Sud

« MAINTENANT, DAVID, je te dis de t'agenouiller et de demander pardon au Seigneur. Tu es à genoux, David ?

— Oh oui ! articule David entre deux sanglots.

— Bien. Maintenant, David, je veux que tu promettes au Seigneur que tu ne toucheras plus jamais à une baguette de sourcier.

— Mais, mon rév'rend, j'vous l'ai dit, j'ai fait ça seulement à cause de la sécheresse. Sans eau, la ferme elle va s'mourir, mon pè'.

— Chercher l'eau comme cela, c'est une pratique magique ! C'est bon pour le Diable ! Tu me comprends, David ? »

Il ne peut pas répondre, la voix brisée par les pleurs.

« Et souviens-toi bien d'une chose, David : ce sursaut dans ton bras, quand tu tiens ces maudites baguettes, sera bientôt celui qui te fera plier les genoux au jour du Jugement dernier, lorsque tu te prosterneras devant ton Créateur ! »

Je suis tombé sur ce petit psychodrame chrétien à la radio alors que je traversais le nord de la Floride, cap à l'ouest. Venue du tréfonds du Texas, c'était une émission de questions-réponses religieuses qui encourageait les auditeurs à demander l'assistance d'un pasteur-psy à la langue bien pendue et toujours prêt à s'ériger en juge courroucé, surtout s'il s'agissait de quelqu'un se baladant avec une baguette de sourcier. Après avoir arraché à David la promesse que ses déviances de chercheur d'eau appartenaient au passé, le « révérend » a pris l'appel d'une certaine Carol :

« En quoi le Seigneur peut-Il vous aider, ma chère ?

— J'ai un problème d'esprits frappeurs à la maison, mon révérend. »

Après cinq minutes à écouter l'auditrice décrire la valse des cartons de lait dans le placard et les facéties du paquet de beurre dans le frigo, je suis entré dans le sud de l'Alabama. C'était plus que le passage d'une frontière administrative. Soudain, je me projetais dans le Sud le plus profond, l'épicentre de la mauvaise réputation sudiste. Dans les années 1960 encore, cet État partageait avec celui du Mississippi le triste privilège de constituer le principal réservoir des préjugés racistes les plus obstinés. L'Afrique du Sud version petit Blanc paumé. Le gouverneur de l'Alabama, George Wallace, était entré en guerre ouverte avec le procureur fédéral de l'époque, Robert Kennedy, notamment par l'interdiction du campus universitaire à deux étudiants noirs en 1962. Le mouvement des droits civiques américain surveillait de près cette région où les Noirs devaient encore s'asseoir au fond des autobus, et c'était dans la capitale de l'Alabama, Montgomery, où il était pasteur de l'église baptiste de Dexter Street, que Martin Luther King avait lancé sa campagne nationale de désobéissance civile. À la même période, la brutalité de la répression d'une marche de protestation à Selma avait indigné tout le pays – sauf le Sud, bien entendu – et encouragé les législateurs de Washington à accélérer les réformes en faveur des droits civils des minorités.

Depuis, l'Alabama s'est transformée en pointe avancée du Nouveau Sud, promouvant l'image d'une région axée sur l'évolution économique et sociale et la conjuration de ses vieux démons obscurantistes.

Avant de pénétrer dans cette réalité de papier glacé, j'avais envie de m'attarder un moment à ses marges encore limites, dans quelque bourgade suspendue à la frontière spatiale et temporelle entre deux mondes, celui d'un Sud « rénové » façon technocratique et celui de l'archétype faulknérien poussé jusqu'au grotesque, où la population est censée tuer l'ennui à coups de bourbon et d'inceste. Bref, je cherchais une ville au « sud du Sud », où l'on vivait et pratiquait la religion « du chez-soi » – *down-home,* comme on dit en Amérique –, cet équivalent du *Gemütlichkeit* allemand qui fleure bon le calme provincial, une aimable torpeur et le confort des traditions. En consultant la carte, j'ai porté mon choix sur une petite grappe d'agglomérations du sud de l'Alabama aux noms aussi *down-home* qu'Opp, Elba, Ozark, Enterprise ou Coffee Springs...

Arrivé de Floride en début de soirée sur l'étroite Route 231, j'ai dépassé plusieurs fermes décrépies qui offraient aux rares automobilistes des produits locaux tels que les « oignons Vidalia », les « cacahuètes bouillies », les « pastèques à chair jaune ». Ensuite, à la nuit venue, ça n'a plus été qu'un long tunnel rustique au bout duquel se trouvait Dothan, population 49 000 habitants, un nom venu de la Genèse. Avec ses drive-in, ses drugstores et son alignement de motels, la ville se voyait sans doute comme un modèle de raffinement urbain en pleine Alabama du Sud.

Comme je demandais à la jeune réceptionniste du motel où je m'étais arrêté ce qu'il y avait d'intéressant à faire le soir à Dothan, elle s'est tournée vers le bureau dont la porte était ouverte : « Hé, J.W., tu peux dire à ce gars-là où qu'il y aurait de l'action ? » J.W. ! S'il me fallait une preuve que j'étais bien dans le Sud, je l'avais. D'autant que le J.W. en question, dans les vingt ans, arborait une chemise à manches courtes, une cravate en vinyle et un porte-stylo en plastique à la pochette.

« Bon, c'est qu'y a deux sortes d'"actions", ici. La bonne, c'est au Ramada Inn. La mauvaise, ça se passe au Cow-boys. Un vrai bouge... »

Je me suis donc arrêté au Ramada, où se tenait une convention des services du procureur de l'Alabama. Une bonne dizaine de Corvette rouges et bleu vif décoraient le parking, preuve évidente que le « night-club » de l'hôtel était le rendez-vous favori de la haute bourgeoisie de Dothan. L'intérieur regorgeait d'ex-footballeurs baraqués et de leurs ex-pom-pom girls d'épouses, qui dansaient sur des airs d'Elvis. Je n'avais encore jamais vu autant de chevelures blond platine réunies en un seul endroit. Cinq minutes plus tard, je filais vers le Cow-boys.

J.W. n'avait pas exagéré. C'était l'archétype du bar glauque, une immense salle dans un faubourg de la ville dont les tables et les chaises semblaient avoir été choisies uniquement pour leur résistance en cas de bagarres entre poivrots. La clientèle au comptoir comptait un nombre important de mastards barbus, stetson bas sur les yeux, ainsi qu'un contingent de la bande de motards locale, genre « on-fait-peur-aux-vieilles-dames ». Sur scène se produisait un groupe qui, bien que dénommé Lois Lane, n'avait rien à voir avec la copine de Superman puisque tous ses membres présentaient le déguisement punk de rigueur, crêtes de Mohican teintes en rose et épingles de nourrice dans les narines, et exécutaient des compositions *heavy metal*.

Et puis il y avait Bubba. Un gars d'une trentaine d'années qui étudiait des coups au billard dans le fond du bar, où je m'étais réfugié pour échapper à l'œil du cyclone acoustique produit par les Lois Lane. J'attendais qu'une table se libère lorsque Bubba m'a aperçu et, comme il était seul, il m'a proposé de faire une ou deux parties.

« Tu vis en *Eurpe* ? s'est-il exclamé. Ah, tu me flanques le mal du pays ! Pour tout dire, je meurs d'envie de retourner là-bas. »

J'ai ainsi découvert que Bubba avait passé cinq ans en *Eurpe* et mis un point d'honneur à épouser une authentique *Eurpéenne*. Cette expérience personnelle, assez surprenante dans ce coin perdu du Sud profond, s'ajoutait à des origines elles aussi peu courantes pour la zone : sa mère était une Philippine – « De là mes yeux de Chinois, tu piges ? » – qui avait rencontré son père, un officier de l'armée américaine basé à Manille, puis l'avait suivi lorsqu'il était revenu à son bled natal d'Enterprise, Alabama du Sud. Comme si le choc culturel du passage de Manille à l'Amérique profonde n'avait pas été assez brutal, elle avait connu celui d'être abandonnée par son mari un an après la naissance de Bubba, ce qui lui avait aussitôt conféré le statut de Madame Butterfly, d'autant plus larguée que, d'après son fils, elle n'avait plus remis les pieds dans son pays natal depuis son départ en 1950 mais n'en restait pas moins une vraie catholique philippine et s'exprimait dans un anglais marqué par un fort accent tagal. Elle n'a sans doute pu qu'être parfois perplexe devant ce fils unique devenu un expert du patois local, un phénomène linguistique à lui tout seul. Elle a aussi dû se dire avec un certain effarement que l'histoire se répétait, lorsque Bubba s'est engagé à son tour avec une étrangère, relation apparemment vouée à se terminer dans les larmes, ce qui n'avait pas manqué de se produire.

Bubba avait rencontré Mariella, originaire de Pise, tandis qu'il cantonnait près de cette ville. Ils ont convolé en justes noces quatre mois plus tard. Mais quand, son affectation en Italie arrivée à son terme, Bubba a décidé de revenir à la vie civile et à la bonne ville d'Enterprise – « Vu que ma *mèère*, elle se sentait seule sans moi, la pauvrette » –, la jeune femme a refusé de lui emboîter le pas, arguant que leur mariage avait déjà mal commencé et qu'elle ne voyait guère de perspectives encourageantes au fin fond de l'Alabama. En conséquence, ils ont décidé de se donner une chance en se séparant pour un temps, elle restant à Pise, lui regagnant Enterprise, où un copain d'armée lui avait proposé un emploi dans son agence immobilière. « Ça m'a fait de la peine, vraiment », m'a-t-il avoué, et Mariella ne semblait pas, non plus, se satisfaire de cet éloignement mais apparemment ils étaient en plein duel à la mexicaine : ni l'un ni l'autre ne voulait faire le premier pas en avant pour essayer de sauver leur mariage. Bubba était donc coincé ici à jouer les agents immobiliers alors qu'il rêvait de l'*Eurpe* et brûlait de retrouver sa femme qui lui téléphonait sans cesse pour lui dire qu'il lui manquait tellement, mais qu'elle était sûre qu'ils ne seraient jamais capables de surmonter leurs problèmes de couple.

Bubba m'a avoué être pris dans un sacré nœud gordien émotionnel ; s'il ne pouvait pas quitter son travail et sa *mèère*, il m'a confié que depuis son séjour en Italie, il trouvait Enterprise et ses environs un peu étouffants, constat qui rendait ses déboires matrimoniaux encore plus déprimants. Alors, pour engourdir sa peine, il faisait très souvent les quarante kilomètres qui le séparaient du Cow-boys, où il jouait un peu au billard, vidait quelques bières et laissait le vacarme de scierie produit par tel ou tel groupe de rock lui anesthésier le cerveau.

Je lui ai demandé comment il passait le temps, à Enterprise : « À pas grand-chose, en fait. Ce bled, c'est pas une capitale ! Douze mille habitants, la majorité à la base militaire, Fort Rucker. On a une rue principale, quelques galeries marchandes, et basta. La grande attraction de la ville, j'imagine, c'est le monument à l'Anthonome. Ils l'ont construit vers l'an 1900. Tu sais ce que c'est, ce truc ? Un charançon mauvais comme tout qui s'attaque aux cotonniers. Ces bestioles ont bouffé toute la récolte de coton, et ça a forcé les fermiers à se reconvertir dans la cacahuète, et du coup tout le monde est devenu riche, et maintenant Enterprise est l'un des plus gros producteurs de cacahuètes au monde ! Donc, en fait, c'est un monument à la gloire d'une sale bestiole ; ça dit pas mal de choses sur ce coin, je trouve. »

Ça ressemblait exactement au genre de communauté que je cherchais. J'ai demandé à Bubba s'il pourrait me montrer sa ville, le lendemain : « Ah, avec plaisir, merde ! Je te ferai visiter Enterprise, pas de problème. Mais je te préviens : ça prendra cinq minutes, pas plus ! »

Comme convenu, j'ai retrouvé Bubba le jour suivant, à midi, au pied du monument à l'Anthonome : une déesse antique en marbre, enguirlandée de fleurs, qui élève une de ces bestioles en bronze au-dessus de sa tête. Cette touche de kitsch était en effet le seul élément de fantaisie dans une grand-rue d'une morne austérité. Avec ses drogueries ringardes, son chapelier et un salon de beauté qui n'avait pas changé depuis 1937, le centre d'Enterprise était un fossile. Il résumait ce qu'avait été la vie provinciale aux États-Unis avant que les hypermarchés ne viennent rayer de la carte le petit commerce.

« J't'avais dit qu'il n'y avait pas grand-chose à voir », m'a rappelé Bubba. Sa voiture, elle, valait le coup d'œil : un coupé Trans-Am vert fluo, le genre de monstre qui devait hurler « Essaie un peu ! » au moindre véhicule assez dingue pour vouloir le doubler sur l'autoroute. « Sacrée bagnole », ai-je remarqué, sachant que m'abstenir de tout commentaire à ce sujet aurait constitué un grave manquement à la courtoisie, puisque la seule raison de posséder ce style de voiture est précisément de la faire remarquer. Et Bubba fut flatté, évidemment : « Sûr, que c'est une sacrée caisse. Elle m'a coûté dix-huit plaques, mais je l'aiaiaime ! » Malgré la tentation, je me suis abstenu de lui demander s'il l'avait achetée à la suite de sa déconvenue matrimoniale.

Nous sommes partis faire un petit tour des environs dans la Trans-Am.

La densité du centre-ville a vite cédé la place à des allées où de vastes demeures en briques et bardeaux s'élevaient au milieu de confortables pelouses. Il régnait ici l'atmosphère de respectabilité tranquille propre à la classe moyenne aisée qui répugne à l'ostentation et garde toujours les pieds sur terre. Au fur et à mesure que nous nous en éloignions, les maisons devenaient cependant plus modestes, jusqu'à n'être plus que des cabanes déglinguées. J'ai compris alors que nous avions franchi une frontière : celle, invisible et parfaitement connue de tous les habitants d'Enterprise, qui séparait les quartiers blancs et noirs. La distinction n'était pourtant pas brutale. Pendant un moment les deux communautés raciales paraissaient se rejoindre sur le terrain neutre de l'existence petite-bourgeoise, avant que le fossé social et urbain ne devienne apparent. C'est dans cette zone que Bubba m'a montré du doigt une petite chapelle de l'Église du Christ : « Ça, c'est un temple pour les gens de couleur. Tu veux voir un office à eux, tu y vas. Mais moi j'entre pas, hein ? »

« Les gens de couleur ». Expression poliment méprisante, sorte de compromis sémantique entre l'extrêmement raciste « nègre » et l'extrêmement bien-pensant « Afro-Américain », visiblement d'usage courant dans cette partie de l'Alabama. L'entendre sortir de la bouche d'un croisement de Philippine et de Blanc américain était néanmoins assez bizarre, même si Bubba, comme je devais m'en rendre compte par la suite, n'était pas classé dans une quelconque « minorité ethnique » par le reste d'Enterprise : c'était juste un « brave gars d'chez nous » qui s'était retrouvé avec une *mèère* venue de Manille. Ainsi qu'il l'a reconnu lui-même, le clivage racial n'était pas aussi prononcé que jadis, certes, mais les vieux réflexes avaient la peau dure, dans le Sud : « On peut pas parler de ségrégation, ici même. Simplement, chacun se sent plus à l'aise avec ses semblables, tu vois ce que je veux dire ? »

Sans me laisser le temps de confirmer ou non que je voyais ce qu'il voulait dire, il a glissé dans le lecteur du coupé une cassette de *heavy metal* allemand, un groupe dénommé Scorpions, à peu près l'équivalent rock-and-roll d'un raid de la Luftwaffe. Cette explosion quadriphonique était claire : Bubba m'indiquait ainsi que le sujet des relations interraciales à Enterprise était clos. J'ai reçu le message. De même que les habitants de Belfast finissent forcément par en avoir assez de s'entendre poser les mêmes inévitables questions par les visiteurs – « Comment vous arrivez à vivre dans un état de guerre pareil ? » –, la majeure partie de la population du Sud américain s'attend que tout « Yankee » de passage aiguille la conversation sur le thème de la ségrégation raciale. Même s'il le fait sans aucune agressivité ledit visiteur est aussitôt étiqueté comme un Nordiste méprisant guettant la moindre occasion pour rappeler qui a gagné la Guerre civile à tous ses compatriotes confédérés qu'il tient tout juste pour des primates fanatiques. C'est pourquoi j'ai préféré ne pas insister, tandis que Bubba, pleins gaz, nous entraînait hors de la ville.

Filant sur des routes étroites, nous avons zigzagué à travers le comté du Café, des hectares de champs de maïs et de cacahuètes écrasés par le soleil impitoyable de l'Alabama, une région dite de « l'herbe de fer » en raison des touffes d'*Aristida stricta* qui la hérissent. Le thermomètre frôlant les 40 degrés, Bubba a poussé la climatisation autant que son moteur, nous faisant passer en trombe au milieu d'une série de hameaux aux noms aussi improbables qu'Ino, Jack, New Hope, des agglomérations réduites à un magasin, une église, un cimetière et quelques bicoques.

À New Hope, justement, nous nous sommes arrêtés pour acheter un pack de bière. Les ventilateurs au plafond de la boutique ne pouvaient rien contre la canicule. Un écriteau au-dessus de la caisse avertissait : PAR ICI, NOUS NE TOLÉRONS PAS LES PROPOS SACRILÈGES. Coiffés de chapeaux de paille, deux fermiers d'un âge certain parlaient du temps devant le comptoir des pesticides. « Tu sais quoi, Roy ? À cinq heures ce matin, quand je suis allé aux vaches, il faisait 32 degrés ! Tu imagines ? En pleine nuit ?

— Ouais, j'imagine. C'est comme qui dirait une vague de chaleur, qu'on a. »

Après cette dérive par les chemins de traverse, Bubba a décidé de me conduire chez sa sœur, Billie. Sauf qu'elle n'était pas vraiment sa sœur, m'a-t-il expliqué en route : « Adoptive, seulement. »

Comme pour compliquer encore les choses, ce n'étaient pas les parents de Bubba qui l'avaient adoptée, non ; ils s'étaient eux-mêmes choisis pour frère et sœur, quelques mois auparavant. Ils avaient même obtenu un acte notarié établissant cette relation, tout en sachant que ce bout de papier n'avait aucune valeur officielle. Simplement, ils s'entendaient tellement bien, ces deux-là, qu'ils avaient conclu que le mieux était encore de devenir frère et sœur. Notamment parce que l'année écoulée avait été terrible pour l'un comme pour l'autre. Le mariage de Bubba battait de l'aile, et le petit ami de Billie avait été tellement déprimé quand elle avait rompu qu'il s'était tiré une balle dans le crâne... « Avec un 357 magnum, m'a précisé Bubba, pour te dire qu'il plaisantait pas. » Billie était naturellement sortie totalement démolie de ce drame, d'autant que, divorcée deux fois, ses expériences avec les hommes n'avaient jamais été faciles. Alors, quand à la salle de sports d'Enterprise elle avait rencontré un Bubba au moral aussi bas que le sien, eh bien... Soit ils finissaient au lit ensemble, soit ils se proclamaient frère et sœur. Ils étaient convenus que la deuxième solution était de loin la plus simple.

Billie vivait avec June, sa « vraie » sœur, dans un pavillon de Level Plains, une agglomération proche d'Enterprise. C'était une femme de quarante-six ans, trapue, au visage très marqué. Preuve de sa dépendance aiguë aux cigarettes mentholées, trois paquets de Salem entamés étaient dispersés autour de quatre cendriers pleins à ras bord sur la table de la cuisine devant laquelle June était également assise, en train de vider un grand pot de glace au caramel pendant qu'une Marlboro se consumait près d'elle. Un peu plus âgée que Billie, elle avait la même stature et présentait elle aussi des signes de spleen galopant, ayant reçu au courrier du matin les papiers de son divorce. Elle s'y attendait, certes : la dissolution de son mariage avait été prononcée trois mois plus tôt et elle ne voyait plus son mari depuis un an déjà. Mais recevoir un document officiel établissant la fin d'une union conjugale de trente-deux ans n'est sans doute pas la meilleure façon de démarrer sa journée. D'un autre côté, il fallait aussi voir le bon côté des choses, non ? Par exemple les deux stylos plaqués argent assortis que le facteur avait également apportés le matin – l'une des multiples commandes de June et Billie, fanas des catalogues de vente par correspondance. Il y en avait une dizaine étalées sur la table, de ces brochures spécialisées dans les animaux en peluche, ou les accessoires automobiles, ou la lingerie fine, ou le matériel de camping, et même dans les surplus de l'armée, s'il vous prenait l'envie de recevoir par la poste une machette ou des lunettes de soleil spécialement conçues pour protéger les yeux de « projectiles dangereux ».

Billie et June aimaient bien grignoter, aussi : l'espace laissé libre sur la table par les cigarettes, les cendriers et les catalogues était systématiquement couvert de nachos, de gaufres au fromage, de tortillas, de guacamole, de purée de piments, de cacahuètes sucrées, de cookies au chocolat, de pop-corn au beurre. Une ode en trois dimensions à la Consommation avec un grand C, un témoignage aussi : la gloutonnerie pouvait aider à supporter les multiples traumatismes de l'existence.

Très vite, cependant, j'ai compris que les deux sœurs avaient trouvé un autre moyen de se consoler des aléas de la vie : aimer Dieu. Leur père, convaincu jusqu'à la moelle que Jésus était le seul ami de l'homme, avait passé la majeure partie de son existence à parcourir le pays à Sa recherche. June s'étant excusée un moment – elle devait faire un saut au supermarché : « On est à court de provisions » –, Billie a allumé une nouvelle Salem et, tout en plongeant mécaniquement des chips dans le guacamole, a entrepris de me raconter la quête spirituelle du papa et ses désastreuses conséquences sur leur enfance.

Elles avaient toutes deux vu le jour à Mobile, un port de l'Alabama où leur père était garde-côte. La mère avait abandonné le domicile familial quand June avait cinq ans et Billie trois. L'un des plus anciens souvenirs de cette dernière était d'avoir demandé pourquoi Maman était partie, et d'avoir entendu son père lui expliquer que c'était parce qu'elle n'aimait plus ses petites filles, qu'elle voulait vivre sans elles. Elle se rappelait aussi son cadeau de Noël, deux ans plus tard : « Il nous a offert une bible, à chacune. J'ai été très déçue : j'attendais une poupée, moi, et puis ma bible était blanche et celle de June, rouge, qui est ma couleur préférée. À l'époque, on vivait dans un affreux motel de Jackson, dans le Mississippi. Après le départ de Maman, voyez-vous, notre père a quitté les gardes-côtes et il a commencé à nous traîner de ville en ville, en prenant des petits boulots par-ci par-là. Il a jamais été très patient, Papa, alors c'était six mois réceptionniste dans le motel d'un trou genre Dothan, et puis il était renvoyé, ou il en avait assez, et on partait à Montgomery, ou Birmingham, ou Selma, et c'était encore un motel, et il faisait gardien de nuit ou concierge... Et ainsi de suite, pendant les deux premières années où Papa s'est occupé seul de nous. C'était comme si on était... en cavale, presque. Le sol lui brûlait sous les pieds, à mon père. Il n'a jamais eu une maison à lui, ni une voiture, ni un seul meuble. Jamais d'assurance-vie non plus. La seule chose stable, dans sa vie, c'était Jésus. Il aimait personne autant que Jésus, Papa. Le problème, c'est qu'il arrivait pas à dégotter une ville qui lui plaise, mais pas plus à trouver une Église assez fidèle à l'esprit de Jésus. Il en a essayé tout un tas, pourtant. Au départ, il était presbytérien, ensuite il a suivi un moment l'école biblique de l'Église du Christ, puis il a essayé les Assemblées de Dieu, et après il a tourné baptiste, et encore après il est devenu un adepte de Billy Graham... Il pouvait s'attacher à aucune congrégation, Papa. En fait, il pouvait s'attacher à rien. »

Après ces deux ans de « cavale », Billie et June avaient été confiées à une famille tandis que le père poursuivait son errance. C'était le premier des trente-cinq foyers d'accueil qu'elles allaient connaître jusqu'à leurs dix-huit ans. Et chaque fois, bien entendu, la famille appartenait à l'Église que le père avait choisie cette année-là : « Si on changeait aussi souvent, c'est surtout parce que Papa ne donnait jamais assez d'argent aux parents adoptifs pour qu'ils puissent s'occuper correctement de nous, m'a expliqué Billie. Il trouvait des gens à l'église, il payait pour le premier mois qu'on passait chez eux, il promettait d'envoyer la suite et *pfftt*, il disparaissait pendant presque un an, sans aucun moyen de le contacter. Je me rappelle comment ces familles changeaient d'attitude envers nous quand elles comprenaient qu'elles devraient nous entretenir jusqu'à ce que Papa rapplique. Je peux vous dire que c'était affreux, de sentir le mépris qu'ils avaient, de se rendre compte que pour eux, un dollar était plus important que nous. Et puis, un dimanche, Papa débarquait sans crier gare et il nous emmenait avec lui, et bien sûr la famille d'accueil se mettait à réclamer son dû à cor et à cri, mais comme il disait qu'il avait pas un dollar en poche, et qu'eux n'espéraient même plus se débarrasser de nous... De toute façon, ils pouvaient rien faire. Je dois reconnaître qu'il était fameux, Papa, quand il s'agissait de faire casquer les autres pour ses filles. Il se débrouillait pour qu'on passe pile poil l'année scolaire dans la même famille et ensuite, l'été, il nous casait dans une colonie de vacances religieuse où tout était gratuit. Mais une fois, il a fait quelque chose que je n'ai jamais pu pardonner, encore pire que d'avoir pourri notre enfance. On était dans un camp d'été, à Biloxi, dans le Mississippi, et le dernier jour il est jamais venu nous chercher. On était là à attendre devant la porte du camp. Tous les gosses repartaient avec leurs parents mais nous, personne. Finalement, le prêtre qui encadrait le camp m'a demandé si on avait de la famille où on pouvait aller, et j'ai dit non, et alors on a été trois mois dans un autre foyer d'accueil avant qu'il réapparaisse. Et là on a vraiment craqué, June et moi, on s'est mises à pleurer comme des Madeleine et à le supplier qu'il nous envoie chez notre mère. Et vous savez ce qu'il nous a dit ? Qu'il venait juste d'apprendre que Maman était morte un mois plus tôt, et qu'elle était avec les anges, maintenant. »

C'est seulement quand Billie a fini le lycée qu'elle a pu rompre avec ce cycle infernal : « Le lendemain de l'examen, j'ai commencé à travailler comme standardiste dans un magasin de gros et j'ai trouvé une chambre. June était déjà mariée, en Allemagne avec son mari militaire qui était basé là-bas, donc je me débrouillais seule à Birmingham, et j'allais tous les dimanches dans un groupe de prière de pentecôtistes, vu que c'était celui que fréquentait la dernière famille qui m'avait accueillie. Et j'ai continué à aller à l'église jusqu'à mes vingt-quatre ans, même si je savais plus trop qui je priais, à force d'être passée des baptistes aux mormons, des presbytériens aux baptistes, de l'Église du Christ aux Assemblées de Dieu. Parce que de fréquenter tous ces cultes différents, ça met pas mal la pagaille dans votre foi. Par exemple, les mormons avaient des bals mais quand j'étais chez les baptistes, on me disait que la danse était un péché... Allez comprendre en quoi vous croyez, après tout ça ! »

Et puis, il y avait eu le malheureux épisode de Ray. Il était chauffeur de camion pour l'entreprise de gros où elle travaillait. Au bout de deux mois, ils voulaient se marier ; elle l'avait alors supplié de venir à l'église avec elle, parce qu'on lui avait inculqué depuis toujours que le Créateur ne peut bénir une union si mari et femme n'embrassent pas la même foi : « J'ai tanné et tanné ce pauvre garçon pour qu'il se convertisse et me rejoigne chez les pentecôtistes, et ça a été une énorme erreur parce que le temps de dire ouf, il s'est transformé en fanatique. Il avait des remords quand il buvait une bière, quand on faisait l'amour... Au bout de deux mois de mariage, il s'est mis à se plaindre tout le temps de sa vie, et de son travail, et de tout, et il est tombé dans une vraie dépression. Mais quand notre médecin a finalement dit qu'il devrait consulter un psychiatre, Ray a voulu que ce soit un psy chrétien garanti, et chaque fois qu'il revenait d'une séance il avait la tête pleine des citations de la Bible que l'autre lui avait recommandé de prendre pour guide dans sa vie. »

Cette psychothérapie basée sur les Saintes Écritures n'avait pas eu les effets escomptés, l'état dépressif de Ray se transformant graduellement en un cas de schizophrénie aiguë. Et lorsque le psy chrétien avait décidé que le moment était venu pour son patient de partir en séjour prolongé dans un hôpital psychiatrique tout aussi chrétien, Billie avait saisi l'occasion pour se dégager de ce mariage, ainsi que de toutes ses tentations mystiques : « Vous savez, même si j'en ai voulu à mon père et à toutes ces familles d'accueil de m'avoir retenue loin du monde laïque pendant si longtemps, il m'a fallu des années pour commencer à avoir confiance dans les non-croyants. Parce qu'on m'avait soutenu qu'ils étaient le Diable incarné. Et même maintenant, oui, encore maintenant, il m'arrive de me demander si Dieu m'a punie pour avoir quitté l'Église. Par exemple quand j'ai eu mon hystérectomie, et quand mon deuxième mariage a mal tourné il y a six ans, et quand mon copain a fait "ça" en septembre, je me suis dit que c'était peut-être comme ça qu'Il prenait Sa revanche, le Seigneur.

— Bien sûr que non ! a protesté Bubba, interrompant le monologue de sa "sœur". C'est juste que t'as pas eu de bol, voilà. »

Le terme semblait un peu faible pour décrire cette vie digne d'un film d'horreur. Mise en perspective avec ce long cauchemar, sa dépendance vis-à-vis des cigarettes mentholées, des catalogues de vente par correspondance et de la bouffe compulsive paraissait soudain le summum de l'équilibre. Lorsque je lui ai déclaré qu'elle devait posséder une force intérieure prodigieuse pour avoir survécu à tout cela, elle m'a adressé un triste sourire en piochant encore dans le guacamole avec quelques chips : « Je suis pas forte, non. Je tiens le coup au jour le jour, c'est tout. Et puis je dois être contente pour plein de choses : j'ai ma sœur – on habite ensemble depuis que son mariage est allé dans le mur –, j'ai mon frère adoptif ici présent. Je suis pas seule au monde, au moins. Pas comme Papa. Lui, il est toujours à errer comme une âme en peine, à chercher Jésus. Dans le Mississippi, la dernière fois que j'ai eu des nouvelles. Et vous savez quoi ? Il Le trouvera même pas, c't enfoiré-là ! »

Ce même soir, après avoir loué des chambres à l'hostellerie locale, je suis allé prendre quelques verres avec Bubba au mess des officiers de Fort Rucker, l'immense base aérienne qui surplombe Enterprise et s'étale sur près de deux cents kilomètres carrés, à cheval sur trois comtés. « C'est la plus grande du pays, m'a annoncé Bubba, et je vais te dire que tout le monde en Amérique peut penser que la guerre au Vietnam a été une saloperie, mais ici, pour nous, c'est la guerre la plus fantastique qu'on ait eue. Pourquoi ? Parce que tous les pilotes envoyés là-bas sont venus s'entraîner à Fort Rucker et que ça a été un boom, pour Enterprise. Tous ces centres commerciaux et ces motels et ces nouveaux trucs que tu vois par ici, c'est au Vietnam qu'on les doit. Et je te parie que la prochaine fois qu'on aura une guerre, ça deviendra vraiment quelque chose, notre patelin... »

Fort Rucker était déjà une ville : des kilomètres de casernements, des bâtiments administratifs, une cité-dortoir pour le personnel marié, des ateliers, des écoles, des terrains de sport et, bien entendu, des mess. Celui des officiers accueillait un dîner dansant, avec une escouade de types avec la boule à zéro, sanglés dans des smokings qui faisaient penser à des camisoles de force sur leurs robustes épaules, et de femmes choucroutées en robe style bals de promotion des années 1950. Évitant cette foule, Bubba a été filé droit au bar principal, une grande salle accueillante où le carafon de bière valait trois dollars et où le juke-box vouait un culte à la musique country. Nous avons rejoint quatre amis à lui, déjà attablés devant des pichets de blonde et deux pizzas maison, avec supplément d'anchois, supplément de poivrons, supplément de thon... Au moment où nous sommes arrivés, Dale, un mécanicien de la base, était en pleine séance de confessionnal impromptue avec Shirley, l'une des conseillères matrimoniales de Fort Rucker.

« C'est qu'elle veut pas seulement la maison, gémissait-il, elle veut la bagnole, elle veut mes fringues... Bon sang, je crois qu'elle va me prendre mes dernières chaussettes, aussi ! » Il a interrompu ses lamentations pour me serrer la main et m'offrir un verre en disant : « Pardon pour les pleurnicheries, mais c'est que j'suis en plein divorce, là, et cette dame, son boulot, c'est d'écouter des histoires comme la mienne. »

Avec un sourire, Shirley a remarqué que sa journée de travail était terminée, théoriquement. Comme je lui avais demandé ce qui l'avait attirée dans cette profession, elle m'a appris qu'elle venait du Kentucky, qu'elle avait épousé un militaire et qu'ils avaient fini à Fort Rucker, où le taux de divorce était trois fois supérieur à la moyenne nationale, ce qui lui avait donné des idées de carrière une fois qu'elle aurait terminé ses études. Choix judicieux, en apparence, puisque l'expérience conjugale semblait ici considérée comme une longue période d'entraînement où l'on gagnait ses galons en survivant au choc initial.

Était-ce le nomadisme inhérent à la vie militaire qui expliquait l'instabilité matrimoniale à Fort Rucker ? Le témoignage de Jesse avait tendance à le prouver : de retour du Vietnam, il avait non seulement découvert sa maison vidée de fond en comble, mais sa femme et leurs trois enfants s'étaient envolés : « Ça m'a pris quatre mois pour retrouver sa trace, à cette salope. En Arizona, elle se planquait. Le même soir où je l'ai repérée, j'ai fait la connaissance de Ruthie dans un bar de Phoenix, ce qui prouve qu'un mal ne vient jamais seul, hein ?

— Ouais, a confirmé ladite Ruthie, présente à la table. C'est ce que je pense moi aussi, tous les matins, quand je me réveille et que je me dis que j'ai été assez idiote pour te suivre ici. »

En vrai gars du Tennessee, Jesse était le seul du quatuor à dédaigner la bière pour le « Jack and Coke », du Jack Daniel's mélangé à la « soif d'aujourd'hui ». Cela m'a paru un traitement honteux pour cet excellent bourbon, mais j'ai pensé qu'il était sage de garder cette remarque pour moi, surtout après que Bubba l'a forcé à évoquer son temps dans une unité d'élite au Vietnam : « Ah, on était chargés du sale boulot, pour résumer. Quand ils voulaient neutraliser quelqu'un de difficile à coincer, ils faisaient appel à nous. Et on était bons là-dedans, pas de doute. Tellement bons, en fait, qu'ils ont fini par dissoudre l'unité pour comportement "inhumain". Ouais, j'aimais mon boulot mais je dois reconnaître qu'ils avaient pas tort, question inhumain : dans mon groupe, un type collectionnait les oreilles coupées, et puis on se servait de ces balles explosives qui pétaient dans le cerveau de la cible... Ouais, on a fait des drôles de trucs, là-bas. »

Mais Jesse n'appartenait plus à un commando d'élite. Désormais, il était affecté au dépôt du gymnase de Fort Rucker. Après les missions spéciales, c'était maintenant : « Hé, Jess, t'aurais pas un pantalon de survêt à ma taille ? » Et il rentrait chaque soir au foyer conjugal, où l'attendait Ruthie, qui pesait dans les cent dix kilos, s'autoproclamait médium et avait un passé fortement teinté de fondamentalisme chrétien : « J'ai toujours été douée pour voir l'avenir et être en phase avec les ondes des gens, a-t-elle reconnu. Mais ma mère, quand j'étais ado et qu'on a découvert ce talent que j'avais, elle a voulu s'opposer à ce qu'elle appelait "les agissements du Diable". Elle m'a forcée à aller à des séances de prière, six heures d'affilée, où elle suppliait le Seigneur de m'envoyer la lumière et de me faire renoncer au "sacrilège prophétique". Comme ça ne marchait pas trop, elle a fini par m'éjecter de la maison. Quoique j'aie idée que c'était plus parce que j'étais tombée enceinte à dix-sept ans qu'à cause de mes pouvoirs extralucides. »

Je commençais à entrevoir qu'Enterprise attirait comme un aimant les êtres qui n'avaient pas été gâtés par le destin. Ainsi, quand Ruthie m'a appris qu'elle était déjà deux fois grand-mère, à quarante-deux ans, je n'ai pas été surpris un seul instant. Mais le plus fascinant, c'est que ces existences complexes formaient le terreau d'une communauté qui, d'après Jesse, était dominée par des baptistes de la plus stricte obédience. Ils avaient acquis un tel pouvoir sur la ville que, malgré la présence de tous ces bidasses, le régime sec avait été imposé jusqu'en 1986, date à laquelle un référendum âprement disputé, et où Jesse s'était activement engagé en faveur du droit à la picole, avait enfin permis la vente d'alcool dans certains magasins de la ville. Les baptistes avaient cependant obtenu plusieurs restrictions, notamment la fermeture de tout établissement qui se serait avisé de commercialiser de l'alcool à moins de cent cinquante mètres d'une église, et depuis lors ils s'étaient mis à acheter des terrains dans tous les coins, annonçant la construction prochaine de nouveaux temples. Bref, comme l'observait Jesse : « On peut maintenant se faire un Jack and Coke, ici, mais ils contrôlent toujours la ville. »

En réalité, tout le comté était sous l'emprise des baptistes, au point qu'il paraissait presque inconcevable de passer dans la région sans assister à l'un de leurs services religieux. Jesse m'ayant suggéré de tenter l'expérience dans l'un de ces hameaux reculés de « l'herbe de fer », « le genre d'endroit où ils pensent qu'Enterprise est une sorte de Manhattan », je suis donc parti sur la 84 de bon matin le dimanche, jusqu'à Elba. S'il ne s'agissait pas du village lilliputien auquel je m'étais attendu, c'était tout de même un bon exemple de la bourgade du Sud telle que je l'imaginais, avec ses larges rues poussiéreuses bordées de « cafés » aux noms pittoresques et de garages qui paraissaient avoir existé avant l'apparition des premières Packard sur les routes d'Amérique. Ce daguerréotype d'une Alabama arrêtée dans le temps était perché sur une modeste colline, surplombant une rivière qui serpentait dans une vallée couverte de pins. En plein milieu de ce tableau bucolique s'élevait fièrement une petite église des Premiers Baptistes. L'office devant commencer dix minutes plus tard, je me suis garé et joint à la foule endimanchée qui pénétrait dans le temple.

C'était l'élite sociale d'Elba qui se retrouvait là, ai-je aussitôt compris, banquiers, médecins, dentistes, commerçants. Des « Premiers Baptistes », à savoir la frange la plus bien-pensante de toutes les congrégations de ce genre, et donc, dans le Sud, la plus influente. Ces notables en costume d'été et robe à fleurs échangeaient des sourires polis, des poignées de main, tout en adressant de bienveillants signes de tête à l'étranger que j'étais. On était loin de la robuste bonhomie dont j'avais été témoin chez les pentecôtistes, les accolades, les claques dans le dos, les : « Ça va, mon frère ? » Ici, on tenait la communion avec Dieu pour une affaire sérieuse, convaincu que les manifestations appuyées de zèle dévot ne vous gagneraient pas un point de plus auprès du Tout-Puissant, ni a fortiori aux yeux de vos condisciples.

Dès que l'officiant, un nommé J. Douglas Dortch, la trentaine, en costume ultraclassique, s'est lancé dans son prêche, la dimension évangéliste de son ministère est apparue clairement.

Une fois que les fidèles ont entonné à l'unisson du chœur en chasuble deux ou trois hymnes baptistes gentiment compassés, le pasteur a appelé en chaire sa fille de cinq ans, une blondinette au côté de laquelle il s'est assis sur une marche de l'autel, et il a commencé à parler du jeu de chat. Sa fille jouait à chat avec ses amies après l'école, oui, mais ce que le pasteur Dortch avait découvert – et elle s'en rendrait compte, elle aussi, quand elle serait plus grande –, c'est qu'il y avait une remarquable ressemblance entre ce jeu innocent et le fait d'être « touché » par Jésus. Il a rappelé l'histoire de cette femme, dans l'Évangile de saint Marc, soudain guérie de douze années de maux parce qu'elle avait touché le bas de la tunique de Jésus, Lui prouvant ainsi sa foi sans partage. Quel rapport avec jouer à chat ? me demanderez-vous. Eh bien, comme dans le jeu, lorsqu'on s'apprête à atteindre Jésus, on doit crier : « Touché ! » et proclamer ainsi sa totale confiance en Lui.

Il est revenu sur le sujet au cours de sa principale homélie de la matinée – « Soyez sans crainte, il vous suffit de croire » –, une réflexion sur la nécessité du spirituel lorsque les solutions séculaires à nos problèmes se sont révélées sans effet. En tendant une main implorante vers ce qui nous dépasse, en jouant à chat avec le Fils de Dieu, on se met aussi à marcher de concert avec Jésus, Notre Sauveur. Ce cheminement, c'est-à-dire une existence dédiée au Christ, est le summum de ce à quoi nous puissions prétendre. Et nous aussi, nous pouvons être « touchés » par Lui, ressentir l'apaisement miraculeux que procure Son contact. Chaque fois que nous sommes écrasés par le chagrin ou le deuil, quand l'existence nous devient insupportable, Il est là pour nous, avec nous. Alors, si l'un d'entre nous continue à douter, s'il n'a pas encore accepté Jésus de tout son cœur, s'il vous plaît, oh, s'il vous plaît, ouvrez-vous à Lui tout de suite, là. Si quelqu'un éprouvait le besoin de se lever et de consacrer son être au Christ, c'était le moment, ici, maintenant !

Comme je l'ai appris par la suite, cette invitation lancée aux âmes en peine est désignée par un terme spécifique, « la montée à l'autel », un élément essentiel de la liturgie néochrétienne. Peu importe qu'elle soit formulée dans les termes de l'Assemblée de Dieu que j'avais entendus à Sarasota (« Cherchez le salut ou Dieu viendra vous chercher ! ») ou servie dans l'emballage complaisant du « pensez à votre avenir » que le pasteur Dortch nous proposait : la renaissance en Christ restait toujours la nécessité doctrinale, la pierre angulaire de l'édifice. Malgré tout son vernis d'exquise retenue, le prêcheur d'Elba appartenait à cette même école, et constituait donc un nouvel exemple de ce que le néochristianisme ne survenait pas toujours dans la tonitruance et le sectarisme affiché.

Son invitation n'a certes pas été suivie d'effet, mais j'ai eu l'impression que c'était normal, qu'elle n'avait qu'une fonction formelle : même si l'un des paroissiens avait été en pleine crise spirituelle, il n'aurait jamais eu l'audace de se lever et de l'admettre devant ses coreligionnaires rassemblés, surtout dans une communauté aussi peu nombreuse, aussi bien élevée, et aussi respectable. Les gesticulations religieuses n'étaient pas de mise, voilà tout ; en d'autres termes, même le fondamentalisme chrétien était déterminé par l'appartenance de classe. En admettant que les pentecôtistes se considèrent comme la cohorte des humbles soldats de Dieu, les Premiers Baptistes étaient alors Sa noblesse commerçante, une aristocratie qui n'avait pas besoin de se rouler par terre, d'entrer en transe et de hurler pour proclamer Son nom, convaincus qu'ils étaient de constituer Ses élus privilégiés.

Il n'empêche que cette petite église d'Elba était aussi un réceptacle de cette courtoisie d'avant-guerre qui caractérisait jadis le Sud ; il a été difficile de résister lorsqu'un vieux monsieur assis à ma gauche, avec ses cheveux blancs et son costume de lin immaculé qui lui donnaient l'air d'un sénateur de l'ancien temps, a tenu à me serrer la main à la fin du service avant de déclarer : « Je suis heureux que vous soyez parmi nous, en ce dimanche. » Bien d'autres ouailles sont ensuite venues m'accueillir de la sorte, sans jamais me demander qui j'étais, d'où je venais, ou si j'étais également baptiste. Au vu de leur hospitalité immédiate et inconditionnelle j'ai compris que ma seule présence dans cette église m'avait d'ores et déjà conféré une aura de respectabilité chrétienne. Le rappel d'une vérité ancienne et paradoxale propre à la plupart des paroisses de province : un étranger a beau s'attirer des regards soupçonneux dans une petite ville, on veillera toujours à ce qu'il se sente à l'aise s'il vient à l'église.

« Je suis content que vous ayez prié avec les fidèles d'Elba, Alabama », avait déclaré gravement le pasteur Dortch en me serrant la main avec insistance sur le perron de l'église. C'est seulement quelques minutes plus tard, sur la route du retour à Enterprise, que l'idée m'a frappé : je n'avais pas vu un seul visage noir, dans cette assemblée modèle. Aussi, à peine arrivé, j'ai repris les rues qui conduisaient à l'église des « gens de couleur », comme disait Bubba. Sur l'esplanade, les dames auxquelles j'ai demandé s'il y aurait un service le soir m'ont répondu : « Maintenant, on va manger, et ensuite il y aura un office familial, alors pourquoi vous ne resteriez pas avec nous ? »

Je les ai suivies dans une petite nef où huit rangées de bancs en pin et une chaire toute simple attendaient sous les ventilateurs. L'absence de piano ou d'orgue m'a aussitôt indiqué qu'il s'agissait d'une communauté traditionnelle de l'Église du Christ, laquelle proscrit toute musique dans sa liturgie. Le fait que je sois le seul Blanc à la ronde prouvait aussi que l'intégration raciale demeurait un vœu pieux, dans ce coin de l'Alabama.

Il y avait une trentaine de personnes présentes, dont un visiteur, comme moi, J. Carl Johnston, basé avec sa femme, Arlene, et leurs deux enfants à Fort Rucker, où il était contrôleur aérien. Natif de Philadelphie, J. Carl, à l'instar de Bubba, manifestait une nostalgie évidente pour le vaste monde. Après un temps en Corée du Sud – « Vous voulez que je vous dise ? Séoul, c'est inhumain ! » –, il avait servi en Sicile, qu'il avait adorée. « J'ai fait toute l'île en moto, m'a-t-il raconté, les gens m'invitaient tout le temps chez eux, et pas seulement parce que j'étais un soldat américain, mais aussi parce que j'étais noir, et qu'il n'y en avait pas des masses, en Sicile... »

Il a été interrompu par l'arrivée d'un quadragénaire corpulent, borgne, avec une gigantesque brioche sous sa chemise blanche constellée de taches de sueur. Ses bretelles rayées et l'état de sa liquette l'identifiaient tout de suite : c'était le prêtre local, frère Robert Birt, encore en nage après l'effort que lui avait demandé l'office du matin. Après nous avoir souhaité la bienvenue à l'église du Christ d'Addams Street, il a lancé : « Et maintenant, tous à la cuisine pour goûter à ce que nos bonnes dames ont préparé à manger ! »

Un copieux buffet de spécialités du Sud était proposé : patates douces confites, haricots rouges, purée de courge, poulet grillé, gruau de maïs et un dessert surnommé « Vase du Mississippi » dont la seule vue faisait monter le taux de cholestérol vers les cimes. Avec J. Carl et sa famille, je me suis placé dans la queue mais les cuisinières bénévoles, ainsi qu'un diacre de la paroisse, frère Williams, ont tenu à ce que nous soyons servis en premier. À nos protestations, l'une d'elles a répondu : « Vous êtes nos hôtes, vous *devez* passer avant les autres ! »

Munis d'assiettes en carton généreusement garnies, nous avons trouvé une table au fond de la salle mitoyenne. L'atmosphère était en effet très familiale : chacun était habillé avec soin, les femmes arborant des chapeaux impressionnants, les enfants plus âgés veillant sur les petits tandis que les adultes conversaient plaisamment.

Tout en faisant un sort à son poulet, J. Carl m'a raconté un peu sa vie. Sa femme et lui avaient grandi dans le même quartier de Philadelphie, mais ce n'est qu'une fois à l'université de Pennsylvanie qu'ils s'étaient connus : « Le seul moyen de me payer des études aussi coûteuses dans cette fac de prestige, c'était de signer avec l'armée, et donc je me suis engagé à faire quatre années de service actif après le premier cycle. Ça ne m'embêtait pas trop, parce que je rêvais depuis toujours de devenir pilote et je me suis dit qu'ils me laisseraient rejoindre l'aviation. » Fils d'un pilote de ligne, il avait obtenu sa licence très tôt et, après ses périodes à Séoul et en Sicile, il était entré à l'école d'aviation militaire en pensant que son rêve allait se réaliser. Quelques mois avaient suffi à le persuader qu'il s'était trompé. Il avait détesté l'ambiance, les instructeurs qui lui répétaient qu'il pilotait « comme un civil », qu'il lui manquait le « peps » pour devenir pilote de chasse. Il s'était donc rabattu sur la formation d'aiguilleur du ciel et, après avoir terminé son stage dans le Nord, s'était retrouvé avec sa première affectation de contrôleur aérien militaire, l'Alabama. « J'ai failli m'évanouir, quand j'ai reçu ma feuille de route ! Et puis j'ai décidé de prendre la chose avec philosophie, comme une étape nécessaire dans ma vie. Mes convictions de chrétien sont opposées à la logique militaire, de toute façon, et pour moi l'armée n'a été qu'un moyen d'obtenir un travail. C'est pour ça que je me suis fixé deux objectifs, une fois que je quitterais l'armée : un, faire un boulot qui ait une certaine fonction sociale, et deux, emmener ma famille aussi loin que possible de l'Alabama. »

Était-ce parce que la vieille réputation de bastion raciste accolée à cet État demeurait une réalité ? lui ai-je demandé. « Ce que je vois, a dit J. Carl, c'est que là-haut, dans le Nord, ils parlent beaucoup mais ils n'agissent pas en conséquence. Tous ces gentils progressistes blancs de Boston qui disaient qu'il n'y avait pas de problèmes raciaux dans leur ville, dès qu'on a essayé de faire monter leurs gentils gosses dans les mêmes bus que les enfants noirs, ils sont devenus carrément méchants. Alors il faut reconnaître qu'ici, au moins, on sait à quoi s'attendre. C'est clair et net, qu'ils sont racistes ! »

Il voyait juste. Si cet État avait été forcé par les tribunaux à renoncer à ses pratiques ségrégationnistes et à ses proclamations obscurantistes, il suffisait que la conversation en arrive au sujet de la race pour que les préjugés reviennent au galop. Ainsi, après m'avoir décrit sa triste enfance, Billie s'était soudain lancée dans une tirade contre les Noirs, affirmant : « Les gens de couleur ont encore trop de toupet, par ici. L'autre jour, il y en avait un à la télé qui disait que c'était normal que sa femme l'entretienne. Ça prouve seulement ce que tout le monde sait depuis longtemps : ces gens-là, s'ils peuvent vivre aux crochets des autres sans bouger un doigt, ils le feront. »

Je me suis vite aperçu que cet « argument » d'une bêtise confondante n'était qu'un reflet de préventions haineuses fortement ancrées. Le jour de ma rencontre avec Billie, alors que je prenais un petit déjeuner au motel, j'avais échangé quelques mots avec un garagiste de Decatur, au nord de l'Alabama, un bonhomme d'une excessive affabilité qui voulait à tout prix savoir si la vie du Sud faisait bonne impression au visiteur. Il m'avait montré les photos de ses deux enfants, m'avait parlé avec fierté de sa fille aînée, qui venait d'être acceptée à l'université Vanderbilt de Nashville. Amical sans familiarité déplacée, il m'avait paru l'exemple type de ce que les discours politiques américains désignent par les termes d'« honnête citoyen », en tout cas jusqu'à ce qu'il mentionne qu'il avait appartenu à la Garde nationale de l'Alabama au début des années 1960. Comme je lui demandais s'il avait eu des expériences mouvementées, il m'avait répondu : « Un peu, oui. Chaque fois qu'il y avait une manifestation pour les droits civils. Vous savez, ce que je n'ai jamais pu comprendre, moi, c'est comment Martin Luther King a réussi à se dégotter un prix Nobel de la Paix. Dès qu'il débarquait quelque part, il fallait que la Garde intervienne. C'était un sacré faiseur d'histoires, ce négro... »

J. Carl, à qui j'ai rapporté ce cas, a haussé les épaules : « Rien de nouveau sous le soleil, pour moi. C'est comme ça qu'ils nous considèrent tous, ici : des nègres qui sèment la pagaille. Franchement, je ne sais pas comment je réagirais à ce genre de commentaires, si je n'avais pas la foi. Lorsque je commence à me fâcher, je me dis que Jésus ne s'intéresse pas à la couleur de la peau, que mon Seigneur est au-dessus de tous ces préjugés... Même ici, en Alabama ! »

Après le repas, nous sommes revenus à la chapelle, où frère Birt nous a entraînés dans un hymne a capella, *Rien qu'une petite causette avec Jésus,* un air de blues tranquille dont les paroles reflétaient ce mélange de respect et de lassitude désabusée qui est le propre du bon vieux spiritual, l'expression musicale du Sud héritée des esclaves d'avant la Guerre civile.

Qu'une « petite causette » avec le Sauveur permette de surmonter les duretés de la vie quotidienne apportait un éclairage intéressant, bien qu'involontaire, sur la vie des Noirs en Dixieland, sur la manière dont ces offices pleins d'émotion, l'intensité de cette communication personnelle avec le divin, constituaient une défense psychologique contre le statut de citoyen de deuxième classe auquel ils avaient été relégués. À leurs yeux, Jésus n'était pas seulement une force surnaturelle à implorer dans les moments de détresse, mais aussi un héros moral, le meilleur leader lorsqu'il s'agissait de plaider pour l'égalité et le respect d'autrui. C'était leur foi qui leur avait donné la force de combattre la politique raciste du Sud et celle, aujourd'hui encore, de ne pas être accablé par ses survivances, ainsi que me l'avait expliqué J. Carl.

Après l'hymne, des membres de la paroisse ont exécuté une série de chants : un quatuor d'enfants s'est chargé d'un autre spiritual, deux dames enchapeautées d'un duo... Chanter ensemble cimentait l'esprit communautaire dans une ville où régnait toujours, comme l'avait indiqué Bubba, le « chacun chez soi » entre les races. C'était aussi la reconnaissance de la primauté de l'Église dans la vie sociale, un élément souligné par frère Birt quand il a demandé à trois jeunes qui venaient de terminer le lycée de venir recevoir un certificat honorifique et des cadeaux octroyés par le temple d'Addams Street : dans un contexte où la présence de Noirs à l'université était encore inconcevable peu de temps auparavant, la réussite scolaire était un moyen d'affirmation sociale dont la communauté devait être fière. Frère Birt l'a mentionné explicitement en s'adressant aux jeunes de l'assemblée : « N'oubliez pas ! Ils peuvent vous ôter votre travail, votre maison, votre voiture, mais ils ne peuvent pas vous ôter le savoir que vous avez dans la tête. » Puis il nous a invités à nous prendre tous par la main tandis qu'il prononçait une courte prière qui se concluait ainsi : « Ne regardez quelqu'un de haut que si c'est pour le relever. »

Ce n'était pas une bénédiction typique de l'Alabama.

Le lendemain, je suis revenu à Addams Street pour m'entretenir avec frère Birt, qui m'a aussitôt mis à l'aise : « Laissez tomber le "frère", mon nom est Robert et voilà tout. » Il n'était apparemment pas engoncé dans son statut de ministre de la Bible. Même s'il avait voulu en imposer comme certains pasteurs, il n'en aurait pas eu les moyens, de toute façon, car Robert Birt était pauvre, et sa maison, tout près de l'église, une simple bicoque en bardeaux dont le porche s'en allait en morceaux. À l'intérieur, des meubles de énième main, des murs rafistolés et deux matelas dans le salon indiquaient qu'il n'avait pas de place pour toute sa famille. Ce n'était pas la misère, c'était juste un cran au-dessus, et c'était également la preuve – mais nul n'en avait besoin – que Robert Birt n'avait pas choisi l'Église du Christ pour vivre dans le confort.

À mon arrivée, sa femme et leurs trois filles étaient captivées par un jeu télévisé. Une voix proche de l'hystérie faisait trembler les minces cloisons : « Et vous avez gagnéééé... le frigidaire-congélateur à dégivrage automatique ! » Robert a proposé que nous nous réfugiions dans son bureau à l'église, une pièce minuscule où la chaleur, intense, m'a expliqué pourquoi il affectionnait les amples pantalons et chemises en coton blanc qui lui donnaient plus l'air d'un transfuge d'ashram que d'un prédicateur du Sud. Voyant que je me transformais rapidement en serviette trempée de sueur, il a cogné du poing à quelques reprises sur la machine à air conditionné, qui a enfin consenti à démarrer en couinant, nous apportant un très relatif réconfort.

Outre son style vestimentaire très sous-continent indien, Robert Birt était également d'une jeunesse surprenante : vingt-neuf ans, même si son œil en moins, son tour de taille et ses manières réservées le faisaient paraître plus âgé. Il n'était pas compassé, non : simplement, il prenait au sérieux sa foi, son travail et les âmes dont il avait la charge. Sans avoir jamais quitté le Sud, il paraissait avoir assez appris et médité sur la vie pour se forger une idée bien à lui de la mission chrétienne dans son petit coin du monde à son époque. Il avait aussi négocié un spectaculaire virage ecclésiastique, puisqu'il avait d'abord été élevé dans le rite pentecôtiste à Jacksonville, Floride, avant de décider que c'était « beaucoup de gesticulations et de vacarme pour rien de concret ».

La rébellion avait commencé un dimanche, quand un camarade de faculté l'avait conduit à l'église du Christ local, où il s'était senti tout de suite chez lui : « Je me suis rendu compte qu'ils accordaient la priorité au message biblique, comme moi. » Devenu un fidèle, il avait finalement rejoint un séminaire de cette obédience, avait reçu l'ordination et avait été envoyé à Orlando. Sa mutation en Alabama n'avait pas été aussi dure qu'il l'avait d'abord imaginé : « Peut-être parce que Enterprise est une jolie petite ville, surtout après la zone, à Orlando, où je devais m'occuper de gamins démolis par le crack et la cocaïne. Je n'ai pas constaté de formes particulièrement agressives de racisme, non plus. Le racisme que je ressens, aussi bien chez les Blancs que chez les Noirs, s'exprime tout simplement par le fait que les deux groupes ne se côtoient pas. On ne se parle pas, on ne se fréquente pas. Au point qu'il y a une autre église du Christ à dix minutes d'ici, de Blancs, mais on ne les rencontre jamais. Ce n'est pas leur faute, ni la nôtre. On ne le fait pas, voilà tout. Oui, c'est honteux qu'il n'y ait pas d'effort pour établir des ponts, tout comme il est honteux que le racisme institutionnalisé existe encore dans le Sud, mais que voulez-vous, certains changements demandent beaucoup, beaucoup de temps. Je ne vois pas la division entre Blancs et Noirs disparaître avant au moins une ou deux générations. »

À l'instar de J. Carl, voyait-il en Jésus une source de soutien moral ? Un allié qui lui permettait de mieux supporter son passage en Alabama ? « L'endroit où je me trouve n'a pas d'importance, m'a répondu Robert. Pour moi, Jésus sera partout et toujours une force d'inspiration et un fantastique éducateur. Je sais que de nombreux chrétiens n'aiment pas qu'on parle ainsi de Lui, parce qu'ils pensent que c'est Le tirer vers la condition humaine, oublier qu'Il est aussi le Seigneur. Ma réponse, c'est que oui, il y avait quelque chose de divin, d'extraordinaire dans Jésus, mais c'était aussi un homme. Rien qu'un homme. Dieu ne peut pas s'adresser à nous directement, c'est pourquoi Il a envoyé Jésus sur terre : pour qu'Il nous parle et qu'Il meure en rachat de nos péchés. En fait, si nos péchés peuvent être pardonnés, c'est uniquement parce que Dieu est devenu homme. Et d'après moi, cette question de savoir s'il faut ou non humaniser Jésus n'est pas vraiment importante, surtout maintenant, quand tellement d'Églises ont oublié le message chrétien et se sont transformées en machines à faire de l'argent. Tout un tas de maquereaux de la foi se servent du nom de Jésus dans les pires intentions. Comme l'a dit saint Paul, le Malin a aussi des ministres de lumière. Je ne parle pas que des Swaggert et autres Bakker, je parle des hommes qui utilisent la religion pour opprimer leur famille, ou pour acquérir du pouvoir dans leur communauté. D'après moi, se servir de Dieu pour exercer un contrôle ou un pouvoir sur quiconque, c'est malfaisant. Le christianisme, en fin de compte, c'est aider les autres, pas les commander. C'est manifester son amour. »

Je venais sans doute d'entendre la synthèse la plus remarquable du message chrétien depuis le début de mon périple. Au-delà de la consolation face à son état mortel, du besoin d'amour et du soutien inconditionnels d'un être supérieur, l'enseignement chrétien le plus important était que l'amour divin doit se manifester, dans la vie temporelle, par l'amour de son prochain. Robert Birt était le premier pasteur que je rencontrais à avoir placé ce principe au centre de son action, à traduire la parole du Christ en philosophie sociale, et à comprendre que vivre selon cet engagement était un formidable défi.

« Nous avons toutes sortes de problèmes, dans cette paroisse. Je sais qu'il y a des gens, dans mon église, qui n'approuvent pas la manière dont je m'y prends. Des fois, c'est difficile, de prêcher devant des gens qui ne vous aiment pas. Mais vous ne pouvez pas leur jeter la pierre, n'est-ce pas ? Vous devez accepter qu'ils ne vous estiment pas, et leur pardonner. Ça demande beaucoup de discipline personnelle. Beaucoup de foi en Dieu. Je m'en tiens à ce principe, moi, parce que c'était celui du Christ. Il y a des tas de choses que j'ignore mais il y en a une dont je suis certain : si vous n'arrivez pas à connaître Dieu à travers les gens, c'est que vous ne Le connaîtrez jamais. »

Je ne suis pas arrivé à connaître Dieu à travers les gens d'Enterprise, non, mais j'en suis venu à connaître leur ville sur le bout des doigts. C'était le genre de coin où la présence d'un étranger pendant plus d'un jour ou deux devenait un événement local, où l'employée de la poste ne pouvait s'empêcher de remarquer à votre deuxième visite : « Alors, vous vous plaisez chez nous, on dirait », et où il était impossible d'échapper aux histoires personnelles.

Des histoires tristes et banales. Comme celle de Julia, l'une des rares Britanniques échouées ici. Nous avons fait connaissance dans une pharmacie où elle était vendeuse et où j'achetais une boîte d'Alka-Seltzer. Quand elle a appris que je vivais à Londres, cela a été comme si un représentant de la civilisation occidentale venait d'apparaître devant elle : « Vous n'imaginez pas comme c'est bon de parler à quelqu'un de chez nous ! s'est-elle exclamée. Des fois, j'ai l'impression d'être en prison, ici... »

Vingt-deux ans, originaire de Cardiff, Julia était accro au coca light tout en étant persuadée que les substances cancérigènes présentes dans ce breuvage allaient raccourcir sa vie. Douze cannettes par jour lui étaient nécessaires, car elle ne s'était toujours pas habituée à la chaleur de l'Alabama et redoutait la déshydratation. Le coca-cola classique était hors de question, cependant : elle avait déjà pris vingt kilos depuis son arrivée à Enterprise, dix-huit mois auparavant. « Je n'arrête pas de grignoter, a-t-elle avoué. Charlie, il dit que c'est juste pour l'embêter mais qu'est-ce qu'il y a d'autre à faire, ici, à part manger ? »

Charlie, son mari, était professeur de dessin dans l'une des écoles de Fort Rucker. Il avait rencontré Julia alors qu'il enseignait le dessin technique dans un collège professionnel du pays de Galles, dans le cadre d'un programme d'échanges pédagogiques. Lorsqu'il avait dû rentrer aux États-Unis à la fin de l'année scolaire, Julia avait été placée devant un grave dilemme : elle se savait éperdument amoureuse de Charlie, n'ignorait pas que la succession de petits boulots administratifs qu'elle avait acceptés depuis la fin de ses études la conduisaient droit dans l'impasse professionnelle, et elle n'ignorait pas davantage que cet Américain avait quarante-cinq ans, trois divorces à son actif et qu'il avait dégotté un poste bizarre de civil dans une base militaire de l'Alabama. Une sacrée décision à prendre. Julia avait résolu de faire le grand saut. Elle avait acheté un billet d'avion pour Miami, un billet de Greyhound pour traverser toute la Floride et, après trente-six heures sans fermer l'œil, avait été rendue à son amoureux dans la gare routière d'Ozark, Alabama – car les Greyhound ne s'arrêtaient même pas à Enterprise.

Un an et demi plus tard, ils étaient mariés, et sans le sou. Julia avait le mal du pays de Galles, aussi, mais leurs finances ne permettraient pas un voyage avant longtemps : « On se fait dans les vingt-deux mille annuels, mais avec les impôts et les six cents dollars mensuels de pension alimentaire que Charlie doit verser à deux de ses ex, ça nous laisse moins de dix mille, c'est-à-dire rien. » D'autant que le Charlie s'était mis à boire sérieusement, ainsi que j'allais le découvrir le soir même, Julia ayant insisté pour que je vienne dîner chez eux.

Il se shootait à la bibine, en l'occurrence l'Old Milwaukee, une blonde qui valait un dollar quatre-vingt-quinze le pack de six et vous laissait une gueule de bois digne du Chœur des enclumes dans *Le Trouvère* de Verdi. Malgré la brioche conséquente résultant de ses habitudes vespérales et le paquet de vaisseaux éclatés qui lui tenait lieu de nez, ses cheveux crépus et sa moustache à la Zapata le rajeunissaient d'une dizaine d'années. À en juger par les dessins à la plume qui décoraient les murs en parpaings de leur modeste appartement, il possédait un incontestable talent, même s'il avait autorisé les circonstances à le piéger à Fort Rucker. Il l'a reconnu indirectement au moment où nous attaquions notre troisième pack : « À ce que je vois d'Enterprise, je n'aurais pas pu échouer dans un trou plus nul. Le problème, c'est que quand on est dans un cul-de-sac pareil, professionnel et tout, on a un mal fou à en sortir. »

Le danger insidieux de ces endroits, en effet, c'est qu'ils vous font payer la sécurité d'une communauté repliée sur elle-même par une sensation permanente de claustrophobie. À Enterprise, cette impression de paralysie étouffante était encore accentuée pour un grand nombre de ses habitants : ceux qui avaient vécu ailleurs avant d'atterrir là ou à Fort Rucker et savaient donc qu'il existait un monde au-delà du monument à l'Anthonome.

En relisant les notes prises au cours de mes soirées là-bas, je me suis rendu compte que Bubba, Jesse, Charlie et Julia avaient tous entonné la même aria de désespoir insulaire, et c'était encore le cas de Wendy, passée ce soir-là chez eux juste à temps pour le petit joint que Charlie s'accordait avant de se mettre au lit. Lorsqu'elle a commencé à me parler de son mari qui l'avait abandonnée avec leurs quatre enfants pour une secte appelée « La Parole », laquelle disait avoir trouvé le moyen de devenir riche et puissant grâce à Jésus, j'ai compris que je finirais par me faire aspirer par ce maelström d'existences à la dérive si je restais trop longtemps. Et le lendemain matin, de bonne heure, j'ai fait ce à quoi tant de résidents d'Enterprise rêvaient sans espoir : j'ai mis les voiles.

La ville de Montgomery était en état d'alerte pour cause de canicule. « Au centre, le thermomètre indique 46 degrés, affirmait le speaker de quelque radio évangéliste locale, donc ne sortez pas, sauf en cas de nécessité absolue. Je vous rappelle aussi que le gouverneur a choisi mercredi comme Journée de prière pour la pluie, alors ne manquez pas d'aller à l'église demander au Seigneur qu'Il ouvre les vannes du ciel et mette fin à la sécheresse que nous connaissons. »

Mais convaincre l'Éternel ne s'annonçait pas tâche facile ; lorsque je suis entré dans la capitale de l'Alabama, un ciel d'un bleu obstiné, sans une seule traînée de nuages d'altitude, pesait sur elle. Entre ce dôme solide, le béton blanc des centres commerciaux et les immeubles de bureaux transformés par le soleil en tranches de silex aveuglant, Montgomery présentait un aspect achromatique qui blessait presque les yeux. Même le Capitole semblait passé à la chaux, la seule tache de couleur étant apportée par le drapeau confédéré qui flottait au-dessus de son toit en couvercle de théière.

Ce drapeau était peut-être l'élément le plus distinctif de la capitale d'État, une façon de rappeler qu'en dépit des apparences, l'Alabama continuait à verser du sel sur les plaies de la Guerre civile et n'avait toujours pas fait taire le « cri de la révolte », ce long glapissement propre aux soldats sudistes.

Autre signe des contradictions d'une ville qui se voulait emblématique du Nouveau Sud, fière de ses « activités culturelles » et de ses rues patriciennes : juste en face du Capitole, la maison du seul et unique président de la Confédération, Jefferson Davis, était conservée avec la dévotion réservée à un sanctuaire.

Pendant tout mon séjour à Montgomery, chez de vieux amis de la famille, je n'ai pas pu m'empêcher de repenser à ces deux emblèmes, le Yankee en moi s'émerveillant de l'exhibition sans complexe de l'un des plus encombrants cadavres conservés dans le placard de l'histoire américaine.

Bien entendu, certains citoyens de Montgomery réprouvaient la présence de la bannière confédérée au-dessus du Capitole, notamment les membres de la communauté noire, forcément sensibles à l'ironie choquante de ce drapeau hissé à quelques jets de pierre de l'église baptiste de Dexter Street où Martin Luther King avait entamé sa campagne pour les droits civils. Et les Epstein, la famille qui m'accueillait, n'ont pas manqué de me parler d'un article récemment publié dans le principal journal de la ville, le *Montgomery Advertiser*, dont l'auteur affirmait qu'il était nécessaire de descendre ces couleurs et de les expédier à la place qui leur revenait, c'est-à-dire au musée. À en juger par les quelques visiteurs que j'ai aperçus audit musée Jefferson-Davis – l'un d'eux arborant l'ancien chapeau gris des soldats sudistes, avec les deux mousquets croisés sur son bord –, il ne devait cependant pas manquer en Alabama de citoyens qui n'auraient pas pardonné aux autorités locales d'exposer ce drapeau dans une vitrine, où il n'aurait plus été que le symbole d'un passé regrettable.

Vieux Sud-Nouveau Sud : Montgomery constituait, à sa manière plutôt déprimante, l'interface entre ces deux réalités disparates. Encore bien au-dessous du demi-million d'habitants, elle était loin du statut de vibrante métropole auquel prétendait Atlanta, donnant plutôt l'image d'une vaste herboristerie, une ville de petits commerçants et d'entreprises familiales qui, malgré son quartier des affaires, conservait sa léthargie provinciale. Comme tant de villes du Sud, elle se désintéressait de son centre dès la nuit tombée, l'abandonnant jusqu'au lendemain aux épaves de la société.

Les Epstein, pour leur part, vivaient dans un quartier élégant, de belles maisons coloniales abritées par des arbres centenaires. C'était une famille établie depuis longtemps à Montgomery, des fabricants de chapeaux qui avaient des succursales dans tout le Sud. Des juifs, ce qui n'était pas aussi surprenant que d'aucuns l'auraient pensé car toutes les agglomérations importantes de la région comptaient nombre de ces familles qui avaient résisté aux intimidations antisémites du Klu Klux Klan et jouaient désormais un rôle discret mais significatif dans la vie sociale du Sud. Ainsi, les Epstein ne se considéraient pas comme membres de la Diaspora mais comme authentiques citoyens de l'Alabama, qu'ils habitaient depuis plus d'un siècle. Et, comme toutes les entreprises traditionnelles du Sud, la leur était avant tout une affaire familiale, fondée par un ami de mon grand-père, Morris Epstein senior, désormais dirigée par son fils, Morris junior – chez lequel je séjournais –, et qui le serait un jour par les deux fils de ce dernier, Robert et Jerome, lesquels, à peine trentenaires, en étaient déjà vice-présidents.

Si leur demeure était un exemple parfait du raffinement que des êtres industrieux et avisés pouvaient atteindre dans le Nouveau Monde, tableaux de maîtres, beaux livres, mobilier importé d'Angleterre, elle condensait aussi maintes valeurs de l'*establishment* du Sud : la bonne noire qui disait « ma'ame » à la maîtresse de maison, le costume-cravate obligatoire aux dîners, les fils s'adressant à M. Epstein sans jamais omettre un « sir » qui aurait pu le faire passer pour un général de l'armée sudiste... Ils ne se jouaient pas une comédie, ne s'enfermaient pas dans quelque machine à remonter le temps, mais observaient simplement une étiquette en vigueur dans les classes aisées du Sud depuis des décennies, et qui le resterait encore aussi longtemps.

Grâce aux Epstein et consorts, Montgomery offrait certes un visage amène, avec ses bons restaurants et ses bars corrects. Et aussi le Théâtre shakespearien de l'Alabama, l'une des scènes les plus en vue de tout le pays. M. Jerome Epstein junior paraissait cependant moins intéressé par le programme théâtral et la future galerie d'art – dont l'ouverture était prévue quelques mois plus tard – que par toutes les commodités modernes dont s'était pourvue sa ville natale. Dans les cités du Sud, la Culture avec un grand C était simplement l'aune du statut cosmopolite qu'il fallait atteindre, la preuve, destinée au reste du pays, que tout n'était pas ici que marais stagnants. Le débarquement de Shakespeare et des impressionnistes français sous ces latitudes ne répondait donc pas exactement aux attentes d'une bonne partie de la population locale, pour laquelle la sophistication et le modernisme ne passaient pas forcément par la mise en scène de drames élisabéthains.

Après deux verres de Wild Turkey à ce qu'il m'avait décrit comme « le seul bar branché de Montgomery »

– un décor high-tech peuplé de jeunes cadres dynamiques qui, d'après leur mise, avaient récemment enrichi Ralph Lauren de quelques bonnes poignées de dollars –, le benjamin de la dynastie Epstein m'a offert sa vision de la renaissance du Grand Sud : « Quand j'étais à Harvard, tous mes amis yankees m'ont répété que le seul moyen de sortir du marasme, pour nous, c'était de jouer la carte de l'égalité raciale. Et ils avaient raison : dès qu'on en a eu fini avec la ségrégation, les investissements extérieurs ont afflué. Mais pour moi, c'est aussi l'air conditionné qui a permis l'émergence du Nouveau Sud. L'influence de la climatisation sur la productivité, sur l'activité économique en général, c'est incroyable. Avant la clim, il y avait quatre mois où on ne pouvait rien tirer de personne dans tout l'Alabama. Rien ! C'est pour ça que nous nous sommes retrouvés avec cette réputation de flemmards. Simplement parce que de mai à septembre, c'était la sieste ! La clim a été un nouveau départ. Depuis dix ou quinze ans, grâce à elle, on est compétitifs, on est sur la carte, on est capables de leur montrer ce qu'on vaut, aux Yankees... Tu veux comprendre ce qu'est le Nouveau Sud ? Alors tiens compte de l'air conditionné. Et ça, c'est un tuyau qu'ils ne m'ont jamais refilé, à Harvard. »

Sur Radio Bonne Parole, les pompes funèbres Regis & Rodney étaient parvenues à la même conclusion que Jerome, apparemment, puisque la voix chantante de leur spot publicitaire promettait « Le juste choix aujourd'hui, la tranquillité demain. Avec plus de cinquante-deux ans d'existence, notre compagnie vous offre un parking spacieux et une chapelle ardente avec air conditionné pouvant accueillir trois cents personnes ».

La maison style ranch de Calvin Millar était également climatisée, ainsi que la Corvette et la Volvo garées derrière cette bâtisse sans prétention, entourée de ses répliques exactes tout le long de la rue. Et Calvin Millar était plutôt sans prétention, lui aussi, au point qu'il a eu l'air un peu penaud quand il a remarqué le regard que je jetais sur la Rolex massive qu'il portait au poignet. Et lorsque je l'ai complimenté poliment sur sa Corvette, il a eu ce commentaire : « Le Seigneur a pourvu à mes besoins automobiles, Doug. »

Cet aveu réticent d'une possible faiblesse pour les voitures de sport et les montres voyantes s'expliquait peut-être par la crainte qu'au lendemain des scandales Bakker et Swaggert, un prédicateur évangéliste qui paraîtrait ne serait-ce qu'un tantinet ostentatoire risque d'être immédiatement soupçonné de corruption. Or, il en était un, d'évangéliste, même si dans son cas sa prospérité dépendait entièrement de la demande pour le genre de services qu'il pouvait offrir. En d'autres termes, il était à son compte, et devait être capable de se vendre comme n'importe quel artisan indépendant. La seule différence, c'était la spécialité dans laquelle il travaillait : amener les gens à Dieu.

J'étais tombé sur Calvin Millar par hasard, ou presque. En roulant dans Montgomery, j'avais aperçu sur un lampadaire une affiche avec sa photo annonçant un *revival* – une réunion pour le renouveau de la foi – qu'il devait animer une semaine plus tard dans une église baptiste. Sachant que je ne pourrais pas y assister, j'avais téléphoné au temple en question, obtenu le numéro personnel de Calvin, puis je l'avais contacté en lui expliquant que son statut de prédicateur free-lance m'intéressait, et il n'avait pas semblé le moins du monde intrigué par ma requête, acceptant de me rencontrer dès le lendemain. Il ne m'avait posé qu'une seule question : « Êtes-vous chrétien ? »

Et quand je lui avais dit que non, il n'y avait eu qu'un bref silence sur la ligne, suivi de : « OK, je vous attends vers midi, donc. »

Sur son perron, il m'a accueilli par une poignée de main de chiropracteur et un « Heureux de faire votre connaissance, frère » plein de bonhomie. Chemise Lacoste en éponge, pantalon citron et bronzage à point, il avait l'air de revenir du golf, ce grand gaillard qui parvenait juste à la moitié de sa vie et avait l'affabilité bourrue d'un entraîneur de foot dans les vestiaires. Malgré cet aspect « bon gars », on voyait tout de suite qu'il était également du genre « Je joue pour gagner ». Et pas à n'importe quel jeu, au sien. Plus que sa crédibilité à l'aune des vicissitudes, y compris séculaires, la mise consistait à s'assurer une âme immortelle. Pour lui, le christianisme était un sport d'équipe, et il était sans cesse sur le terrain, à repérer de nouveaux partenaires.

Son intérieur ne reflétait cependant pas ces préoccupations, ni rien de son activité : pas de portraits de Jésus, de tapisseries de supermarché représentant Joseph et ses frères, de piles de bibles et de brochures édifiantes. On faisait plutôt dans le banlieusard cossu, avec épaisse moquette crème, amples fauteuils en panne de velours et petit caniche hirsute répondant au nom de Toni. Était-ce parce que, ayant pour profession d'enseigner la parole du Christ, il n'éprouvait pas le besoin de proclamer sa foi sur ses murs ? Peut-être que les évangélistes, comme toutes les autres corporations professionnelles, évitent chez eux tout ce qui peut rappeler leur gagne-pain. Ou bien simplement l'épouse de Calvin, esthéticienne de son état, avait-elle décrété que les peintures religieuses ne cadraient pas avec le style de la maison ?

Quand nous nous sommes assis face à face, un verre de thé glacé à la main, il a soupiré que c'était bon de s'installer dans un fauteuil pour un moment : il revenait de quatre jours de prêche à Iuka, dans le Mississippi, avant lesquels il avait eu une semaine de *revival* à Sparta, Tennessee. Telle était la vie de l'évangéliste itinérant : un engagement par-ci, un autre par-là, et de vastes distances à franchir entre les deux. En tout, il calculait qu'il passait trente-cinq semaines par an sur les routes, couvrant dix-neuf États du Sud et du Sud-Ouest américains. « Je prêche partout où l'on m'invite, m'a-t-il expliqué. Je vais à deux ou trois conventions chaque année, notamment celles des Baptistes du Sud, où je prends des contacts avec les pasteurs qui pourraient avoir besoin de moi pendant l'année. Mais c'est surtout par le bouche-à-oreille que j'obtiens des engagements. C'est comme dans toutes les professions : on vous apprécie pour votre travail, le travail crée le travail, donc, je suis toujours à l'affût d'endroits où je ne suis pas encore allé prêcher. »

Ce besoin permanent d'étendre son réseau de contacts, de chercher de nouveaux débouchés, et bien entendu la constante angoisse financière qui poursuit les non-salariés n'étaient pas sans rappeler l'existence du journaliste free-lance. Calvin était très conscient de ces problèmes d'argent : « N'allez pas croire que la majorité des prédicateurs se font des mille et des cents. La plupart d'entre nous arrivent juste à assurer les fins de mois. Moi-même, après toutes ces années sur les routes, il m'arrive de toucher cinquante dollars pour une soirée, mais j'essaie d'atteindre les mille dollars par semaine, c'est-à-dire de quoi boucler mon budget. Ce n'est pas énorme du tout, de nos jours. Comme tout le monde, donc, je dois me remuer, même si, je vous l'ai dit, le Seigneur s'est montré généreux pour moi. Je n'ai pas à me plaindre de mes voitures ni de ma maison, et ce que j'ai me suffit. Simplement, il faut que je surveille mes finances si je ne veux pas tomber au-dessous d'un seuil minimum. » Il s'est hâté bien sûr d'ajouter que « l'argent n'est important que dans la mesure où il m'aide à accomplir l'œuvre du Seigneur ».

Cet enfant de Montgomery avait eu très tôt la certitude qu'il finirait par bosser pour le Tout-Puissant. « Mon père était représentant en pneus, m'a-t-il expliqué, sans cesse par monts et par vaux. Mes parents ont divorcé quand j'avais cinq ans. Papa a simplement pris sa voiture, comme d'habitude, et on ne l'a plus jamais revu. Quarante ans plus tard, dans un pays aussi énorme que le nôtre, je ne sais même pas s'il est encore en vie ou non. Enfin, après son départ Maman a dû travailler pour arriver à nous élever, mon frère et moi, et travailler dur : femme de ménage dans un hôpital pendant la journée, serveuse dans un café trois soirs par semaine. Pendant treize ans comme ça, pour nous payer l'école.

» Lorsque je lui ai demandé un jour ce qui lui avait donné la force de mener cette vie, de consentir tous ces sacrifices pour ses enfants, elle m'a répondu par un seul mot : "Jésus." C'était une vraie chrétienne, ma mère, et elle veillait à ce qu'on soit à l'église tous les dimanches. Ce qui voulait dire marcher cinq kilomètres jusqu'au temple baptiste le plus proche, puisqu'on n'avait plus d'auto. Et non seulement on s'y rendait, mais elle tenait à ce qu'on écoute de toutes nos oreilles.

» Une fois, à neuf ans, je suis allé trouver le pasteur. Je lui ai dit le mal que j'avais à pardonner à mon père de nous avoir abandonnés. Il m'a répondu que si je laissais entrer Jésus dans ma vie, je serais capable de pardon et je pourrais me débarrasser de toute l'amertume que j'avais en moi. On a prié ensemble, j'ai demandé à Jésus d'être mon Seigneur et mon Sauveur, et immédiatement je me suis senti en paix avec mon père, comme s'Il avait touché mon cœur de ses mains de guérisseur et m'avait enlevé tout le ressentiment qui s'y était accumulé. Cela a été ma première rencontre avec Jésus. À onze ans, je me suis à nouveau tourné vers Lui pour demander de l'aide, parce que j'avais un grave problème d'élocution : je bégayais terriblement. Et voilà, j'ai surmonté ce handicap grâce à Lui, et ça m'a conduit à penser que si le Seigneur m'avait aidé à bien parler, c'était pour que je dise certaines choses. Une semaine après, mon grand-père est mort. J'ai vu comment le pasteur consolait Maman et Mamie, et j'ai perçu la présence du Seigneur, senti les blessures qui se fermaient. J'ai su qu'un jour, je serais celui qui porte la consolation à ceux qui sont dans l'épreuve. »

À seize ans, Calvin prêchait déjà dans les rassemblements religieux et les camps de jeunes de l'Alabama. Quatre ans plus tard, il se mariait et finissait de payer ses études en « donnant un coup de main » dans les églises baptistes locales. À vingt-cinq ans, après avoir été « travailleur évangéliste » à La Nouvelle-Orléans et à Biloxi, il revenait à Montgomery, recevait la charge de son propre temple et se taillait une certaine réputation pour la force de conviction et le sens de la mise en scène que révélaient ses sermons. « Très vite, j'ai commencé à recevoir des coups de fil de tout l'État, voire du Mississippi et du Tennessee, d'églises qui me demandaient de venir animer une séance d'évangélisation, et plus j'en ai fait, plus j'ai été convaincu que c'était à ça que le Seigneur m'avait destiné depuis le début, quand Il m'avait débarrassé de mon bégaiement. Je n'ai entendu ni roulement de tonnerre ni voix céleste m'annonçant que je serais évangéliste itinérant, non ! J'ai seulement éprouvé une sensation de paix intérieure quand j'ai compris que c'était le job à plein temps que Jésus m'avait réservé. »

Ainsi était né le « ministre évangéliste Calvin Millar », qui sillonnait le pays sur les autoroutes, remportant rapidement un vif succès, au point de devenir une attraction prisée par les baptistes de Memphis, ceux de Little Rock, ceux de Baton Rouge... Mais il ne se limitait pas aux grandes agglomérations, décidé à aller porter la bonne parole dans le pays profond, des coins aux noms aussi inimaginables que Chattahoochee, Floride, Demopolis, Alabama, ou Moncks Corner, Caroline du Sud... « J'ai prêché devant des salles de trois mille places, dans des églises de campagne qui contenaient à peine trente personnes, et même dans une réserve sioux, une fois. Je connais toutes les chaînes de motels. J'ai dormi sur le canapé du salon de centaines de fidèles, et dans un poulailler, aussi ! Comme je dis souvent, je suis un prédicateur itinérant, pareil que Jésus. Je n'ai pas d'organisation derrière moi, c'est un service que j'assume seul et je compte bien continuer ainsi. Parce que Dieu ne m'a pas choisi pour être un évangéliste d'envergure internationale tel que Billy Graham, sans doute l'homme que j'admire le plus au monde. Non, Il m'a destiné à accomplir Son œuvre sur un plan plus personnel, au niveau individuel. Consoler les âmes, ranimer la foi chez ceux qui "brûlaient" jadis pour Jésus, atteindre ceux qui ne L'avaient jamais laissé entrer dans leur vie. Et mes prêches sont durs, oui. Ils ont de l'impact, ils ont de la puissance. On ne peut pas s'attaquer au péché avec des câlins dans la voix. Mon but, c'est de montrer combien Dieu aime les hommes, comment Il pardonnera leurs péchés et accordera la vie éternelle à ceux qui L'inviteront dans leur cœur.

» Le moment-clé de tout *revival* réside dans cette invitation, quand je demande aux gens de se lever, d'exposer sans réticence leur âme et de proclamer leur foi. Je pense que c'est là, dans cette montée à l'autel, que je peux vérifier le résultat de mon travail, voir si je fais mon boulot correctement, si je transmets bien le message biblique.

» La révélation, c'est comme un mendiant qui dit à un autre mendiant où il peut trouver du pain. Je suis une voix dans le désert, moi. J'invite les gens à se préparer à rencontrer Dieu et à vivre une vie divine, à étudier chaque jour la parole de Dieu, à prier chaque jour, à bavarder chaque jour avec Jésus, à se rendre aux offices toutes les semaines... Moi-même, j'ai une heure de conversation avec Lui tous les matins. Et avec Jésus à mes côtés, je peux faire face aux problèmes. Je vais vous dire une chose, Doug : j'ai de la peine pour ceux qui ne connaissent pas le Christ, parce qu'ils ne savent pas ce qu'ils manquent... »

Il a posé une main sur mon épaule, m'a adressé un sourire paternel du style « Je crois qu'on doit causer, fiston », et j'ai compris ce qui allait suivre.

« Maintenant, le moment est venu de vous poser une question ou deux, Doug. Au football, vous savez ce que c'est qu'un *"audible"* ? C'est quand un quarterback crie un numéro pour que ses coéquipiers sachent qu'ils doivent changer de combinaison de jeu, parce qu'il s'apprête à changer complètement de tactique. Alors, Doug, vous ne pensez pas qu'il est temps pour vous d'avoir un *"audible"* dans votre vie ? De changer de direction ? Surtout quand vous savez, quand vous *savez* que Jésus est là, qu'Il frappe à la porte de votre cœur et ne demande qu'à entrer. Dieu a de grands projets pour vous, Doug. Un grand avenir d'écrivain. Mais il se peut que vous repartiez d'ici et que vous ayez un accident de voiture dans dix minutes, et alors vous mourrez sans avoir été sauvé. Réfléchissez à ça, Doug. Je sais que c'est difficile à croire, mais c'est possible, vous pouvez recevoir le don de vie éternelle rien qu'en demandant à Jésus d'entrer dans votre vie. Est-ce que vous avez une seule bonne raison pour laquelle ne *pas* le Lui demander ? Une seule ? »

Il y a eu un silence avant que je ne réponde : « Oui. Je ne L'ai jamais entendu frapper à la porte de mon cœur, et je ne pense pas qu'Il le fasse jamais, tout simplement parce que je ne crois pas en Lui comme vous. »

Calvin a laissé échapper un « *audible* », en l'occurrence un long soupir attristé, puis il a secoué la tête, son visage s'est éclairé et il a dit : « Inclinons-nous et prions. »

Par politesse, j'ai baissé les yeux tandis qu'il priait pour que mon voyage à travers l'Amérique se passe sans encombre et que j'accepte Jésus dans mon cœur car il était persuadé qu'un jour, oui, je serais sauvé.

Ses invocations terminées, il m'a regardé : « J'imagine que je ne suis pas le premier à avoir essayé de porter témoignage pour vous. » J'ai répondu que non, en effet, et que je commençais même à devenir une sorte d'expert en techniques de témoignage mystique.

« Vous devez comprendre, Doug, s'est-il défendu, chercher à obtenir votre salut, c'est le boulot de tout évangéliste. Et moi, je veux vous amener à Dieu parce que je ne veux pas que vous soyez une âme en peine.

— Et si ça m'était égal, d'être une âme en peine ?

— C'est impossible, a tranché Calvin Millar. Chacun peut et *doit* être conduit à Jésus, car Il est le Roi et ceci est Son royaume. Seuls le vaniteux et l'arrogant refusent les dons du Roi. Surtout ici, chez nous, en Alabama. »

4

Évangélisme *heavy metal*

ILS DÉBARQUENT DE L'HÉLICOPTÈRE, la dégaine souple et menaçante. Ils sont quatre, avec des chevelures permanentées jusqu'aux épaules. Leurs pantalons en cuir cloutés semblent avoir été coulés au moule, dessinant leurs organes génitaux avec une précision de bas-relief. L'un des gus est torse nu, bracelets de force en cuir aux poignets et grosse chaîne en or sur ses pectoraux poilus. Ses trois collègues arborent des marcels argentés, des chemises en velours noir pailleté et ruissellent de bijoux clinquants. À première vue, on croirait un quatuor de motards aux tendances bizarrement hermaphrodites. Pourtant, lorsqu'ils s'engouffrent dans la limousine qui les attendait et que l'image passe à une estrade enfumée dont le fond est constitué par l'énorme agrandissement d'un billet de cent dollars, on devine que ces gars-là ne sont pas en route pour une assemblée de fétichistes sado-maso mais pour un concert de rock, et qu'ils en sont les vedettes. Et quand ils montent sur scène et entreprennent de martyriser leurs instruments, sous de petites explosions de lumière, quand la fumée d'holocauste nucléaire s'épaissit, encore et encore, on se rend vite compte qu'il ne s'agit pas d'un simple groupe de rock, mais d'un groupe de rock *heavy metal*.

Le guitariste principal plaque un accord brutal et se met à beugler :

> *L'amour peut être cruel*
> *La solitude n'est jamais belle*
> *Pas besoin de mots ou de fausses promesses*
> *Je veux te montrer la force de l'amour.*
> *Je suis toujours là pour toi,*
> *Je serai à tes côtés sans faiblesse*
> *Quand le monde se ferme à toi,*
> *Quand chacun à tes plaintes reste sourd,*
> *Je suis là pour toi, toujours.*

Pas vraiment les proclamations agressives que l'on aurait attendues d'un groupe au look si « méchant ». C'est que les stars de cette vidéo rock, une formation californienne appelée Stryper, ne sont pas les habituels néonazis du *heavy*. Lorsqu'on se penche sur les minuscules caractères, dans la notice de leur dernier album, en effet, on découvre qu'au lieu de remercier comme de coutume leurs *« roadies »*, les membres de l'équipe de la tournée, pour les avoir fournis en « 3B » – bière, barbituriques et bonnes baiseuses –, Stryper emploie une formule de gratitude pour le moins inattendue : « Un merci tout particulier au Maître de ce Monde et de Celui à Venir, Jésus-Christ. »

Du coup, le sens profond de la chanson par laquelle ils ont débuté apparaît : ces garçons ne bêlent pas des fadaises sentimentales post-pubères, mais rendent hommage à l'amour inconditionnel prodigué par l'Unique Fils engendré par le Père, ce type cool qui viendra toujours vous sortir de l'hôtel des Cœurs-Brisés. Ce pote de Stryper, ce pourrait être le tien, aussi, parce qu'Il « est toujours là pour toi ». Tel est le sous-entendu évangélisateur de ce succès du Top 40.

C'est Beth qui m'avait fait découvrir Stryper, et montré cette vidéo.

« Je te le dis, ces mecs, ils marchent d'enfer, m'avait-elle affirmé. On a fait un tabac avec leur dernier album, *En Dieu nous croyons*, ce qui veut dire qu'ils ont vraiment percé sur le marché laïque et que la réaction qu'ils provoquent est consensuelle. En plus, il faut que tu les voies en concert : une présence hallucinante, avec l'un des meilleurs finals de *heavy* que j'aie jamais vu.

— Ah oui, c'est quoi ?

— Ils jettent des bibles à la foule. »

Beth était productrice musicale et s'exprimait invariablement dans le jargon de sa profession. Elle portait la tenue de rigueur dans un milieu aussi branché que celui de la musique pop : tee-shirt Armani, minijupe en lycra noir, Doc Martens, Ray-Ban rouge vif passées en sautoir autour du cou. King's Road tout craché, et pourtant elle ne vivait pas à Londres. Elle avait le Nouveau Testament sur sa table, et une affichette calligraphiée DIEU EST AMOUR sur l'un des murs de son petit bureau. Ses collègues faisaient tous de même, d'ailleurs, ce qui n'était pas surprenant, puisque le patron de Beth n'était autre que l'une des plus puissantes maisons de production musicale chrétiennes d'Amérique. Et naturellement son siège social se trouvait à « Music City, USA », j'ai nommé Nashville, dans le Tennessee.

J'avais entendu mentionner la boîte pour laquelle Beth travaillait, la Benson Company, dans les locaux de Radio Rédemption, cette station de Sarasota, en Floride, où le DJ du matin, Wally, évoquant des genres musicaux aussi étonnants que le « rap chrétien » ou le « *heavy metal* mystique », m'avait affirmé que c'était

Benson qui produisait « la meilleure sonorité religieuse d'aujourd'hui ». L'idée d'une maison de disques bâtie entièrement sur des rockers prosélytes de la foi était tout à fait neuve pour moi. Avant ma visite à Radio Rédemption, je croyais que la musique chrétienne restait de nos jours confite dans des versions *groove* d'hymnes de l'Armée du Salut, style : « Quel ami nous avons en Jésus ! » À y réfléchir, cependant, il était logique qu'elle ait suivi la tendance pop, nombreuses étant les âmes que l'Église pensait pouvoir gagner par le truchement de différentes tendances du rock and roll. Qu'un fan habituel de Napalm Death puisse être conquis de haute lutte par un groupe tel que Stryper, cela signifiait une conversion de plus...

« Crois-moi, la musique chrétienne, en Amérique, c'est une valeur en hausse, m'avait certifié Wally. Et son Saint des Saints, c'est pas L.A., c'est pas Waco, c'est Nashville ! » En conséquence, j'avais décidé de mettre le cap sur le centre de la country, parcourant les plus de cinq cents kilomètres séparant Montgomery et Nashville en un peu plus de quatre heures. À première vue, Nashville était un immense réseau de rampes d'autoroutes et de voies express surélevées enserrant une falaise de verre d'immeubles de bureaux. J'ai suivi les panneaux jusqu'à un faubourg assez central, Metro City, passant devant une galerie marchande censée figurer un ancien vapeur du Mississippi avant d'atteindre un bâtiment en briques au toit de plexiglas pentu. La réception était un mélange de forêt verte et de tubulures apparentes, avec bassin et jets d'eau, une manière de serre high-tech où venait dénoter une affiche représentant plusieurs chanteurs rock aux mines patibulaires qui promettaient : CET ÉTÉ, AVERSE DE *METAL* CHRÉTIEN À L'HORIZON !

La standardiste m'a indiqué le service de presse, un grand espace ouvert où, comme chez tous les concurrents, un groupe de jeunes en jeans Calvin Klein, chaussures Reebok et coiffures à quarante dollars s'affairaient parmi les piles de disques et de cassettes de promotion, de posters et de photos d'artistes maison.

Beth et moi, nous nous étions parlé au téléphone la veille, quand j'avais appelé les bureaux de Benson pour demander s'il était possible d'y faire un saut. Elle s'était montrée fort accueillante : « Ah, mais nous n'aimons rien de plus que de faire connaître notre œuvre à tous ceux que cela intéresse ! » Cet enthousiasme débordant était, ainsi que j'allais le vérifier, l'un des traits distinctifs de Beth. Et dès que je suis arrivé devant sa table, elle m'a entraîné dans une salle de projection pour me montrer la fameuse vidéo de Stryper, qui venait de passer pour la première fois sur MTV. « J'adore ces garçons ! s'est-elle extasiée pendant que le leader du groupe menaçait de casser sa Fender en deux, et pas seulement parce qu'on a déjà vendu un demi-million d'exemplaires de leur nouveau disque, vous comprenez ? C'est parce qu'ils s'impliquent tellement dans leur travail d'évangélisation, aussi ! »

Le chef du service de presse, Larry Curtin, la trentaine, était habillé comme s'il s'apprêtait à partir évangéliser l'Afrique : pantalon et chemise kaki, chaussures de marche en toile. Contrairement à Beth et à ses collègues, il disposait d'un bureau individuel, avec une chaîne hi-fi dernier cri et quelques disques d'or aux murs. Une citation des Proverbes était encadrée derrière lui : « Confie-toi de tout ton cœur en Yahweh, – et ne t'appuie pas sur ton propre sens. / Dans toutes tes démarches, pense à Lui, – et Il aplanira tes sentiers » (3:5-6). « Le meilleur conseil que je connaisse, pour le boulot, a-t-il constaté en remarquant le coup d'œil que j'avais lancé au cadre : "Confie-toi en

Yahweh"... et ne perds pas de vue le bilan mensuel ! Qu'est-ce qu'il faut de plus, en affaires ? » Après un gloussement qui ressemblait plus à un petit hoquet, il a continué : « Bon, au travail ! Qu'est-ce que vous voulez savoir, à propos de notre boîte ? Son histoire, c'est ça ? » Sans attendre ma réponse, il s'est lancé : « OK... La Benson Company a été fondée il y a quatre-vingt-six ans et s'est d'abord consacrée à l'édition de partitions pour les offices pentecôtistes. Son fondateur, John T. Benson senior, était un spécialiste des chants de *revival* avant de se lancer dans la musique religieuse en général. Vers le milieu des années 50, un phénomène est apparu, celui des "nuits de chant", des sortes de "jam-sessions pour Jésus", si vous voulez. Les principaux groupes de gospel se retrouvaient pour ces nuits musicales, très populaires dans le Sud. Ça attirait également des amateurs d'Elvis et de rhythm and blues, qui attendaient donc quelque chose de plus entraînant, de plus "dans le coup". La Benson a vu s'ouvrir un créneau et a engagé pour un disque l'un des premiers groupes qui avaient accompagné Elvis, le Stamps Quartet. Je ne trouve pas abusif de dire que ce contrat marque la naissance de la musique chrétienne contemporaine dans ce pays. »

Le rock and roll n'en était qu'à ses balbutiements, à l'époque, et il a fallu les excès et les tensions sociales de la décennie suivante pour que cette musique s'impose en tant que force incontournable. C'est aussi en cette période agitée que le rock chrétien a commencé d'acquérir une influence de masse. Selon Larry, c'est l'Anglais Andrew Lloyd Webber qui, avec son *Jésus-Christ Superstar*, avait fait sortir pour de bon la musique religieuse de ses confins habituels, en prouvant que les concepts chrétiens pouvaient être exprimés dans des codes et une esthétique modernes. Il y a eu ensuite le spectacle musical américain

Alléluia !, qui a fait le tour des églises du pays. C'était de la pop, *Alléluia !*, mais un genre de pop qui ne scandalisait pas les fidèles les plus traditionalistes. Et quand un demi-million de disques du spectacle ont été vendus, les patrons de la Benson Company se sont dit : Hé, il y a vraiment plein de gens qui ont envie d'écouter du rock chrétien, une « bande musicale » qui accompagne leur vie, s'intègre à leur système de valeurs...

Après ces succès initiaux, le nouveau bond en avant a été assuré par un certain Dallas Holm, guitariste dans un groupe obscur avant d'assister à un *revival*, de voir la lumière et de décider de consacrer ses talents de rocker à l'Éternel. Le résultat devait être un single, *Relève-toi !*, qui allait apporter à la Benson Company son premier disque d'or.

« À partir de là, a poursuivi Larry, on a vu apparaître une certaine diversification de la musique chrétienne. On ne pouvait plus parler de "rock chrétien" comme ça, en général. Il y a eu l'ACC, "adulte-contemporain-chrétien", une sorte de pop religieuse grand public, la MOR, la musique de grand orchestre dans le style de Mantovanni, et bien sûr le HRC, le hard rock chrétien, avec des formations telles que Stryper ou Barren Cross (la Croix nue). Je crois que cet enrichissement de l'offre en musique religieuse dans les années 80 résulte de l'"interface" apparue entre le consommateur et les forces du marché évangéliste. C'est l'époque où les Américains se sont mis à revenir en masse à la Bible. Et comme l'Église évangéliste a toujours appelé ses fidèles à mener une vie *qualitativement* différente de celle des non-croyants, il était impossible pour eux de se retrouver dans les valeurs propagées par la pop ordinaire. Pour un vrai chrétien, quand George Michael chante : "Je veux ton sexe", ça ne passe pas ! Or, tout ce que diffusait la radio était dans la même veine, exploitant les plus bas instincts. De nombreux chrétiens rejetaient cette pop-là, tout en voulant une musique de même style. C'est le nouveau créneau sur lequel l'industrie du rock chrétien a investi à fond : donner aux croyants le son qu'ils attendaient, mais en s'assurant que le contenu était à cent pour cent dans l'esprit du Christ. »

Les stations de radio entièrement consacrées à ce rock édifiant se sont alors multipliées comme les champignons après la pluie, et bientôt il y a eu un Top 40 hebdomadaire des titres chrétiens les plus en vogue. Des revues spécialisées dans les différentes variantes de cette tendance musicale se sont créées, des clubs de fans publiant leurs propres bulletins d'information se sont constitués, et bien entendu les producteurs de rock chrétien ont eu recours aux mêmes techniques de marketing que leurs concurrents « païens », achetant des espaces publicitaires pour des formations comme Stryper dans les magazines de *heavy metal*, offrant des promotions pour stimuler les ventes de disques, diffusant tee-shirts et autocollants afin de « consolider la visibilité » de leurs artistes... Grâce à cette stratégie de marketing, une société comme Benson annonçait un chiffre d'affaires annuel de vingt-cinq millions de dollars, ce qui faisait d'elle l'une des trois grandes maisons de production musicale chrétiennes du pays.

Même si la moitié de ses bénéfices étaient encore assurés par les partitions, la pop religieuse était à l'origine d'une bonne part de sa prospérité, du moins jusqu'en mai 1987, quand le scandale Jim Bakker avait ébranlé toute l'industrie de la musique christique : « Les ventes ont chuté comme on ne l'avait jamais vu, m'a raconté Larry Curtin. Tout le commerce des produits religieux a été terriblement affecté par cette histoire. Les gens ne voulaient plus toucher à rien de tout ça. Alors le bilan financier a été ce que vous imaginez, et nous avons dû réduire le personnel d'un tiers. C'est affreux, de devoir laisser partir les gens comme ça, mais ce sont les affaires, n'est-ce pas ? Et le point positif de cette crise, c'est qu'elle a suscité toute une réflexion stratégique sur notre avenir, une redéfinition radicale de notre démarche marketing. Il y a eu un travail collectif là-dessus, et ça a payé, parce que durant le dernier semestre nous avons connu un renversement de tendance incontestable, avec des ventes en augmentation de trente-six et demi pour cent par rapport à la même époque l'an dernier. »

Il a hoqueté brièvement un nouveau rire : « Vous allez penser que je suis à fond dans le marketing, hein, Doug ? Eh bien, il se peut que je m'exprime ainsi, et même que je le sois, mais le principal, pour moi, le principal, voyez-vous, c'est le positionnement spirituel de notre compagnie. Aucun producteur de musique chrétienne n'est capable de concurrencer efficacement les géants laïques du divertissement musical. Mais cela n'est pas une limitation, plutôt la preuve que nous avons un marché ciblé, tous les citoyens qui veulent que la musique qu'ils entendent reflète leur engagement de chrétiens. Nous, ce que nous produisons, en fait, c'est la vérité de Dieu exprimée en musique. Ce à quoi nous contribuons, c'est à forger un style de vie qui conduise les gens à être chrétiens à cent pour cent. Regardez l'Histoire, Doug, et vous verrez qu'en ses plus grands moments le christianisme a été capable d'améliorer toute une culture. Voilà, c'est le rôle que je vois pour la musique chrétienne, moi : améliorer, faire progresser la culture américaine d'aujourd'hui. La ramener au Christ. Par le rock and roll ! »

Larry ayant ensuite une réunion – « Faut que j'enchaîne sur une réunion de représentants » –, il m'a confié à Beth, qui m'a proposé : « Vous voudriez écouter quelques-unes de nos productions ? » Et de m'entasser dans les bras une dizaine de cassettes et des magazines musicaux avant de m'entraîner dans un studio d'écoute doté d'appareils stéréo et d'écouteurs dignes d'une salle d'opération de la NASA. « Je reviendrai dans une heure voir comment ça va, m'a-t-elle lancé. Profitez-en bien ! »

J'ai commencé par un groupe de *heavy metal*, DeGarmo and Key, et plus précisément leur composition intitulée *Solide comme le rock*, un déchaînement électrique sur le thème d'un type qui se fait accoster par un mystérieux inconnu, lequel lui propose « tout ce que tu peux désirer, fric, vie facile, pouvoir, t'as qu'à demander ». Mais le gus ne cède pas à la tentation de M. Satan, et lui répond avec aplomb :

> *J'ai du pouvoir,*
> *Et j'suis inspiré,*
> *J'ai un message qui tient la route*
> *J'suis satisfait grâce à Jésus*
> *Et Il vaut mieux que tout.*
> *Solide comme le rock, voilà c'que j'suis*
> *Solide comme le rock face au doute,*
> *Dans l'amour, solide comme le rock.*

Pendant que ce refrain ricochait dans mes oreilles, je parcourais le bulletin destiné aux fans. DeGarmo and Key était un duo de Nashville. Le guitariste, Eddie DeGarmo, un blondinet aux cheveux crépus, arborait l'un de ces interminables manteaux jadis prisés par les cow-boys. Dana, une sorte d'intello mystique à lunettes rondes et barbe de rabbin qui le faisaient plus ressembler à un étudiant en philologie qu'à un rocker, œuvrait au synthétiseur. Leur bulletin annonçait que ce nouveau tube allait être le point fort de leur prochaine tournée dans soixante villes du pays. Sous le calendrier figurait le « message personnel » des deux compères : « Depuis des années, la question qu'on nous pose le plus souvent, c'est de savoir quel aspect de notre sacerdoce nous plaît le plus. La réponse est toujours la même : les concerts live. C'est le moment où notre mission nous apparaît dans toute sa grâce. Le moment où nous voyons un millier de visages souriants nous faire face dans la communion voulue par le Seigneur. Le moment où nous voyons les larmes du repentir dans les yeux de ceux qui ont décidé que, oui, ils voulaient consacrer leur vie à Jésus. C'est le moment où notre musique atteint sa vraie dimension. »

Suivaient des bons de commande pour des cassettes de D&K, des vidéos de D&K, des tee-shirts de D&K, des posters de D&K, des badges de D&K – BOYCOTTEZ L'ENFER ! –, et le « livre-souvenir » de D&K – « photos, textes et une affiche couleur dépliante, pour $ 5 seulement ! »... Dans leur courrier, les fans se disaient satisfaits par la campagne promotionnelle engagée par la Benson Company en faveur de ses poulains. « Steve, RFA », écrivait : « Je suis dans la police militaire d'une base aérienne en Allemagne. Je vous écoute depuis au moins six ans. J'ai été très content d'acheter votre dernier disque, et encore plus de découvrir qu'il y en avait un deuxième offert dans la pochette ! Je l'ai donné à un frère chrétien de la base, pour que ça l'aide à porter témoignage. On n'a pas le droit d'évangéliser, ici, mais personne ne peut nous empêcher d'écouter notre musique ! » « Jason, Californie », affirmait pour sa part : « Je viens d'acheter le nouvel album de D&K, super ! J'ai donné le disque gratuit à un copain égaré et devinez quoi ? Le Seigneur soit loué, il a vu la lumière ! »

Mais le plus intéressant de toute cette littérature était sans doute le message de soutien envoyé par

Josh McDowell, ce pasteur des Assemblées de Dieu que j'avais vu en action sur un écran géant à Sarasota. Josh ne tarissait pas d'éloges à propos du duo missionnaire : « D'après une récente enquête, nos jeunes écoutent plus de quarante heures de musique rock par semaine. Dans bien des cas, les thèmes abordés sont d'une immodestie affligeante, rencontres d'une nuit, aventures extraconjugales... C'est pourquoi, à une époque où la jeunesse est soumise à ce déluge de sexualité, il est important qu'il existe une musique qui, loin de ruiner leurs principes, leur donne la force de témoigner pour le Christ. L'art et la mission de D&K sont une inspiration pour nombre de jeunes sur la planète. Ils jouent un rôle important, non seulement dans l'évangélisation des adolescents – plus de cinq mille "décisions pour Jésus" l'an dernier – mais aussi en offrant une distraction musicale de qualité qui se démarque de la corruption morale engendrée par le rock. »

Une autre cassette, maintenant. *Radicalement sauvé !*, par l'un des plus prometteurs poulains de Benson, un bellâtre nommé Carman qui, d'après la photo de la pochette – genre italien, redingote-cravate et coiffure bouffante –, était destiné à jouer le rôle du John Travolta de bonne famille propre à séduire les mères harassées et leurs filles sages. L'enregistrement, un concert public à Tulsa, Oklahoma, semblait confirmer cette image puisqu'il s'ouvrait par le même genre de clameur hululante et distinctement féminine qui accompagnait jadis l'apparition d'Elvis ou des Quatre Garçons de Liverpool. Si la batterie démarrait sur un beat assourdissant, il était néanmoins clair que Carman n'était pas là pour rouler du bas-ventre mais parce qu'il avait un message : « Est-ce que Jésus est vivant ici ce soir ? » lançait-il de sa voix de crooner. Des piaillements nourris confirmaient que le Christ était effectivement présent dans cette salle de Tulsa. Puis les cuivres de son orchestre se lançaient dans un enchaînement disco-funk sur lequel la vedette bêlait :

> *Jésus a soulagé l'aveugle,*
> *Chassé les démons du suppliant,*
> *Guéri le lépreux chancelant,*
> *L'infirme s'est remis en marche,*
> *L'espoir est revenu dans un monde accablé.*
> *Je témoigne devant vous,*
> *J'ai été libéré,*
> *J'ai été libéré,*
> *Des erreurs de ma vie d'errant.*
> *Le Diable ne peut plus rien contre moi,*
> *J'ai été libéré*
> *Par le Seigneur compatissant.*

C'était un peu le Nouveau Testament version Las Vegas et de fait, en parcourant la notice biographique que Beth m'avait confiée, j'ai appris que Carman avait commencé sa carrière dans cette bonne ville : « Né en 1956 dans les faubourgs de Trenton, Carman Dominic Licciardello a vécu dans le New Jersey pendant ses vingt premières années. Il est l'un des trois enfants d'une famille italienne dont le père était boucher et la mère une musicienne accomplie. C'est d'elle, Nancy Licciardello, que Carman dit avoir reçu l'inspiration qui l'a conduit au succès. Sur les conseils de son agent, le jeune prodige quitte son État natal en 1976, au volant de sa voiture, pour traverser le pays et prendre un nouveau départ à Las Vegas. Il se décrit à cette époque comme "le chanteur de club classique". Il rendait visite à sa sœur et à son beau-frère en Californie du Sud dès qu'il en avait l'occasion. "Je faisais du rock'n'roll, des tubes années 50 et les airs à la mode. Je n'écrivais pas de chansons, je n'avais pas d'humour." Sa rencontre avec le message de Jésus finit par se produire, notamment grâce aux constantes prières de sa sœur, Nancy Ann Magliato, à ses discussions avec elle, au soutien de l'Église qui finira par devenir la sienne et à un concert d'Andrae Crouch – l'un des grands noms de la musique chrétienne – qui va le bouleverser. Désormais, Carman consacre sa vie au Seigneur. »

Bien sûr, s'empressait de reconnaître l'auteur de la notice, cette transformation « n'avait pas été facile ». Tapissier à mi-temps pour survivre, Carman a fini par connaître le succès avec son premier disque, « une approche *rockabilly* des contes de Noël ». Dès lors, « son intense désir d'avoir un impact éternel » l'a conduit de hit en hit. À l'aise dans tous les genres, du rap à la ballade, il s'est créé un « public diversifié », mais c'était surtout « son engagement sincère de ministre de la Parole » qui semblait encourager les gens à acheter ses disques.

J'ai terminé ma lecture fasciné. La carrière de Carman était sans conteste l'exemple type de la *success story* américaine, où la persévérance finit toujours par payer. Mais je n'ai pu m'empêcher de remarquer que presque tous les artistes de la Benson Company semblaient avoir connu le même sort : une rencontre avec Jésus immédiatement suivie par une percée fulgurante sur le marché du disque.

C'était ainsi le cas de Dino, un pianiste présenté comme le Liberace chrétien – mais sans l'aura sexuelle de ce dernier, bien entendu –, qui avait découvert ses talents musicaux à l'église à l'âge de sept ans, les avait dédiés à l'Éternel et s'était transformé en enfant prodige du clavier. D'après la brochure publicitaire, sa carrière n'avait été depuis qu'une succession de triomphes : « Bien qu'un concert de Dino ne soit pas aussi spectaculaire que ceux de Liberace, la musique, à la fois sacrée et profane, atteint des sommets de subtilité et de puissance. Vous entendez en technicolor, vous croyez voir les feuilles d'automne bruisser sur le sol (...). Rares sont ceux qui peuvent se targuer d'un pareil actif : plus de vingt disques, cinq Colombes au Prix du gospel, plus de cent apparitions télévisées, plus de dix mille concerts dans le monde entier, des centaines d'arrangements et de méthodes de piano... C'est son génie, diront certains, mais pour Dino, la clé de cette popularité se trouve ailleurs, dans "le désir profondément religieux de transformer la musique en une force qui entraîne les individus à nouer une relation avec Dieu". »

Pour la majorité des musiciens de pop, la célébrité est le moyen de s'acheter une Lamborghini, de financer deux ou trois coûteux divorces et de se donner bonne conscience en participant à des opérations du genre « We Are the World ». Pour une star chrétienne, elle signifie s'acheter sa voiture de course *et* sauver des âmes en même temps. Mais la compétition existe aussi, et elle est rude : ainsi que me l'a expliqué Larry Curtin, le marché de la pop chrétienne n'est pas assez large pour permettre à de nombreux artistes d'amasser des fortunes. Pour chaque Carman ou chaque Dino, il y a donc quelques douzaines de modestes professionnels qui continuent à rêver d'être un jour riches et célèbres. Alors, en bons chrétiens qu'ils sont, prient-ils le Grand Producteur, là-haut, de leur accorder enfin la carrière qu'ils méritent et qui leur permettra de mieux Le servir ? Sont-ils pris dans le paradoxe schizophrénique qui combine l'ambition et la compétition – forces essentielles de l'industrie du disque – à l'idée que le succès leur permettrait d'atteindre un plus grand nombre de convertis potentiels ? Se résignent-ils à ne jamais faire la couverture de *CCM – Contemporary Christian Music*, le *Rolling Stone* de la production musicale évangéliste – en se disant que le Créateur a d'autres desseins pour eux ? Ou bien finissent-ils par céder à l'amertume, et la reconnaissance de leur échec en tant que rockers prosélytes les conduit-elle à une remise en cause de leur foi ?

Nashville était sans aucun doute, pour les musiciens chrétiens comme pour ceux de la country, la ville de tous les espoirs et de tous les échecs. Parce qu'à Music City, il ne suffisait pas d'avoir du talent pour assurer le ministère du Christ en chansons : il fallait aussi un contrat d'enregistrement.

Beth m'a interrompu dans ces réflexions en revenant avec une boîte pleine de cadeaux commerciaux, depuis un autocollant Carman pour ma voiture jusqu'à l'édition « Faites partager » du dernier disque de D&K. « Comme ça, vous pourrez en donner un à l'un de vos amis en Angleterre. » Elle m'a demandé ce que je pensais de leurs « produits ». J'ai répondu que DeGarmo and Key avaient l'air de pas mal s'y connaître, en rock and roll. « Ouais, ils touchent, a-t-elle approuvé. Si vous êtes encore là la semaine prochaine, vous pourrez les voir live en ville. » Je lui ai appris que je ne comptais rester à Nashville que quelques jours. Au fait, connaissait-elle un motel abordable qui ne soit pas pour autant un coupe-gorge ? « Attendez, je vais passer deux ou trois coups de fil ! » m'a-t-elle lancé en filant comme une flèche. Cinq minutes plus tard, elle était de retour : « Bien, je vous ai casé chez une amie à moi. Shirley. Elle habite à une dizaine de minutes d'ici. Si ça ne vous fait rien de dormir sur un canapé... Je vais la voir moi-même tout de suite, donc vous pouvez me suivre. » J'ai été un peu pris de court par cette hospitalité immédiate. « Vous... Vous êtes sûre que ça ne la dérange pas ?

— Si c'était le cas, elle ne l'aurait pas proposé. En plus, elle a été *roadie* pour un groupe, Shirley, alors elle sait bien ce que c'est, trouver un coin pour pioncer ! Comme il est écrit : "J'étais un étranger et tu m'as accueilli." C'est dans saint Matthieu, mon pote ! »

Affligée d'un sérieux problème de poids, Shirley devait avoir dans les trente-cinq ans. Une sorte de garçon manqué sur le déclin, avec son sweatshirt fatigué, sa casquette de base-ball Baltimore et ses jeans taille 46. Ce n'était pas qu'une première impression, visiblement, puisque ses trois colocataires mâles la traitaient comme un bon copain.

Ils occupaient la maison de banlieue type, sur deux étages, dans le quartier de Greenhills, une zone qui semblait attirer les comptables certifiés et les jeunes cadres à peine dynamiques. Shirley et ses trois « potes » tranchaient, dans cet environnement, puisqu'ils étaient tous plus ou moins liés à la musique chrétienne. Il y avait Adam, un Black décontracté et grassouillet d'une vingtaine d'années, *tour manager* d'un groupe appelé Resurrection ; Martin, en débardeur et short de coureur, cheveux blonds savamment dégradés autour des oreilles, qui malgré son allure de dragueur de Santa Monica avait pour profession d'organiser des bals chrétiens dans les lycées et les centres communautaires de la ville, et Fred, un guitariste originaire d'Allentown, Pennsylvanie, qui avait tenu la basse dans l'orchestre de son église avant de débarquer à Nashville un mois plus tôt dans l'espoir de décrocher un emploi d'accompagnateur dans un studio d'enregistrement, mais qui avait déjà découvert que l'endroit pullulait de bassistes, et que la compétition était carrément féroce. Afin de rester à flot, Fred devait donc aussi se consacrer à « un autre business, pour l'instant ».

« Quel genre ? ai-je demandé.
— Le business de la crêpe. Je suis serveur de nuit à la Maison internationale des Crêpes. »

Grâce à Shirley, d'ailleurs, elle-même employée à mi-temps dans cet établissement. Après avoir récemment abandonné la route et les tournées de pop chrétienne, elle était également assistante sociale dans un centre pour enfants à problèmes tenu par les baptistes, où sa paie était si modique qu'elle devait travailler à ladite Maison des Crêpes. C'est là qu'elle m'a convié à dîner, le soir, tandis qu'Adam et Fred avaient déjà prévu d'aller voir un film avec Beth et que Martin patronnait l'une de ces soirées disco charismatiques de l'autre côté de la ville.

« J'pouvais pas te laisser dîner seul pour ta première soirée à Nashville, m'a-t-elle confié lorsque nous nous sommes garés sur le parking.

— Mais tu es sûre de vouloir manger là où tu travailles ? ai-je risqué, tout en pensant qu'un repas de crêpes alors que le thermomètre restait dans les 40 degrés n'était peut-être pas le plus conseillé pour la digestion.

— Oh oui, je vais m'en faire un tas », a-t-elle déclaré.

Certes. Elle a engouffré deux piles de crêpes aux myrtilles nappées de glace à la vanille, baignées de sirop d'érable. Sans craindre de jouer les rabat-joie, j'ai commandé un hamburger sans garniture et un thé glacé sans sucre. « J'aimerais avoir ta discipline, a avoué Shirley. Je sais que j'bouffe trop, c'est mon grand péché. Mais bon, à côté de ceux que j'avais avant, il est pas trop grave... » Née à Baltimore dans une famille d'athées, elle avait largué ses études à vingt ans et passé les neuf années suivantes sur les routes, à transporter et installer le matériel pour des groupes mineurs du Top 40. C'était le bas de gamme de l'aventure rock, avec les Holiday Inns pour palaces et Sioux Falls, Dakota du Sud, ou Flagstaff, Arizona, en guise de destinations prestigieuses. Barbant au possible, à vrai dire, et afin d'oublier la monotonie de ces tournées elle avait développé un faible pour les amphétamines, la tequila et les nuits avec de complets inconnus. Cette quasi-décennie de débauche avait eu son inévitable dénouement : un jour, elle avait succombé à une dépression nerveuse massive et s'était retrouvée sous le toit familial, à Baltimore, où il lui avait fallu près d'un an pour redécouvrir un sens au mot « équilibre ».

« Ce qui m'a sortie de cette galère, c'est Dieu, m'a-t-elle raconté. Jackie, ma sœur, avait trouvé la foi depuis des années et me répétait toujours que je finirais par tendre la main à Jésus. Comme je te l'ai dit, notre famille n'a jamais été religieuse, moi-même je ne croyais pas en Dieu. Et quand Jackie est devenue chrétienne pratiquante, juste après que son petit garçon est mort noyé, je me suis dit que c'était pour supporter cette perte... Mais enfin, après mes "petits problèmes", elle a réussi à me convaincre de venir à son église le dimanche. Un temple baptiste très sympa, avec plein de gens super qui m'ont tout de suite écoutée, qui m'ont apporté un vrai soutien. Mais bon, il m'a fallu du temps, pour être sauvée. Je me suis pas réveillée un jour en étant certaine que Jésus était la solution ! Ça a été un processus plutôt lent, pour me rendre compte que Jésus était mon Sauveur et que je devais vraiment oublier les tournées. »

Une fois son équilibre mental retrouvé, donc, Shirley était partie droit à Nashville pour commencer une nouvelle vie dans le monde de la musique chrétienne. Mais le destin est têtu : sans avoir le temps de comprendre ce qui lui arrivait, elle repartait sur les routes, cette fois avec un groupe modestement nommé les « Vrais Croyants ».

Le contraste était saisissant entre ses anciennes expériences de sexe, de drogue, et d'alcool, puisque les autres *roadies* étaient des chrétiens pratiquants et que tous priaient ensemble. Elle a cependant fini par arriver à la conclusion que dérouler des kilomètres de câbles et régler des micros ne correspondait pas à ses aspirations les plus profondes : « Le temps était venu de changer de vitesse et d'avoir une activité professionnelle responsable. C'est comme ça que j'ai pris ce job dans le centre pour enfants géré par une association de bienfaisance baptiste. Je m'occupe de ces gosses, je fais de mon mieux... »

Elle a sorti de son sac une photo d'un adolescent noir en survêtement et baskets tout neufs, qui souriait niaisement à l'objectif : « Voilà un des miens, Willie. J'ai pris la photo hier, quand on lui a enfin payé ces grolles dont il rêvait à voix haute depuis des semaines. C'est pour ça qu'il a cet air bêta, parce que ça a été une telle surprise pour lui... Il sourit pas souvent, Willie. Il a seize ans, mais d'après les toubibs il en est resté à six d'âge mental. Le truc, c'est qu'il avait six ans quand sa mère, une prostituée, a été tuée par une autre fille. Vingt coups de couteau. Et il était dans la pièce où ça s'est passé, Willie. Il a tout vu... » Elle s'est interrompue, songeuse, puis a ajouté : « C'est autre chose que de se demander si un micro va marcher ou pas, j'dois dire... »

Je lui ai fait remarquer que son travail du soir à la Maison internationale des Crêpes aussi devait lui paraître plutôt absurde, après une journée passée à s'occuper de cas comme Willie. « J'ai pas le choix, question fric, a constaté Shirley. Avant impôts, je me fais quinze mille par an en tant qu'assistante sociale, c'est-à-dire que dalle. Ici, je peux ramasser cinquante dollars net par soir, ce qui me permet d'aller au restau, aux concerts, d'entretenir ma caisse, des choses qui seraient impossibles si je devais compter que sur mon salaire au centre. Pour moi, le choix est clair : c'est ou servir des crêpes trois soirs par semaine, ou jamais sortir. Alors, je sers des crêpes. » Ce constat était dressé sans la moindre nuance de ressentiment ou de rancœur. Si elle avait été anglaise ou irlandaise, elle aurait à juste titre critiqué l'État pour son incapacité à payer correctement les travailleurs sociaux dont il avait besoin, l'obligeant à trouver cet emploi de serveuse pour atteindre un niveau de vie à peu près correct. Américaine éduquée dans l'éthique de la liberté d'entreprendre et du « Tu veux ça ? tu le paies », elle acceptait tout naturellement d'avoir à trimer double tout en accomplissant un travail aussi ingrat et difficile.

Un petit bonhomme, chemise en nylon verte et cravate synthétique, s'est arrêté à notre table. Shirley nous a présentés : c'était Léo, le directeur du restaurant, qui m'a serré la main avec un : « Les amis de Shirley sont mes amis. Surtout les amis chrétiens. Je suis toujours content d'accueillir un frère ou une sœur, ici. » Pour le prouver, il a réduit l'addition de moitié lorsque je l'ai demandée. Sur le parking, Shirley s'est enquise : « J'espère que tu m'en veux pas que j'aie rien dit quand Léo a supposé que tu étais des nôtres. Autrement, il aurait essayé de te convertir sur-le-champ et, franchement, je voulais t'épargner ça. D'autant que je l'ai déjà vu en action, Léo. Il fait tout ce qu'il peut pour le Seigneur, d'accord, et je l'aime comme tous les autres chrétiens, mais il sait pas fermer son clapet ! »

Même s'il ne lui restait que trois heures avant de prendre son service à la Maison des Crêpes, Shirley tenait à passer au centre d'assistance afin de voir comment allait l'une de « ses gosses », entrée depuis peu en état d'anorexie et qui refusait toujours de s'alimenter. Nous nous sommes donc séparés et j'ai décidé au débotté de m'offrir une petite visite de Nashville en voiture. J'ai ainsi traversé Belle Meade, un quartier rupin où les millionnaires de la musique country laissaient s'exprimer leur goût pour l'architecture néo-coloniale et les caméras de surveillance, White House, autre oasis réservée aux richards, et je suis arrivé à Music Row, le célèbre QG des producteurs de disques, où il était de règle de se balader en jeep japonaise, bottes de cow-boy aux pieds. Nashville n'avait pas de rues à proprement parler, seulement des échangeurs sinueux slalomant entre des zones organisées autour d'immenses centres commerciaux. Apparemment, la vie locale consistait à quitter sa voiture climatisée pour son bureau climatisé, se rendre au supermarché climatisé avant de regagner sa maison également climatisée. Les piétons passaient pour des originaux ou, pire encore, des sans-abri. En effet, le seul endroit où l'on voyait des êtres humains sur les trottoirs était le cœur théorique de la ville, et il s'agissait de vagabonds ou de marginaux.

Bien que je m'estime plutôt au fait des variations de la déréliction urbaine, rien, pas même Lakeland en Floride, ne m'avait préparé à l'état de décrépitude de Nashville *downtown*. Un petit monde en noir et blanc de bars à strip-tease, de troquets sordides, de magasins de prêt-à-porter poussiéreux et de cinémas pouilleux destinés à un public de grands masturbateurs. Chaque cité américaine abrite en son centre un espace de marginalité sordide, certes, mais la particularité de celui-ci était son ancrage dans une époque révolue. Avec l'air hagard de ceux qui se sentent arrivés au bout de leur existence, les clodos hirsutes traînant sur ces trottoirs paraissaient sortis des photographies de Walker Evans, qui a si bien rendu compte de la misère du Sud américain dans les années 1930. À Music City, cette ville si intensément lancée à la poursuite du succès, ces silhouettes accablées n'étaient sans doute pas celles de guitaristes ratés ou de crooners passés de mode, elles n'en rappelaient pas moins avec une douloureuse acuité qu'il était possible de tomber très bas, dans une culture régie par la loi du plus fort. À Nashville, tout le monde semblait engagé dans la dangereuse escalade d'une montagne de verre, au sommet étincelant mais aux parois traîtresses, sans cesse sur le point de rouler dans le précipice. La moindre serveuse, le moindre caissier était une Tammy Wynette ou un Waylon Jennings en puissance, attendant la gloire qui viendrait la ou le sortir de son accablant anonymat.

Revenu près de Music Row, je me suis arrêté dans un grand magasin de disques où j'ai fait l'emplette d'une cassette mémorable du grand Thelonious Monk. Le caissier, la trentaine, une barbe clairsemée à la Bob Dylan et une chemise tropicale blanche du style « Rendez-vous à Manille », s'est soudain animé en remarquant mon choix : « Hé, si vous aimez Monk, vous allez adorer mon disque !

— Oui ?

— Ouais ! C'est tendance jazz-rock, fusion, quoi, mais avec des solos de piano vachement années 50. Revenez ici cet automne, vous pourrez l'acheter !

— Ah ! Vous me le signerez, alors ?

— Putain, non ! Ce job, c'est juste en attendant, mec. C'est pas une carrière. Dès que mon disque est en vente, je disparais d'ici ! »

Il était difficile de ne pas déceler une certaine vantardise dans ses propos, d'autant qu'il s'était notablement troublé lorsque je lui avais demandé quelle compagnie allait produire son album, bredouillant : « Oh, c'est un nouveau label, vous connaîtrez pas... » Mais l'important n'était pas qu'il me raconte des sornettes ou pas ; l'important, c'était que son histoire lui permettait de supporter sa vie au jour le jour. À Nashville, l'espérance de devenir une star était un acte de foi indispensable. Comme l'idée de « re-naître en Christ », c'était la promesse de se réinventer, de faire table rase du passé. La différence avec le christianisme, cependant, résidait dans la difficulté à rejoindre les élus. Tout le monde ne pouvant pas devenir célèbre, il y avait dans cette ville des centaines de déçus, d'apostats de la foi en la réussite, et aussi de rêveurs qui se raccrochaient à la chimère d'un improbable disque produit par une chimérique compagnie.

J'ai terminé la soirée dans un café – au milieu d'une galerie marchande, bien entendu –, à écouter deux de ces aspirants au vedettariat. Le premier était un de ces chanteurs de folk dont le style « artisse » et « on est tous amis » a toujours séduit les filles en robe longue à la Brontë qui composent des poèmes où elles marchent pieds nus dans l'herbe baignée de rosée. Le second une sorte de clown spécialisé dans un blues parodique à l'humour douteux. Le public était composé d'autres musiciens en herbe qui écoutaient d'un air méfiant et devaient se demander pourquoi ils n'étaient pas sur le podium, eux, même si cette compétition latente semblait quelque peu dérisoire, l'établissement restant très loin de ce qui pourrait se définir comme les portes de la gloire. Mais sait-on jamais, si un producteur à la recherche de nouveaux talents traînait ses godillots par là ? Le simple fait d'avoir un micro était tenu pour un minitriomphe, un premier pas sur le chemin du succès, et suscitait donc bien des envies.

Ambition, confiance en soi : telle était la véritable religion de Nashville. En rentrant chez Shirley plus tard, toutefois, je suis tombé sur une autre liturgie : ses trois colocataires et elle, assis en rond, priaient en silence. Une fois l'oraison du soir terminée, Martin a saisi la télécommande et tout le monde s'est installé pour regarder les vidéos rock sur MTV.

J'ai appris que Shirley et les garçons priaient souvent ensemble. Ils avaient ainsi invoqué le Tout-Puissant quand ils étaient partis à la recherche d'un quatrième chrétien pour la dernière chambre à coucher encore libre, et grâce à Son intervention Fred était apparu, répondant à l'annonce publiée dans le journal local. De même, lorsque Martin avait eu du mal à trouver des débouchés pour ses soirées disco quelques mois plus tôt, l'assistance divine avait été sollicitée en commun, et avec bonheur.

C'est Beth qui m'a mis au fait du rituel de ces prières collectives, auxquelles elle se joignait elle-même chaque fois qu'elle était de passage chez Shirley. Elle aussi qui m'a expliqué que la réussite professionnelle, dans le secteur de la musique chrétienne, dépendait beaucoup de la congrégation à laquelle on appartenait. Elle m'a aussi confié qu'elle traversait une grave crise personnelle.

Je l'avais invitée à déjeuner le lendemain chez Maude, un restaurant très lancé près de Music Row, repaire de cadres du business musical et de dames de la bonne société. Un quatuor de ces dernières occupait la table voisine, toutes fraîchement sorties de la cabine UVA et dotées de larynx surpuissants, ce qui nous a pratiquement obligés à hurler pour nous faire entendre par-dessus ce vacarme de mondanités nouveau riche échangées avec l'accent du Tennessee. Je tenais à remercier Beth de son accueil chez Benson et de son aide pour m'héberger. Elle était en veine de confidences, et après m'avoir bombardé de questions sur Londres – n'ayant jamais quitté les États-Unis, elle envisageait un voyage en Angleterre plus tard dans l'année –, elle m'a appris qu'elle était arrivée à Nashville trois ans plus tôt, après avoir fini l'université.

Elle avait d'abord été serveuse, tandis que son CV circulait dans toutes les maisons de disques, et quand Benson l'avait embauchée cela avait été un grand moment pour elle : non seulement elle entrait dans le monde de la production musicale mais elle le faisait chez un producteur chrétien, réalisant ainsi son vœu de placer son activité professionnelle au service du Très-Haut.

Elle était la fille d'une croyante zélée et d'un capitaine des pompiers de la bonne ville de Frankfort, Kentucky. Son père était le bon vivant classique, apparemment, mais avec une différence : « Papa appréciait le Jack Daniel's et les soirées avec les copains, jusqu'à ce qu'il soit sauvé il y a quatre ans. » Beth avait elle-même « accepté le Seigneur » dès l'âge de neuf ans et avait continué à pratiquer pendant ses études, avec toutefois un moment de flottement, quand elle avait été serveuse : « Je venais d'arriver à Nashville, je ne connaissais presque personne, je faisais les trois-huit dans un restaurant horrible, je détestais ce travail... J'étais malheureuse, quoi, d'autant que je n'avais pas trouvé une église qui me branche vraiment. Être en phase avec une communauté, pour un chrétien ou une chrétienne, c'est essentiel. Donc, j'ai pas mal perdu mon temps, à l'époque, et c'est l'une des raisons pour lesquelles je me suis retrouvée embarquée dans deux ou trois relations sentimentales très négatives pour moi. Bon, j'ai surmonté ça, mais même s'il m'est arrivé de sortir avec des garçons non croyants, depuis, je n'ai jamais pu m'imaginer autrement qu'avec un vrai chrétien. En fait, je crois que je ne me vois fréquenter personne d'autre qu'Adam. »

Car Adam, le manager de Résurrection et l'un des colocataires de Shirley, était ce qui était arrivé de mieux à Beth depuis longtemps. Ils s'étaient connus peu après son entrée chez Benson : « On est tout de suite devenus de vrais amis, et ça a été une transition importante pour moi. Par exemple, c'est lui qui m'a fait connaître la Communauté du Christ, qui est la deuxième Église la plus influente dans le milieu de la musique chrétienne. Et c'est grâce à Adam que j'ai pu me remettre sur le sentier du Christ. »

L'amitié s'était vite transformée en « quelque chose de plus », ce dont tous deux se félicitaient mais qui ne plaisait pas à tout le monde, au contraire. Et ce pour une raison simple : Adam était noir. « Quand Maman est venue me voir ici, elle a fait sa connaissance et après elle m'a dit que c'était un garçon très bien, oui, mais qu'elle allait prier – *prier*, tu te rends compte ? – pour que je renonce à mon amour pour lui ! Et bien sûr, ni elle ni moi n'avons osé mettre Papa au courant, parce qu'on sait pertinemment comment il prendrait la chose. S'il apprenait que je pensais épouser un Noir, il ne m'adresserait plus la parole, je crois ! »

Outre sa mère, plusieurs de ses « amis chrétiens », ainsi que des collègues de chez Benson, étaient plus que « troublés » par sa relation avec Adam. « Je n'arrive pas à comprendre leur attitude, a soupiré Beth. Je veux dire que c'est tellement... contraire au Christ ! Et en plus, on veut vraiment régulariser notre situation, parce que Adam est un vrai chrétien ! Puisque la Bible dit que le corps est un temple et que la sexualité doit se placer dans la sainteté du mariage, nous n'avons pas couché ensemble. C'est un point auquel il tient énormément, Adam. Nous aurons donc une fantastique nuit de noces... si on se marie. Si... » Elle s'est arrêtée, car la serveuse venait d'apporter nos assiettes. Baissant la tête, Beth a murmuré une action de grâces, puis elle a relevé les yeux : « Tu sais quoi ? Des fois, je me dis qu'on n'aurait pas ce problème de "validation", Adam et moi, si on ne travaillait pas dans un milieu religieux... Si on n'était pas dans le secteur de la musique chrétienne, quoi. »

« Ce que nous cherchons, ce sont des rockers de vocation évangéliste mais avec un fort potentiel commercial, des artistes chrétiens qui peuvent faire fructifier notre investissement. » La formule revient à Ricky Drisdale, un « A & R ».
Pour n'importe quel musicien débutant, cet acronyme représente le plus influent, le plus redouté des interlocuteurs : A & R, pour « Artist and Repertoire », tout simplement une maison de production musicale. Ricky Drisdale en était le chasseur de têtes, celui qui avait le pouvoir de signer des contrats d'enregistrement, le grand manitou capable de sortir un quidam de son emploi au Burger King pour le transformer instantanément en vedette.
Il n'avait pourtant pas l'air intimidant, Ricky Drisdale, plutôt l'apparence anodine de l'homme d'affaires modeste, dans son bureau sans caractère de Music Row, mais s'il y avait quelqu'un qui pouvait faire et défaire les carrières dans le monde de la musique chrétienne, c'était bien lui. Il n'était en effet rien moins que le responsable A & R pour Nashville de Word Records (les disques de la Parole), la plus grosse compagnie musicale chrétienne du monde. Avec un QG à Waco, au Texas, et des antennes à Dallas, Los Angeles, Londres et bien sûr Nashville, Word avait sur ses listes des vedettes aussi impressionnantes qu'Amy Grant ou Sandy Patti, la Loretta Lynn du gospel. Elle possédait des départements musical, littéraire et cinématographique tous aussi rentables que la production de disques proprement dite. Bref, Word, c'était un paquet de thune.
En plus d'« argent », l'autre maître mot de la compagnie était « inspiration » : « Les chanteurs que je

veux, ils doivent avoir ce truc, là, l'inspiration, m'a déclaré Drisdale. Un bon chanteur peut donner un bon produit musical mais s'il n'a pas d'inspiration, il ne réussira pas dans cette branche du marché. Quand je traque des nouveaux talents, je prends donc en compte deux facteurs : un, la viabilité commerciale, parce que dans ce business il ne suffit pas d'être doué, il faut que ça rapporte ; deux, le potentiel évangélisateur, car un artiste du label Word ne vend pas seulement des disques, mais aussi un mode de vie. Et puis je dois faire attention à ceux qui se sont rabattus sur la musique chrétienne pour la seule raison qu'ils ne réussissaient pas ailleurs. Comme je vois les choses, moi, si on ne perce pas chez les laïques, on ne percera pas plus chez les chrétiens ! »

Ricky Drisdale était convaincu que Realm (le Royaume de Dieu), le groupe qu'il venait de découvrir, était capable de percer sur les deux marchés. Pour l'instant, ils n'en étaient, cependant, qu'à enregistrer une maquette, et Ricky m'a proposé d'aller les voir en pleine action. Après avoir vérifié par téléphone qu'ils étaient au travail, il m'a envoyé dans une petite ville de la périphérie ou les génies en puissance répétaient dans un pavillon de banlieue transformé en studio.

L'apparence des lieux était de prime abord assez incongrue : une boîte aux lettres fixée sur un manche de guitare planté dans le sol, puis un bout de terrain, une villa sur deux niveaux et un étang où quelques arbres submergés perçaient la surface laquée de l'eau stagnante.

Le propriétaire de la maison, Phil, était une survivance des années 1960, avec ses cheveux longs retenus par un bandana rouge noué autour du crâne et son tee-shirt aux couleurs « souvenirs du LSD ». Son épouse, une écolo dont la robe évoquait une tente bédouine, trimbalait leur rejeton, Moon, dans un porte-bébé sioux fixé sur le dos. Derrière ce parfum de Woodstock, toutefois, Phil était bien en prise avec son temps. En bon chef d'entreprise américain des années 1980, il avait transformé tout le rez-de-chaussée de sa maison en studio pour le louer à des producteurs. Depuis deux ans qu'il s'était mis à son compte après avoir abandonné son poste d'ingénieur du son, l'industrie de la musique chrétienne avait été sa principale source de revenus. Non qu'il ait particulièrement envie de voir son affaire étiquetée « religieuse » – au contraire, j'ai eu l'impression qu'il se disait chrétien plus par diplomatie commerciale que par conviction spirituelle –, mais enfin, il fallait gagner sa croûte, et dans la très compétitive Nashville, où les studios d'enregistrement étaient presque aussi nombreux que les McDonald's, on ne pouvait s'en tenir à des critères purement esthétiques pour ouvrir sa porte aux musiciens. Surtout dans le cas de Phil, qui peinait toujours pour rembourser le prêt de deux cent mille dollars qu'il avait souscrit pour monter son affaire.

Un argent investi dans le studio : matériel dernier cri pour enregistrement vingt-quatre pistes, technologie analogique et digitale, table de mixage plus impressionnante que le tableau de bord d'un 747, micros ultrasensibles, éclairage indirect à l'italienne... Cadre chic et choc qui semblait avoir été conçu pour attirer les producteurs du même style.

C'est pourquoi la présence d'Eddie Smith en ce lieu avait de quoi surprendre. Bermuda écossais, polo en nylon et chaussettes dans ses sandales, ce dernier semblait prêt pour un pique-nique d'assureurs, à mille lieues du décideur branché. Son vocabulaire, néanmoins, était bien celui de la profession : « Faut m'excuser si j'ai l'air un peu ouf, a-t-il commencé dès que Phil nous a présentés, mais on est là avec les garçons depuis cinq du mat', et bon, on est tous en plein surmenage créatif. Disons qu'on voulait partir au septième ciel... et qu'on a raté l'avion. »

Les « garçons », Gus et Gordie, étaient les deux membres de Realm. Au synthé et aux claviers, ils avaient, selon Eddie, « un son qui combinait un peu Mike Oldfield et les Tubular Bells. Un style très vendeur, avec un sérieux contenu spirituel. Quand je les écoute, je comprends pourquoi j'ai choisi le filon de la musique chrétienne entre tous les autres ».

Comme Phil, Eddie – lui-même pratiquant – avait jadis été technicien dans un studio non religieux de Nashville ; devenu producteur free-lance, il s'était naturellement tourné vers les groupes chrétiens. Mais les retombées des scandales Swaggert et Bakker avaient été durement ressenties, aussi, dans le milieu de la production musicale indépendante, de sorte qu'Eddie avait récemment été contraint de prendre un autre travail à mi-temps : il vendait des polices d'assurance par téléphone. C'est dire les espoirs qu'il plaçait sur ce nouvel ensemble, dont le succès lui permettrait peut-être de se sortir du pétrin.

Gus, qui venait d'avoir trente ans, se trouvait en pleine dynamique du « Maintenant ou jamais ! », courante chez les gens de son âge lorsqu'ils sont plongés dans ce genre d'activités. Lui aussi espérait impatiemment un coup de pouce du destin. Assis près d'Eddie dans le studio, il était en train d'accorder sa Fender Stratocaster en attendant le retour de son acolyte, Gordie. À première vue, Gus était le Beach Boy typique, un grand garçon blond que l'on imaginait filant vers Malibu dans sa Thunderbird décapotable, planche de surf coincée à l'arrière et rail de coke encore frais dans les narines. Dès qu'il ouvrait la bouche, cependant, cette image était effacée par son accent de péquenot de la Virginie profonde ; il avait grandi dans les Blue Ridge Mountains et plus précisément dans un trou perdu où son grand-père était le pasteur pentecôtiste et où l'on prenait volontiers sa guitare lorsque le moment était venu de louer le Seigneur. « La religion et le rock and roll sont toujours allés ensemble, pour moi », m'a-t-il affirmé. Il avait donc fait partie de l'orchestre de son église en rêvant de prendre un jour la route avec un vrai groupe de rock. Lorsqu'il était parti, finalement, cela avait été en compagnie de musicos chrétiens du même tabac que ceux que Shirley avait assistés en tournée pendant si longtemps. Lui aussi, la lassitude l'avait rattrapé, au bout de six années passées à jouer « Je vous salue Marie » sur une mesure à deux temps. « Beaucoup de chrétiens qui font de la musique commencent avant d'avoir entendu la Parole, a-t-il expliqué, moi, j'ai eu la foi bien avant ma première Fender. Et donc, quand j'ai vu que ça ne pouvait pas continuer comme ça, que ce n'était pas un avenir pour moi, je suis rentré à la maison et j'ai pris des petits boulots. Jusqu'à ce que Dieu me montre la voie du retour à la musique. »

Cette illumination est venue sous la forme d'un disque d'un rocker d'Atlanta, Mylon LeFevre, l'un des pionniers du « *metal* chrétien ». Une sorte de révélation, pour Gus : « Sa musique assurait vachement, mais elle avait aussi le message chrétien. » Du coup, il s'était décidé un soir, un an auparavant : sac bouclé, Fender sur les épaules, il avait pris le bus pour Nashville. Une semaine plus tard, il avait une chambre en location, un travail à temps partiel dans une compagnie de nettoyage de moquettes, et surtout une église, celle des Pentecôtistes du Christ. Au premier office auquel il avait assisté, il s'était retrouvé à côté d'un type dont le comportement et l'allure révélaient la même ambition que la sienne, à savoir devenir une rock-star. « Hé, on tient un groupe, là ! » avait lancé Gus à l'inconnu, qui n'était autre que Gordie. En bavardant, ils s'étaient découvert bien des points communs, et notamment le désir de « diffuser la vérité biblique avec une sono ». Et c'est ainsi que, désormais affublé d'un nom aussi inspiré, les deux compères frappaient à la porte du succès.

« On a pas mal confiance, m'a assuré Gus ; les titres qu'on a pour l'instant fonctionnent bien, et puis Word Records a décidé de nous payer pour la maquette, et puis on a Eddie, ici présent... On pense tous les deux qu'on est capables de faire quelques vagues, si Dieu veut. Être repérés par une marque laïque, même, ce qui nous permettrait de toucher plus de monde. Donner des concerts, aussi, parce que franchement, on se surpasse en public. Le fait est qu'on a des ambitions sérieuses, avec Gordie, mais attention, tout ça dans un cadre évangélique, hein ? Je veux dire qu'en général, les décisions professionnelles, on les prend après la prière. On cherche la paix intérieure avant de continuer. Et c'est pour ça que jusqu'ici l'Éternel a veillé sur nous. Je dirais que pour l'instant, Il nous a maintenus sur l'escalator du succès. »

Eddie, qui consultait souvent sa montre, a fini par dire à Gus qu'il était inutile d'attendre Gordie et qu'ils feraient mieux d'enregistrer quelques solos de guitare. Docilement, Gus s'est mis à exécuter des riffs vertigineux sur sa Fender, de quoi faire voler les vitres en éclats.

« Ça fait partie de l'un de nos titres, m'a-t-il annoncé.

— Et ça s'appelle ?

— *Ne t'arrête pas en chemin*. Le texte de la chanson est vachement stimulant. Ça dit qu'il ne faut pas baisser les bras, jamais. Un peu dans la ligne de ce que dit saint Paul dans les Écritures, mener le bon combat, croire en soi, avancer, tout ça...

— Ça me paraît le conseil idéal pour ceux qui veulent percer à Nashville, ai-je observé.

— C'est *le* conseil, mon frère, a-t-il répondu avec un grand sourire. À propos, tu es chrétien, toi-même ?

— Non.

— Ah, si t'essaies pas Jésus, tu sais pas c'que tu manques ! »

La porte s'est ouverte et Gordie a fait son entrée. Queue-de-cheval, lunettes de mère-grand, un tee-shirt proclamant : IT'S ONLY ROCK AND ROLL.

« 'lut.

— 'lut, a fait Gus à son tour.

— 'lut, a complété Eddie. Alors, prêts pour un trip mystique sérieux ? »

Aussitôt dit, ces trois rêveurs dans une ville d'ambitieux se sont mis à célébrer le Seigneur en son digital. Pour ma part, j'ai pris congé et je suis rentré à Nashville avec du funk à fond sur la radio, Willie Nelson. Une page publicitaire a suivi, le concessionnaire Nissan local qui proclamait d'une voix perçante : « Si vous ne passez pas voir nos modèles, vous ne savez pas ce que vous manquez ! »

Les falaises de verre sont apparues devant moi. De loin, la cité paraissait un mirage plein de promesses. Un miroir aux alouettes qui attirait des milliers de jeunes prêts à tenter leur chance, convaincus qu'il fallait absolument passer par ici pour affronter le destin. Sinon, « vous ne savez pas ce que vous manquez », n'est-ce pas ?

5

Royaumes de Dieu

HOWARD FINSTER a un jardin, qu'il appelle son paradis. Ici, des restes de la société de consommation sont pieusement conservés. Une pépinière dont les plantes rares sont des carcasses de vélo, des Cadillac rouillées, du grillage à poulailler, des bouts de verre pris dans le béton, de vieilles boîtes aux lettres, des rouleaux de fil téléphonique, un panneau SORTIE provenant de l'autoroute voisine, voire un robot de cuisine démantibulé. C'est un jardin de ferraille, de cuivre terni et de chromes passés. On croirait qu'un artiste fou s'est vu donner la possibilité de réaliser ses visions les plus démentes dans une décharge. Voici la tour des Bicyclettes au milieu de cet hectare et demi de saleté, surmontée par une croix en arceaux de tondeuses à gazon. Voici la consigne destinée au postier, à l'entrée : *Ici, les messages en provenance du Ciel*. Voici la plaque d'immatriculation rouillée DIEU EST MON COPILOTE et les portraits d'Elvis que l'Éternel a expressément demandé à Howard Finster de graver dans des blocs de ciment. Car ce n'est pas qu'un artiste, c'est un artiste inspiré, en mission spéciale sur terre pour le compte du Très-Haut.

« J'suis comme qui dirait un deuxième Noé, a-t-il expliqué, envoyé ici par Dieu pour rectifier ce qui cloche. J'ai des visions, ouais. Plein. Tellement que j'arrive pas à les compter. Et ici, c'est pas qu'une arche que j'ai construite, c'est dix ! Mon jardin, c'est une rivière au printemps qui porte les messages à l'humanité. C'est pour ça que les gens viennent voir ici, du monde entier ils viennent. C'est pour ça que des gars du *Wall Street Journal*, et d'*Esquire*, et de *People*, ils sont venus jusqu'ici pour écrire sur moi. Pa's'qu'on est tous des missionnaires, au départ. Pa's'que je viens de Dieu, moi. Juste comme Il a envoyé Henry Ford sur terre pour créer le chariot sans chevaux, juste comme Il a envoyé Edison pour inventer l'électricité, Il m'a inspiré ce Jardin du Paradis que vous voyez ici. Il m'a donné des visions. »

Nous sommes à Pennville, une bourgade insignifiante de Géorgie, à quelques kilomètres de la frontière du Tennessee. Insignifiante, du moins, jusqu'à ce que le jardin d'Howard Finster vienne la tirer de son anonymat, car désormais les amateurs arrivent d'Atlanta ou de New York pour s'extasier sur ce que les critiques d'art les plus abscons ont qualifié de « génie naïf ». Mais ce qui a surtout attiré l'attention sur Howard, et donc sur ce coin reculé du Sud américain, ce sont ses peintures. Pour leur qualité, mais aussi leur quantité : pas moins de six mille toiles depuis le fameux jour de 1976 où il a reçu la consigne divine de prendre le pinceau :

« J'vais vous dire comment ça s'est passé. J'étais prédicateur, dans c'temps. En fait, j'l'avais d'jà été depuis que j'avais seize ans, donc j'ai prêché quarante-cinq années, hein ? Et puis j'me suis dit que ça suffisait, qu'y fallait qu'j'travaille autrement pour le Seigneur, et alors je m'suis mis à réparer les vélos des gosses pauvres de par ici. Un beau matin, j'suis en train de peindre un d'ces biclous, et voilà-t-y pas que j'trempe un doigt dans l'pot de peinture blanche, et qu'est-ce que j'vois ? Un visage humain qui s'forme sur le doigt ! Et là, j'entends une voix qui me dit : "Peins des choses sacrées, Howard, peins !" Et j'y réponds, pa's'que j'savais qu'c'était l'Esprit saint, j'y réponds : "J'peux point faire ça ! J'sais pas peindre." Et voilà qu'une autre voix me répond : "Et comment tu sais ça ?" Alors, j'me r'lève, j'prends un billet d'un dollar dans ma poche, j'le cloue sur une planche et j'prends le pinceau, et j'me mets à faire le portrait de George Washington ! Depuis c'jour-là j'fais des tableaux, ensuite j'les mets devant ma porte et les gens s'arrêtent, ils achètent. Et c'est là que j'ai compris que Dieu, Y voulait que j'crée ce jardin, en vivant de mes peintures. »

Dieu a non seulement voulu qu'Howard vive correctement de son art, mais aussi qu'il devienne célèbre. Et Il a tenu à ce qu'il ait pour agent la directrice d'une célèbre galerie d'art de New York, Phyllis Kind, qui vend facilement ses anges sculptés dans le bois mille dollars pièce, et ses toiles beaucoup plus encore. Dieu a également veillé à ce qu'Howard soit chargé de dessiner la pochette du disque des Talking Heads, *Little Creatures*, composition qui vaut désormais cent mille dollars au moins. Et le Seigneur s'est assuré qu'une exposition personnelle lui soit consacrée par le Smithsonian Institute de Washington, un honneur réservé aux plus grands peintres du pays. Et Il a encore insisté pour que Nancy Reagan le charge d'exécuter l'affiche annonçant chaque année la chasse aux œufs de Pâques à la Maison-Blanche... Howard n'a pas honte de la notoriété, et de l'argent, dont il a été comblé depuis son épiphanie. Dans sa modeste maison, une pièce entière sert de galerie et de librairie dédiées à sa gloire, avec des ouvrages tels que *Les Carnets de croquis d'Howard Finster. Faites vous aussi de l'art populaire*, des cartes postales de ses œuvres, des cassettes (*Howard parle de son art*) et bien entendu ses propres tableaux et sculptures.

Pendant l'après-midi que j'ai passé chez lui, j'ai été étonné par la simplicité avec laquelle cet homme de soixante-treize ans, habillé comme un fermier pauvre, étendu sur un canapé avec un seau en plastique à ses côtés pour y faire gicler de temps à autre son tabac à chiquer, prenait son destin. Il fallait l'entendre évoquer comme si de rien n'était ses multiples apparitions télévisées, son amitié avec des stars de la pop, ou les vingt mille dollars qu'une société d'Atlanta venait de payer pour un tableau qui devait trôner à la place d'honneur dans le hall de ses locaux... Rien de tout cela ne lui tournait la tête. Pourquoi ? Parce que c'était la volonté divine, tout simplement, et que lui-même était l'un des principaux émissaires du Tout-Puissant sur terre : « Dieu, Y m'a dit : "Howard, si tu veux bosser pour Moi, faut qu'tu d'viennes un artisse à plein temps." Et c'est c'que j'ai fait, et mon art influence les nations, s'étend à travers le monde ! Et j'suis certain qu'si tous les êtres humains revenaient à Dieu, là, maintenant, à c't'heure... À quatre heures neuf de l'après-midi, ouais, eh bien l'Seigneur r'mettrait de l'ordre sur cette planète, Y nous rétablirait comme avant la Faute d'Adam. On aurait plus besoin de guerre. On flotterait dans les airs avec des ailes, oui-da ! »

Ayant cependant compris que ce repentir universel était peu probable, Howard a décidé de créer son propre petit coin de paradis sur terre. Avec ses Elvis en béton, ses boîtes aux lettres célestes et son Église des Arts populaires – qui ressemblait à la pièce montée d'un pâtissier fou –, son « jardin » était plus qu'un déploiement de créativité à la gloire du Seigneur : il se voulait ni plus ni moins qu'un royaume de Dieu.

Façonner sa version terrestre de la félicité éternelle, c'est une vieille histoire, en Amérique. On peut même dire que la tentative de constituer le Royaume de Dieu sur le plancher des vaches est un élément essentiel du paysage religieux de ce pays. Depuis que les colons puritains du Massachusetts ont fondé leur « Ville sur la colline » au début du XVIIe siècle, d'innombrables communautés, généralement dirigées par un « visionnaire » mâle au fort tempérament, ont cherché à fonder leur petit bout de « terre promise » au milieu d'un monde désespérément séculier. Ainsi des villages des shakers du XVIIIe siècle, secte qui faisait l'apologie du célibat et d'un ascétisme qui devait placer les élus au-dessus de leurs semblables « trop humains ». Ainsi des mormons qui, se prenant pour les Hébreux du Nouveau Monde, fuient les persécutions pour aller créer leur ville-État dans le désert de l'Utah. Ainsi, même si la comparaison peut paraître choquante, de Jim Jones et de son Temple du Peuple, ce sinistre charlatan et prophète qui a attiré neuf cents de ses plus ardents fidèles loin de la « répression tyrannique » de l'Amérique contemporaine pour qu'ils s'immolent collectivement dans la jungle de Guyana, conclusion dramatique de cette tentative d'Éden psychotique.

« Que Son Règne arrive, que Son Royaume soit sanctifié » : tout au long de l'histoire des pratiques religieuses en Amérique, cette consigne a encouragé nombre de chrétiens à imaginer une reproduction terrestre de l'espace divin tout là-haut. Pour Howard Finster, par exemple, son jardin paradisiaque n'était rien moins qu'une arche sur laquelle il pourrait échapper au déluge de la vie moderne.

Et justement, la vue de son terrain vague mystique m'a fait penser que je devais m'intéresser à des expériences de réalisation du Royaume de Dieu ici et maintenant, dans le Sud biblique. Deux, en particulier, proposaient une forme plus achevée, plus institutionnelle de cette ambition. Ma décision prise, j'ai donc quitté ce coin endormi de Géorgie pour mettre le cap sur le principal chantier mystique du Sud : Atlanta.

À l'entrée d'une zone résidentielle de la métropole géorgienne, il y a un panneau électronique devant lequel tout pèlerin est obligé de passer et sur lequel s'affiche, sous vos yeux, en temps réel, l'état de la population d'Atlanta. En voyant les chiffres lumineux passer de 3 070 018 à 3 070 021 en quelques secondes, on ne peut s'empêcher de se demander si des représentants du bureau des statistiques sont postés dans toutes les maternités de la ville, se ruant sur le téléphone dès qu'un bébé vient au monde ; mais l'on se dit aussi qu'une communauté qui proclame avec une telle fierté sa croissance démographique possède une foi inébranlable dans son avenir.

De fait, Atlanta s'est imposée en quelques années comme l'emblème de la modernité urbaine du Sud, et l'une des villes les plus importantes du pays. Jadis rasée par l'armée unioniste, qui a écrit là une des pages les plus sanglantes de la brutale Guerre de Sécession, elle paraît aujourd'hui encore entièrement livrée aux promoteurs et aux architectes municipaux, aux bulldozers et aux bétonnières. En l'approchant par le dédale d'autoroutes qui l'enserre, on croit voir une arche immense surplomber son étendue, avec l'avertissement *En chantier* en tubes fluorescents sur le fronton. Cette ville semble ne pouvoir jamais dire non à un nouveau projet urbain, toujours prête à ajouter un diamant de pacotille à sa couronne urbanistique. La réinvention permanente fait ici office de plan directeur, ainsi qu'une farouche détermination à effacer au fur et à mesure toutes les traces du passé, même récent, à la manière d'un riche parvenu prêt à tout pour faire oublier son humble extraction.

Dans le centre, Peachtree, la grande attraction d'Atlanta, se présente pendant la journée comme un conglomérat d'immeubles rutilants et de forteresses hermétiques, pour se transformer en zone de tous les dangers dès la nuit tombée. En continuant, on traverse les faubourgs les plus centraux, construits, ainsi qu'à Nashville, en gravitation autour de galeries marchandes, ces monuments dédiés à l'éthique de la consommation. Ici, comme dans toutes les villes qui ont renoncé à leur cœur historique mais prétendent à un certain raffinement, les temples du mercantilisme se veulent solennels sous les déguisements architecturaux les plus divers, du pseudo-Art déco jusqu'à la caricature d'hacienda mexicaine, du néohellénistique au vaguement Bauhaus. Ce bric-à-brac stylistique témoigne d'une arrogance économique certaine, et d'une philosophie naïvement optimiste qui pare la vulgarité de l'étiquette de « progrès ». Il rappelle aussi qui fait vraiment la loi à Atlanta. Même si l'équipe municipale est majoritairement noire, la ville ayant toujours été un bastion du mouvement des droits civiques et ayant eu pour maire l'un des plus proches collaborateurs de Martin Luther King, Andrew Young, l'argent à la base de cet expansionnisme urbain est avant tout entre les mains de Blancs – très puissants de surcroît. C'est ici que Coca-Cola a son QG mondial, ainsi que la CNN de Ted Turner et de multiples compagnies financières ou d'informatique. En circulant dans Atlanta, on se rend vite compte que les penseurs de l'espace urbain ont toujours gardé en tête le prix du terrain, mais qu'ils ont dès le début oublié ce qui fait l'âme d'une ville, les notions de communauté, de bon voisinage, de melting-pot social.

Enfin, on atteint la Route 285, l'anneau de macadam qui enserre Atlanta et dont l'impeccable circularité, la similarité des espaces qu'elle traverse feraient la joie des sémiologues prêts à disserter sur « le confinement de la pensée dans le monde capitaliste occidental » ou « la construction curviligne de l'esprit américain ». Plus modestement, cet immense périphérique m'a paru barbant au possible, et je me suis hâté d'en sortir, atterrissant dans la banlieue de Decatur. Au bout d'une longue avenue s'ouvraient les portes d'un territoire régi par les préceptes de la Théologie du Royaume. Se trouvant dans l'Amérique contemporaine, cet espace inspiré commençait évidemment par un immense parking destiné à accueillir les véhicules des milliers de fidèles venant adorer le corps du Christ chaque dimanche en l'église du Moissonneur, une élite spirituelle dont le but était de « restaurer le Royaume du Seigneur et de Son Oint à partir des royaumes terrestres ».

On était un dimanche matin, assez tard, et l'aire de stationnement de cette principauté chrétienne était bondée. Mais plus encore que leur nombre, c'est le style de ces automobiles qui m'a frappé : à la quantité de Golf, de BMW, de Mercedes et de Porsche garées ici, avec certes de-ci, de-là quelques breaks familiaux sans prétention, on aurait cru qu'une convention de courtiers en Bourse se tenait là. Toutefois, ces derniers ne portent en général pas de bible sous le bras, ne se saluent pas par un : « Bonjour, mon frère », et ne se donnent pas de solennelles accolades ainsi que je l'ai vu faire à des centaines de fidèles sur le parvis de leur cathédrale.

Cette appellation désignait en réalité un vaste bâtiment aussi dépouillé qu'une grange ou une salle de conférences, une structure transitoire, dans l'attente du nouveau temple alors en construction. Des rangées de chaises en éventail autour d'un podium central sur lequel des musiciens en costume-cravate étaient en train de s'accorder, des moniteurs et des caméras de télévision un peu partout, des techniciens reliés par casque à la salle de contrôle en surplomb venaient rappeler que le service du Moissonneur était retransmis chaque dimanche dans tout le pays par la chaîne chrétienne Trinity Broadcasting Network. Le « spectacle » allait d'ailleurs commencer, avec un « public » assez jeune et extrêmement bien vêtu, genre avocats branchés, femmes d'affaires dynamiques et chic européen. On voyait aussi quelques tenues habillées et bijoux tapageurs. Il y avait certes des fidèles visiblement moins prospères, mais le gros de la salle appartenait sans conteste aux classes les plus aisées de la ville.

Un chœur, les K-Dimension Singers – K pour Kingdom, le Royaume –, a rejoint l'orchestre sur scène. Dans la plus pure tradition funk-Las Vegas, la musique a démarré tandis que trois hommes en smoking et trois femmes en robe de cocktail s'avançaient, micro à la main, et se lançaient dans un *Jésus est vivant* avec une sensibilité très Motown années 1960. Soudain, six filles en dentelle et rubans sont venues exécuter des entrechats dans une chorégraphie digne du Caesar's Palace et la salle a marqué le rythme en tapant dans les mains, en balançant les bras dans les airs et en applaudissant chaleureusement la fin du numéro.

Après cette entrée en matière, l'évêque Earl Paulk, fondateur et tête pensante de la Théologie du Royaume, a gagné une chaire en plexiglas, suivi par un projecteur. La soixantaine distinguée, cheveux argentés et yeux bleus perçants, il avait tous les attributs du politicien-vedette du Nouveau Monde, mais ses premiers mots auraient surpris s'ils étaient sortis de la bouche d'un sénateur ou d'un gouverneur : « Et maintenant, applaudissons très fort le Seigneur ! » Les quelque trois mille participants ont donc fait une ovation enthousiaste au Créateur, puis l'évêque leur a demandé de répéter après lui : « Le Seigneur est Dieu », et aussitôt trois mille gosiers ont proclamé qu'Il était le Grand Patron, oui. Ensuite, l'officiant a cédé le micro à un grattouilleur de guitare. Celui-ci a exécuté une chanson geignarde dans laquelle il affirmait que Dieu était son roi.

De nouveau l'évêque, pour quelques annonces publicitaires : le mardi suivant, à six heures et demie du matin, petit déjeuner « business et église » car, comme il le soulignait, « les esprits s'éveillent de plus en plus dans nos milieux d'affaires » ; le vendredi, *beach party* pour les Baby Boomers dans une piscine locale : « Savez-vous ? Dieu veut que vous preniez du bon temps », commentait Paulk, s'attirant de nouveaux hourras. « Et vous savez aussi qu'il n'y a rien de mieux que de donner au Seigneur ? » Encore des applaudissements, tandis que cinq garçonnets montés sur scène en tenue de berger entonnaient *It's a Small World* avec les mouvements mécaniques de ces petits personnages colorés que l'on voit sortir des clochers médiévaux en Allemagne, pendant que les bedeaux circulaient dans la salle pour recueillir les « enveloppes de l'Alliance », c'est-à-dire les donations hebdomadaires que l'évêque venait de solliciter avec tant de tact. Puis le chœur est revenu pour un hymne moitié Haendel, moitié Woodstock, qui a déclenché une vague de « dévotion énergétique » parmi les fidèles.

Puis est arrivé le Moment de l'Amitié, une sorte d'activité de maternelle que l'évêque a résumée en ces termes : « Vous avez une minute pour trouver quelqu'un que vous ne connaissez pas et lui dire bonjour. »

Soudain, la salle s'est agitée : on se bousculait dans les travées pour serrer la main à de parfaits inconnus. J'ai compris que le fun faisait partie intégrante de la liturgie des Moissonneurs, un mélange de joyeuse camaraderie, d'ambiance night-club, d'esprit d'équipe et de chaste bonhomie. L'office était lui-même organisé comme un show, la musique alternant avec de brèves homélies, l'assistance étant tenue de participer...

Cet aspect « divertissement » ne diminuait pas pour autant les très hautes ambitions de la Théologie du Royaume, qui se proposait carrément d'offrir à ses fidèles les clés du Royaume divin, et qui, par le truchement de missionnaires et d'antennes paraboliques, entendait bien diffuser son message dans le monde entier. « Là, c'est l'heure de plus grande écoute en Afrique du Sud ! » a ainsi remarqué l'évêque au cours de l'une de ses interventions, soulevant encore une tempête d'applaudissements. Ensuite, la parole a été donnée à Arturo, un représentant de l'Église au Costa Rica, qui, avec un débit vertigineux, a expliqué que l'enseignement de l'évêque Paulk était de plus en plus prisé et que la « stratégie du Royaume » était étudiée là-bas.

Mais encore ? Qu'était-elle donc, cette « stratégie du Royaume » ? L'orateur invité de ce dimanche, un certain Dennis Peacocke, m'a initié aux subtilités philosophiques de cette théologie.

Prédicateur taillé comme un avant de football américain, la quarantaine énergique, il est monté en chaire et a ouvert sa conférence par une page de pub pour sa nouvelle série de cassettes audio, *Gagner la bataille des esprits*, « des causeries avec des adolescents où j'essaie de les former aux valeurs adultes ». Après cet intermède commercial, Peacocke est entré à fond dans sa dissertation théologique : « Autrefois, dans les années 60, j'ai été très engagé. Radical, oui. Pourquoi ? Parce que j'étais persuadé que la mission de ma génération était de transformer le monde. Mais je vais vous dire une chose : Dieu a conçu une génération qui *va* changer le monde. Et qui est-ce ? C'est vous ! »

Ovations, sourire entendu du conférencier, celui du cabotin qui a la salle dans sa poche et le sait.

D'une voix toujours plus péremptoire, il a continué : « Vous avez aujourd'hui devant vous un homme qui *déteste* la religion si ce n'est la pure, la vraie, celle qui est fidèle à la Parole de Dieu. Savez-vous pourquoi le christianisme est tellement décrié, de nos jours ? Parce que les gens ne voient pas en quoi il concerne leur propre vie. Parce que le christianisme est tombé dans le travers intellectualisant, qu'il s'est éloigné de Jésus, Jésus qui incarne Ses idées dans votre tête. MAIS DIEU DOIT DEVENIR CHAIR !! LES IDÉES DE DIEU DOIVENT S'INCARNER DANS LE MONDE RÉEL !!! Et quand Dieu est prêt à passer à l'action, Il envoie un homme ou une femme réaliser Son plan ! Il ne s'occupe pas de vagues concepts, Il intervient en chair et en os ! Et ce Dieu qui nous aime s'apprête à faire tomber Sa justice sur les nations. Une grande famine se prépare. Et la main de Dieu s'approche de l'Amérique. De l'Occident. De toutes les nations, pour les ramener à la réalité. Dieu, qui aime les humains, ne détruit jamais le vieux tant que le neuf n'est pas prêt à s'imposer. Ce qui veut dire ? Ce qui veut dire que vous et moi vivons à une époque où nous devons nous préparer à régner ! Tout va être chamboulé ! Dieu se prépare à tout changer, par amour pour nous ! Et le peuple qu'Il a destiné à servir de filet de sécurité, c'est *nous* ! »

Cris d'approbation. Peacocke était plus que lancé, maintenant. « Et n'oubliez pas, n'oubliez pas : quand Dieu va tout casser, les gens d'Atlanta vont flipper ! Mais là, lorsqu'ils paniqueront, vous, vous les retiendrez comme un filet de sécurité ! Vous savez ce qu'il y a de pire qu'un Dieu ne répondant pas à vos prières ? Eh bien, un Dieu qui y répond, justement ! Parce que là, vous vous dites : Waouh ! C'est pas de la blague, ça, c'est du sérieux !

» Bon, je vous ai parlé de mon passé, je vous ai dit que j'avais fumé dans les deux cents kilos de came, que j'ai eu la caboche pleine d'idées marxistes ou bouddhistes, mais attention, attention, quand le Seigneur m'est tombé dessus, ç'a été comme l'attaque du grand requin blanc ! Et alors j'ai crié : "Dieu, je veux connaître le Vrai !"

» Dieu a voulu me sortir de mes philosophies, et de mon marxisme, et de tout ça. Il a voulu me donner le Vrai, et Il m'a fait... roter, oui ! Roter d'indigestion au moment où Sa vérité m'a atteint ! À combien d'entre vous c'est arrivé, ça, de roter quand la Vérité les a touchés ?

» Eh bien, lorsque je pense à ce qui va nous arriver, je rote encore plus fort, moi, parce que cette Vérité, elle me touche en plein dans les entrailles ! Et alors je tombe à genoux devant Dieu et je dis : "Seigneur, je ne sais pas si je suis capable d'aller là où nous devons aller..."

» C'est tellement vrai qu'en ce dimanche, en cette heure où dans toute la chrétienté les pasteurs disent des gentillesses apaisantes à leurs fidèles, moi... Moi je vous dis des choses dures ! Je vous dis : "Voyez comment le vent spirituel est en train de tourner ! Voyez la marée qui arrive sur nous !" Et ensuite je dis : "Ô mon Père, fais entrer Ta Parole en moi. Fais que j'aie du blé en temps de famine, quand la catastrophe se produira..." »

Un long silence a suivi cette peu encourageante conclusion, puis sont venues de tout aussi longues acclamations. Le numéro de Peacocke avait été délirant, mais convaincant. Et la congrégation avait apparemment entendu le message qu'elle attendait : nous sommes le peuple élu ; en ces temps d'incertitude, nous sommes convaincus que Dieu nous a choisis, nous, et même que nous allons régner !

Il était cependant difficile de faire le tri dans ces proclamations à l'emporte-pièce, tout comme de situer cette assistance très yuppie qui venait d'être transportée par une telle homélie. La Théologie du Royaume encourageait-elle réellement les chrétiens à prendre le contrôle du monde, ici et maintenant ? S'agissait-il d'un mouvement de restauration qui préconisait une forme de théocratie en Amérique ? Ou bien ces histoires de « filet de sécurité » n'étaient-elles que de la rhétorique apocalyptique dans une très, très mauvaise version ?

Afin de tenter de répondre à ces questions, je me suis arrêté à la librairie de Chapel Hill en sortant de l'office. Dans la section consacrée à la Théologie du Royaume, c'est-à-dire essentiellement aux nombreux ouvrages d'Earl Paulk, j'ai acheté son essai intitulé *Vision 10/10 : le Royaume de Dieu en clair*. Plus tard, déjeunant dans un restaurant d'Atlanta, j'ai calé le livre contre une demi-bouteille de chablis californien et, entre une soupe aux praires et une truite, je me suis plongé dedans.

Étrange compagnon de table, ce bouquin. Il était presque rédigé comme un manifeste politique. Quelques extraits :

> Le « Royaume » évoque des notions d'autorité, de gouvernement, de pouvoir, et c'est sans doute l'une des raisons pour lesquelles il rencontre une telle opposition, à notre époque de permissivité. Il manifeste aussi ceci : Dieu entend que Sa volonté soit faite dans les cieux comme sur terre, cela signifie appliquer l'ordre céleste à notre planète, jusqu'à ce qu'elle devienne une réplique du Ciel dans son fonctionnement. (...)
> Jésus-Christ a enseigné un message, celui du Royaume de Dieu. Au Ier siècle de notre ère, Paul a

fondé des églises en prêchant le même concept. La Théologie du Royaume n'est donc pas une pensée nouvelle, une révélation, une interprétation inédite des Saintes Écritures. Elle est aussi ancienne que le Livre saint. (...)
Jésus a fondé Son Église afin de poursuivre ce qu'Il avait commencé à « faire et expliquer ». Ne prenez pas ce terme d'« Église » au sens de bâtiment auquel vous vous rendez chaque dimanche matin. L'Église, ainsi que tous les chrétiens évangélistes infiltrés dans des systèmes hostiles comme l'éducation, le commerce, la politique, le sport ou les arts, tout cela est un défi aux portes – entendez à l'autorité – de l'Enfer. (...)
Jésus a dit que l'Esprit saint préparerait les croyants à être des *témoins*. En témoignant *pour* le règne de Dieu et *contre* celui de Satan, il est inévitable de se retrouver en opposition avec les systèmes séculaires régis par des institutions, des systèmes et même des individus gouvernés par des motivations égoïstes plutôt que par le désir d'asseoir le règne de Dieu. Leurs buts peuvent paraître nobles et généreux mais en réalité ils travaillent à glorifier l'homme, non le Seigneur.

Après avoir défendu une forme de christianisme agressif, voire militant, l'évêque sortait l'artillerie lourde :

Permettez-moi d'expliquer comment je vois l'action de Dieu dans le monde d'aujourd'hui. Nous vivons un moment critique. L'influence de l'Église sur la société a été prépondérante pendant des siècles. De nos jours plus limitée, elle doit s'accentuer nettement afin d'opposer aux royaumes séculiers le pouvoir et l'autorité de Dieu.

Je crois que les systèmes séculiers vont finir par s'effondrer. Babylone sera détruite. Point besoin d'être prophète pour se rendre compte de la fragilité de notre économie mondiale, pour constater que nos royaumes politiques, scientifiques et éducatifs n'ont pas de réponse aux doutes qui nous assaillent aujourd'hui. Famine, terrorisme, guerres, sida : nous sommes menacés par une ruine sans précédent, conséquence d'une course aux armements nucléaires qui occupe les principales puissances de la planète.
La Bonne Nouvelle, c'est l'Évangile du Royaume. Les portes de l'enfer ne lui résisteront pas, si seulement nous voulons bien semer et labourer notre champ. (...)
Ne laissez personne vous convaincre que votre témoignage, votre mission, n'est pas essentiel à la réalisation des desseins divins. Avec douze hommes seulement, le Christ a déclenché une révolution mondiale. À la Pentecôte, il n'y avait que cent vingt fidèles réunis en prière. Un seul prédicateur, l'apôtre Paul, a couvert le monde d'églises. En cette heure dramatique de notre histoire, votre contribution à l'œuvre divine est importante. Ensemble, nous ferons trembler Babylone (les royaumes séculiers) jusque dans ses fondations, parce que nous avons en nous le pouvoir de Dieu.

« Infiltration », « confrontation », « faire trembler Babylone »... Pas étonnant que d'anciens révoltés de la contre-culture, tel ce Dennis Peacocke, aient été attirés par le parfum nettement insurrectionnel que dégageait cette Théologie du Royaume, son désir d'ébranler le statu quo, ses appels à un soulèvement moral et social sur fond de cataclysme, son utopie romantique. C'était une doctrine révolutionnaire, au sens propre du terme, qui tenait Jésus pour son principal activiste, radical entre les radicaux. Mais elle ne s'adressait pas tant aux damnés de la terre qu'aux couches aisées, à des individus qui, dans leur expérience professionnelle quotidienne, associaient le pouvoir au succès, embrassaient les idéaux de la concurrence, et étaient donc séduits par cette évocation du moment où ils « régneraient » sur le monde. Car ce qui était ici proposé, c'était le pouvoir sans la culpabilité, l'autorité justifiée par de hautes ambitions morales. Le succès, mais avec récompense spirituelle à la clé. La réussite à tout prix version ecclésiastique.

Je voulais cependant vérifier si le Mouvement de la reconstruction chrétienne, dont la Théologie du Royaume était l'une des composantes, était réellement convaincu que l'établissement du règne de Dieu sur terre comme au ciel passait par ni plus ni moins qu'un coup d'État religieux.

Le lendemain matin, plusieurs coups de fil m'ont permis d'obtenir un rendez-vous avec l'évêque Paulk, plus tard dans la semaine. Je suis aussi parvenu à décrocher un entretien avec l'un des principaux théoriciens de la Reconstruction chrétienne à l'époque, le révérend Joseph Morecraft, de l'église presbytérienne de Chalcédoine, située à Dunwoody, une banlieue d'Atlanta. Pour m'y rendre, j'ai dû reprendre le fameux périphérique, qui me faisait de plus en plus penser à une version américaine de la *Mappus Mundi*, une vision circulaire et réductrice du monde tel que nous le connaissons, propre à satisfaire un théologien aussi conservateur que celui que j'allais rencontrer.

Le pasteur Morecraft prêchait en effet une version particulièrement drastique de la Reconstruction : la création d'une théocratie terrestre, d'une « République chrétienne » dans laquelle l'Église et l'État seraient nettement séparés, certes, mais auraient l'une et l'autre à répondre devant le Christ et Dieu le Père. Je l'avais déjà vu à l'œuvre dans un documentaire diffusé par une chaîne de télévision publique sur la montée de la droite religieuse : il y apparaissait comme un monsieur extrêmement érudit professant des vues extrêmement conservatrices sur un ton extrêmement raisonnable. Dans son bureau de Dunwoody, qui semblait plus destiné à un universitaire bibliophile qu'à un leader du christianisme militant, j'ai trouvé un quadragénaire accueillant qui peinait apparemment sous un excès de kilos. Après m'avoir offert un café, m'avoir posé quelques questions sur Londres, où il devait se rendre bientôt, et sur mon équipée à travers le Sud, il m'a surpris en me racontant une histoire drôle particulièrement salée à propos de Jimmy Swaggert. Bref, c'était quelqu'un de très affable, bien loin de l'image patibulaire du fondamentaliste chrétien tel qu'on l'imagine. Et c'est avec la plus grande simplicité et la plus parfaite tranquillité qu'il s'est mis à décrire la révolution ecclésiastique qui devait se produire :

« Ce qui se passe en ce moment dans la vie religieuse de notre pays est très intéressant, parce que ce mouvement n'est pas seulement spirituel, il s'accompagne d'un réveil de la conscience politique chrétienne et repose sur deux principes de base. Le premier, c'est que Jésus règne sur chaque aspect de la vie ; le second, c'est que la Bible fait autorité sur tous les sujets qu'elle aborde, et elle les aborde tous. Il est de notre devoir d'amener le monde entier au Royaume de Jésus, de ne ménager aucun effort jusqu'à ce qu'Il l'imprègne totalement. Mais il ne s'agit pas d'imposer quoi que ce soit à quiconque, n'est-ce pas ? Le "coup d'État" dont il est question doit se produire dans les cœurs. Pour que notre mouvement aboutisse, il faudra que nous transformions le cœur des hommes. Une fois que nous aurons le pouvoir sur les cœurs, nous l'aurons sur la société. Parce que Jésus est la réponse à tous les problèmes de l'humanité, et parce que le choix est simple : ou le Christ, ou le chaos.

» Bien, vous allez me dire que cet objectif est démesuré, qu'il semble revenir aux anges, non à des êtres humains. C'est pourtant la mission que Dieu a assignée à Son Église. Nous pensons qu'il nous appartient de défendre les droits à la couronne du Roi Jésus, et de demander à toutes les institutions de se placer sous Son autorité. Une théocratie, oui, mais non à la manière de celle de Khomeyni en Iran ! Une société où les lois divines régissent tous les aspects de la vie, où la Bible est le fondement de toutes les institutions. »

Après cette introduction, le révérend Morecraft m'a assuré que la force essentielle du mouvement de la Reconstruction était son entière décentralisation. Pas de dirigeant, pas de QG, et une totale indépendance vis-à-vis de toutes les tendances du christianisme, ce qui lui donnait une portée vraiment œcuménique. On pouvait y appartenir en étant presbytérien, comme lui, ou pentecôtiste, à l'instar de l'évêque Paulk, pourvu que l'on partage le « choix de la Victoire », c'est-à-dire le désir inextinguible de voir le monde entièrement christianisé, et la conviction que Dieu récompenserait ces nouveaux croisés une fois la bataille remportée.

« Centré autour du Seigneur », le mouvement était aussi un farouche adversaire des préceptes humanistes, que « le christianisme biblique veut bannir de la société américaine jusqu'au dernier ». Il a terminé son exposé par un commentaire qui se voulait « encourageant » : « Chaque fois qu'une civilisation atteint sa fin, l'homme est envahi par la peur, la terreur. Voyez la peur qui a accompagné la disparition de la culture médiévale, par exemple. Eh bien, nous aussi, notre civilisation est parvenue à sa fin et nous vivons dans la terreur. Et je sais bien que l'utopie chrétienne ne se réalisera pas sur terre de mon vivant, parce que je suis un pécheur, parce que nous sommes tous des pécheurs. Cela ne veut pas dire que nous ne pouvons pas rendre la vie plus belle et plus grandiose au nom du Christ. »

À bien des égards, le révérend Morecraft était un bon calviniste de la vieille école, pour lequel l'humanité avait perdu son état de grâce et ne pouvait être sauvée du péché que par Jésus. En mourant sur la Croix pour tous les pécheurs, en sauvant l'humanité, Il était aussi devenu le monarque absolu et devait régner sur les cœurs comme sur les institutions.

Certaines assertions du pasteur faisaient pourtant froid dans le dos. Ainsi sa conviction que « l'homosexualité est un vice qui mérite la peine de mort », ou celle que les puritains de Nouvelle-Angleterre avaient échoué dans leur poursuite de la cité idéale parce qu'ils n'étaient pas assez puritains, justement, ce qui indiquait que le mouvement de la Reconstruction avait en vue une Amérique moralement « pure » comme celle rêvée jadis par les fondamentalistes du Massachusetts. C'était bien sûr le discours belliqueux d'un théologien convaincu qu'une guerre se déroulait sous nos yeux entre chrétiens « bibliques » et humanistes laïques pour le contrôle de l'âme du pays. Il avait été sur la ligne de front de ce conflit, d'ailleurs, briguant le siège du Congrès laissé libre par la disparition de l'ultra-conservateur Larry McDonald – qui se trouvait dans le vol 007 de la Korean Airlines abattu par la chasse soviétique –, récoltant pas moins de cinquante mille votes au cours de sa campagne ultrareligieuse. Et pourtant il m'avait plutôt paru un théoricien en chambre, mettant au point dans son bureau les munitions intellectuelles qui serviraient à la bataille en cours.

L'évêque Paulk, de son côté, ressemblait à un vrai bâtisseur d'empire. Tout en partageant les options spirituelles du pasteur Morecraft, il les exprimait dans un vocabulaire plus modéré, où les termes de « compromis » et de « rapprochement » se taillaient la part belle. Il était devenu célèbre à Atlanta pour avoir créé dans les années 1960 le Tabernacle du Moissonneur, l'une des rares églises multiraciales à une époque où les tensions ségrégationnistes faisaient de la Géorgie une poudrière.

La vision qui l'y avait mené dérivait de la grave crise de conscience qu'il avait connue quelques années auparavant, lorsque son ouverture d'esprit en matière raciale lui avait coûté sa chaire dans un temple d'une banlieue d'Atlanta. Rejeté par ses ouailles, il avait perdu son travail, son domicile, ses effets personnels et la reconnaissance de la congrégation à laquelle il appartenait alors. Avait suivi une longue traversée du désert pendant laquelle il s'était retrouvé avec son frère et son beau-frère pour des séances de prière collective. Selon sa biographe, Tricia Weeks, c'est à ce moment qu'il avait commencé à entrevoir « un ministère destiné à aider les êtres qui se sentaient abandonnés et blessés. (...) Alors qu'ils méditaient ensemble les Évangiles, l'un d'eux avait lu à voix haute un passage de Matthieu (9:36-38) dans lequel Dieu paraissait s'adresser directement à eux : "À la vue des foules, il en eut pitié, parce qu'elles étaient harassées et prostrées comme des brebis sans berger. Alors il dit à ses disciples : La moisson est abondante, mais les ouvriers peu nombreux ; priez donc le maître de la moisson d'envoyer des ouvriers à sa moisson" ».

De là le concept de Moissonneur repris dans sa nouvelle Église, qu'il avait décidé d'aller constituer à Los Angeles. Entassés dans deux breaks avec leurs modestes effets personnels, Paulk et Compagnie avaient donc traversé le continent. En chemin, ils avaient fait halte en Arizona. À Phoenix on avait proposé à l'un d'eux de reprendre une petite église. Encore sous le coup de ses déconvenues, Paulk n'avait cependant pas trouvé la paix intérieure, jusqu'au jour, lors d'un office du mardi matin, où il s'était « brusquement et inexplicablement senti envahi par l'Esprit ». Il avait été obligé de s'agenouiller sur un banc pour ne pas perdre l'équilibre :

« Une vision panoramique des plus détaillées avait commencé à se former en lui. (…) Tout d'abord, Dieu lui recommandait de retourner à Atlanta. C'est là, dans cette ville si difficile pour Earl Paulk, qu'Il allait inspirer une Église dont la force spirituelle serait un enseignement pour le monde entier. En son sein, les individus blessés et abusés par les aléas de la vie comme par certaines traditions religieuses trouveraient le réconfort. Elle serait une "ville-refuge" pour ceux qui avaient besoin du pardon divin.

» Tandis que Dieu lui parlait, il vit distinctement des visages défiler devant lui, de toute race et de toute extraction. Des centaines de jeunes, de moins jeunes, des familles entières, des infirmes poussés dans leur fauteuil roulant ou soutenus par des proches se pressaient sur le parvis de ce temple. Ils arrivaient de tous les horizons de la planète. (…)

» Dans cette Église, Dieu allait aider ceux qui connaissaient Sa compassion, qui sauraient entendre Sa voix et suivre le message d'amour du Saint-Esprit. Qui porteraient témoignage de spiritualité en ces derniers jours. Ce serait le "Joseph" envoyé à toute la chrétienté. L'idéaliste vendu en Égypte, dépouillé de son héritage, mis au cachot, serait finalement porteur de la solution face à la famine qui ravageait la terre de ses frères, enferrés dans des coutumes rigoureuses. En ces temps d'urgence, Dieu lui permettrait de prêcher ceux qui lui avaient voulu du mal, dans un esprit de réconciliation et d'apaisement. Dieu promit à Earl Paulk que ses expériences personnelles négatives se transformeraient en énergie positive afin de bénir le monde. »

La forteresse de l'Église du Moissonneur était née.

Par bien des aspects, l'histoire de Paulk suivait les règles classiques de la fable spirituelle américaine : un garçon humble, élevé dans les rigueurs de la foi pentecôtiste, découvre que Dieu a d'autres projets pour lui et, après avoir subi les quolibets et l'exil, revient triomphalement chez lui pour construire le Royaume divin selon les instructions expressément venues du Ciel. Un mythe du Nouveau Monde dans toute sa splendeur, celui de la réussite individuelle du visionnaire... Tout au long de la biographie de Paulk, *Le Provocateur*, le succès fait figure de Terre promise évoquée en images à « l'homme dans le désert ». Et de fait, le banni d'hier s'était retrouvé à la tête d'une prospère Église, entouré de dix mille fidèles partageant ses idéaux. La biographe de l'évêque atteignait une exaltation quasi mystique lorsqu'il s'agissait de décrire cette héroïque communauté : « Par déférence envers Dieu, ces êtres deviennent comme la Ville sur la colline, la lumière dans le monde, la gloire du mont Sion. Vous qui cherchez la lumière, voyez leur visage et vous verrez celui du Roi ! »

Tricia Weeks, qui m'a servi de guide lors de mon retour au Royaume du Moissonneur, ne manifestait pas cette exaltation que sous forme livresque. Ancienne institutrice d'une trentaine d'années, inlassablement enjouée au point de paraître ce que l'on appelait jadis « mutine », elle était devenue « l'assistante éditoriale » de l'évêque – c'est-à-dire son nègre à temps complet – trois ans après avoir embrassé la Théologie du Royaume, en 1980. Ayant « travaillé » sur les six derniers livres de Paulk, elle avait les manières empressées d'une attachée de presse modèle. Dès mon arrivée, elle m'a entraîné devant un grand plan de la future cathédrale, m'expliquant que celle-ci était conçue « dans l'esprit d'une galerie marchande » : la basilique elle-même, les bâtiments administratifs, les salles de conférences et les boutiques proposant des articles de foi seraient regroupés sous un seul toit, tout comme un *mall* de banlieue.

Ensuite, elle m'a conduit au « centre informatique » qui gérait le fichier des adhérents et des bienfaiteurs, ainsi que le volume des dons faits chaque semaine à l'église. Les trois offices du dimanche généraient « environ cent vingt-cinq mille dollars, m'a-t-elle appris, ce qui signifie une moyenne de vingt dollars par tête, puisque le temple accueille six mille personnes ce jour-là. Mais cela, c'est seulement la quête dominicale. Beaucoup de nos Moissonneurs donnent à l'église dix pour cent de leurs revenus, parce qu'ils savent que la générosité envers son église est une garantie de prospérité. Pour nous, la dîme est un élément très important de l'Alliance avec Dieu. Ce n'est pas un choix, en fait, mais une obligation ».

Une succession de couloirs aboutissaient au studio de télévision où les techniciens surveillaient la retransmission par satellite de l'un des programmes dans divers coins du tiers-monde. Cela a permis à Tricia de me préciser que, loin de ne s'adresser qu'aux fidèles dotés d'un solide compte en banque, le Royaume était une communauté « variée », embrassant un large spectre socio-économique et racial.

Après un autre dédale, nous avons abouti à l'arrière de la scène centrale de la nef qui, même déserte, suggérait plus le music-hall que l'église.

Ayant indiqué à Tricia que je n'avais jamais vu un service religieux tel que celui auquel j'avais assisté le dimanche précédent, je lui ai demandé si les musiciens et danseurs que j'avais vus en action étaient des professionnels embauchés par la congrégation, et non de simples ouailles à la sensibilité artistique particulièrement développée. « Pas du tout, m'a-t-elle répondu. Ce sont des bénévoles qui appartiennent tous à la famille du Moissonneur. Pourquoi engager des professionnels quand nous avons tous ces talents au sein de notre communauté ? » La messe style spectacle de Las Vegas ? La maternité en revenait à la sœur de l'évêque Paulk, Clariece, « ministre de la Liturgie et des Arts », et à ce titre chargée non seulement de la chorégraphie des offices mais aussi de la production de « comédies musicales du Royaume ». Elle s'occupait même d'une troupe de théâtre maison, et venait de former une compagnie de danse. Dans sa biographie, Tricia avait cependant tenu à préciser que tout cela n'était pas du divertissement, mais de la Glorification : « Chanteurs, danseurs et musiciens aident seulement les fidèles à ouvrir leur esprit et leur cœur afin d'exprimer leur amour du Seigneur dans la spécificité de leur personnalité et, également, dans la communion du groupe. »

« Communion », « rassemblement des différences »... Ce Royaume de Dieu devenait une ville dans la ville, un monde clos qui se rapprochait de plus en plus de l'autosuffisance. Les « soldats de Dieu » disposaient déjà d'un collège et d'un lycée privés, d'un Institut d'études supérieures où l'on venait du monde entier s'initier à la théologie du cru, de leur propre maison d'édition, K-Dimension, sans parler de leur chaîne de télévision. Plus encore, quarante maisons individuelles étaient en construction, premier ensemble d'un ambitieux projet résidentiel. Une fois que la cathédrale-galerie marchande serait achevée, la communauté du Moissonneur pourrait donc ressembler à une authentique cité-dortoir mystique, une banlieue chrétienne.

C'était la version religieuse des idéaux petits-bourgeois de la décennie 1980 : un groupe de résidents aisés qui construisaient leur bulle de sécurité et de vie facile, mais en se préparant à passer à l'action dès que Dieu commencerait à attaquer les fondations de « Babylone ». D'où ma première question à l'évêque Paulk, lorsque nous sommes enfin arrivés dans son bureau, décoré dans le style pseudo-*british* que tant d'évangélistes paraissaient affectionner : l'enseignement du Royaume n'était-il pas en phase avec l'idéologie de « la gagne », cet élément essentiel de l'Amérique reaganienne ?

Earl Paulk avait des yeux d'un bleu fascinant, intimidants, chargés d'une force hypnotique qui avait souvent dû être mise à contribution au cours de toutes ces années de prêches et d'homélies. Au point que je me suis plusieurs fois surpris à éviter ce regard littéralement éblouissant. En harmonie avec l'adoration qu'elle trahissait dans sa biographie, Tricia Weeks, tétanisée dans son fauteuil, paraissait quant à elle déjà transportée aux nues par ces yeux envoûtants. Loin de prendre la posture du gourou conscient de l'adulation qui lui était portée, Paulk gardait pourtant un calme réservé, la sérénité du maître qui sait bien tenir son domaine en main.

« Vous me parlez de "gagne", a-t-il commencé d'une voix parfaitement maîtrisée. Eh bien, oui, incontestablement, notre Église encourage ses fidèles à réaliser le meilleur de leur potentiel, aussi bien dans leur métier qu'au service de la communauté. Oui, nous nous retrouvons sans réserve dans "l'option réussite". Mais nous croyons aussi que la réussite doit être partagée. Comme l'a dit Jésus, la Bonne Nouvelle apportée aux pauvres ne les laisse pas pauvres : elle leur donne des solutions.

» Vous savez, je pense que nous sommes la congrégation où l'esprit d'intégration est le plus fort, en Amérique. C'est pourquoi il est tellement important que nos offices soient retransmis en Afrique du Sud : nous avons une énorme influence, là-bas, énorme. Pourquoi ? Parce que c'est l'Église qui détient la clé des problèmes de l'homme d'aujourd'hui. Notre rôle, c'est de montrer aux politiques que la religion est seule capable de transformer les cœurs. Ainsi que je l'ai dit un jour à George Bush : "En Amérique, ce que l'Église fait avec les gens, vous ne pouvez pas le faire avec l'État." C'est pour cela que nous allons assister à un gigantesque réveil de l'Église dans ce pays, nous allons la voir entrer dans les affaires de cette nation. Bien sûr, un constat tel que celui-ci évoque l'idée de théocratie. Pour cette raison, notre mission est de faire exister l'Église "sur le marché", de la rendre viable et rentable. Il faut que le Royaume soit un style de vie. C'est la responsabilité de l'Église de reprendre les arts à son compte, par exemple, à la façon dont nous le pratiquons ici. D'être le garant de tout ce qui dans la vie est beau et bon... »

Il a marqué une pause.

« Les Églises traditionnelles d'Amérique ne font pas assez d'efforts. Elles se préoccupent plus d'habits sacerdotaux que de changer les cœurs et les esprits. Ce dont les gens ont besoin, c'est de pasteurs "engagés". Surtout que la renaissance chrétienne ne va pas se cantonner à l'Amérique, elle sera reprise dans tout le tiers-monde, où elle entrera en conflit avec la Théologie de la Libération. Là, elle ôtera l'épée des mains chrétiennes et la remplacera par un "style de vie chrétien". C'est cela, l'Évangile du Royaume. Notre but n'est pas la révolution, mais la qualité de la vie des gens. Rappelez-vous comment les premiers chrétiens bouleversaient des villes entières. Eh bien, nous devons faire la même chose. Le seul moyen de parvenir à notre but, c'est de toucher l'Esprit de l'Homme. »

Tout un programme... Mais s'agissait-il d'une stratégie théocratique, ou tout simplement des souhaits d'un idéaliste chrétien ? Il m'avait semblé que l'évêque Paulk comprenait bien la rude compétition à l'œuvre dans son secteur d'activité, qu'il gardait les pieds sur terre, dans son milieu et dans son époque. La Théologie du Royaume fonctionnait comme une sorte de club où l'on parlait de l'épanouissement personnel au sein d'une collectivité « haut de gamme ». Avec, tout au bout, la destinée divine qui attendait. Elle faisait appel à des concepts tout ce qu'il y a d'américain, ceux de la réussite personnelle et de la prédestination morale. Changer sa vie, changer des vies...

L'entretien était terminé, car l'emploi du temps de l'évêque était chargé. Lorsque nous nous sommes serré la main, il m'a pris par l'épaule, m'a irradié de son regard bleu, m'a dit qu'il avait apprécié notre conversation et m'a souhaité bonne route. J'ai été étonnamment touché par ces adieux si personnels, et j'ai compris ce qui faisait le succès évangélisateur de cet homme : avec sa chaleur paternelle, ou paternaliste, il était capable de donner à chacun l'illusion d'être la personne la plus importante du monde, en témoignant l'attention qui manquait trop souvent dans les relations humaines. Pour « transformer les cœurs et les âmes », il ne suffisait pas de demander aux gens de placer leur confiance dans le Sauveur ; il fallait leur donner ce dont ils manquaient le plus : un sentiment d'appartenance, un sens à leur existence quotidienne. C'était cela, les véritables clés du Royaume.

J'ai traîné quelques jours encore à Atlanta, la plupart du temps en compagnie d'un ami, Clyde Broadway, qui habitait l'un des rares coins de la ville à ne pas avoir été enseveli sous des tonnes de béton.

Peintre localement célèbre, Clyde avait réglé ses comptes avec les requins de l'immobilier acharnés sur sa ville dans une toile d'inspiration boschienne, intitulée *Promoteurs en enfer*. Il n'était pas en phase avec les valeurs du « Nouveau Sud », c'était clair. Son studio-appartement, qui aurait pu être un décor pour *La Bohème*, était envahi de toiles inachevées et de vaisselle sale. Il conduisait une vieille guimbarde mangée par la rouille, et avançait en funambule sur la corde raide financière. La vie d'artiste, donc, et dans cette métropole livrée aux brokers et aux jeunes cadres dynamiques, cela signifiait se condamner à un ghetto.

« Ce Nouveau Sud, tu sais ce que c'est ? m'a-t-il demandé un soir dans le bar où nous prenions un verre. C'est un espace où on doit courir après le dollar les yeux bandés, la mémoire en configuration "effacer"... »

Un juste portrait d'Atlanta, oui, et dès le lendemain, alors que j'empruntais pour la énième fois la Route 285 dans le but de changer d'hôtel, j'ai brusquement décidé que j'en avais assez vu, de cette citadelle du fric et de ce *circus maximus* automobile. La Mustang lancée bon train, je suis donc parti au sud-est, traversant la Géorgie jusqu'à Savannah, où je me suis arrêté pour la nuit et où j'ai assisté à un *revival* baptiste dont l'animateur nous a donné ce conseil percutant : « La meilleure façon d'échapper au sida, c'est d'aimer Dieu. »

Le lendemain matin, j'ai passé la frontière de la Caroline du Sud, faisant halte pour le petit déjeuner dans une autre de ces bourgades au nom impossible, Coosawatchie, où j'ai choisi le Relais des Routiers Dixieland. Sur le parking, un groupe de Québécois en vacances étaient lancés dans une partie de football improvisée devant leurs caravanes, un énorme lézard mort en guise de ballon. À la supérette d'en face, j'ai cherché le journal local. « Pas d'canards d'puis quinze jours, a grommelé le type à la caisse. Le connard qui m'les apporte a oublié qu'on existe, faut croire ! » Je suis retourné au Relais, un modèle du genre avec ses cornes de buffle et ses drapeaux confédérés sur un mur, sa vieille Winchester et ses photos de « Camions célèbres » sur l'autre. Le point fort du menu était le « Spécial Routier » : un steak, deux œufs, des pommes de terre sautées, du gruau de maïs, du jus de rôti et des biscuits, le tout pour quatre dollars cinquante. La serveuse, une quinquagénaire au crayon planté dans les cheveux, a pris ma commande avant de se camper devant la table d'un trio de charmants compères. L'un d'eux, qui arborait un tee-shirt du groupe Guns'n'Roses et un visage tellement couturé de cicatrices qu'on aurait cru une carte du réseau ferré yougoslave, était en train de décrire une récente altercation avec l'un de ses collègues camionneurs : « Prochaine fois que j'le vois, c'te tête de con, je l'pique. J'le pique pour de bon ! »

Reparti sur la route, j'ai tout de suite été dépassé par un gigantesque side-car Honda aux allures de trône roulant. Tassés sur la selle, un gars et une fille, chacun la tête dissimulée par un casque intégral argenté miroitant violemment sous le soleil, communiquaient par l'intermédiaire de micros fixés à leur harnachement. Ils ont dû obliquer pour éviter une maison en préfabriqué installée sur une longue plate-forme motorisée, et j'ai moi-même failli partir dans le décor, distrait par une pancarte qui annonçait : MOTEL DU SUD, SUITES POUR JEUNES MARIÉS, IDÉAL POUR FAIRE UN BÉBÉ.

En accompagnement de ce patchwork d'images saugrenues, la voix d'un prêcheur noir montait de la radio, racontant l'histoire de Jésus et Nicodème dans le style rappeur : « Et là, Jésus il dit à Nicodème : "Tu viens la nuit, moi j'apporte la lum'. Tant que t'as pas eu ta seconde naissance, du Royaume de Dieu t'auras pas la connaissance." Qu'est-ce qu'il entendait par là, Jésus, vous savez ou pas ? "Seconde naissance", c'est pas retomber en enfance, ça veut pas dire ressortir d'la maternité ! Non, c'que ça veut signifier, c'est qu'à moins de renaître, on garde Satan dans son être. L'enfer sans Dieu, c'est c'qui vous attend au mieux. Mais si t'es touché par le Christ, plus d'raison d'être triste, pa's'que t'es sur la liste... »

Sur fond de cette version hallucinée de Jean, 3-1,21, je filais au nord, passant devant une boîte en verre poli, la « cathédrale Evangel », dont le panneau lumineux délivrait aux conducteurs la température, l'heure et le message clignotant *Avec Dieu, tout est possible*. Quelques minutes plus tard, j'atteignais Greenville, où j'ai cherché une école qui semblait avoir été fondée sur ce même adage, son fondateur ayant assuré un jour qu'il s'agissait du « plus grand miracle éducatif que l'on puisse imaginer, gloire au Tout-Puissant » ! Il l'avait même surnommée « La Plus Surprenante Université du Monde ».

Feu Bob Jones senior, l'éducateur en question, n'exagérait sans doute pas : à part l'école coranique de Qom, peut-être, qui formait les ayatollahs à la chaîne, l'université Bob-Jones n'avait sans doute pas d'équivalent dans le reste de l'univers. Y parvenir, c'était entrer dans une machine à remonter le temps qui fermait obstinément ses portes au XXe siècle.

L'habillement, d'abord. Ici, on portait des costumes en serge bleu marine années 1940, à larges revers, en regard desquels le missionnaire mormon habituel semblait sortir d'une boutique Giorgio Armani, et des robes à fleurs jusqu'aux mollets du genre bibliothécaire vieille fille du temps jadis. Quant aux bâtiments, ils appartenaient pour toujours à l'ère Roosevelt, l'air lugubrement bureaucratique sous leur camouflage de briques bicolores.

Après m'être garé, j'ai gagné l'immeuble administratif, dans l'entrée duquel trônait un portrait à l'huile du fondateur et des photos hyperréalistes de ses successeurs, Bob Jones junior, devenu le doyen de l'université, et Bob Jones III, le président. Une véritable dynastie, donc, qui puisait ses racines dans la vieille tradition des beugleurs bibliques, « Ayez la foi ou sinon gare ! » dont Bob senior avait été un digne représentant. Lorsqu'il était « rentré chez lui » – c'est ainsi que son biographe appelait son décès, survenu en 1968 à l'âge de quatre-vingt-quatre ans –, il était tenu pour l'un des derniers fondamentalistes authentiques, ayant bâti sa réputation de prédicateur toujours prompt à décrire par le menu les tourments de l'enfer dans les années 1910 et 1920.

Voici un exemple des homélies qu'il prononçait à travers le Sud. Celle-ci fut dite à St. Petersburg, Floride, en 1921 :

« Il y a beaucoup de lycéennes à couettes qui pourraient vous apprendre des gros mots, les garçons. Oui, on n'a jamais vu autant de femmes parler mal, jurer ! (...) Si j'étais procureur, je traînerais devant la justice ces femmes qui jouent au poker. (...) Il fut un temps où une femme de mauvaise vie était mise à l'index ; de nos jours, on l'élit présidente de club ! (...) Ce pays est assoiffé de débauche. (...) » Il donnait cependant une note d'espoir : « Ce soir, dans cette salle, nous avons assez de gens pour chasser le Diable de St. Petersburg ! »

On le voit, le docteur Bob n'était pas précisément un progressiste, toujours enclin à présenter la gent féminine comme des Èves alliées au démon. C'est justement pour cette raison qu'il avait décidé de créer son propre système éducatif, une réplique à la « débauche » générale.

Son fondateur disparu, l'université Bob-Jones continue à s'imaginer tel un Royaume de Dieu sur terre et, comme toute organisation fondamentaliste, qu'elle soit islamique ou chrétienne, à soutenir que pour atteindre la pureté, il est nécessaire de passer par une régression à un style de vie dépassé, une caricature d'un passé mythifié. Dans le cas de l'UBJ, il s'agit d'un retour à l'Amérique « propre sur elle », l'Amérique du *Reader's Digest* et des chromos de Norman Rockwell.

L'« accompagnateur » que l'administration a choisi pour ma visite, Wilbur, était la personnification de cet idéal passéiste : vingt-trois ans, cheveux ras, costume ringard un peu usé aux coudes, il a tenu à m'appeler « monsieur Kennedy » et « sir ».

Alors que nous partions à travers le campus, il m'a servi l'histoire officielle de l'université, me rappelant que le docteur Bob avait d'abord fondé un collège supérieur dans le nord de la Floride, en 1926, puis s'était déplacé à Cleveland, dans le Tennessee, jusqu'à ce que « le Seigneur nous accorde Greenville » en 1947. Ce « nous » indiquait que l'université était une famille, pour Wilbur, et en effet il m'a appris qu'il achevait ici un doctorat en études bibliques après avoir effectué tout son cursus à Greenville, et qu'il venait d'épouser une étudiante en maîtrise. « Si Dieu voulait », il passerait sa thèse dans deux ans, et « si Dieu voulait », il obtiendrait un poste d'enseignant. « Si Dieu voulait », il resterait à Greenville pour toujours.

Son nouveau statut d'homme marié lui valait des avantages. Ainsi, il venait d'aménager avec sa jeune femme dans la résidence réservée aux familles, ce qui était « plutôt sympa », car auparavant ils étaient respectivement confinés au dortoir des filles et à celui des garçons, situés aux deux extrémités opposées du campus. Et ce qui était « plutôt sympa » aussi, c'est qu'ils pouvaient désormais s'offrir une petite promenade le soir, puisque le règlement intérieur interdisait aux couples non mariés de circuler ensemble après le couvre-feu, à dix-neuf heures... « Ce n'est pas pour la morale, s'est empressé de préciser Wilbur, c'est pour être sûr qu'on travaille. »

Comme je lui demandais de quelle manière filles et garçons pouvaient se côtoyer dans l'enceinte universitaire, il m'a conduit à une sorte de foyer étudiant où étaient alignés une bonne douzaine de canapés. « C'est le salon de rencontres », m'a-t-il annoncé fièrement. Sous la surveillance de chaperons, et les soirs de semaine uniquement – mais aussi les week-ends pour les étudiants d'après-maîtrise, ce qui était également « plutôt sympa » –, les jeunes de sexe opposé pouvaient se retrouver là.

« Toutes ces contraintes, ça ne vous a jamais embêté ? lui ai-je demandé.

— Eh bien franchement, pas trop, non. L'idée qu'il y a derrière toutes ces règles, c'est qu'il faut rencontrer une fille sur le plan spirituel, mental et social. C'est pour ça qu'on n'a pas le droit de se prendre par la main, par exemple... »

Voyant que j'avais sursauté, il a repris :

« Vous comprenez, le but de cette université est de former des étudiants qui porteront le témoignage chrétien dans le monde. Nous sommes là pour servir cette cause. Pour montrer que la vie, cela doit être de ressembler au Christ autant que possible. Alors, se tenir par la main... Ce n'est pas que nous pensions que c'est diabolique, non ! Mais enfin... Il faut bien commencer à fixer des limites quelque part, n'est-ce pas ? »

À Greenville, ces « limites » de comportement entre le « bon chrétien » et le mécréant étaient aussi visibles et définies que le mur de Berlin. Les bons chrétiens acceptaient la discipline du « salon de rencontres », les jupes qui ne devaient jamais remonter au-dessus du genou et l'impossibilité pour les garçons d'aller en cours autrement qu'en costume-cravate. Ils acceptaient qu'il n'y ait ni journaux ni magazines à la bibliothèque et la routine de l'office religieux obligatoire à dix heures chaque matin, avec places numérotées et pointage des absences. Ils se retrouvaient à vingt-deux heures trente dans leur dortoir pour la prière du soir, conduite par un « capitaine de liturgie », et allaient ensuite sagement se coucher.

Toutes ces règles d'airain n'étaient cependant pas seulement une forme d'obstination anachronique : elles avaient pour fonction de souligner et de creuser le gouffre entre l'univers rigoureusement moralisateur de l'UBJ et le laxisme du reste du monde. La singularité de ce campus, c'était cette volonté d'y abolir la tentation, les appétits charnels de la société laïque ; de se transformer en Royaume au climat éthique régulé en permanence, et donc filtré de toutes les « impuretés » extérieures.

« Nous sommes six mille étudiants, ici, m'a appris Wilbur. Tous ne sont pas religieux à cent pour cent, non, mais il est presque sûr qu'à l'obtention de leur diplôme final, leur façon de voir les choses aura été profondément marquée. »

Nous avons visité la galerie d'art, spécialisée dans les thèmes de l'Ancien Testament traités par de lugubres maîtres d'Europe du Nord. Nous sommes passés à la bibliothèque, où était exposée sous verre la bible de Billy Sunday, autre bruyant prédicateur des années 1920 connu pour s'être époumoné contre le « paganisme » américain. Nous avons vu le théâtre et les très nombreuses photos de Bob junior dans divers rôles shakespeariens, ses costumes et son maintien tendant à prouver que les tragédies du barde d'Avon étaient interprétées ici dans l'esthétique « atelier de théâtre » des lycées de province de la décennie 1950. Selon Wilbur, Bob junior était inspiré par Thespis : « Il apparaît à la rubrique "acteurs" du *Who's Who International*, et la Warner Brothers lui a proposé un contrat, une fois, mais il a pensé que le Seigneur préférerait qu'il reste ici. »

L'université montait deux spectacles shakespeariens et un opéra par an, ce qui, pour nombre des étudiants, était une initiation au Beau et au Bien. Le docteur Bob III confirmait la tradition théâtreuse puisqu'on le voyait sur les murs en Iago, sa digne épouse jouant alors Catherine d'Aragon, et même en Roméo, sa digne épouse étant alors Juliette, bien entendu.

Mais n'y avait-il pas conflit entre le rigorisme théologique et la notion même d'art dramatique ? me suis-je enquis. « Shakespeare, c'est un répertoire sympa pour nous, a décrété Wilbur, parce qu'il y a toujours le thème de la lutte entre le Bien et le Mal, dans ses pièces. Et aussi, plein de spécialistes pensent qu'il a été un chrétien très zélé. » D'accord.

Nous nous sommes ensuite rendus à l'atelier de cinéma, avec un vrai studio et une petite équipe qui enseignait « la technique filmique dans un contexte chrétien » et mettait au point un long métrage tous les cinq ans. L'université avait même sa propre boîte de production, la Compagnie des films surprenants – en référence à la fameuse remarque du fondateur sur l'originalité de son école –, dont l'Orson Welles était une réalisatrice nommée Katherine Stenholm, responsable des six films sortis à l'université depuis sa création, dans les années 1950, lesquels, m'a assuré Wilbur, étaient tous « des œuvres d'un grand professionnalisme au message évangélique fort ».

Films christiques, Shakespeare bien-pensant... Surprenant campus, en effet. Mais n'était-ce pas là une démarche commune à la congrégation du Moissonneur ? Revendiquer les arts afin de créer une culture strictement chrétienne pour son Royaume ? Cependant la vie quotidienne y paraissait plus strictement régie que dans le territoire libéré du Moissonneur, au point d'avoir peu de temps auparavant attiré l'attention de la Cour suprême des États-Unis sur cette « expérience pédagogique ».

« Des fois, je me dis que les autorités veulent que nous mettions la clé sous la porte », a commenté Wilbur à ce sujet. Il faisait allusion à un arrêté de la Cour suprême qui, en 1983, avait retiré à l'établissement son exemption fiscale parce que l'UBJ interdisait les couples et les mariages mixtes – inter-raciaux – dans son enceinte, et cela au nom de l'esprit biblique.

« Cela ne voulait pas seulement dire que les Blancs n'avaient pas le droit de fréquenter des Noires, s'est défendu Wilbur. Cela signifiait que les Asiatiques ne pouvaient pas sortir avec des Blancs ou des Noirs, aussi ! »

Cette nuance n'avait pas impressionné la principale instance judiciaire du pays qui, par huit voix contre une, avait édicté qu'« une institution pédagogique dont la pratique contredit les efforts de l'État contre la discrimination raciale ne peut être considérée comme exerçant "une influence stabilisatrice et bénéfique" ni être qualifiée de "charitable" ».

Par ce jugement, l'UBJ n'avait pas seulement perdu la défiscalisation de ses activités, mais avait dû débourser près de deux millions et demi d'arriérés et s'était engagée à payer des impôts sur tous ses revenus dès lors qu'ils dépassaient ses dépenses. Plus encore, les donations à l'université n'étaient plus défiscalisées, ce qui avait porté un coup très dur à la caisse...

Au-delà de ces tracas financiers, l'affaire avait surtout exacerbé la manie de la persécution et la volonté de se distancier d'une administration « impie ». Quelques semaines après la décision de la Cour suprême, dans un article publié par le *Miami Herald Tribune*, le docteur Bob III avait cité Isaïe (59, 14-15) pour décrire le « drame spirituel de l'Amérique » :

« Le jugement est mis de côté, la justice reste à l'écart.

» La vérité trébuche sur la place, et la droiture n'a pas accès.

» La vérité est exclue, et qui évite le mal se fait voler. »

Et de déplorer « une nouvelle attaque contre les églises et les écoles chrétiennes aux États-Unis ».

« L'UBJ, écrivait-il, ne reçoit pas de subventions d'État. Ses six mille étudiants acceptent volontairement son règlement intérieur. C'est un établissement religieux, qui tient tout ce que dit la Bible pour juste et vrai. Vous ne trouverez pas chez nous de drogué, de buveur, de fornicateur, ni aucun individu dépravé. Cette école est un anachronisme, et elle en est fière. Elle a pour vocation de produire des citoyens dignes de confiance qui seront d'honnêtes travailleurs, de bons voisins, de bons pères et de bonnes mères. Ne faudrait-il pas qu'une institution si rare, si bénéfique, soit encouragée et protégée par l'État, au lieu d'être attaquée et rudoyée par la plus haute autorité juridique ? »

« Nous contre eux tous. » C'était un refrain que j'avais déjà entendu dans les milieux chrétiens les plus divers. Mais l'université Bob-Jones ne se voyait pas seulement comme une oasis de piété dans un monde sans foi ni loi : elle se prétendait une sorte de « Légion étrangère » du christianisme, choisissant et formant les plus redoutables soldats de Dieu.

« Pour moi, ici, c'est une base d'entraînement, m'a d'ailleurs asséné Wilbur. Une base d'où il sort des gens prêts à servir le Seigneur. Pour citer le docteur Bob : "Nous sommes la vitrine du christianisme", et donc nous devons observer une stricte discipline. Montrer au monde que le plus pur idéal chrétien est praticable dans la vie de tous les jours. »

Une caserne mystique, avec ses « capitaines » de prière et ses principes indiscutables, une citadelle qui revendiquait haut et fort son régime spartiate.

Après ma visite sous surveillance, j'ai téléphoné au service des relations publiques de l'UBJ afin d'obtenir un rendez-vous avec Katherine Stenholm, l'ex-directrice de l'atelier de cinéma, à présent retraitée. La seule chose que j'y ai gagnée c'est une prise de bec avec une responsable que j'appellerai Elizabeth Gray, ce qui ne m'a guère étonné car dès notre premier contact, quelques jours auparavant, j'avais perçu entre nous ce qu'un psychologue de bas étage nommerait un « problème de communication ». Lorsque je l'avais contactée d'Atlanta, en effet, et que j'avais mentionné mon désir de rencontrer des membres du staff ou des étudiants, j'avais reçu un « non » glacial : on ne parlait pas aux plumitifs, ici, m'avait-elle répliqué en gros, mais comme tout clampin moyen je pourrais avoir droit à la visite guidée.

En reconnaissant ma voix, celle de Mme ou Mlle Gray a atteint une froideur sibérienne. Elle était très occupée, voyez-vous, et son département n'était pas en mesure de traiter les demandes fantaisistes d'écrivaillons venus troubler la sérénité de l'œuvre du docteur Bob senior. Rencontrer Katherine Stenholm ? Ne m'avait-elle pas dit que le personnel de l'UBJ, actif ou non, ne donnait pas d'interviews ? Si, ai-je reconnu, mais j'avais voulu tenter ma chance tout de même. « Pour la quatrième fois », a-t-elle éructé, la réponse était non. Et si je téléphonais à cette dame moi-même ? ai-je suggéré. Dans ce cas, elle appellerait à l'instant la réalisatrice et lui dirait de refuser de me voir. Mais le docteur Stenholm était majeure et vaccinée, non ? Donc c'était peut-être à elle de décider qui elle voulait recevoir ou non ? Le docteur Stenholm ne ferait jamais rien qui puisse nuire à l'université. Pourquoi « nuire » ? me suis-je enquis. Parce que les journalistes ne « les » comprenaient pas. Certes, mais s'ils leur réservaient un meilleur accueil, ils seraient sans doute mieux disposés à l'égard de cette vénérable institution, ne pensait-elle pas ? Elle a répété « non », pour la cinquième fois ; en désespoir de cause, j'ai demandé au moins à voir l'un des films de la réalisatrice maison. Un silence excédé a suivi, puis, comme j'insistais si lourdement, mon interlocutrice a daigné organiser une projection.

Le lendemain matin, je me suis retrouvé dans une salle de classe aux rideaux tirés pour regarder l'ultime production des studios de l'UBJ, *Sheffey*, deux heures et quart de chevauchée panoramique à travers la vie d'un authentique prédicateur itinérant du XIXe siècle, Robert S. Sheffey, qui avait hanté les collines du Sud dans le but de sauver des âmes et de répandre la bonne parole autour des feux de camp.

Cette épopée sur celluloïd n'était toutefois pas seulement une « histoire édifiante », mais aussi un manifeste politico-religieux. Construit en flashs-back, le récit s'ouvre sur la jeunesse virginienne débauchée dudit Sheffey, petit voyou qui se joint un soir à une bande de délinquants pour aller semer le trouble dans une réunion d'évangélisation en jetant des épis de maïs à la tête des participants. Pris de remords, le garçon vient trouver le pasteur qu'il a importuné :

« Tu n'as qu'à demander pardon à Dieu et tu seras sauvé, répond le brave homme.
— Je peux faire ça tout de suite ? » interroge le jeune Sheffey.

Et hop ! le voilà à genoux, et il re-naît.

Le soir même, lorsqu'il apprend la nouvelle à sa tante, chez laquelle il vit, celle-ci est cependant horrifiée :

« Si tu voulais prendre un pareil engagement, pourquoi ne pas l'avoir fait dans notre église, comme une personne respectable ?

— Mais j'ai été sauvé ! geint le petit. Je croyais que vous seriez contente que je sois devenu chrétien... »

La tata lui remontre qu'il a été baptisé après sa naissance, qu'il appartient depuis toujours à la communauté chrétienne, alors à quoi bon toutes ces histoires de salut et de renaissance ? Sheffey dit qu'il a fait son devoir, qu'il ne peut plus vivre au sein des « principes dévoyés » de sa famille, et le voilà parti dans le vaste monde.

On le voit d'abord brièvement enseigner dans une école de campagne avant de se faire colporteur de la foi. Non sans rencontrer cependant l'hostilité des chefs de l'Église locale. L'un d'eux, qui refuse de lui accorder sa licence de prédicateur itinérant, s'indigne :

« Ta prière n'est pas normale. Tu pries pendant des heures, au bord de la route. L'un de nos garçons a dit que tu parlais à Dieu...

— Vous, vous parlez à qui, quand vous priez ? »

Sur cette brillante repartie, il comprend qu'il n'a sa place dans aucune Église établie et enfourche donc son fidèle Gedeon pour errer et prêcher, comme Jésus.

Sheffey et Gedeon parcourent des lieues et des lieues, connaissent des aventures mystiques, apprennent la vie ensemble. Lorsqu'il ne bavarde pas avec son canasson (« Vois, Gedeon, Dieu nous a accordé une magnifique journée ! »), Sheffey bosse pour le Seigneur. Par exemple, il réussit à convaincre un bouilleur de cru d'abandonner ses activités pécheresses après avoir pertinemment prédit que Dieu ferait tomber un chêne sur son alambic, le réduisant en morceaux. Il donne son unique paire de chaussettes à un vagabond qu'il découvre tremblant dans la neige, pieds nus. Tombé sur une réunion pastorale, il va se jucher sur une colline voisine, se met à prier pour ces âmes égarées, et voilà que toute l'assemblée vient le rejoindre et accepte enfin Jésus. Il épouse une femme beaucoup plus jeune que lui, qui ne cesse de le couver en silence d'un regard d'adoration (« Eliza, tu es une perle », lui déclare-t-il au cours de l'un des moments les plus torrides du film) et qui lui donnera une nombreuse progéniture. Ayant offert son fidèle Gedeon à une famille qui avait besoin d'un cheval, il est récompensé de sa générosité par le Seigneur, qui lui envoie une seconde monture capable de lui sauver la vie lorsqu'il tombera dans une rivière. Néanmoins, ses ennuis avec les chrétiens traditionnels continuent. Ceux-ci tentent d'interdire ses prêches en pleine cambrousse ; « ils se disent chrétiens mais ils font le contraire de tout ce qu'enseigne le christianisme », note-t-il sombrement. Une tragédie survient : son campement est incendié et son épouse meurt de chagrin le même jour. Quelques années plus tard, le jeune homme responsable – involontaire – de l'incendie vient se confesser et demander pardon à un Sheffey sur le déclin. Non seulement il lui a déjà pardonné mais il lui explique que tout cela est le dessein de Dieu. Suit cette mise en garde : « Chaque fois que nous renonçons un peu à notre foi, nous perdons la précieuse inspiration de la promesse divine. Un jour, quand le monde nous dira que nous ne pouvons plus avoir de religion, quand Dieu sera chassé de nos écoles, de notre État et de nos maisons, alors le peuple de Dieu regardera en arrière et comprendra que Dieu ne nous a pas été enlevé, non, mais que nous y avons renoncé, morceau par morceau, jusqu'à ce qu'il n'en reste plus rien. » Peu après, il rend son dernier soupir et s'envole vers la récompense éternelle. Le générique démarre tandis qu'il est porté en terre. Fondu au noir, fin.

Si John Ford avait été touché par la foi, il aurait pu réaliser quelque chose du genre de *Sheffey*. On y trouvait la même tonalité bucolique, la même fascination pour la majesté des paysages d'Amérique. Comme tant des meilleurs films de Ford, aussi, le thème central était une quête personnelle, un voyage solitaire, initiatique, à travers les vastes déserts du Nouveau Monde.

Hollywoodien dans sa technique et son esthétique, *Sheffey* n'en constituait pas moins, à la base, une œuvre de propagande. À la thématique de l'humble fidèle tentant de marcher dans les pas du Christ s'ajoutaient les thèses favorites de l'UBJ, notamment la méfiance à l'égard des courants traditionnels du protestantisme et la conviction que le « peuple de Dieu » devait lutter contre une société essentiellement athée. Derrière les clichés édifiants et la tranquille narration, c'était un vibrant appel à rejoindre les phalanges du Seigneur, à pratiquer un christianisme militant.

N'étaient-ce pas la conviction et la profession du fondateur de l'UBJ ? D'ailleurs, Elizabeth Gray, ainsi que j'allais m'en apercevoir bientôt, se considérait elle-même comme une militante de la foi.

Nous étions convenus de nous retrouver, paradoxale ironie, au « salon de rencontres ».

J'avais imaginé une vieille fille revêche mais j'ai eu devant moi une femme élégante, étonnamment séduisante, proche de la quarantaine et habillée avec une recherche prouvant que pour elle le monde ne se bornait pas à Greenville. Malgré un certain abus de fond de teint et de rouge à lèvres, elle avait un beau visage, et le comportement assuré d'une femme d'affaires.

Nous nous sommes assis avec raideur sur un long canapé. Quiconque serait entré dans la pièce aurait pu penser que nous étions là pour flirter, mais après les salutations d'usage la conversation a tourné à l'orage.

« Vous avez été très arrogant au téléphone, hier, a-t-elle lancé d'entrée de jeu.

— Seulement parce que vous étiez très distante…

— Nous sommes tous très occupés, ici. Nous travaillons énormément. Nous n'avons pas vraiment le temps de parler à des… écrivains.

— Mais c'est l'été ! Les cours sont terminés. Ne me dites pas que personne n'a une demi-heure à perdre. »

Elle a eu une ébauche de sourire. Pour détendre un peu l'atmosphère, je lui ai demandé si elle était de Greenville.

« Quel rapport avec l'université ?

— Juste pour savoir.

— Eh bien… Oui. Je suis née ici. Mon père est enseignant à l'UBJ.

— Donc, vous avez grandi dans un milieu chrétien.

— Mais bien sûr ! a-t-elle répliqué avec un agacement notable. J'ai dit que mon père enseignait ici. Quel sens y aurait-il à avoir des professeurs non chrétiens pour des étudiants qui se préparent à mener une vie chrétienne ? C'est pour cela que nombre d'entre eux ont eux-mêmes étudié à Bob-Jones. C'est une philosophie longue à assimiler. »

Après sa maîtrise de l'UBJ, elle avait été bibliothécaire dans une faculté de Portland, en Oregon. Elle aimait cette région du Nord-Ouest mais son travail ne lui avait pas plu, et elle s'était languie d'avoir « tout un tas d'amis chrétiens ». En conséquence, elle était revenue ici, « en famille », et ne le regrettait pas un instant. Elle se sentait épanouie dans sa vie professionnelle, et puis Greenville était en plein essor, avec plus d'églises que partout ailleurs dans le Sud. C'était le joyau de la Couronne biblique. Elle était heureuse.

D'accord, ai-je concédé, mais ne trouvait-elle pas l'attachement de l'UBJ aux années 1940 et 1950 un tantinet déprimant ? Par exemple, était-elle d'accord avec un règlement qui interdisait aux étudiants d'aller voir un film en ville sans accompagnateur ?

« Vous vous trompez, sur ce point, a-t-elle rétorqué.

— Ah oui ? Les étudiants ont le droit d'aller au cinéma en ville sans chaperon ?

— Non. Ils ne sont pas censés voir de films hors du campus, point.

— Et ce n'est pas... excessif, d'après vous ?

— Selon quels critères jugez-vous la vie ? a-t-elle contre-attaqué. À quelle aune mesurez-vous les gens que vous rencontrez ?

— Je suppose que je les juge selon l'impression qu'ils me font, c'est un critère comme un autre.

— Eh bien moi, je juge la vie en fonction de la Bible. Ma conception du christianisme, c'est qu'un chrétien est quelqu'un qui a accepté Jésus en tant que sauveur. Le Christ est mort pour nos péchés, parce que nous sommes tous des pécheurs. Nous ne pouvons atteindre Son niveau, et en retour Il ne peut pas nous laisser entrer au Paradis, qui est trop parfait pour nous. C'est pourquoi nous devons nous repentir de nos péchés et Le laisser entrer dans notre vie. Parce que, alors, nous aurons le don d'éternité. Nous ne sommes pas chrétiens tant que nous n'avons pas atteint ce moment d'acceptation.

» Un vrai chrétien suit les enseignements de la Bible. Or, la Bible exige une rigueur morale dans sa vie, donc, en tant qu'université vraiment chrétienne, c'est ce que nous demandons à nos étudiants. Ils comprennent d'ailleurs très bien cette exigence morale. Autrement, ils ne viendraient pas, non ? Ils le comprennent, et ils le veulent aussi. Ici, nous traitons le monde dans les termes voulus par Dieu, et par Lui seul. Mais vous, évidemment, vous n'êtes pas chrétien et vous vivez à l'étranger, donc vous ne pouvez sans doute pas assimiler cela…

— On dit que les voyages ouvrent l'esprit.

— Oui, je sais, a-t-elle répondu sèchement. Je voyage moi-même autant que je le peux. »

Elle revenait juste d'Italie, et pendant les quelques minutes où elle a abandonné ses manières abruptes nous avons eu un agréable échange sur le séjour de trois semaines qu'elle venait d'effectuer là-bas. C'était la seconde fois qu'elle y allait, elle parlait un peu la langue, elle adorait positivement ce pays. Surtout Venise.

« C'est une ville tellement "rotique", Venise. Vous savez ce que ça veut dire ?

— Pas vraiment, non.

— C'est un mot que j'ai inventé avec des amies à moi. Cela veut dire romantique, mais sans le "man"… Cela veut dire un endroit où vous voudriez être avec quelqu'un dont vous êtes folle… »

Je lui ai demandé si elle était mariée. Elle a fait non de la tête. Un petit ami ? Encore non. Jetant un bref coup d'œil autour du « salon de rencontres » vide, elle a reconnu : « Je pense que je n'ai jamais été amoureuse pour de bon. »

Il y a eu un silence ; soudain, elle a repris son attaché-case et s'est levée :

« Nous avons parlé trop longtemps. Il faut que je retourne au travail. Il y a tellement à faire, tellement… » Elle m'a tendu la main, a tourné les talons et disparu. Retour à son bureau, à la salle de quarantaine pour les zélotes du christianisme. À ce Royaume de Dieu si peu « rotique »...

Dehors, j'ai décidé de me rendre sur la tombe du docteur Bob senior. Elle se trouvait au centre du campus, sur un îlot au milieu d'un étang artificiel, et il fallait franchir un pont pour y parvenir. La stèle, toute simple, portait cette inscription :

Un combat bien mené,
Une route bien négociée,
Une foi bien renouvelée,
Une couronne bien méritée.

Mes yeux ont dérivé sur le territoire conçu par Bob Jones afin de glorifier le Seigneur, finissant par se poser sur la quatre-voies qui passait devant l'entrée principale, encombrée d'embouteillages, enfumée par les gaz d'échappement nauséabonds, résonnant de coups de klaxon furieux. Sur le campus, tout n'était que calme et propreté. Tout était sous contrôle. Dehors, un chaos repoussant ; ici, une pureté aussi bien entretenue que les pelouses, des certitudes rassurantes. Un avant-goût du Paradis. Un petit arrêt sur le chemin du Royaume des Cieux.

6

Extrêmes

L'« AFFAIRE » QUI DEVAIT déclencher l'un des pires scandales dans l'histoire de l'Église américaine se résume à une brève rencontre dans un motel de Clearwater Beach, en Floride, le 6 décembre 1980. Ce jour-là, un télévangéliste au faîte de la gloire, Jim Bakker, avait été présenté à Jessica Hahn, la secrétaire d'un pasteur pentecôtiste de Long Island, invitée en Floride par un affable « guérisseur de la foi », John Wesley Fletcher. Ce dernier, ami de Bakker, avait fait connaissance de la jeune Hahn lorsqu'il était venu prêcher à l'église où elle travaillait. (On apprendrait par la suite qu'elle avait été baby-sitter des enfants de Fletcher durant cette visite.) Le but de cette escapade tropicale était de permettre à miss Hahn d'assister en direct au téléthon de charité auquel Bakker avait été convié. Mais il ne s'était apparemment pas contenté de se montrer à elle en pleine action évangélisatrice. D'après elle, il l'avait poussée sur un lit quelques heures après qu'il eut fait sa connaissance et l'avait pratiquement violée.

Tels sont les faits essentiels d'une *liaison dangereuse** qui a occupé en son temps les titres de la presse

---

* En français dans le texte. *(N.d.T.)*

mondiale mais autour de laquelle maintes interrogations demeurent. Les deux personnes concernées ont certes reconnu, chacune de leur côté, s'être retrouvées en « tête à tête » dans une chambre par cette fatidique journée de décembre. Mais, alors que Jessica soutenait que « l'incident » avait duré une heure ou une heure et demie, Jim Bakker affirmait qu'il ne s'était agi que d'une frivolité de quinze minutes. Des versions contradictoires furent également présentées quand il s'était agi de savoir si l'honorable prédicateur avait été ou non en mesure de consommer l'acte. Et les raisons mêmes de la présence de miss Hahn en Floride n'ont jamais été entièrement élucidées : était-ce Fletcher qui l'avait conviée là afin de la présenter à une star chrétienne de l'envergure de Bakker, dont le show, le *Club PTL (Praise The Lord/People That Love* – Priez le Seigneur/Les Gens qui aiment), battait des records d'audience ? Avait-il en tête de les présenter l'un à l'autre afin qu'ils deviennent « amis » ? Ou bien Bakker avait-il exigé une attention féminine durant son séjour à Clearwater, et Fletcher avait-il décidé que miss Hahn, une pentecôtiste profilée comme une Playmate du mois, s'acquitterait parfaitement de cette mission ?

Malgré les divergences et les incertitudes, et quelle qu'ait été la durée de la rencontre de Jim et Jessica sur un matelas, il est généralement convenu qu'en l'espace de quatre ans, l'institution de Bakker, cédant aux demandes financières de la jeune femme, lui avait versé dix mille dollars pour prix de son silence, puis quinze mille d'un bloc en février 1985, ainsi que cent cinquante mille placés sur un compte bloqué en sa faveur. L'entreprise de travaux publics travaillant pour l'empire PTL avait servi à dissimuler ces paiements dans sa comptabilité.

Cela n'était cependant que de la petite bière, pour un homme public qui, plus tard, allait être accusé d'avoir détourné soixante-dix *millions* de dollars grâce à son projet d'hôtel à Heritage USA, son parc d'attractions chrétiennes de Fort Mill, en Caroline du Sud : utilisant ses remarquables talents de collecteur de fonds, il avait convaincu sa foule d'admirateurs de verser une contribution de mille dollars par tête pour avoir droit à trois nuits par an à vie dans ce palace spirituel. Le problème, c'est que non seulement l'hôtel n'allait jamais voir le jour mais que Bakker avait vendu plus de places qu'il n'aurait pu en offrir. Là, on n'était plus dans le chantage à la petite semaine, mais dans l'escroquerie de haut vol.

Il y avait aussi la controverse autour de la « Maison de Kevin », un centre pour enfants handicapés ouvert dans l'enceinte d'Heritage USA et pour lequel trois millions de dollars avaient été collectés, alors que sa construction n'avait demandé que la moitié de cette somme. Ladite construction ne tenait par ailleurs aucun compte des normes requises par l'État de Caroline du Sud pour ce genre d'établissement, de sorte qu'elle ne pourrait jamais remplir la fonction au nom de laquelle ces contributions avaient été obtenues. Si l'on ajoutait à cela les rumeurs selon lesquelles Jim Bakker s'adonnait parfois à l'homosexualité – un employé du club PTL ayant affirmé qu'il avait à plusieurs reprises « assisté » l'homme d'Église dans son vestiaire –, on commence à comprendre que le batifolage avec Jessica Hahn devenait le cadet des problèmes du prédicateur.

Quand le premier scandale a été rendu public – en partie grâce à l'intéressée elle-même, qui a décrit en détail ce faux pas sexuel aux journalistes et dont les charmes octroyés par le Seigneur ont été révélés dans les pages de *Playboy* –, tout le reste de la vie secrète de Bakker s'est trouvé sous les feux des projecteurs. Très vite, comme n'importe quel personnage public rattrapé par un scandale, son passé, ses moindres faits et gestes sont devenus l'objet de l'intérêt infatigable de la presse mais aussi d'institutions américaines aussi célèbres que le ministère de la Justice et l'IRS – la direction des impôts...

L'affaire Bakker parlait déjà à l'imagination populaire parce qu'elle révélait un homme de Dieu engagé dans un travail d'évangélisation en position couchée. Mais la personnalité même de Bakker et les particularités de son organisation sont venues y ajouter encore une irrésistible touche baroque. C'était un visionnaire, d'accord, mais dont la « vision » exploitait des penchants aussi discutables que la sentimentalité facile et la tendance américaine à la surconsommation. Il tablait, avec succès, sur le mauvais goût du public. Il était aussi doué d'une ambition féroce, ce qui expliquait nombre de ses faux pas. Issu d'une famille très pratiquante du Michigan, il avait été ordonné pasteur des Assemblées de Dieu à l'âge tendre de vingt et un ans. Et peu après, au milieu des années 1960, il s'était intéressé au filon alors tout nouveau du télévangélisme, obtenant un emploi à la CBN (pour Christian Broadcasting Network) de Pat Robertson : l'animation d'un programme religieux pour enfants, en compagnie de sa femme, Tammy.

Les chères têtes blondes ne l'ont pas captivé longtemps. Bientôt, il devenait l'une des vedettes du premier « talk-show chrétien », le *Club 700*, qu'il coprésentait souvent avec son patron, Pat Robertson. Huit ans plus tard, fort de son impact télévisuel, il décidait qu'il était temps de constituer son propre ministère.

Selon la biographie officielle du couple Bakker, *L'Histoire des Gens qui aiment*, « Jim et Tammy arrivèrent en Caroline du Sud grâce à une série d'événements voulus par Dieu afin d'y fonder l'église d'Heritage Village et la chaîne de télévision PTL ». Leur hagiographie continue ainsi :

> Très vite, un magasin de meubles abandonné allait devenir une « Maison de Dieu ». De leurs mains, ils construisirent au centre des locaux une chapelle, qui serait le cœur du ministère. Puis ils commencèrent à diffuser deux heures d'homélies télévisées par jour, invitant les téléspectateurs à prier – via une « ligne de prière » téléphonique ouverte vingt-quatre heures sur vingt-quatre. La chaleur, la force de témoignage, le message de l'Amour de Dieu qu'offraient Jim et Tammy se répandirent dans le pays, un nombre grandissant de télévisions locales s'étant mises à retransmettre leur programme.
> La construction d'Heritage Village et de la première église « bakkérienne » répondait aux aspirations de Jim Bakker quant à l'héritage chrétien pour le peuple de Dieu : l'harmonie et l'excellence. Et seul Dieu pouvait prévoir le foudroyant succès remporté par l'entreprise, avec un taux de développement de sept mille pour cent en l'espace de dix-huit mois, selon les experts. La modeste équipe réunie autour de Jim et Tammy doubla, puis quadrupla. Ce fut PTL qui obtint le premier accès privé au satellite. Une version espagnole de la chaîne fut créée pour les hispanophones. Des centaines de milliers de visiteurs accoururent à Heritage Village. Les lignes de prière étaient prises d'assaut.
> La noble ambition du pasteur Bakker, porter le Christ dans le monde entier, était sur le point de s'accomplir, mais le premier site d'Heritage Village, avec ses douze hectares, ne suffisait pas à un tel projet. Son plus grand rêve commença à prendre tournure le 2 janvier 1978, anniversaire de Jim Bakker, sur le terrain d'Heritage USA, lieu choisi

par Dieu, suffisamment grand pour asseoir un ministère du XXIᵉ siècle qui mènerait l'évangélisation de la planète, diffuserait les principes de la vie chrétienne. Sur ces terres encore vierges, dans un superbe cadre naturel, furent aménagés un magnifique terrain de camping de quatre cents places, une église en plein air, un amphithéâtre, des installations pédagogiques et les locaux accueillant la direction des opérations mondiales de PTL.

Mais ce n'était jamais assez, pour Jim Bakker. Il voulait aussi « un multicomplexe ecclésiastique avec des espaces d'éducation, de prière et d'assistance spirituelle, une école d'études bibliques formant des missionnaires pour le monde entier, des studios de télévision, des installations résidentielles pour le staff et les visiteurs, d'autres pour le clergé et les volontaires. Face aux critiques incessantes et à l'hostilité, la tâche paraissait écrasante. Mais une fois encore, répondant aux prières du pasteur Bakker et de son Église, Dieu le guida de nouveau vers une spectaculaire victoire ».

Visiblement, Jim Bakker était doté d'une énergie inépuisable, qui le poussait toujours plus loin. C'est cette tendance compulsive à étendre son empire qui, d'après les spécialistes en bakkérianisme, se retourna en logique autodestructrice à Heritage USA. Qui le poussa à collecter plus d'argent qu'il n'en avait besoin pour certains projets, à gérer inconsidérément ses fonds. Le problème, c'est qu'il ne savait pas s'arrêter, notamment lorsqu'il s'agissait de mettre en pratique son remarquable talent pour soutirer la dîme des fidèles. Avec son visage poupin et innocent, sa gaieté d'animateur télé, sa propension à verser sa larme sur commande, il avait tissé dans tout le continent une relation intensément personnelle avec ses ouailles, qui devenaient volontiers « partenaires PTL » pour un minimum de vingt-deux dollars mensuels et rejoignaient ainsi le ministère de Jim et Tammy.

L'argent affluait en abondance, et Bakker le dépensait de la même manière. Seulement, il ne le faisait pas que dans le but de glorifier le Seigneur, ainsi qu'on allait l'apprendre, mais aussi pour glorifier Jim et Tammy Bakker, au point qu'au moment où le scandale a éclaté on estime qu'ils touchaient à eux deux un revenu annuel d'un million six cent mille dollars...

Si les larmes de crocodile de Jim étaient discutables, les bizarreries de son épouse devant les caméras repoussaient très loin les frontières du mauvais goût. En fait, Tammy s'était taillé une réputation d'Imelda Marcos du télévangélisme, notamment en raison de son onéreuse garde-robe, de sa légende soigneusement entretenue de chanteuse surdouée et de sa très surprenante apparence : le visage plus maquillé qu'un acteur de kabuki, elle arborait sans cesse d'énormes faux cils donnant l'impression que deux inquiétants insectes s'étaient collés à ses paupières. Ses robes et ses bijoux témoignaient d'un goût que l'on pouvait charitablement qualifier de douteux. Et, de même que son mari, elle avait des glandes lacrymales intarissables, en cas de besoin.

Bref, Jim et Tammy Bakker étaient, de l'avis général, d'extraordinaires colporteurs de pacotille spirituelle, ce que ne pensaient pas des millions de sectateurs télévisés de PTL qui ne manquaient jamais une émission et accomplissaient le pèlerinage à La Mecque d'Heritage USA dès qu'ils le pouvaient. Même après le faux pas de Bakker, nombre d'entre eux sont restés résolument fidèles au couple. Une scission en a résulté au sein de la famille PTL, dans l'équipe comme parmi la vaste communauté de leurs admirateurs, entre ceux qui voulaient que Jim et Tammy poursuivent leur mission et ceux qui pensaient que la survie de l'empire passait par une prise de distance vis-à-vis de ses embarrassants fondateurs.

Cette crise accompagnait la débâcle financière de l'entreprise, qui allait rapidement mettre sur le pavé des centaines d'employés et menacer Heritage USA de banqueroute. Alors que des promoteurs envisageaient de racheter tout ou partie du parc d'attractions et que Bakker cherchait désespérément cent millions pour reprendre en main son pouvoir, le « plus grand rêve » du visionnaire ressemblait de plus en plus à une république bananière mise à genoux par la corruption et les révolutions de palais.

Heritage USA se trouvait à moins de deux heures de Greenville en voiture, et comme je venais de passer un moment chez les incorruptibles de l'université Bob-Jones, il paraissait logique d'aller voir l'exemple inverse, celui de la disgrâce spirituelle, du « scénario catastrophe » de la spiritualité, quand une vision divinement inspirée se transforme en désastreux délire. Remontant la I-85 et contournant le mini-Manhattan que faisait Charlotte – le grand centre financier du Nouveau Sud – à l'horizon, j'ai obliqué vers la Caroline du Sud et la ville de Fort Mill. L'énormité géographique du parc Heritage USA se trouvait résumée par le fait que, bien qu'il fût domicilié en Caroline du Sud, son territoire s'étendait largement en Caroline du Nord. Du coup, Heritage USA n'était nulle part, et partout.

Dès la sortie de l'autoroute, un panneau a arrêté mon regard. Décoré d'un grand portrait du fondateur et de sa moitié, il proclamait : « BIENVENUE ET BON RETOUR, JIM ET TAMMY ! AVEC LE CLUB "RAMENEZ BAKKER !", LE RÊVE CONTINUE ! »

Imaginez les contras nicaraguayens finançant une mégapancarte : « Bienvenue et bon retour à la famille Somoza ! » à l'entrée de Managua et vous aurez idée de la charge provocatrice dont était porteuse cette proclamation de foi bakkérienne alors que la nouvelle administration d'Heritage USA luttait pour que le parc ne soit pas emporté par la débâcle. Mais il est vrai que les partisans de Jim et Tammy se considéraient comme des contras religieux, qui avaient juré loyauté absolue à l'Ancien Régime et préparaient un coup d'État en vue de remettre sur le trône leurs dirigeants aimés. Cette propagande très « culte de la personnalité » ajoutait encore au parfum de confusion tiers-mondiste qui entourait le déclin de l'empire Bakker.

J'ai pénétré dans une banlieue agrémentée de pelouses, composée de résidences aux noms inspirés : « Winnie l'Ourson », « Dogwood Hills » ou « Mulberry City ». C'était la zone d'habitations générée par Heritage USA, dans laquelle les zélotes du club PTL avaient acheté des propriétés. Plus loin, une série d'arches annonçaient l'entrée officielle dans le parc d'attractions, ou plutôt dans la « Retraite spirituelle chrétienne du XXIe siècle », ainsi que Bakker préférait le nommer. Aussitôt, j'ai aperçu une tour de bureaux inachevée sous le soleil de Caroline. Le chantier était abandonné, comme si l'entreprise de construction avait retiré du jour au lendemain ses ouvriers et oublié le site pour toujours. La même chose s'était apparemment produite un peu plus loin, pour le château enchanté à la Disneyland dont l'une des tourelles gisait sur le sol, sans doute condamnée à n'être jamais montée. C'était une saisissante métaphore visuelle du destin de Jim et Tammy : le conte de fées laissé en plan.

À côté s'élevait l'Heritage Grand Hotel, caricature du passé sudiste avec moult fer forgé pseudo-Nouvelle-Orléans. La réception à ciel ouvert couvrait deux bons hectares, une sorte de patio autour duquel les chambres étaient alignées en étage, sur des galeries.

Cette nostalgie de plantation esclavagiste était néanmoins dotée d'ascenseurs en plexiglas qui allaient et venaient pendant qu'au centre de l'esplanade, sur une scène, un musicien assis devant une réplique de piano à queue victorien jouait des airs de Mantovanni. Plus loin, un coin-salon et un restaurant, à la décoration elle aussi Vieille-Angleterre. À première vue, tout cela n'était qu'une mauvaise reconstitution de palace désuet, mais il ne fallait pas oublier la vocation chrétienne de l'établissement. Sur le mur derrière le comptoir d'accueil figurait en imposantes lettres d'or un catégorique : « JÉSUS-CHRIST EST SEIGNEUR. »

Dans la galerie d'art appartenant au complexe, la spécialité était les portraits dudit Seigneur. L'un d'eux représentait le Christ en train de parler à une petite fille. Il ressemblait plutôt à un jeune toubib de série télé, avec sa blouse blanche débraillée et ses cheveux longs, mais les trous sanglants qu'il avait aux mains et aux pieds ne pouvaient pas tromper. La fillette montrait ses blessures du doigt et, à en croire le titre de l'œuvre, demandait : *Est-ce que ça fait mal ?* Sur une autre croûte, Jésus chevauchait un étalon blanc, portant une tunique et une écharpe immaculées qui le faisaient ressembler à l'un des Bee Gees. Le titre : *Jésus revient !*

À l'extérieur de l'hôtel, la grand-rue était envahie par des magasins de souvenirs pieux de ce genre. On y trouvait aussi une librairie « à l'ancienne » où l'on pouvait se rendre acquéreur de livres aussi fondamentaux que *Vous aussi, vous pouvez !*, de Tammy Bakker, *Comment maigrir*, de Jim et Tammy Bakker – parmi les nombreux ouvrages rédigés par Jim avant la Chute, dont l'un au titre ironiquement prémonitoire : *Manuel de survie. L'unité rend fort !* Un luxueux livre de photos, *Jim et Tammy Bakker présentent Heritage Village*, jadis vendu cent dollars, était désormais proposé à cinq dollars quatre-vingt-quinze mais, à en juger par la pile sur la table, personne ne se ruait sur cette bonne affaire.

Quand j'ai payé les quelques cartes postales que j'avais choisies, la caissière m'a dit : « Dieu vous bénisse. » L'ayant remerciée pour cette bonne pensée, je lui ai demandé si les derniers mois n'avaient pas été trop rudes. Elle s'est penchée vers moi et, dans un chuchotement de conspiratrice : « Ma foi, je dois admettre que j'ai connu des moments plus calmes, dans ma vie. Un an et demi difficile, oui. Mais enfin, nous sommes toujours là, grâce à Dieu. Parce que c'est Sa volonté. Et avec Son soutien, nous serons encore là longtemps ! »

Revenu à l'hôtel, j'ai remarqué qu'une centaine de personnes s'étaient regroupées autour de l'estrade, attendant quelque chose. C'étaient pour la plupart des retraités blancs, avec, très clairsemés, quelques familles, voire un couple de Noirs ou d'Hispaniques, mais pour l'essentiel nous avions là les chevelures bleu argenté, les grosses bedaines et les tenues tropicales en nylon caractéristiques de la petite-bourgeoisie travailleuse désormais rangée des voitures.

Joe, qui avait trimé pendant quarante ans dans la même usine à papier de Toledo, dans l'Ohio, avant de prendre sa retraite un an plus tôt, en était un bon exemple. Luttant contre un bégaiement épouvantable, il m'a expliqué que sa femme, Agnès, « soixante-deux ans, une jeunesse », avait fait deux mois de vacation supplémentaire à la cafétéria d'une autre usine où elle travaillait pour qu'ils s'offrent ces vacances à Heritage USA. « Nous regardons le *Club PTL* depuis huit ans, nous sommes partenaires depuis six, m'a-t-il donc dit, venir ici, pour nous, c'était le grand truc ! Ça valait bien toutes nos économies. En ce qui me concerne, je pense que nous devons pardonner à Jim ce qui s'est passé. Un type aussi doué, il mérite une deuxième chance. Pour des gens comme Agnès et moi, c'est un modèle, Tammy et Jim... »

Il a été interrompu par l'arrivée sur scène d'un couple d'âge respectable salué par des applaudissements nourris. « C'est Bob et Jeanne », m'a soufflé Joe. Bob et Jeanne Johnson, les deux chanteurs-vedettes du show *Club PTL*, mais les fidèles de « Jim » n'employaient jamais les noms de famille, quand il s'agissait de leurs idoles. Ainsi, l'autre couple de présentateurs de *Praise The Lord/People That Love* était connu sous le nom d'« Oncle Henry et Tata Sue ».

Très smart dans son pantalon blanc, son veston en alpaga gris, sa chemise jaune, sa cravate jaune à pois avec pochette assortie, Bob est venu devant le micro : « Bonjour. Maintenant, vous ne parlez que si on vous le demande. Répétez après moi : "Bonjour !" » Et toute l'assistance d'obtempérer avec empressement. La maternelle des retraités avec Bob et Jeanne...

Ayant ainsi domestiqué l'audience, Bob nous a raconté une anecdote domestique. La veille, il avait acheté un nouveau détergent, Jeanne avait cru que c'était du produit lave-vaisselle, et ils avaient passé une bonne partie de la soirée à éponger des milliers de bulles de savon sur le sol de leur cuisine. Hé ! nous ne sommes que des humains, pas vrai, les amis ? N'était-ce pas la plus charmante histoire qu'ils aient entendue ce matin ?

Ensuite, sa femme – une version édulcorée de Tammy Bakker – a demandé qui avait acheté le nouveau livre d'Oncle Henry, *Consolations*. Quatre mains seulement s'étant levées, elle a ordonné d'un ton sec : « Eh bien, vous tous, vous allez acheter le nouveau livre et le nouveau disque d'Oncle Henry avant de partir, n'est-ce pas ? » Bob est intervenu :

« Et vous faites pareil avec notre nouveau disque ! Et si vous voulez deux cassettes, plutôt, nous pouvons vous en vendre là, sur scène. Après le spectacle, elles seront à quinze dollars. C'est trois d'économisés sur ce que vous paierez dans les boutiques de la grand-rue. » Encore un prix cassé ? Tout le monde semblait disposé à vendre sa dernière chemise, dans la mouvance PTL...

Mais il était temps d'arriver à la partie proprement évangélisatrice de l'événement. Bob a donc annoncé : « OK ! On va vous chanter quelques airs, maintenant. Lesquels, je ne saurais vous dire, parce que l'Esprit saint, ça ne se programme pas ! Pas vrai, ma chérie ?

— Un peu ! a fait Jeanne, réagissant au quart de tour. Et puis, vous savez quoi, les amis ? L'an dernier, plein de gens n'ont vu que l'agitation qu'on a eue ici. Mais il se trouve que nous venons de participer à plusieurs réunions de travail et qu'il y a du nouveau pour notre ministère, je vous le dis ! Et rien que des bonnes nouvelles ! Bientôt, nous allons tous partir dans un monde meilleur ! »

Sur ce, Bob a enclenché un magnétophone qui a libéré une bossa-nova entraînante. Tandis que les spectateurs battaient des mains à contretemps, le couple a chanté une chanson racontant le départ vers ce « monde meilleur », avec Jésus à la barre et la certitude qu'Il ne se tromperait jamais de cap, parce que Dieu voyait toujours tout en nous. En regard des événements récents dans l'empire Bakker, ce message sonnait comme une critique. De même que le petit discours de transition improvisé par Bob avant le numéro suivant :

« Nous allons répandre la Parole de Jésus-Christ, oui ! C'est notre mission ! C'est à ça que s'emploie la nouvelle direction ! Je vous demande une chose : est-ce que vous avez jamais été déçus par Jésus ?

— Non ! a crié la foule.
— Jésus vous a-t-Il déjà rendus malades ?
— Non !
— Est-ce que quelqu'un ici a eu des ennuis d'argent à cause de Jésus ?
— Non !
— Vous n'avez toujours reçu que du bon de Jésus ! Oui ! Et vous savez pourquoi ? Parce que celui qui vous refile plein de saletés, c'est Satan. Je veux dire, d'après vous, qui est-ce qui vous a amenés dans cet hôtel aujourd'hui ? Oui, oui, c'est ça... Jé-sus ! Il vous a conduits ici au lieu de vous envoyer dans un hôtel où on ne Le connaît pas. Alors maintenant, on se lève tous et on prononce le Nom ensemble : "Jésus !" Et on dit tous : "Nous avons le pouvoir d'écraser Satan sous nos pieds !" »

Tout le monde a obéi à ses instructions.

« Et puisqu'on y est, on lève un pied, et puis l'autre, et on lui marche sur la figure, à Satan ! Que cela lui fasse de l'effet ! »

Une centaine d'adultes, de citoyens respectables qui pour beaucoup arrivaient au crépuscule de leur vie, se sont mis à trépigner et à piétiner le sol comme des gamins, enfonçant le Malin dans les poils de l'épaisse moquette rouge du Grand Hotel, puis ils ont entonné un hymne qui s'intitulait : *On ne sera plus jamais vaincus !* Tout autour de moi, je ne voyais que des visages radieux. Tous appréciaient beaucoup cette « activité », d'autant que toute leur expérience passée, leur vie pas toujours facile, les avait amplement exposés aux dangers présentés par les forces du Mal. Satan, ainsi que l'avait décrit Bob, c'était le sale type qui vous empêchait de payer les traites de votre nouvelle voiture ; le sale type qui vous envoyait des calculs dans les reins ou vous mettait la prostate de travers ; le sale type qui vous forçait à griller quarante

Lucky Strike par jour... Bref, la source de tous les maux et de tous les échecs. Mais ici, en compagnie d'autres chrétiens, on pouvait chanter joyeusement sa dépendance au tabac, sauter à cloche-pied pour moquer ses dettes, ses problèmes urinaires, et, en mettant l'accent sur l'aspect positif de sa vie – la foi en Jésus –, se convaincre que l'on était capable de surmonter tout ce qui ne tournait pas rond dans sa vie.

En regardant ces bonnes gens exécuter la danse du scalp satanique, j'ai compris qu'Heritage n'était pas seulement un espace où le décor était en trompe-l'œil ; les êtres aussi, il les transformait en trompe-l'œil.

Après ce sympathique défoulement, Bob a appelé au micro un homme qui jouait des coudes pour devenir le nouveau président du « nouveau » ministère de la foi, lequel, tel le Phénix, était en train de renaître des cendres de PTL... Mesdames et messieurs, une ovation pour le frère Don Edwards !

Bajoues monumentales, tablier de sapeur sur le bas-ventre, le frère Don n'avait pas l'air en bonne santé. Il l'a reconnu sans se faire prier en commençant à nous raconter son histoire. Ancien cadre chez Ford, il avait abandonné les services financiers de la compagnie après vingt-quatre ans de bons et loyaux services et eu droit à une retraite anticipée pour raisons médicales : « J'ai le cœur bloqué, a-t-il chuinté. Je suis condamné au pacemaker. »

Le frère Don et sa « chère femme Betty » vivaient à Heritage USA. Il était chrétien à fond. Il aimait le Seigneur au point d'avoir pris le risque de participer au sauvetage in extremis d'Heritage : « Je suis dans le business depuis toujours, et ce que j'ai appris, c'est que plus dur est le problème, mieux ça vaut. Et celui-ci, c'est le plus dur que j'aie jamais vu. » Sur ce, il nous a expliqué que, depuis ce qu'il appelait « les ennuis », la fondation PTL avait connu pas moins de six équipes de direction en treize mois. Le plan de restructuration qui avait été finalement adopté était le suivant : le site d'Heritage serait vendu au plus offrant ; six entités financières étaient engagées dans les enchères, dont l'une présidée par un certain... Jim Bakker, qui avait présenté une lettre de crédit de cent millions de dollars de la part d'une société offshore afin de racheter son enfant chéri. Frère Don doutait cependant qu'il y parvienne, car il y avait « pas mal de difficultés légales et autres autour de cette offre ». Par ailleurs, un nouveau ministère, appelé Heritage Ministries Inc. – même si Heritage ne devait plus faire partie du lot –, avait été créé et s'était aussitôt déclaré en faillite. Ils partaient de zéro, tous les comptes apurés. Ils avaient pris en leasing, au mois, les studios de télévision et l'église. Et ils avaient recommencé à diffuser « la parole du Christ, rien que la parole du Christ ».

Il y avait un hic, cependant : l'administrateur judiciaire avait évalué à soixante mille dollars quotidiens les besoins de fonctionnement. S'ils n'arrivaient pas à les récolter, ils devraient mettre la clé sous la porte. Amateur de défis comme il l'était, frère Don était aussi un grand optimiste : « Nous avons une occasion en or de montrer au monde la télévision chrétienne que nous voulons. Ayons la foi, ayons des idées, augmentons nos donations. Participons au message d'espoir du Christ. Je vous souhaite une excellente journée. »

Des salves d'applaudissements ont accompagné sa sortie. Jeanne était déjà de retour sur scène, émue comme pas une : « Ce qu'il a dit sur son pacemaker... Ah, c'est terrible ! Frère Don nous donne ses meilleures années de retraite, et quand il nous a parlé, là... » Sa voix s'est brisée, son mascara s'est mis à couler. « ... J'ai senti, j'ai vraiment senti l'amour qu'il nous porte. Et l'espoir qu'il a... Parce que, vous savez, pendant toute cette... crise, j'ai prié et prié le Seigneur, j'ai demandé Son conseil, et Dieu m'a dit de ne pas vendre ma maison, ni de chercher du travail ailleurs. Il veut que je sois ici ! »

Des larmes et encore des larmes. J'en ai eu assez. J'ai cherché les cabines téléphoniques, décidé à prendre une chambre dans un motel des environs, les tarifs du Grand Hotel n'étant pas à portée de ma bourse, mais elles étaient toutes occupées. Je me suis donc jeté dans un fauteuil du hall et ai commencé à feuilleter mon calepin, bientôt interrompu par un : « Je parie que vous êtes journaliste ! »

Une femme d'une quarantaine d'années était assise sur le canapé en face de moi. Grosse, affligée de strabisme, elle portait un fuseau et un chemisier en nylon. L'accent, monocorde, était celui du Midwest.

« Je parie que vous êtes journaliste, a-t-elle répété.
— Pas vraiment.
— J'en ai vu dans votre genre par ici, avant. Je parie que vous écrivez quelque chose sur Jim et Tammy. »

Je n'ai pas répondu.

« Hé, ce n'est pas méchant ni rien ! Je suis contente que vous soyez là, pour tout dire. Plus on parlera de ce qui se passe ici, mieux ce sera.
— Vous... Vous travaillez ici ?
— Dans le temps, oui. Secrétaire administrative. Mais j'ai été lourdée. Avec mille six cents autres ! Alors j'attends, je regarde. »

Avait-elle les moyens d'attendre ici, dans cet hôtel ? Elle a eu un rire amer :

« J'ai les moyens de rien ! Mais je peux aller nulle part ailleurs, non, parce que tout ce que j'ai, c'est ici. Alors j'attends, bien forcée. Pour voir ce que Dieu veut vraiment faire de cet endroit. »

Elle s'appelait Marcie. Elle avait passé toute sa vie à St. Louis, chez ses parents, jamais mariée, toujours le même travail, comptable dans une entreprise de déménagement. Une vie plus que tranquille. Mais dès la première fois qu'elle avait regardé le *Club PTL*, en 1978, elle avait eu le coup de foudre, le vrai :

« Je suis vraiment tombée amoureuse de Jim et de Tammy quand je les ai vus à la télé. Et de leur message, aussi, parce qu'il parle de s'aimer les uns les autres, de servir le Seigneur, tout ça... »

Elle était donc devenue « partenaire PTL », payant vingt-deux dollars chaque mois le privilège d'appartenir à la compagnie spirituelle de Jim et de Tammy. Mais, sa passion se faisant de plus en plus vive, il ne lui suffisait plus d'appartenir au club, elle voulait travailler pour le ministère de l'amour.

Le rêve s'est réalisé en 1983, à la faveur d'une explication houleuse avec son chef de service. Décidant que c'était un signe du Ciel, Marcie a adressé une lettre de candidature à Heritage. On lui a répondu qu'elle devrait d'abord venir à Fort Mill, et postuler une fois installée sur place. « Je savais que c'était un gros risque, a-t-elle avoué. Mais j'ai décidé de "suivre l'étoile" et d'y aller. » Elle a démissionné de son emploi, a renoncé à ses avantages acquis, a convaincu ses parents de vendre leur maison de St. Louis et d'en acheter une autre dans l'une des banlieues de conte de fées d'Heritage. C'était en juin 1982. Deux mois plus tard, ses vœux étaient exaucés : elle obtenait un poste dans l'administration de PTL. Cent cinquante dollars la semaine, à peine de quoi vivre, mais s'arrêtait-on à cause d'un salaire de misère quand on œuvrait pour Jim et Tammy ?

Elle était désormais leur employée, mais elle continuait à payer sa cotisation de partenaire, et elle essayait toujours de faire de son mieux chaque fois que Jim

Bakker demandait un effort financier à ses ouailles. Ainsi, lorsqu'il a enjoint aux partenaires de donner mille dollars par tête pour les nouveaux studios de télévision, elle a sorti son carnet de chèques. Même somme pour la construction du nouvel hôtel, et pour l'obtemption de la Carte d'argent, qui donnait essentiellement droit à l'entrée gratuite aux spectacles du parc Heritage, tous payants. En tout, quatre mille dollars de donations, « et pour quelqu'un comme moi, avec sept mille huit cents dollars de revenus annuels, c'était comme quatre millions » !

Lorsque le « péché de Jim » a été révélé au grand jour, Marcie a donc été catastrophée, et révoltée d'apprendre les sommes versées à Jessica Hahn contre son silence : « Ma première réaction, ça a été : "Comment ils ont pu faire une chose pareille ? Gaspiller tout cet argent de cette façon ?" Vous, vous vous saignez, vous donnez autant que vous pouvez, et ils font "ça" ! Ils s'en servent pour couvrir les péchés d'un prêtre ! C'est mal, ça fait mal. Ce n'est pas que je ne lui pardonne pas ses péchés, à Jim. Je lui ai pardonné. Mais qu'il revienne ici, maintenant... ça ne pourra pas remettre cette boîte sur pied. »

Cela valait-il la peine d'« attendre et voir » ? D'espérer que la nouvelle direction pourrait renflouer Heritage, et même lui redonner du travail ?

« Comme je vous ai dit, je n'ai pas le choix. Je suis ruinée, pour commencer, puisque je n'ai pas eu le chômage après mon licenciement. Je survis sur le peu que me donnent mes parents. Ils sont tous les deux à la retraite, donc ils n'ont pas des mille et des cents, eux non plus.

— Pourquoi ne pas trouver quelque chose à Charlotte et faire le trajet tous les jours ? ai-je suggéré. Ce devrait être plus facile, là-bas.

— Ça l'est, mais je ne conduis pas, moi. Donc je

suis bloquée ici. Et de toute façon, je vous l'ai expliqué, j'ai le sentiment d'avoir été "appelée" ici. Il y en a d'autres comme moi, plein. Et nous restons ici parce que nous aimons cet endroit.
— Est-ce qu'il mérite tant d'amour ? ai-je risqué.
— Mais oui ! a répondu Marcie. Si je m'en vais, c'est que le Diable aura gagné. Je ne céderai pas un pouce de terrain à Satan ! »
À l'autre bout de la réception, Bob et Jeanne achevaient une autre chanson. Soudain, la voix de Bob a résonné dans les baffles, rappelant à tous que l'heure de l'Offrande matinale était venue : « Je vous assure, les amis, moi, j'adore donner ! Chaque fois qu'on fait un chèque, Jeanne et moi, je plane ! Alors, combien vous êtes à penser que Dieu aime celui qui donne avec joie ? »

J'ai fait un tour dans le minitram du parc. Le chauffeur et guide touristique était excessivement joyeux et affable, avec une propension aux blagues nulles et des manières de chef scout :
« Alors, maintenant, on voit qui est son voisin et on se présente ! » a-t-il commandé.
Derrière moi se trouvaient Ben et Ellie Webber, un couple de retraités originaires de Lexington, Kentucky.
« Vous connaissez Lexington ? m'a demandé Ben. La patrie des chevaux de course, des femmes de première et du meilleur bourbon !
— Allons, Ben ! » a protesté Ellie.
Je me suis dit aussitôt que rencontrer Ben Webber était une bénédiction.
Il avait été cuisinier dans un hôtel pendant trente-cinq ans, m'a-t-il appris, et depuis sa retraite, sa femme et lui faisaient le tour du pays dans leur caravane.

« On s'est arrêtés ici parce qu'on était en Caroline du Nord et qu'on voulait voir pourquoi ils font tout ce foin. Vous avez dû comprendre que je ne suis pas un fanatique de la religion, moi, mais je dois reconnaître que c'est un sacré bel endroit, ce parc. Fichtrement beau. Le gars qui a fait ça a bossé comme un chef. Dommage qu'il ait pas su garder son zoizeau dans le pantalon.
— Voyons, Ben ! »
Dans les haut-parleurs, le conducteur nous a interrompus :
« Allez, les amis, on se présente encore un peu plus !
— Bonjour ! a lancé l'une des deux dames assises devant moi. Nous sommes Judy et Claire, de Tampa, Floride. Et vous ? Comment ? Vous êtes venu de Londres pour visiter Heritage USA ?
— Euh, pas exactement...
— Vous êtes chrétien ?
— Pas exactement. »
Judy a sorti de son sac une petite feuille imprimée et me l'a tendue. « Vous devriez lire ça, alors. » C'était intitulé « Une lettre d'amour » :

Chère amie, cher ami,
Comment allez-vous ? Ceci est simplement un petit message pour vous dire combien Je vous aime et pense à vous.
Je vous ai vu, hier, quand vous parliez avec vos connaissances. J'ai attendu toute la journée, espérant que vous finiriez par Me parler aussi. Quand le soir est arrivé, Je vous ai donné un coucher de soleil pour illuminer votre journée et une brise fraîche pour vous apaiser, et J'ai attendu. Vous n'êtes pas venu. Oh, J'ai de la peine, oui, mais Je vous aime toujours, parce que Je suis votre ami.
Je sais que la vie n'est pas simple, sur terre. Je le

sais ! Et Je veux vous aider. Je veux vous faire rencontrer Mon Père. Il veut vous aider, Lui aussi. Il est comme ça, Mon Père !
Alors, il suffit de M'appeler ! Demandez-Moi, parlez-Moi ! Ne M'oubliez pas, s'il vous plaît ! Oh, J'ai tellement de choses à partager avec vous !
Bon, Je ne vous importunerai pas davantage. Vous êtes libre de Me choisir. C'est votre décision. Moi, Je vous ai déjà choisi, et c'est pour cela que Je vais attendre : parce que Je vous aime !

Votre ami,
Jésus.

Quand j'ai relevé les yeux de ce tract, Judy me regardait :

« Si vous avez besoin d'un nouvel ami, vous savez où le trouver, m'a-t-elle dit.

— Je garderai ça en tête », ai-je marmonné alors que le tram s'engageait dans une allée bordée d'arbres et que le chauffeur, toujours à la sono, attirait notre attention sur deux gigantesques antennes satellites installées près d'un immeuble de bureaux, capables d'envoyer un signal à quarante-cinq mille kilomètres dans les airs et de le faire redescendre en un quart de seconde.

C'est pas un miracle de la technologie, ça, m'sieurs dames ? Surtout quand il s'agissait d'« inspirer » les masses mondiales avec les programmes de PTL.

Judy, Claire et d'autres passagers ont tendu la main vers les antennes comme s'ils cherchaient à absorber leurs ondes spirituelles, mais notre guide continuait sa route et ses descriptions :

« Maintenant, à votre droite, c'est un étang que nous appelons le lac Galilée. Plein de gens viennent taquiner le poisson, ici, ou pour une retraite. Et là, à gauche, cette grande bâtisse, comme une pagode, c'est le

Centre de proximité mondiale, le principal centre administratif de notre ministère. Si vous passiez en avion au-dessus, vous verriez qu'il a la forme d'une étoile de David.

— Ouais, et mon cul, c'est du poulet ? a lancé Ben Webber.

— Voyons, Ben ! »

Nous sommes passés devant le « Fort de l'Espoir », le foyer pour sans-abri d'Hermitage ; Christmas City, la maison où le révérend Bill Graham avait passé son enfance et que le révérend Bakker avait transportée ici, brique par brique, de son emplacement original à Charlotte. Puis nous avons découvert l'avenue des Drapeaux, avec la bannière nationale de tous les pays où *Club PTL* avait, au temps jadis, été diffusé ; Morris, un élan de cinq mètres sculpté dans le bois, sans doute pour donner au parc une touche de rusticité et de « vie au grand air » ; le terrain de camping d'Heritage – « entièrement équipé, avec eau, électricité et prises télé » –, le « Lodge du bord du lac », un village de vacances avec jacuzzi dans chaque bungalow ; l'amphithéâtre, où une passion devait être représentée dans la soirée ; les studios et l'église d'Heritage Village, principal lieu de culte du complexe ; la « salle de Jésus », une réplique de celle où Il prêchait à Jérusalem, ouverte jour et nuit à la prière et à la méditation ; la Grange aux Friandises ; le Hobby d'Annie, un atelier où chacun pouvait « fabriquer, cuire et émailler l'objet en argile de son choix pour le rapporter chez soi » ; le parc aquatique Inspiration, où ne manquaient ni les toboggans géants, ni les faux rochers, ni le sable apporté par camion, et qui promettait « distractions, activités, musique chrétienne en direct, rafraîchissements et ambiance sympathique dans un contexte authentiquement chrétien »...

Ben Webber n'avait pas tort : Jim Bakker avait « bossé comme un chef » en créant le premier parc à thème religieux de la chrétienté. Même si l'on ne partageait pas ses goûts esthétiques, on ne pouvait qu'être frappé par l'ampleur de sa vision. Heritage USA était le joujou d'un grand romantique. Bien que qualifié de « sous-Disney » par ses détracteurs, ce lieu aspirait à la respectabilité ecclésiastique. On pouvait y voir la réalisation d'une régression infantile, un univers simpliste conçu pour émerveiller une majorité silencieuse désireuse de s'échapper un moment dans ce pays de cocagne chrétien, mais en même temps, Bakker avait voulu créer une version inédite d'un royaume de Dieu terrestre. Des retraités pieux et prospères vivraient dans des banlieues de carton-pâte, les démunis y trouveraient abri dans un centre fonctionnel et moderne. Chacun, enfin, y aurait accès, vingt-quatre heures sur vingt-quatre, à la réplique de la salle qui avait accueilli la Cène à Jérusalem. Salle d'où des antennes paraboliques grosses comme des soucoupes volantes pouvaient envoyer la bonne parole dans n'importe quel coin de la planète.

La religiosité au pays des Merveilles. Jim Bakker avait voulu s'affirmer dans la lignée des évangélistes de carrure mondiale tels que Bill Graham – d'où le coûteux hommage rendu à celui-ci –, mais il avait aussi tenu à affirmer que le christianisme était fun, une caricature de l'enfance heureuse dont tout le monde parle mais que personne n'a eue. L'énigme n'en était que plus épaisse : pourquoi un homme capable de jouer sur tant de registres de la spiritualité chrétienne s'était-il sabordé de façon aussi spectaculaire ? Comment un tel nostalgique de la barbe à papa avait-il réussi à s'imposer en tant que dirigeant religieux ? C'était comme si on avait confié le rôle de Brigham Young à Jerry Lewis. Comme si un éternel petit garçon avait construit la plus grande cabane de jeux au monde et avait décidé d'appeler cela un acte de foi. L'entreprise était condamnée à imploser. Le noyau dur du rêve Bakker n'avait pas tenu le choc. C'est pourquoi les bureaux presque vides du Centre de proximité mondiale abritaient désormais des entrepreneurs tels que F.D. Franklin, anxieux de sauver quelques meubles de l'empire à la dérive.

Franklin Delano Franklin était un homme d'affaires et un chrétien convaincu de la générosité du Seigneur à son égard. Dieu lui avait donné un garage Cadillac très rentable à Cincinnati, puis une jolie petite maison quand il avait décidé de prendre sa retraite : « Avec l'argent dont l'Éternel m'a pourvu, je me suis acheté un terrain de cinq hectares dans les montagnes, ici, en Caroline du Sud. » C'était aussi Dieu qui lui avait donné la grosse bague en or et diamants qui étincelait si fort à sa main gauche que je fus tenté de remettre mes lunettes de soleil. « J'ai été financièrement béni, pas de doute, parce que je me suis servi de la bosse des affaires dont le Très-Haut m'avait doté. »

Il était pourtant revenu au travail, avec le frère Don Edwards, pour le plus grand défi de toute sa carrière de businessman : tenter de doter Heritage d'une nouvelle direction administrative plus compétente. Il le faisait bénévolement, « parce qu'il faut sauver Heritage, pour l'Amérique ».

Je l'avais appelé pour obtenir rendez-vous après ma petite balade en tram. Sa secrétaire m'avait dit que je pouvais venir tout de suite. Quelques minutes plus tard, j'errais dans les couloirs presque déserts du Centre supposément construit en forme d'étoile de David. Nombre de bureaux avaient déjà été vidés de leur mobilier. C'est tout au fond de cette ville fantôme de gratte-papier que j'ai trouvé quelques pièces occupées par l'équipe de secours d'Heritage. Ils campaient là, littéralement, au milieu d'un amoncellement de caisses, avec des tables et des chaises récupérées de la débâcle. F.D. Franklin était au téléphone, tentant de résoudre un petit problème technique avec l'un de ses collègues : comment trouver de quoi nourrir les trois cents volontaires présentement occupés à mettre des brochures sous enveloppe pour le compte de la nouvelle direction ? Ils n'avaient pas assez de liquidités en caisse pour trois cents hot dogs. F.D. a trouvé la solution : il a plongé la main dans sa poche et en a retiré cent cinquante dollars, la somme dont ils avaient besoin.

« Bah, cent cinquante dollars, qu'est-ce que c'est, pour quelqu'un comme moi ? a-t-il remarqué lorsque je l'ai félicité pour son altruisme. Surtout que le Seigneur m'a plutôt bien traité, pendant toutes ces années ! » Dieu ayant veillé sur son compte en banque pendant si longtemps, il tenait à Le payer en retour, à sa modeste manière. D'où sa décision de venir mettre gratuitement ses compétences au service du renflouement d'Heritage.

« Ce n'est pas exagéré de dire qu'il y a eu des vies brisées par toute cette histoire, a-t-il noté. Notamment au moment des licenciements, pendant le pire de la crise. Mais l'administration judiciaire a vraiment envie que la nouvelle équipe aille de l'avant. Et le dévouement des gens restés en place est fantastique, je vous assure ! C'est incroyable, la motivation qu'ils ont. Alors, oui, si on tient le coup, c'est à la grâce de Dieu et de l'Amérique. Et je prie Dieu très fort pour qu'Il nous donne le savoir et la sagesse qui convaincront les donateurs. Parce que, bon, l'administrateur judiciaire a calculé que nous avions besoin de soixante mille dollars quotidiens pour faire face aux frais courants, et ce n'est pas une petite somme, ça !

— Vous croyez que vous pouvez y arriver ?

— Personnellement, je pense qu'on peut faire encore mieux. Parce que j'ai foi en Dieu, voyez-vous ? Et je vais vous confier un petit secret. Pourquoi Il veut que cet endroit continue à exister, Dieu ? Parce qu'Il sait qu'en affaires, c'est l'argent qui parle, d'habitude. Et Il voit bien qu'ici, à Heritage, ce qui parle en premier, c'est Son message. »

Jerry Bradlee pensait lui aussi que Dieu voulait la survie d'Heritage USA. Là où ses vues divergeaient de celles de F.D. Franklin, c'était quand il s'agissait de savoir qui devait être à la tête de cette institution : Jerry était convaincu que Jim Bakker, et lui seul, était capable de maintenir le navire à flot. Pour lui comme pour tant d'autres bakkériens inconditionnels, la disgrâce de Jim était un coup monté, ourdi par ses ennemis. Pourquoi avait-on écouté les inventions de cette Hahn, cette petite intrigante à la recherche d'argent facile ?
Jerry Bradlee connaissait bien ce genre de femmes intéressées, puisqu'il avait été détective privé à Las Vegas pendant des années. C'était aussi un membre hyperactif du club des 3B – « Bring Back Bakker » (Ramenez Bakker !) –, alors en lutte contre les usurpateurs qui avaient confisqué le pouvoir à leur cher prédicateur. Non contente d'avoir érigé le grand panneau en forme de provocation sur l'accès à Heritage – BIENVENUE ET BON RETOUR, JIM ET TAMMY ! –, la formation faisait des descentes régulières à l'hôtel abritant les visiteurs du parc pour distribuer des tracts appelant au boycott de la nouvelle administration et au rétablissement du grand Bakker dans toutes ses prérogatives.
« Nous voulons que Jim revienne parce que sa vision lui est venue de Dieu, et que c'est grâce à elle qu'il a

obtenu le soutien financier pour bâtir ce que le Seigneur lui avait commandé de construire, m'a expliqué Bradlee. Les Écritures saintes ont pour ainsi dire été coulées avec le ciment des fondations, à Heritage USA. C'est quelque chose qui n'a pas d'égal sur terre. »

Il passait alors presque tout son temps au QG des 3B, un espace de bureaux dans un centre commercial à quelques kilomètres du parc, voisinant avec une boutique appelée « Flirt à Gogo »... Quand je l'ai rencontré, il était occupé avec neuf autres volontaires à mettre des brochures sous enveloppe, le mailing de masse étant visiblement une activité aussi prisée par le gouvernement Bakker en exil qui campait si près d'Heritage que par les partisans des juntes au pouvoir.

Des photos de Jim et Tammy en des jours meilleurs couvraient les murs, ainsi que leurs nombreux ouvrages, dont Josie, la femme de Jerry, s'est empressée de me refiler des exemplaires dès qu'elle a appris la raison de ma présence. « Je veux que vous retourniez à Londres et que vous disiez à tout le monde que nous avons pardonné à Jim Bakker, m'a-t-elle déclaré. Il est impensable qu'une histoire survenue il y a des années ait détruit pareille œuvre d'amour... » Sa voix s'est brisée. Il était difficile d'évoquer « la tragédie » sans verser de larmes, a-t-elle reconnu, s'attirant des hochements de tête approbateurs dans la pièce.

Comme Josie et Jerry, les inconditionnels de Bakker présents avaient tous la soixantaine ou plus ; leur admiration envers le prédicateur était donc ancienne, profondément ancrée, et les avait conduits à déménager dans le coin une fois à la retraite, dans l'espoir de rester toujours proches de leur « source d'amour ». Jerry m'a affirmé : « Les affaires marchaient très bien pour nous à Vegas, avant qu'on décide de venir ici. Détective privé et huissier. Quand un cabinet d'avocats avait besoin de notifier quelque chose à quelqu'un, il faisait appel à moi. Un boulot qui peut être dangereux, mais ma foi en Dieu et un bon flingue ont tenu le péril à distance. On ne manquait pas une émission de Jim et Tammy, Josie et moi. On est venus à Heritage dès l'ouverture. Alors, quand le moment est venu, on a vendu notre maison de Vegas... Joli bénéfice dessus, soit dit en passant... et on a acheté une belle villa à Mulberry City, en pensant travailler en bénévoles à Heritage. On ne regrette pas ce choix, ni l'argent qu'on a donné à la fondation. Parce que Jim Bakker va revenir, c'est sûr ! » Sans se concerter, les volontaires bakkériens ont applaudi.

Mais que pensaient-ils du fait que ledit Bakker soit désormais soumis à un audit des impôts et du département de la Justice, pour avoir semblait-il trompé ses partenaires financiers ? Ils ont tous voulu répondre en même temps à ma question : j'avais apparemment touché le nerf le plus à vif. Dominant le brouhaha, Jerry a été catégorique : « Ici, nous pensons tous que Jim a mené ses affaires de façon impeccable. » Une femme a crié de sa place : « Jim Bakker ne m'a jamais déçue. Il paie ses dettes, il les a toujours payées, et c'est pour ça que Dieu va lui rendre son ministère. »

Bon, et les accusations d'inconduite sexuelle, qui ne se limitaient pas à la rencontre avec Mlle Hahn ? « Mensonges ! ont-ils rugi en chœur. Jim n'aurait jamais fait ça. Jim était un vrai chrétien ! »

« Vous devez comprendre que notre totale loyauté envers Jim et Tammy ne vient pas seulement de notre amour, a expliqué Josie. C'est aussi à cause du pacte que nous avons passé avec le Seigneur, et ce pacte nous commande de soutenir son action. La devise de Jim et Tammy, vous la connaissez ?

— Non.

— Amour de Dieu. »

Le soir même, une « réunion de campagne » était organisée à l'église du village Heritage. C'était une salle immense, avec des chaises pliantes et une estrade, d'esthétique très école secondaire, et la présence d'à peine deux cents âmes donnait une impression de vide. Un quatuor de chanteurs est monté sur scène, deux hommes en blazer, affublés de moustaches peu seyantes, deux femmes en robe rose descendant jusqu'aux chevilles. Campé devant le micro et fixant les chaises vides, leur porte-parole a déclaré : « Nous ne sommes pas des artistes venus vous distraire, nous sommes des soldats du Christ. Ceci est une réunion de campagne. Vous pouvez faire ce que vous voulez : rester assis, vous lever, applaudir, chanter avec nous... » Lorsqu'ils ont entamé un air appelé *Louange*, pourtant, personne n'a bronché.

L'atmosphère s'est un peu réchauffée avec l'arrivée du prédicateur Hal, en veste, chemise et cravate de trois verts différents. Un maniaque du ton sur ton.

« Hé, j'aime Jésus et je suis heureux que vous soyez ici ce soir ! a-t-il lancé. Je m'appelle Hal Morgan, et eux, c'est la chorale Louez le Seigneur, de Muncie, dans l'Indiana, on les applaudit très fort... Bien, qui était à mon séminaire, aujourd'hui ? »

Une trentaine de mains se sont levées.

« Oui ? Alors vous tous, je vous demande de vous tourner maintenant vers votre voisin et de lui dire : "Tu as raté quelque chose !" Et qu'est-ce que vous avez appris, à mon séminaire d'aujourd'hui ? »

Comme un seul homme, ils se sont mis à frapper des pieds et à crier : « Tenir bon !

— Oui, et si le Diable vous tente ?

— Tenir bon !

— Voilà ! Tenir bon ! Et en tenant bon, vous

approchez du miracle ! À propos de miracles... Vous savez, les amis, je suis de l'Indiana, moi aussi. Je ne travaille pas pour ce ministère, donc, je ne suis pas obligé de le dire mais je l'aime, je l'aime vraiment. Seulement, seulement... L'autre jour, il n'y a eu que trois mille dollars envoyés par courrier en donations, alors que cette institution a besoin de soixante mille dollars par jour pour se développer ! Et Dieu veut qu'elle se développe. Alors rappelez-vous : ce qui compte, ce n'est pas combien vous donnez, c'est combien il vous reste en poche ! Et maintenant, nous allons prier et parler au Père vite fait. Ensuite, je vous demande de vous tourner vers n'importe qui et de lui dire : "Vois, le Seigneur est mon salut !" »

C'en était trop pour moi : il fallait que je m'esquive, et vite. Dès que je suis arrivé dehors, cependant, il s'est mis à pleuvoir. Une averse tropicale. Non, un typhon. Une pluie si dense, si furieuse qu'elle semblait près de noyer tout l'univers. Je suis resté là, trempé, incapable d'y voir à deux mètres. C'était comme si le Déluge avait commencé, enfin, et qu'il allait emporter Heritage USA.

Encore sous le choc, et désireux de mettre quelques comtés entre les derniers « People That Love » et moi, je me suis dirigé vers l'arrière-pays de Caroline, le cœur primitif de l'État. Cela demandait de négocier des routes difficiles, étroites, sinueuses, agrémentées d'ingénus panneaux souvent écrits à la main qui annonçaient une course de ratiers le dimanche suivant, posaient des énigmes philosophiques du style : QUI EST-CE QUI VOUS A RÉVEILLÉ CE MATIN ?... JÉSUS ! ou informaient tout bonnement que le bourg que l'on venait de traverser s'appelait Apex. Pour m'accompagner sur la Route 64, un chanteur d'une station locale poussait une complainte à la mémoire du regretté Buddy Holly, « qui chante pour Dieu, maintenant, tout là-haut, au firmament ».

Je suis arrivé à un village au nom surprenant, Complex, baigné par la rivière de l'Eau Douce. Un univers de cabanes de chasseurs, de trailers en ruine, de carcasses de bagnoles envahies par les herbes. J'ai continué sur un chemin tranquille à travers les marais avant d'apercevoir une minuscule église peinte en blanc, avec un mobile home à côté qui faisait sans doute office de presbytère. Quelques guimbardes fatiguées étaient garées devant, signe qu'un office était en cours. Je me suis arrêté, et j'ai débarqué au milieu de la plus curieuse des scènes.

Six bancs, les murs couverts de lambris bon marché, une tapisserie de pacotille représentant la Cène derrière le modeste autel. Avec le plafond à moins de deux mètres cinquante, ce temple était un vrai cauchemar de claustrophobe. La congrégation, douze âmes en tout et pour tout, était résolument péquenaude. Elle comptait deux filles ayant atteint le point où le terme d'« obèse » paraissait trop faible, deux vieux au visage rougeaud et aux petits yeux malveillants, deux ados prêts pour la prison qui faisaient claquer leur chewing-gum, quelques femmes à la peau épaisse et tannée qui semblaient avoir survécu à toutes les privations, deux enfants trisomiques... Et devant ce petit monde, sur l'estrade, deux types munis chacun d'une guitare étaient censés assurer l'accompagnement musical mais ne produisaient que des accords affreusement dissonants tandis qu'une jeune fille plantée en chaire hurlait des hymnes à pleins poumons.

La cohérence liturgique de leur prestation était obscure : elle beuglait un hymne, les guitaristes prétendaient jouer tout autre chose et l'assemblée glapissait encore quelque chose d'autre. Soudain, le prêtre de service, frère Pete, a bondi en chaire et s'est mis à vociférer comme un dément : « Qui c'est qui va prier avec mouaaa ? Qui c'est qui veut sentir la présence d'Jésus-Christ ici c'souaar ? Moi j'la sens, oh j'la sens ! »

C'était un gros bonhomme aux cheveux gris gominés, en gilet passé, chemise usée aux manches et cravate rudimentaire. Dans sa bouche ne restaient que deux canines en forme de crocs. Comme je l'ai compris bien vite, frère Pete n'était pas partisan de la méditation silencieuse, lorsqu'il s'agissait d'entrer en contact avec l'Éternel : il jappait, hululait, et poussait ses ouailles à faire de même, créant une hystérie collective assez renversante. Pendant les rares moments d'accalmie, il demandait qui avait besoin de prières. Une femme a voulu qu'il prie pour sa sœur, qui venait de se rétablir d'un cancer mais paraissait connaître une rechute. Obligeamment, frère Pete s'est lancé dans une invocation d'abord marmonnée, mais qui s'est transformée en braillements. Et tout le monde s'est mis à pleurer, à geindre, à baragouiner pendant que les guitaristes reprenaient leur cacophonie. Brusquement, le prêtre a été saisi de spasmes comme si une force surnaturelle venait de s'emparer de son corps. À côté de moi, une vieille est entrée en convulsions.

Démence mystique sans prétention, libre d'accès à tous. Cette démonstration d'extase religieuse m'a certes donné la chair de poule, mais elle avait une spontanéité, une honnêteté déconcertantes. On était loin des simagrées du parc Heritage USA : c'était du pentecôtisme de base, brut de décoffrage, tel que le pratiquaient encore les petits Blancs dans certains coins marécageux de l'Amérique provinciale. Je venais de tomber sur les derniers confins de l'adoration divine. Sur un Nouveau Monde.

La vieille dame a continué ses soubresauts, frère Pete également. Le reste des fidèles a glissé à son tour dans la transe. Personne ne m'a donc prêté attention quand je me suis faufilé hors du banc et que je suis sorti.

Je suis parti vers l'ouest. Plus de mille cinq cents kilomètres depuis la Caroline du Nord, à travers le Tennessee avant de franchir le Mississippi et de passer dans l'Arkansas. Dix-sept heures au volant, avec arrêts fréquents : café, snacks, jus pour la Mustang, encore du café. Le genre d'équipée routière qui demande beaucoup de caféine, beaucoup de radio et beaucoup de vieux blues aux paroles du genre : « Tu peux m'voler ma meilleure poule, / Mais à pondre tu l'obligeras jamais, / Tu peux m'voler ma meilleure femme, / Mais jamais tu la forceras à rester. »

Rien ne m'obligeait à parcourir une telle distance d'un trait ; en partant de Charlotte de bon matin, j'avais compté passer la nuit dans un motel, en chemin. Mais bientôt l'appel de l'autoroute et le ronronnement du moteur en position contrôle de vitesse sur 90 kilomètres-heure m'ont fait basculer dans cette vacuité mentale que je commençais à bien connaître, après tout ce temps sur les axes du Sud américain. C'est comme si vous vous retrouviez dans un couloir s'étirant à l'infini : vous mettez votre voiture dedans et vous avancez. Vous faites hurler la radio, vous chantez en chœur avec les bêleurs country, vous descendez chez un routier de Crab Orchard, Tennessee, et vous surprenez un gros gars en train de confier à un autre gros gars que « ce bâtard de Jesse Jackson, j't'le flinguerais direct, moi ! », et l'autre : « Oh non, surtout pas, parce que ça nous ferait encore un jour férié ! » Vous repartez, vous fredonnez de nouveau avec les crooners spécialisés en conflits conjugaux – « On ne se parle presque plus, ta main sur moi ne vient jamais plus »... –, puis le disc-jokey annonce le titre suivant en remarquant que « c'est le deuxième single de Bobbie depuis sa sortie de prison ». Vous dépassez une voiture avec un autocollant FAITES DE LA PLACE DANS LE SUD, ACHETEZ AU YANKEE UN ALLER SIMPLE. Vous constatez que vous avez déjà parcouru sept cents kilomètres, alors pourquoi ne pas continuer ? Donc c'est ce que vous faites, et à votre entrée en Arkansas, un prédicateur radiophonique disserte sur « l'incroyable pouvoir du Sang de l'Agneau » comme s'il s'agissait d'un nouveau détergent. Vous cherchez de la musique *metal*, du genre site de démolition, dont les stridences vous gardent éveillé. Et finalement, à deux heures du matin passées, à Fort Smith, vous vous effondrez dans le premier motel venu après avoir avalé un bon morceau de la carte de l'Amérique en une seule journée.

« Tout ça en une fois ? s'est amusé Herb Shreve quand je lui ai raconté mon trajet de la Caroline du Nord à l'Arkansas, ajoutant : Pour moi, c'est de la rigolade. Vous avez devant vous un type qui a près d'un million de bornes à son actif dans tous ces bons USA, si vous voyez ce que je veux dire... »

C'était un pasteur baptiste qui ressemblait à tout sauf à un pasteur baptiste, avec son jean, ses bottes de cow-boy, son blouson en cuir noir et sa large ceinture portant l'insigne Harley Davidson. Parce qu'il était également motard. Motard et pasteur, à la tête de l'Association des motards chrétiens (l'AMC) dont la devise était : « Nous roulons pour le Fils. »

J'avais entendu parler de ce groupe par une connaissance qui enseignait l'histoire de la religion à l'université de Columbia, à New York. Spécialiste des tendances les plus marginales et les plus surprenantes du christianisme dans le Sud, il m'avait conseillé de chercher cette AMC si je passais dans l'Arkansas et plus particulièrement à Hatfield, une petite ville des monts Ouachita. Avant de partir, j'avais téléphoné aux flics de cette bourgade en leur demandant s'ils étaient au courant de l'existence d'une bande de motards religieux dans leur coin. « Pas une bande, une as-so-cia-tion ! m'avait répondu le policier local avant de lancer à la ronde : Hé, quelqu'un a le numéro d'Herb ? » C'est ainsi que j'avais établi le contact avec le révérend Shreve, qui m'avait tout de suite précisé au téléphone : « J'vous préviens, on n'est pas des Hell's Angels ni rien de tout ça. J'ai eu récemment un reporter de *Rolling Stone* ici, et j'peux vous dire qu'il est reparti déçu, parce qu'il pensait qu'on était des voyous. Ce qu'il a découvert, c'est qu'on parle de deux choses, nous : de moto et de Jésus. »

Hatfield, population 410 habitants, était à une heure et demie au sud de Fort Smith sur une route à flanc de colline, la 71, qui m'a permis non seulement d'admirer les monts Ouachita, chaîne basse et très boisée, mais aussi de me familiariser avec une autre région du Sud. Avec le Texas et l'Oklahoma pour voisins, et des noms de villes évoquant aussi irrésistiblement la « Frontière » qu'El Dorado ou Texarkana, l'Arkansas avait déjà un pied dans le Sud-Ouest américain, le pays des stetsons et des santiags, avec de temps à autre une cravate en lacet de cow-boy et une léthargie de saloon de la Dernière Chance bien perceptible dans des agglomérations telles qu'Hatfield. Hatfield, ce n'était pas grand-chose : une Grand-Rue très courte et des maisons en planches qui auraient toutes eu besoin d'un bon coup de peinture. Herb Shreve habitait un peu plus loin, en haut d'un chemin étroit. Sa demeure n'était de toute évidence guère plus qu'un coin où dormir après des heures sur une selle de moto, le propriétaire se souciant plus d'amortisseurs que de décoration intérieure.

Herb était un grand gaillard musclé, proche de la cinquantaine, le genre d'homme à savoir se défendre tout seul si on lui marchait sur les pieds et qu'il aurait fallu être fou ou masochiste pour essayer d'importuner. Sa femme, Shirley, belle et fragile, souffrait de sclérose généralisée depuis des années. Si au début elle accompagnait Herb, assise derrière lui, dans ses virées évangélisatrices, ils avaient dû se résigner à voyager en mobile home, la moto d'Herb sur une remorque. J'ai même cru comprendre qu'Herb faisait désormais la plupart de ses déplacements tout seul, Shirley étant si affaiblie qu'elle avait besoin d'un fauteuil roulant motorisé pour aller et venir dans la maison.

Lorsque je me suis présenté chez eux après l'heure du déjeuner, ils venaient de se lever, étant rentrés à cinq heures du matin d'une réunion de motards à Sherman, au Texas, soit à plus de cinq cents kilomètres de là. Pour Herb, ce n'était qu'une petite balade : avec sa Harley 1988, il avait sillonné le pays en tous sens. « C'est avec elle que je répands la parole du Christ, m'a-t-il dit, mais je me suis aussi payé une Kawa 1100, pour m'amuser... » Depuis tout jeune, il avait deux passions, Herb : les véhicules ultrarapides et le Seigneur. Il avait été « sauvé » à l'âge de huit ans, en écoutant sa mère, baptiste pratiquante, prêcher une voisine : « J'étais dans la pièce d'à côté mais j'ai entendu Maman parler de Jésus, du salut éternel, et j'ai éprouvé un amour que je n'avais jamais connu. Mais de là à me voir pasteur, non ! Mon truc, c'étaient les bagnoles, mon rêve numéro un, participer aux courses d'Indianapolis. Ou, si je ne pouvais pas devenir pilote de course, être joueur de base-ball professionnel. J'étais pas mal, comme seconde base. Je jouais, quand j'étais étudiant à l'Université baptiste des monts

Ouachita, et c'est là que j'ai commencé à prêcher, aussi. Je me rappelle mon premier sermon comme si je l'avais fait hier. C'était un jeudi soir en février 1952 ! "Gagner les âmes", je l'avais appelé. Pendant les vingt-trois années suivantes, j'ai prêché tous les jours. Dans tout le Sud. Dans des églises, dans des *revivals* en plein air, à des coins de rue, partout où je trouvais quelqu'un pour m'écouter. Et bien sûr, j'ai toujours été pris pour un rebelle, dans ma congrégation. On s'est bien engueulés, à vrai dire. Ils ont eu du mal à s'habituer à mon style… »

Sa fascination pour la vitesse l'avait conduit à élever des chevaux de course avec son fils, au temps où il était encore pasteur, ce qui évidemment n'était pas pour réjouir toutes ses ouailles… « Et puis, mon fils en a eu assez des chevaux, et il est devenu fou de moto. Et moi, avec tous mes déplacements, je m'éloignais de plus en plus de lui. Alors un jour, j'ai décidé qu'on devait se retrouver et j'ai acheté deux Honda 450, une pour lui, une pour moi. La moto de base, mais suffisante pour couvrir de la distance. À l'époque, je peux vous dire que j'avais peur de la moto, pourtant. Je trouvais ça trop dangereux, en fait. Cette Honda-là, c'est la première sur laquelle je me sois assis, donc c'était un autre univers, pour moi. » Dans lequel il s'est trouvé à l'aise en un clin d'œil. Quelques mois plus tard, père et fils partaient participer à une compétition à San Antonio, au Texas : « On s'arrêtait dans les églises en route. Beaucoup de fidèles nous tournaient le dos parce qu'on était motards. La plupart des pasteurs ne voulaient même pas nous parler ! Alors, quand on est arrivés et que j'ai vu tous ces motards, je me suis mis à témoigner. Je les ai écoutés me raconter leur vie, leurs problèmes avec la famille, le travail, la société. Et soudain, Dieu a parlé à mon cœur, Il m'a dit de faire quelque chose pour les motards, parce qu'ils ont des soucis comme nous tous, hein ? »

Un an après la révélation de San Antonio, Herb avait fondé l'AMC. C'était un ami qui avait dessiné l'emblème de l'association – une bible ouverte dans des mains en prière –, car l'étiquette des bandes de motards oblige chacune d'elles à avoir ses propres « couleurs ». Il se trouve que cet ami dirigeait aussi le magazine des fans de motos BMW. Après avoir passé une annonce dans ses colonnes, Herb a commencé à voir les lettres d'adhésion arriver en masse. C'était en 1974. Quatorze ans plus tard, l'AMC « pesait » vingt-huit mille membres, réunis en trois cents « chapitres » dans tout le pays. Le siège principal se trouvait à Hatfield, la comptabilité à Levelland, au Texas. En plus d'Herb et de son fils, Herb junior, l'AMC comptait huit évangélisateurs à plein temps qui se rendaient dans les réunions de motards pour gagner de nouvelles adhésions. Et elle menait également un travail missionnaire à l'étranger : « On vient juste d'organiser un grand rassemblement pour collecter des fonds destinés à acheter trente motos aux pasteurs qui vivent dans des coins reculés du Guatemala et qui doivent souvent animer cinq ou six églises chacun. Quand un pote à nous, qui voyage énormément, nous a parlé de ces gars qui devaient marcher des kilomètres pour porter la foi, on a décidé de les aider et de leur payer des petites motos. Herb junior va là-bas la semaine prochaine, pour les remettre personnellement. Avec le pote qui s'occupe de notre service vidéo, parce qu'il va filmer la cérémonie. »

Missions au Guatemala, section de production vidéo, l'AMC avait vraiment l'air de tenir la route. Son budget annuel était cependant modeste : quatre cent mille dollars, uniquement en dons individuels, sur lesquels Herb prélevait son salaire de trente-cinq mille dollars. On était loin des sommes astronomiques que brassaient alors plus ou moins honnêtement les télévangélistes. Mais ce n'était pas l'argent qui intéressait Herb ; il était fasciné par sa vision romantique du prédicateur itinérant à travers la Terre promise, du voyageur résolu à sauver ses semblables dans les coins les plus reculés : « Nous, nous croyons dans l'évangélisme "total", c'est-à-dire en une vie totalement chrétienne. Prêcher la bonne parole, gagner des fidèles au Seigneur. La plupart de nos adhérents sont des gens qui bossent dur, des avocats, des médecins, des hommes d'affaires, et qui prennent leur moto le week-end pour aller évangéliser. Nous avons aussi des convertis venus de groupes "blousons noirs". En fait, on est présents dans les trois grandes concentrations annuelles de motards "hors la loi" du pays : à Sturges, dans le Dakota du Sud, à Daytona, en Floride, et à London, New Hampshire. Et ne croyez pas qu'ils réagissent mal quand ils nous voient. Les Hell's Angels sont coriaces, c'est sûr, mais ils sont plus faciles à aborder que des groupes plus récents, des types comme les Banditos ou les Douze Salopards. Parce qu'ils n'ont rien à prouver, eux. Ils nous appellent souvent quand ils ont besoin de nous, pour un enterrement ou un sermon. Et on est toujours contents d'aider. Peu importent les "couleurs" du motard : ce qui compte, c'est qu'il apprenne à connaître le Seigneur, qu'il comprenne que sans Jésus, il peut se faire manipuler par Satan sans même s'en apercevoir... Ce n'est pas difficile, de gagner les motards à Dieu. Pourquoi ? Parce qu'ils sont tous un peu rebelles, au fond de leur cœur. On part pas à l'aventure sur deux roues, si on ne l'est pas. Et dès qu'ils voient que le Saint-Esprit peut répondre à leurs attentes, ils nous laissent partager le Christ avec eux.

» Le truc de l'AMC, c'est que nous sommes un club de motards chrétiens non sectaires. On ne vous demande pas à quelle Église vous appartenez : tout ce qui compte, c'est l'Esprit saint. Et la route, bien sûr. On aime tous ça, rouler. Moi, j'ai fait tous les États d'Amérique, sauf Hawaï. Je me suis même tapé l'autoroute de l'Alaska ! Bon, j'ai déjà été opéré deux fois à cœur ouvert mais j'adore toujours la route. Tenez, la semaine prochaine je me rends à un rassemblement à Sipipu, au Nouveau-Mexique, et après je vais à un autre, dans le Wyoming… »

En écoutant Herb, on croyait entendre un pionnier des temps héroïques, convaincu que l'aventure de la découverte physique du vaste continent allait de pair avec celle de la communion spirituelle. Dans ce pays où chacun est censé se réinventer, où la route est une promesse de nouveau départ, tout voyage ne pose-t-il pas la question du renouvellement individuel de la foi ? Une bonne partie de la vie américaine ne repose-t-elle pas d'abord sur l'idée de la poursuite du bonheur, la liberté de bouleverser son existence de fond en comble et de partir à la découverte de soi-même ? Alors, la route devient elle-même le symbole de cette quête d'une paix intérieure. C'est sur elle que nombre de voyageurs ont découvert que le « salut » chrétien était une sorte de *road movie* spirituel offrant sérénité et régénération. Le romantisme du routard n'est jamais loin de celui du croyant.

Herb Shreve en était convaincu. Attrapant une bible dans une main, un atlas routier des États-Unis dans l'autre, il a déclaré : « Ça, ce sont les Écritures sur lesquelles je fonde ma vie. Vous n'avez besoin de rien d'autre que ces deux livres, pour voyager dans le pays de Dieu ! »

7

Dans la vallée des ombres

C'EST UNE CHAISE EN BOIS à haut dossier et larges accoudoirs, simple, avec une planche en guise d'appui-tête rudimentaire. On croirait presque un trône primitif, à première vue, sans doute parce qu'elle est en général installée sur une petite estrade et derrière une vitre, ce qui lui confère une certaine majesté. Une terrible majesté, faudrait-il dire. Ensuite, on remarque des lanières de cuir un peu partout, courroies destinées à retenir son occupant par les bras, les poignets, le torse, les cuisses, les chevilles. Celui qui occupe brièvement cette chaise vernie ne la quittera pas facilement. Ou plutôt, il ne la quittera que mort, car ce siège est destiné au voyageur en route vers une dernière et fatale aventure : la décharge de deux mille volts qui l'emportera dans un désert sans retour.

De gros câbles fourniront le carburant. Une fois le voyageur prêt et sanglé pour le décollage, ils seront branchés aux plaques métalliques fixées sur le sommet de son crâne rasé et à l'une de ses chevilles. Dessous, une matière spongieuse gorgée d'eau garantira que le courant électrique venu du générateur installé dans la pièce voisine passe sans obstacle à travers son corps. Enfin, une sorte de masque, également en cuir, sera placé sur son visage, un ventilateur se mettra en route au plafond, une manette sera abaissée sur la console de contrôle, et l'afflux des deux mille volts le projettera en avant, captif des courroies. Pendant ces deux minutes de choc électrique constant, l'occupant de la chaise perdra le contrôle de son organisme. Il déféquera dans son pantalon, urinera, vomira du sang. Sa peau changera de couleur, ses yeux s'écarquilleront de façon grotesque – d'où l'utilité du masque –, des flammes jailliront peut-être des électrodes assujetties à sa tête et à sa jambe. Une fois le courant coupé, on sentira une nette odeur de chair brûlée pendant cinq minutes, avant que le ventilateur dissipe la puanteur de la salle d'exécution et fasse baisser la température du corps sur la chaise. Puis les médecins entreront, munis de stéthoscopes ; ils écouteront le cœur silencieux du prisonnier et confirmeront sa mort.

C'est du moins ce qui se passe en théorie, mais il arrive assez fréquemment que la décharge initiale ne soit pas fatale et qu'il en faille d'autres pour achever le condamné. Dans un cas particulièrement sinistre, en Alabama, en 1983, pas moins de trois électrocutions à mille neuf cents volts, administrées au cours de quatorze interminables minutes, ont été nécessaires pour constater le décès d'un homme condamné pour homicide, John Louis Evans. Comme si cela n'avait pas suffi, l'électrode de sa cheville avait fini par griller et avait dû être remplacée avant la deuxième décharge. Des témoins avaient vu de la fumée s'élever de la tempe gauche et de la jambe d'Evans.

Depuis que l'État de New York a décidé d'avoir recours à la chaise électrique pour la peine capitale, en 1888, les défenseurs de ce procédé ont pourtant maintes fois soutenu qu'il s'agissait d'une méthode beaucoup moins cruelle que la pendaison, par exemple. Administrée de cette manière, la mort serait pratiquement instantanée : « C'est comme quand on jette un steak sur le gril d'un barbecue chauffé à blanc », m'a assuré un habitué du « couloir de la mort » qui avait assisté à plusieurs exécutions. Des observations médicales récentes ont toutefois contredit cette théorie de la grillade sans douleur. Ayant étudié en détail le système de fonctionnement de la chaise électrique, un scientifique français est parvenu à d'accablantes conclusions : « Dans tous les cas (...), la mort survient, mais c'est un processus qui peut être long et affreusement douloureux. Le temps de l'agonie varie selon les sujets, certains ayant une plus grande résistance psychologique que d'autres. Je ne pense pas que quiconque décède instantanément. Parfois, la mort clinique n'est pas constatée alors que les parties du corps sur lesquelles les électrodes ont été fixées présentent des brûlures importantes. En certains cas, par ailleurs, le condamné peut être encore vivant, voire conscient pendant quelques minutes, sans que le médecin soit en mesure de dire si la mort est intervenue ou non. (...) Cette méthode d'exécution est en réalité une forme de torture. »

Si tel est le cas, l'attente du moment où l'on sera mis en présence de la « Vieille en chaleur » – un sobriquet souvent utilisé dans les QHS de toute l'Amérique – constitue une torture psychologique des plus redoutables. Les condamnés à la chaise électrique passent en général cinq ans, voire plus, en prison avant de s'y asseoir, le temps que la machine judiciaire traite leur appel : quand Willie Darden a été exécuté en Floride, malgré de nombreux appels à la clémence venus du monde entier, il avait passé quatorze ans dans le couloir de la mort, soumis à plusieurs reprises au cauchemar du faux espoir d'échapper à la peine capitale. Ces suspensions de sentence in extremis arrivent à presque tous les condamnés à mort. Il n'est pas rare qu'ils soient parvenus au bout de tout le rituel, le dernier repas, la dernière visite de la famille, la prière avec l'aumônier, avant de se voir accorder un répit, qui dans nombre de cas consiste en fait à répéter la même épreuve quelques mois plus tard.

Pour compléter ce tableau, il faut se rappeler les conditions de détention dans le couloir de la mort, la cellule minuscule que le condamné ne quitte pratiquement pas, l'interdiction de participer aux activités de la prison, l'isolement et le désœuvrement qui ne lui laissent rien d'autre à faire que de penser à sa mort prochaine. Sa mort légale, car sa vie n'en est déjà plus une. Il n'est donc pas surprenant que ces quartiers réservés aux condamnés à la chaise électrique soient un foyer de dépression, de crises de démence, et que tant de ces damnés finissent par se tourner vers le Christ pour chercher quelque secours.

« En vérité, si un homme ne naît de nouveau, il ne peut voir le royaume de Dieu. » Pour un être emprisonné dans l'antichambre de la mort, cette doctrine théologique présente un attrait évident, surtout lorsque vient la compléter le « bonus » de la vie éternelle dans le domaine paradisiaque du Seigneur. Certes, nous savons tous que nous allons mourir, et notre vie est déterminée par cette prescience, mais en général nous avons la consolation de voir la mort comme un terroriste furtif, qui ne nous préviendra jamais avant de nous détourner en plein vol. Le pensionnaire du couloir de la mort, lui, n'a pas le réconfort d'une telle naïveté : il se réveille chaque matin avec la date exacte de sa fin à l'esprit. Alors, face à un calendrier aussi implacable, qui ne se tournerait pas vers Dieu ? Qui, forcé d'avancer à travers cette vallée des Ombres, ne serait pas pris de frayeur ? Qui ne chercherait pas protection sous Son spectre ?

Après trois mois à muser parmi les multiples facettes du christianisme américain, il me restait à m'aventurer dans le plus intimidant des territoires de l'illumination religieuse, celui de la mort annoncée. Nulle part plus qu'ici les limites et les contradictions de la foi n'étaient soumises à une si radicale épreuve. Et donc, alors que mon errance dans le Sud tirait à sa fin, il m'a paru inévitable que mon ultime étape dans ce voyage soit le « dernier arrêt », justement, cet espace où la promesse d'« habiter à jamais la maison de l'Éternel » était peut-être le seul moyen de garder sa raison, où la possible rédemption devant le Très-Haut devenait l'unique espoir pour ces quintessences de parias jugés si sévèrement par les autres humains qu'il ne leur restait plus qu'à disparaître.

Quand, un soir très tard, depuis un routier de l'Arkansas, j'ai réussi à joindre au téléphone un certain Zack Leonard et que celui-ci m'a répondu : « OK, venez » après avoir écouté ma requête, j'ai effectué un demi-tour spectaculaire sur la carte du continent pour me diriger droit à l'est, à l'est de la Caroline du Sud. Direction : la ville de Columbia, la maison centrale de l'État, et son couloir de la mort.

Zack Leonard était un prêtre baptiste qui faisait office d'aumônier des prisons en Caroline du Sud. Il avait eu la vocation tard, après avoir pris sa retraite d'auteur de braquages à main armée, profession qui l'avait conduit à passer près de la moitié de ses cinquante ans derrière les barreaux. C'est un avocat que j'avais rencontré l'été précédent, lui-même chrétien pratiquant et associé à un groupe d'action caritative en faveur des détenus, qui m'avait parlé de lui. Il m'avait assuré que si je voulais comprendre l'essence du « témoignage chrétien », voir comment une existence humaine pouvait être transformée de fond en comble par la rencontre avec le Christ, je devais rencontrer Leonard, l'ancien taulard que le directeur de tous les centres pénitentiaires de l'État avait jadis appelé « l'être le plus méchant qu'on puisse imaginer ».

Non seulement Zack était devenu chrétien pendant ses dernières années à l'ombre mais il avait été ordonné pasteur dans la congrégation des baptistes du Sud et passait désormais son temps à se rendre de prison en prison à travers la Caroline du Sud. Chaque mardi après-midi, sa visite était réservée au monde redoutable du couloir de la mort, et à ses exclus. « Voyez s'il serait d'accord pour vous emmener, un jour », m'avait conseillé l'avocat. C'est ce que j'avais tenté sans succès pendant plusieurs semaines, jusqu'à ce soir-là, aux abords de Little Rock, où je l'avais enfin trouvé chez lui. « Bien sûr que vous pouvez venir, mon frère, m'avait-il répondu. Ces prisonniers-là sont toujours contents de voir un nouveau visage. Vous pourriez arriver mardi vers midi ? » On était dimanche soir, et Columbia se trouvait à mille deux cents kilomètres de là, mais c'était aussi ma dernière semaine en Amérique. J'ai donc accepté avant de m'offrir un nouveau marathon automobile et d'arriver le mardi au petit matin, à Columbia, où je me suis effondré sur un lit de motel pendant quelques heures.

J'étais encore sous les effets de mon overdose de kilomètres lorsque j'ai rejoint Zack à la cafétéria de la station-service qu'il m'avait indiquée. Au moment où je me garais, une vieille fourgonnette Nissan est arrivée, un petit type aux allures de mauvais garçon en a sauté et m'a lancé : « Z'êtes le mec avec le drôle d'accent, non ? » J'ai hoché la tête et, quand je me suis approché, il m'a pris dans ses bras pour me donner une chaleureuse accolade. « Salut, mon frère. C'est bien, que tu aies réussi à venir ! »

À peine un mètre soixante-cinq, mais bâti comme un pitbull agressif, Zack avait un crâne qui faisait penser à un gros chou-fleur abîmé, sous sa coupe militaire, et un air étonnamment jeune, même si son nez avait pratiquement disparu, réduit à deux narines et à un amas de cicatrices là où le cartilage aurait dû pointer. Ce qui était arrivé à ce pif-là ne s'était pas produit sous anesthésie, c'était clair. Son apparence n'était pas commode, pour tout dire : le genre de dégaine qui vous invite d'emblée à y aller mollo, complétée par une voix rauque et grave, à l'accent du Sud à couper au couteau. Il m'a tout de suite été sympathique, cependant, sans doute parce qu'il avait lui-même conscience de l'effet que produisait sa mine patibulaire et qu'il voulait dissiper au plus vite cette première impression. Dès que nous avons été installés à la table de la cafétéria qu'il m'avait indiquée, il a senti mon appréhension devant l'après-midi qui s'annonçait, me déclarant aussitôt : « Quand tu seras là-bas, tu verras que c'est facile, de parler avec ces mecs. Il faut que tu leur racontes ton voyage à travers les States. Je veux que tu partages avec eux ton amour du Christ. »

Il a fallu que j'explique une nouvelle fois que je n'étais pas chrétien, et Zack a ouvert de grands yeux : « Comment ça, t'es pas chrétien ? » Flairant le danger, car c'était comme si je venais de proclamer que j'appartenais à un gang rival, je me suis empressé d'expliquer que, bien que non-pratiquant, j'avais beaucoup d'estime pour l'enseignement unitarien, que même si Jésus n'était pas mon Sauveur je n'en éprouvais pas moins un grand respect pour Lui et pour Ses disciples. Zack a fini par se montrer convaincu, notant toutefois au passage que « si tu m'avais dit ça y a encore un an, j'aurais essayé de t'faire entrer la foi à coups de latte, moi ! ». Et d'ajouter avec un petit sourire : « Ouais, j'étais vraiment un méchant, dans le temps. Mais laisse-moi te dire un truc. D'aller voir la prison, ça t'rend nerveux. Le couloir de la mort, tout ça. Même pour deux heures et quelques. Mais moi, des fois, c'qui me rend nerveux, c'est ici, c'qu'on appelle la vie normale, parce que c'est faire face à deux cents responsabilités à la fois. »

Sur ce, il m'a raconté qu'il avait passé vingt-sept années de son existence au clou, pour vol à main armée, violences et voies de fait, homicide... Né dans les montagnes de Caroline du Nord, père entrepreneur en bâtiment et mère institutrice, il avait été un gosse de la classe moyenne, élevé dans une famille baptiste pratiquante. Si ses relations avec sa mère avaient toujours été cordiales, il n'avait jamais pu comprendre pourquoi son père refusait de lui manifester la moindre affection – « les taules sont pleines de gars qui ont eu des problèmes avec leur paternel », a-t-il observé – et il avait commencé très tôt à se révolter contre son autorité. À seize ans, il s'était retrouvé impliqué dans des cambriolages de petite envergure. Un an plus tard, entré chez les marines, il avait « piqué la caisse » d'une supérette pendant une permission : trois mille huit cents dollars, son premier « coup » avec un flingue. Quelques semaines plus tard, après avoir fait le mur, il avait commis un deuxième hold-up à Myrtle Beach, mais cette fois la police militaire l'avait pincé. Il s'était enfui du centre disciplinaire des marines où il avait été envoyé, en Virginie, avait été repris, placé en asile psychiatrique où il avait provoqué une mutinerie un soir de beuverie, et finalement éjecté de l'armée. « C'était pas si grave, parce que j'voulais vraiment faire des études, devenir médecin. » À la place, il avait mis enceinte l'une de ses petites amies et, comme il se retrouvait avec une famille à nourrir, il n'avait eu d'autre choix que de travailler pour son cher père, charriant le mortier et alignant les briques mais aussi reprenant les braquages pendant ses moments libres : « D'abord les supermarchés, ensuite les centres de paie dans les raffineries, et enfin les banques. »

Il était doué, sans doute, car il avait passé quatre ans sous la cagoule sans gros pépin. Celui-ci s'était finalement produit dans une succursale bancaire d'Asheville, lui rapportant une peine de vingt ans au pénitencier de Lewisburg, en Pennsylvanie. Son troisième jour dans cet établissement était resté gravé dans sa mémoire parce qu'il avait tué un prisonnier qui lui avait fait des avances : « Un zigue de New York, mais pas New York-ville, hein ? Un vrai dur. Il m'a dit que j'étais mignon, qu'il voulait s'amuser avec moi et que je le rejoigne aux douches dans un quart d'heure. Être tronché ou être cogné, voilà le choix... » Zack avait préféré l'affronter, l'avait envoyé *ad patres* et avait récolté vingt ans de plus. Il avait aussi été transféré dans une prison fédérale d'Atlanta, puis à Leavenworth, puis à Alcatraz, où on l'avait déclaré psychopathe dangereux. Après les principales prisons de haute sécurité d'Amérique, cela avait donc été pour lui trois ans – dont quatorze mois d'isolement total – dans un asile psychiatrique du Missouri, à Springfield. « Le pire endroit de tous, Springfield. Ils m'ont flanqué les électrochocs, ont essayé de me droguer pour que j'devienne un zombie. C'était une vraie saloperie, c'te taule. »

Il y avait survécu, néanmoins, et puis sa remise en liberté conditionnelle avait été miraculeusement décidée. Une fois dehors, il s'était promis de repartir du bon pied : il s'était remarié – sa première femme ayant divorcé après son incarcération –, avait repris ses études... Mais il y a des habitudes difficiles à perdre ; trois mois plus tard, ayant ressorti sa cagoule du placard, il avait été arrêté au cours d'un hold-up à Greenville. Problème supplémentaire, il avait tiré sur un type pendant le braquage : « La balle lui est passée au-dessus de la tête. J'voulais le buter, oui, mais je l'ai raté. » N'empêche qu'il avait écopé de deux fois quinze ans au trou. Au bout de cinq ans et demi, nouvelle grâce, nouvelles promesses de s'amender, nouveau départ, cette fois dans la maçonnerie, et nouvelle rechute. Dix-huit ans, pour ce coup-ci, et guère de chances d'être libéré avant terme, car non seulement Zack avait été surpris en possession d'un couteau mais il avait trouvé son égal en férocité, un codétenu qui au cours d'une rixe lui avait arraché le nez à coups de dents.

De retour de l'hôpital après cette grave blessure, il avait trouvé dans sa cellule deux livres laissés par un missionnaire chrétien, celui-là même que Zack avait voulu cogner une semaine plus tôt, lorsqu'il avait tenté de lui parler. Le premier ouvrage était la Bible, le second le témoignage autobiographique de Nick Cruz, ancien malfrat de grande envergure qui avait fini par rallier l'Escadron de Dieu. Dès les premières pages, Zack s'était senti « accroché par ce bouquin », comme il ne l'avait encore jamais été par quoi que ce soit : « Je ne sais pas pourquoi, mais ce livre-là a tout changé pour moi. Pour la première fois, je me suis permis de baisser ma garde. En lisant ce truc, je me suis mis à réfléchir à la vie pourrie que j'avais eue, moi aussi. J'ai découvert que je fuyais les responsabilités, surtout celle d'éprouver de l'amour. J'avais quarante-trois balais et tout mon passé a défilé devant moi. J'ai pensé à ce volontaire chrétien que j'avais voulu castagner et j'ai compris ce qu'il avait cherché à faire : à me montrer l'amour de Dieu. Et là, j'suis tombé à genoux. Carrément. J'ai demandé pardon, j'ai prié le Christ pour qu'Il transforme ma vie. Et brusquement, j'ai éprouvé une chose que je n'avais jamais eue : la paix... Alors j'me suis mis à chialer. Sans arrêt, pendant trois, quatre jours. J'ai eu honte, d'abord, honte de toutes mes conneries. Et quand ils m'ont sorti du cachot, finalement, j'ai vu les autres taulards complètement différemment, à un point qui m'a fichu la trouille. J'ai compris que ma réputation de dur allait en prendre un coup, ma fierté, mais bon, c'était parti... »

Au cours des deux années suivantes, Zack allait convaincre les autorités pénitentiaires qu'il avait changé, qu'il s'était « réformé ». On l'avait laissé se rendre une fois par semaine aux cours du séminaire local. En 1984, il avait obtenu sa libération définitive. Tout de suite après, il avait reçu l'ordination baptiste, devenant pasteur adjoint dans une église de la région jusqu'à ce qu'un aumônier des prisons le convainque que sa place était avec les prisonniers, dans cet univers qu'il connaissait le mieux. Depuis, s'occuper des pensionnaires du couloir de la mort à Columbia avait été son occupation principale.

On nous a alors apporté le déjeuner. Me prenant la main, cet ancien repris de justice qualifié de psychopathe et considéré comme le pire délinquant de tout l'État m'a demandé de me joindre à lui pour rendre grâce, remercier le Seigneur de nous avoir envoyé cette nourriture et cette amitié. Tandis que nous mangions je lui ai proposé de me résumer l'histoire des prisonniers que nous allions rencontrer un peu plus tard mais il m'a répondu qu'il tenait à connaître le moins possible de leur passé, parce qu'il ne s'intéressait pas à leurs forfaits, souvent abominables : « J'veux pas savoir ce qu'ils ont fait. Je veux m'occuper d'eux, c'est tout. Leur montrer que l'amour du Christ peut les aider dans cette passe. » Puis il m'a expliqué que la section des condamnés à mort était relativement modeste en Caroline du Sud, comparée aux normes du pays : quarante-quatre détenus, c'est-à-dire presque quatre fois moins qu'en Floride ou en Géorgie, par exemple. Contrairement à celles de ces États, les autorités judiciaires de Caroline n'étaient pas fanatiques de la chaise électrique. Deux ans et demi s'étaient même écoulés depuis la dernière exécution, et la régulière augmentation de la population du couloir de la mort avait été compensée par vingt-trois commutations de peine capitale en détention à vie ces dernières années.

« Ce que personne a l'air de comprendre, m'a-t-il dit, et surtout les gens qui réclament à cor et à cri plus d'électrocutions, c'est qu'à chaque fois qu'on le fait, on admet que la société a été incapable de s'occuper du type et de ses problèmes. Et on souligne aussi le principal défaut de notre système judiciaire, à savoir que celui qui commet un crime affreux mais qui peut se payer un bon avocat échappera en général à la peine de mort. La grande majorité des gars dans le couloir de la mort viennent de milieux défavorisés, n'ont pas eu d'éducation et ont été défendus par des mecs commis d'office qui se souciaient d'eux comme de leur première chemise. Tu peux me croire : le criminel en col blanc, tu le rencontres pas là-bas. »

Le repas terminé, nous sommes partis dans la fourgonnette de Zack. À moins de dix kilomètres est apparu un ensemble de vieux bâtiments en briques que l'on aurait pu prendre pour une ancienne usine du temps de la première révolution industrielle mais qui était en fait la maison centrale de l'État de Caroline du Sud. La taule. Le trou. Une usine, mais avec des barbelés, des gardes en armes, des portails télécommandés. Nous avons franchi deux enceintes avant d'arriver à une guérite, le « checkpoint Charlie » de cet univers. « Salut, frère », a lancé Zack à la sentinelle. Mais tout ne s'est pas passé comme prévu : « Vous pouvez pas entrer par là aujourd'hui, Zack, lui a dit l'homme. Y a une méga-inspection en cours. Va falloir faire le tour par le parking principal. » Avec un haussement d'épaules, Zack a fait demi-tour et s'est engagé sur la piste qui faisait le tour du périmètre de sécurité. Un léger sourire aux lèvres, il a remarqué : « Comme j'étais avant, un coup comme ça, ça m'aurait mis en pétard. Mais vraiment en pétard ! » Ce deuxième accès était relié au complexe par une longue passerelle, au bout de laquelle se trouvait un autre poste de garde. « Salut, Zack ! a lancé le vigile.

— Salut, mon pote ! »

Il était visiblement bien connu, ici. Le gardien lui a fait signer le registre, pour la forme, puis m'a demandé une pièce d'identité quelconque. Il a pris un air stupéfait devant mon passeport américain :

« C'est quoi, ça ?

— Mon passeport.

— J'veux pas de "passe-porte", moi, je veux un document officiel avec photo.

— Mais c'en est un !

— Non, quelque chose de normal, quoi... Permis de conduire, par exemple.

— Je l'ai laissé dans ma voiture... »

En désespoir de cause, je lui ai montré le cachet du Département d'État afin de le convaincre que ce papier était aussi officiel qu'un permis de conduire.

« Ouais, bon, ça devrait aller, a-t-il concédé. Jamais vu un truc pareil, mais bon... Juste parce que vous êtes avec Zack, hein ? Et la prochaine fois que vous venez, faudra avoir une vraie pièce d'identité. »

L'incident venait me rappeler que dix pour cent à peine de mes compatriotes prennent la peine de se faire établir un passeport. La fermeture au monde extérieur est une réalité en Amérique, et pas seulement dans ses prisons...

Nous avons traversé une vaste cour flanquée d'un terrain de base-ball, encore des grilles et, juste derrière, un immeuble de la compagnie téléphonique South Bell. L'entrée proprement dite était protégée par d'épais barreaux en acier trempé, avec un écriteau d'avertissement : EN PASSANT CE CONTRÔLE, LES VISITEURS ACCEPTENT D'ÊTRE FOUILLÉS. Le portail s'est ouvert automatiquement. « 'jour, Zack ! » Une gardienne, cette fois. « Bonjour, ma beauté. » La beauté en question devait peser dans les cent quarante kilos, imposant revolver de service à la ceinture non compris. Elle n'a pas apprécié l'exotisme de mon passeport, elle non plus, mais Zack est intervenu en ma faveur. Pendant qu'ils argumentaient, un groupe de prisonniers est passé près de nous, sévèrement gardé. Les menottes qu'ils portaient aux poignets étaient attachées à leur taille par un lien métallique, afin d'empêcher tout mouvement brusque. La chaîne de forçat version moderne.

« Hé, Zack ! a crié un des gardes. Tu vas dedans, aujourd'hui ?

— Exact, mon frère », a-t-il confirmé avant de me pousser à travers un détecteur à métaux d'aéroport. Encore une barrière télécommandée, et nous nous sommes officiellement retrouvés dans le territoire des condamnés et de l'opprobre.

C'était un univers de couloirs mal éclairés, peuplé de détenus en uniforme de denim, raison pour laquelle Zack m'avait demandé de ne pas porter de jean pour cette visite. Dans cette partie de la prison, m'a-t-il expliqué, les prisonniers avaient le droit de se retrouver et un grand nombre d'entre eux traînaient donc en groupes dans ce dédale. Plusieurs ont salué le pasteur, ce qui m'a amené à remarquer : « Tu as la cote, ici.

— Ouais, parce que j'ai été pensionnaire dans cette taule, moi aussi. »

Nous nous sommes arrêtés devant une porte en fer toute banale, munie d'un judas, avec une sonnette sur le côté. Zack a appuyé dessus. Un gardien noir, massif jusqu'à en être inquiétant, a ouvert. Nous étions à l'« unité CB2 », le couloir de la mort.

« Salut, mon frère. » Cette fois, l'homme n'a pas retourné la politesse à Zack, se contentant de commander : « Allez, on les écarte. » Bras tendus, jambes ouvertes, Zack s'est laissé fouiller au corps, puis est venu mon tour. Au loin, je percevais un bruit de douche, qui allait de pair avec une odeur âcre de vestiaire, fumet de sueur et de chaussettes mouillées. Je me suis alors aperçu que nous étions juste à côté des box de douche, mais c'était la première fois que j'en voyais de ce genre, fermés par des portes à gros cadenas.

Après avoir traversé cet espace sombre et confiné, nous nous sommes retrouvés dans une grande nef entourée de cages et de passerelles en acier. Ici, le plafond était à vingt-cinq mètres du sol, et chaque bruit résonnait interminablement sur les murs en briques usées. Ces échos de voix basses, de canalisations, de grilles ouvertes et fermées composaient la déconcertante musique du couloir de la mort. La lumière aussi était inhabituelle : cette caverne où le soleil n'entrait jamais était éclairée par les néons les plus violents qui soient, ou par des ampoules nues. Tout là-haut, quelques lucarnes sales suggéraient le jour, mais pour le reste l'endroit baignait dans cette lueur artificielle, surnaturelle.

Les cellules s'alignaient en trois sections à droite de la nef ; à peine trois mètres sur un et demi chacune, avec une couchette, un W.-C., un lave-mains, une table et une chaise. C'est là que les détenus passaient le plus clair de leur temps, à l'exception des deux heures d'exercice physique trois fois par semaine, de la douche, et de l'office avec Zack chaque mardi après-midi. Certains avaient un poste de télé, acheté d'occasion par Zack quand les donations le lui permettaient. D'autres disposaient d'un ventilateur électrique, un accessoire de première nécessité dans cette vieille prison soumise aux étés torrides de la Caroline. D'autres avaient tenté de distraire leur esprit de la terrible attente en tapissant leur geôle de calendriers et de photos géantes arrachées à *Playboy*, mais la plupart des cellules étaient affreusement nues. Dans ce quartier de haute sécurité, la grille du couloir était doublée, de sorte que l'on devait parler aux habitants du couloir de la mort à travers deux séries de barreaux.

« Salut, Zack ! a hurlé quelqu'un.

— Hé, Pete ! J'te présente mon pote Doug ! »

Pete était un homme d'une quarantaine d'années, un air d'intellectuel, avec ses lunettes à monture d'écaille, sa moustache filandreuse, ses cheveux raides. Sa cellule ressemblait d'ailleurs à un bureau, une large planche en bois faisant office de table à dessin, éclairée par une lampe articulée. Pete – qui s'appelait autrement, puisque Zack m'avait demandé de ne pas utiliser la véritable identité des détenus du couloir de la mort – était en train d'achever une nouvelle série de cartes postales. « Sur quoi tu bosses aujourd'hui ? » lui a demandé mon guide. Il nous a désigné un dinosaure peint en vert : « C'est pour mon projet en cours.

— Pete est un vrai artiste, m'a expliqué Zack. Il dessine ces cartes et il les envoie à des amis dans tout le pays. » C'était aussi, comme je devais l'apprendre par la suite, le pire « serial killer » de Caroline du Sud, avec douze meurtres recensés avant que la police ne lui mette enfin la main dessus.

« Salut, Zack ! » a crié un autre prisonnier. Nous avons avancé un peu plus loin dans le couloir. « Hé, Charlie ! Ça va, mon frère ?

— J'ai eu mon appel au tribunal la semaine dernière.

— Et quoi ?

— Pas de nouvelles, bonnes nouvelles », a observé Charlie d'une voix tranquille.

« Salut, Zack !

— Hé, Phil ! Tu as l'air en forme, mon vieux.

— Tu m'files un dollar, Zack ? J'dois m'acheter un stylo. »

Zack a envoyé un billet à travers les barreaux. « Merci, mec ! J'te le revaudrai. »

La fin de la première section était barrée par une lourde porte sur laquelle un écriteau affirmait : *Dieu nous aime*. Derrière se trouvait une pièce exiguë, avec deux bancs en bois brut contre le mur et au fond une cellule abandonnée qui servait désormais de dépotoir pour le mobilier cassé. « Ils m'enfermaient ici, au temps où le couloir de la mort était dans l'autre aile, m'a appris Zack. C'était le cachot, l'isolement complet. Et c'est devenu la chapelle. Marrant, non ? »

De l'autre côté de la porte, un garde a lancé : « Qui c'est qui va prier ? », et bientôt la salle a commencé de se remplir. Le premier arrivant était Neil, la trentaine, maigre comme un clou, un bandeau indien autour du crâne et un bloc-notes à la main.

« Non ? t'es écrivain ? m'a-t-il dit quand Zack a fait les présentations. Moi aussi ! J'écris un bouquin sur ma vie. Sur comment ils ont truqué mon procès. C'est duraille, d'écrire, non ?

— Plutôt.

— Mon affaire, t'en as entendu parler ?

— Non.

— Je suis là depuis 79. J'ai pas été accusé de

meurtre, hein, mais de complicité de meurtre, sauf qu'ici, c'est du pareil au même. Je m'trouvais à cinquante mètres de l'endroit où cette meuf a été tuée. Celle qu'on avait prise en stop avec ma copine et mon cousin. Poignardée. C'est pas moi qui l'ai fait, c'est mon cousin. Il est ici, lui aussi. Et bien sûr ma copine a rien eu, elle, même si elle était aussi impliquée que nous. Le juge a dit qu'elle serait peinarde si elle témoignait contre nous. Évidemment, c'est c'qu'elle a fait, la salope… Je suis là depuis dix ans, donc. Deuxième procès, plein d'appels que j'ai tous perdus. Ça fait trois fois qu'j'suis condamné à mort. Tu sais ce qui me tue le plus ? C'est que l'État a dû claquer dans les trois millions de dollars rien que pour m'envoyer sur la chaise électrique. Alors qu'ils auraient pu consacrer ce fric à me ré-é-du-quer ! Moi, j'ai étudié et passé mon bac ici, dans le couloir de la mort, et j'voulais poursuivre, mais eux, ils disent non, pas d'études supérieures pour nous. Leur idée, c'est : à quoi ça servirait, pour un gars qui va passer à la friteuse ? Bon, maintenant, mon avocat essaie la carte de la déficience mentale. C'est ma seule chance, à part la grâce du gouverneur… Il paraît que ça se présente pas mal. Alors j'dois prier. Rien d'autre à faire, hein ? Prier. »

Ici, chacun avait une histoire de ce genre, qu'il se racontait dans sa tête dix, cent fois par jour, tous les jours, et qu'il voulait généralement confier aux rares visiteurs venus du monde extérieur. Parce que par le seul fait d'entrer dans ce monde, le visiteur se déclarait prêt à entendre ces récits, à voir devant lui des êtres humains, et non quelque vermine à exterminer. La vie de ces hommes se réduisait à leur histoire, leur avenir dépendait de la manière dont un juge l'interpréterait. C'était tout ce qui leur restait.

C'est pourquoi j'ai ensuite écouté ensuite celle d'Éric, un détenu à la barbe grisonnante, à l'air mélancolique et à la voix si douce que j'ai dû tendre l'oreille tandis qu'il me racontait comment, quatre ans plus tôt, il avait perdu la tête un soir. Il avait tué la femme dont il était séparé, le père de celle-ci, puis avait enterré les cadavres dans une forêt avoisinante. Il n'avait aucun souvenir du moment où il avait commis son crime. Et puis j'ai rencontré Leo, qui était né et avait grandi dans un asile psychiatrique, fruit du viol de sa mère par son père, et qui avait tué sa grand-mère peu après qu'on l'eut lâché dans la vie normale, à dix-neuf ans. Et Marvin, que les tribunaux avaient jugé demeuré mental et qui, à peine deux ans plus tôt, ne savait toujours pas lire. Bientôt, je me suis trouvé environné par une trentaine d'hommes dans cette chapelle qui avait été un cachot, où régnait une chaleur infernale et dont l'officiant avait jadis tué un homme qui avait tenté d'abuser de lui.

Des cahiers d'hymnes ont été distribués. Zack ayant demandé à Leo d'en choisir un et de mener le chœur, nous nous sommes bientôt tous retrouvés à vociférer le célèbre spiritual : *Swing Lo, Sweet Chariot*. En arrivant au passage : « Si tu arrives avant moi au Paradis / Oh, viens me ramener à la maison / Dis aux amis que j'arrive aussi », plusieurs voix ont tremblé. Ce service religieux mené sur le fil du rasoir avait un impact émotionnel considérable. Zack l'animait presque comme une séance de thérapie de groupe, essayant d'amener chacun à assumer son triste sort, à évoquer ouvertement ses peurs, ses angoisses. Il a évoqué le cas d'un certain Jerry, dont la peine venait d'être abaissée à trente ans de prison. Que pensaient-ils de ce coup de chance ? « Est-ce que ça vous inspire de la colère, de la jalousie, de savoir qu'il va sortir d'ici ? » Marvin a levé la main et expliqué que, d'après lui, Dieu avait sauvé Jerry du couloir de la mort afin d'éprouver sa propre foi : « Parce que bon, j'suis content qu'un frère s'en tire, mais j'aurais préféré que ce soit moi…

— Vous devez tous vous réjouir de ce que Dieu fait pour d'autres vies ! » a affirmé Zack. Là, Éric a demandé la parole. Il avait trouvé dans sa bible un passage de l'Évangile de Luc (10:25-28) qu'il voulait lire à tout le monde, parce qu'il pensait que c'était très en rapport avec leur situation : « Et voici qu'un légiste se leva et lui dit pour l'éprouver : "Maître, que dois-je faire pour avoir en partage la Vie éternelle ?" Il lui dit : "Dans la Loi, qu'y a-t-il d'écrit ?" Celui-ci répondit : "Tu aimeras le Seigneur ton Dieu de tout ton cœur, de toute ton âme, de toute ta force et de tout ton esprit ; et ton prochain comme toi-même. – Tu as répondu juste, dit Jésus ; fais cela, et tu vivras." »

« Tu vivras ». Les mots ont résonné avec une force particulière dans la chapelle improvisée. Puis Zack a prononcé une prière : « Mon Père, nous Te remercions pour ce moment passé ensemble. Nous sommes assaillis d'angoisse, Mon Père, nous tremblons parfois. Aide-nous à nous soutenir les uns les autres, Mon Père. Parce que nous sentons Ta présence en ces murs. Nous sentons Ton pouvoir et Ta miséricorde. »

Dieu était-Il vraiment là ? Se manifestait-Il exceptionnellement pour les détenus de l'unité CB2 de la maison centrale de Caroline du Sud ? J'ai regardé autour de moi ces hommes en vieux tee-shirts et jeans informes, suants, leurs yeux cernés, les tatouages et les cicatrices qui marquaient leur peau. Ils avaient commis le crime le plus terrible ou en avaient été complices. Se transformaient-ils en enfants de chœur lorsqu'ils étaient censés se présenter devant l'Éternel ? Non, pas du tout. Ce n'était pas la crainte du Tout-Puissant qui émanait de cette pauvre chapelle, mais une sensation de solidarité, d'attention mutuelle. Zack avait su inspirer à ces êtres méprisés et abandonnés la certitude que le seul moyen de résister au dernier, à l'effrayant voyage qu'ils avaient entrepris était de regrouper leurs forces, de s'entraider pour ne pas couler. Et il était parvenu à ce résultat en les convainquant que l'amour que Dieu leur portait était aussi généreux qu'inconditionnel.

Nous avons tous besoin d'amour. Mais celui que nous donnent d'autres êtres humains n'est-il pas trop souvent décevant ? Ne nous arrive-t-il pas à tous de désespérer de trouver le modeste bonheur dont nous aurions besoin ? Et après ce siècle dévastateur, ne sommes-nous pas tous à la recherche d'un placebo, d'une sorte de foi qui nous maintienne à flot, nous soulage des déceptions, nous pousse en avant sur le chemin de Bethléem ? Quand nous n'arrivons plus à trouver un sens à notre existence quotidienne, quand nous reculons devant le champ de mines des relations humaines, n'est-il pas tentant de lever les yeux vers le Ciel ? D'appeler un Être suprême qui récompensera notre fidélité par un amour désintéressé, sans condition ? Bref, toute la démarche de la révélation chrétienne n'est-elle pas une quête d'amour éperdue ? Et au sein d'une société obstinément engagée dans la poursuite du bonheur le plus égoïste, est-ce que le choix final n'est pas de s'en remettre à l'amour illimité de Dieu ? Lorsqu'on a tout essayé, n'est-Il pas le véritable aboutissement ?

Là, dans ces confins extrêmes appelés couloir de la mort, il était clair que cette idée d'amour divin était la planche de salut des condamnés. Mais plus généralement, dans le monde sans barreaux, combien sont ceux qui se sentent « condamnés », eux aussi ? Prisonniers d'un couloir de la mort qui a pour nom destin ?

L'autoroute était sombre et déserte. Il était cinq heures du matin, je roulais vers le sud. Quelques heures plus tôt, j'avais dit au revoir à Zack et quitté Columbia avec l'intention de m'arrêter dans un motel pour la nuit. Au bout de trente kilomètres, pourtant, j'avais été repris par le désir d'avancer, toujours plus loin, de rouler dans la solitude et l'obscurité, de piquer un dernier sprint à travers un équivalent géographique de l'infini.

À l'aube, j'ai passé la frontière de la Floride. Devant moi, l'horizon était une mince lueur orangée. C'est le moment le plus volatil, le plus capricieux de la journée. À l'aube, on peut voir de l'espoir dans le jour qui commence, ou une impasse. À l'aube, on peut se convertir à une idée, ou se faire exécuter pour elle. À l'aube, il est impossible d'être neutre.

Je roulais en silence depuis des heures. J'avais besoin de compagnie, à présent. J'ai allumé la radio et entendu une de ces voix qui m'étaient devenues familières au cours des trois mois écoulés. Celle d'un prédicateur, peu importe lequel, saluant le début d'un autre jour dans le Nouveau Monde par cette question : « Est-ce que vous avez été foudroyé dans l'âme ? »

Mon voyage se terminait là où il avait commencé, à tous égards. Il était temps d'attraper un avion et de regagner un monde plus ancien.

Remerciements

Il convient de remercier plusieurs compagnies pour leur aide dans l'organisation de mon voyage, parmi lesquelles Avis, Aer Lingus, TWA, Virgin Atlantic et Continental Airlines.

Pour leur hospitalité, qui est allée bien au-delà de ce qu'on entend généralement par ce terme, je voudrais remercier Margaret et Alex Bass, Happy et Laura Lee, John et Carol Davis, Margee et Harold Bright, Duke et Brenda Jackson, Clyde Broadway, Clive Rainey, Tess Irwin, David et Vicki Hurewitz, et divers lanceurs de lasso de Memphis.

Les livres suivants m'ont procuré de très précieuses références pour mon enquête : *Religions of America*, de Leo Rosten (Simon and Schuster, New York, 1975), *The Oxford History of the American People*, de Samuel Morrison (Oxford University Press, New York, 1965), *Everyday Life in Colonial America*, de Louis B. Wright (G. P. Putnam, New York, 1965), *Heavens on Earth*, de Mark Holloway (Dover, New York, 1966), *Holy Terror*, de Flo Conway et Jim Siegelman (Delta, New York, 1984), *Builder of Bridges*, de R. K. Johnson (Bob-Jones University Press, Greenville, 1982), *The Provoker* (Le Provocateur), de Tricia Weeks (K-Dimension Publishers, Atlanta, 1986), *20/20 Vision* (Vision 10/10 : Le Royaume de Dieu en clair), d'Earl Paulk (Kingdom

Publishers, Atlanta, 1988), ainsi que le rapport 1987 d'Amnesty International sur la peine de mort aux États-Unis. Je remercie particulièrement Stephanie Koorey, du service de presse d'Amnesty, pour toute son aide.

Sur les routes du Sud, puis pendant mes longues stations devant mon bureau, j'ai également écrit des essais sur divers aspects de mon voyage pour plusieurs journaux et magazines. Un grand merci à Peter Fiddick, Susan Jeffreys et James Saynor, du *Listener* ; à Will Ellsworth-Jones, du *Sunday Times* ; à Frankie McGowan et Suzanne Ashkam, de *New Woman* ; et à Liam McAuley, de l'*Irish Times*.

Trois êtres m'ont maintenu à flot pendant la rédaction de ce livre : mon frère Roger, qui a offert des caisses de Budweiser et toute sa sympathie ; ma femme Grace, comme toujours critique sans concession et très pertinente, ainsi que d'une extrême tolérance vis-à-vis des effets secondaires, parfois horripilants, du travail d'écriture ; et mon agent, Tony Peake, tout simplement un grand ami.

Chez Unwin Hyman, premier éditeur de ce livre, je dois plusieurs verres bien tassés à Helen Wythers et Alison Black. Et, pour finir, je voudrais souligner que cet ouvrage n'aurait pas vu le jour sans Merlin Unwin, qui est, en plus d'un éditeur remarquablement compétent, un vrai gentleman, ce qui est devenu si rare.

TABLE

Avant-propos à l'édition française de 2004	9
Préface	21
Note de l'auteur	25
Prologue : Grands réveils	29
1 Au nord de la Frontière	51
2 La serre	99
3 Au sud du Sud	135
4 Évangélisme heavy metal	185
5 Royaumes de Dieu	219
6 Extrêmes	267
7 Dans la vallée des ombres	309
Remerciements	331

Impression réalisée sur CAMERON par

BUSSIÈRE CAMEDAN IMPRIMERIES
GROUPE CPI
*à Saint-Amand-Montrond (Cher)
en septembre 2004
pour les Éditions Belfond
12, avenue d'Italie
75013 Paris*

Composition : Facompo, Lisieux

N° d'édition : 4108. — N° d'impression : 043677/1.
Dépôt légal : octobre 2004.
Imprimé en France

Ce volume doit être rendu à la dernière date indiquée ci-dessous.

1 2 FEV.	25 JAN '11		
25 FEV.	1 1 NOV '12		
1 4 MAR.	1 6 DEC. 2013		
2 1 AVR.	2 7 AOUT 2014		
9 JUIN	21 SEP. 2016		
1 8 JUIN			
1 5 JUIL			
2 8 JAN.			
2 2 OCT '06			
2 4 AOU '07			
2 8 SEP '08			
1 8 DEC '08			
2 1 FEV '09			
3 0 AOU '09			
2 5 AVR '10			

24022